Ellen Sandberg arbeitete zunächst in der Werbebranche, ehe sie sich ganz dem Schreiben widmete – mit riesigem Erfolg: Ihre psychologischen Spannungs- und Familienromane, die stets monatelang auf der SPIEGEL-Bestsellerliste stehen und denen immer ein wichtiges Thema unserer deutschen Vergangenheit zugrunde liegt, bewegen und begeistern zahllose Leserinnen und Leser – wie zuletzt *Das Geheimnis*, *Das Unrecht* und *Keine Reue*. 2022 wurde ihr der Verfassungsorden des Freistaats Bayern verliehen. Unter ihrem bürgerlichen Namen Inge Löhnig veröffentlicht sie erfolgreiche Kriminalromane.

Ellen Sandbergs Romane in der Presse:

»Meisterhafte Erzählkunst verbindet sich bei dieser Autorin mit psychologischer Spannung.« *Süddeutsche Zeitung*

»Inge Löhnig gelingt es, durch die Gestaltung ihrer Figuren, deren Umfeld und der sich zum Teil über mehrere Generationen entwickelnden Erzählfäden etwa die problematischen Aspekte der deutschen Geschichte wie Euthanasie einem breiten Publikum anschaulich und anrührend zu vermitteln.«
Aus der Würdigung zur Verleihung des Bayerischen Verfassungsordens 2022

»Ellen Sandberg versteht es in ihren spannenden Familienromanen meisterlich, glaubwürdige und authentische Figuren zu erschaffen. Sie recherchiert genau und legt größten Wert auf Detailtreue.« *Merkur.de* über *Das Unrecht*

»Ein Familienroman voller psychologischer Abgründe um Ereignisse aus der Vergangenheit.« *BILD der FRAU* über *Die Schweigende*

Außerdem von Ellen Sandberg lieferbar:
Die Vergessenen
Der Verrat
Das Erbe
Die Schweigende
Das Unrecht

www.penguin-verlag.de

ELLEN SANDBERG

KEINE REUE

ROMAN

PENGUIN VERLAG

MIX
Papier | Fördert gute Waldnutzung
FSC® C014496
FSC www.fsc.org

Penguin Random House Verlagsgruppe FSC® N001967

1. Auflage

Dieses Werk wurde vermittelt durch die AVA international GmbH Autoren- und Verlagsagentur, München.
www.ava-international.de
Umschlaggestaltung: Favoritbuero
Umschlagabbildungen: © Ebru Sidar/Arcangel; © cameilia/shutterstock; © Kevin Eaves/shutterstock; © Helen Hotson/shutterstock; © Daan Photography/shutterstock; © brickrena/shutterstock; © Corri Seizinger/shutterstock
Satz: Greiner & Reichel, Köln
Druck und Bindung: GGP Media GmbH, Pößneck
Printed in Germany 2024
ISBN 978-3-328-10723-1
www.penguin-verlag.de

Dies ist ein Roman. Etwaige Ähnlichkeiten zu Geschehnissen im realen Leben oder zu lebenden oder verstorbenen Personen sind rein zufällig und nicht beabsichtigt, jedenfalls aber von der grundgesetzlich geschützten Freiheit der Kunst umfasst.

Dienstag, 19. November 2019

Barbara

Als Barbara Maienfeld an diesem Morgen im November den Tisch in der Essecke deckte, lag das Schreiben der Bank noch immer auf dem Sideboard, und für einen Moment stieg Angst in ihr auf. Sie würden die Wohnung verlieren, wenn Gernot nicht endlich etwas unternahm.

Entschlossen rang sie diese Vorstellung nieder. Das Problem musste sich lösen lassen. Wie jedes andere auch. Die Alternative war undenkbar.

Vor der Glasfront pladderten Regen und Graupel auf die Dachterrasse. Barbara kehrte in die Küche zurück und löffelte frisch gemahlenes Kaffeepulver in die Stabfilterkanne. Sie ließ das Wasser ein wenig abkühlen, bevor sie den Kaffee aufgoss, stellte den Timer auf neunzig Sekunden und warf so lange einen Blick aus dem Fenster. Eine graue Wolkendecke hing über dem Heusteigviertel von Stuttgart. Unten auf der Straße eilten die Menschen vorüber. Gegenüber öffnete die Bank, und Barbara dachte an Brecht. »Was ist ein Einbruch in eine Bank gegen die Gründung einer Bank?« Vielleicht sollten sie einen Banküberfall als Ultima Ratio in Erwägung ziehen. Sie lachte auf.

Im Fenster war ihr Spiegelbild wie ein Schemen zu erkennen. Noch immer war sie eine attraktive Frau und wurde regelmäßig auf etwa fünfzig geschätzt, dabei war sie jenseits der sechzig. Sie war schlank und sportlich. Die guten Gene ihrer Mutter hatten sie lange vor Falten bewahrt. Das schulterlange Haar ließ sie, seit es grau wurde, im ursprünglichen Mahagonibraun färben. Sie achtete auf ihre Figur und ging freitags zum Yoga. Und noch immer trug sie am liebsten Jeans und dazu heute einen cremefarbenen Kaschmirpullover.

Der Timer bimmelte. Barbara rührte den Kaffee um, setzte den Deckel auf und drückte den Satz mit dem integrierten Filter auf den Boden. Mit der Kanne kehrte sie an den Frühstückstisch zurück.

Sie hörte, wie Gernot ins Bad ging, während sie sich Kaffee einschenkte, und zögerte, ob sie erst *konkret*, die *taz* oder den *SPIEGEL* lesen sollte. Sie griff zu *konkret*. Der Anschlag von Halle und die antisemitische Bedrohung durch extrem Rechte waren Titelthema. Der *SPIEGEL* machte mit Friedrich Merz auf, der seit Wochen die Kanzlerin attackierte und hoffte, damit auf dem CDU-Parteitag zu punkten. Sollten sich die Schwarzen ruhig gegenseitig metzeln. Es gefiel ihr. Die *taz* befasste sich mit Neonazis und der AfD. Noch immer gab es einen braunen Bodensatz in diesem Land der Täter, und jährlich wurde er dicker. Barbara warf die Zeitung auf den Tisch, die Sorgen kehrten zurück.

Gestern hatte sie die Kinder angerufen und um finanzielle Hilfe gebeten, obwohl sie wusste, dass das ein nahezu aussichtsloses Unterfangen war. Zuerst Leon, der eine gut bezahlte Position als Ausbilder bei der Luftwaffe hatte. Ausgerechnet zur Bundeswehr war er gegangen. Sie wusste nicht, weshalb er diesen Beruf gewählt hatte. Vielleicht um sie zu ärgern. Auszuschließen war das nicht. Das Gespräch hatte nicht lange gedauert. Er hatte sich das Problem mit der Hypothek ruhig angehört und sie schließlich ihre Bitte um finanzielle Unterstützung vorbringen lassen. Anstatt das von sich aus anzubieten, wie sie insgeheim gehofft hatte. »Tut mir leid, Barbara. Wie du weißt, haben Meike und ich letztes Jahr ein Haus gekauft und uns für die nächsten dreißig Jahre verschuldet. Ich kann euch nicht helfen. Ich frage mich allerdings, wie ihr auf die Idee kommt, dass ich es tun würde, wenn ich könnte.«

Ihr nächster Anruf hatte Luise gegolten. Die hatte gelacht. »Du spinnst. Wieso denkst du, dass ich was auf der hohen Kante habe? Außerdem schulde ich euch nichts. Ciao.« Luise hatte aufgelegt, bevor Barbara etwas erwidern konnte. Lediglich Ben, der Manager bei einem Versicherungskonzern in München war und gut verdiente, wollte es sich überlegen und sich in den nächsten Tagen melden. Er war schon immer der Vernünftigste von den dreien gewesen.

Sie schenkte sich Kaffee nach und fragte sich auf einmal, ob es nicht besser gewesen wäre, sich vor beinahe dreißig Jahren nicht von Gernot breitschlagen zu lassen, das Erbe ihrer Eltern anzunehmen. Dann müsste sie jetzt auf nichts verzichten. Denn sie hätte dieses Leben in Wohlstand nie kennengelernt. Ein Leben, das ihr früher gegen den Strich gegangen war. Anfangs mehr, dann kaum noch und inzwischen gar nicht mehr. Sie hatte sich daran gewöhnt und wollte es nicht aufgeben.

Ohne Gernots Überredungskünste hätten sie die Wohnung nicht gekauft und würden nicht zwischen Designermöbeln leben. Würden ihren Kaffee nicht in Ritualen zubereiten, geschweige denn teuren Wein aus Frankreich und Italien kaufen, Kaschmirpullover tragen und zwei große Autos fahren. Sie waren zu bourgeoisen Salonlinken verkommen, die Wasser predigten und Merlot tranken. Sprich: den Kapitalismus für das Elend der Welt verantwortlich machten, sich aber gemütlich darin eingerichtet hatten. Einmal hatte Gernot sogar an der Börse spekuliert und ihr einen Verlust gestanden. Sie war ausgeflippt. Nicht wegen des verlorenen Geldes, sondern weil er damit ihre Ideale verraten hatte. Ihr Mann, ein Börsenspekulant! Doch Gernot war es auch damals, nachdem einige Tage Eiszeit zwischen ihnen geherrscht hatte, gelungen, ihr das schönzureden.

Dieses besudelte Erbe ihrer Eltern. Sie hätte es nicht annehmen sollen. Natürlich hatte sie viel davon gespendet. Unzählige Projekte in Lateinamerika und Afrika hatte sie unterstützt, ebenso wie Kampagnen gegen Krieg und Folter. Doch unterm Strich betrachtet war das der deutlich kleinere Teil gewesen.

Barbara sah hinaus in den grauen Himmel über Stuttgart. Mit einem Umzug hatte Gernot sie damals herumgekriegt. Weg aus der Eifel, zurück in die Stadt. »Frankfurt. München. Stuttgart. Egal. Such dir aus, wo du leben willst. Ich kann überall arbeiten.« Es war verlockend, das Landidyll hinter sich zu lassen. So hatte sie das alte Haus in Buchsweiler ironisch genannt, in dem sie damals lebten. Nicht weil es so heruntergekommen war – zu jener Zeit hatte ihr Komfort nichts bedeutet –, sondern die Menschen so kleinbürgerlich und spießig. So neugierig und engstirnig. In diesem dörflichen Gefüge hatte jeder seinen Platz, nur sie nicht. Sie, die Anwältin des »linken Gesindels«. Gernot, der Publizist, der seit Jahren gegen die Ungleichheit und die Auswüchse des Kapitalismus anschrieb. Die Bewohner von Buchsweiler wurden mit ihnen, den Intellektuellen aus der Stadt, die sich die marode Mühle hatten andrehen lassen, nicht warm und umgekehrt. Es war das Gegenteil einer Idylle. Sieben endlos lange Jahre Dorfleben lagen hinter ihr, als ihre Eltern 1989 kurz nacheinander starben. Sie war zu keiner der Beisetzungen gefahren. Der Bruch war so endgültig, dass ihre Eltern ihre Enkelkinder nicht kannten. Und dann war eines Tages das Schreiben des Nachlassgerichts gekommen. Ihre Eltern hatten ihr zwar mit Enterbung gedroht, hatten das aber nie in die Wege geleitet. Plötzlich stand ihr ein Teil des Millionenvermögens zu, dessen Grundstock im Dritten Reich gelegt worden war. Die Ausbeutung von Zwangsarbeitern hatte der Textilfabrik ihrer Eltern grandiose Gewinne beschert. Die Verschleppten nähten die Uniformen ihrer Peiniger. Sie hungerten und froren. Sie schufteten sich zu Tode, und ihre Eltern rissen die rechten Arme hoch, brüllten »Sieg Heil!« und scheffelten schamlos das Blutgeld.

Barbara war bereits zwanzig gewesen und studierte in Heidelberg, als sie das herausfand. Sie versuchte ihre Eltern zur Rede zu stellen, was man ihr aber verweigerte. Das alles gehe sie nichts an. Man sei weder ihr noch den »Gammlern und Hippies« Rechenschaft schuldig, die von nichts eine Ahnung hatten, aber Krawall machten. Es seien damals andere Zeiten gewesen. Basta. Und dann das Erbe. Es kam völlig unerwartet. Aus heiterem Himmel.

Für einen Moment sah Barbara sich wieder an dem Küchentisch in Buchsweiler sitzen, an diesem Tag, der alles veränderte.

*

Es war ein sonniger Septembertag 1989. Vor ihr lag die Akte eines ehemaligen Fürsorgezöglings, den man mit einer illegalen Waffe erwischt hatte und der sich nun wegen Unterstützung einer terroristischen Vereinigung vor Gericht verantworten sollte. Die Staatsanwaltschaft hatte keinerlei Beweise. Sie stützte ihre Anklage auf die Tatsache, dass der Mann Fürsorgezögling gewesen war, und von denen hätten sich ja einige der RAF angeschlossen. Eine unhaltbare These. Diese Argumentation ließ sich mit Leichtigkeit demontieren. Doch verdienen würde sie damit nichts. Denn diesen Mandanten betreute sie ehrenamtlich für das Forum gegen Folter.

Sie saß also mit seiner Akte an diesem warmen Spätsommertag am Küchentisch und war zuversichtlich, einen Freispruch zu erreichen. Gernot schrieb oben im Arbeitszimmer einen Artikel über die deutsch-südafrikanische U-Boot-Affäre. Das Ermittlungsverfahren und der Untersuchungsausschuss des Bundestags schleppten sich nun schon seit drei Jahren dahin, weil die Machthaber in Bonn den ermittelnden Staatsanwalt am ausgestreckten Arm verhungern ließen.

Sie hörte die Tastatur oben in Gernots Arbeitszimmer klappern, als sie den Postboten auf dem Weg zu ihrem Haus bemerkte. Er wich mit seinem gelben Wagen den Kindern aus, die sich ein Floß aus alten Brettern gebaut hatten, das sie nun Richtung Weiher schleppen wollten. Ben übernahm das Kommando. »Wenn ich ›Hau ruck‹ sage, heben wir alle gleichzeitig an.« Er war zehn und der Älteste. Ein stiller Junge. Viel zu ernst, aber auch verantwortungsbewusst. Leon und Luise, ihre zwei Jahre jüngeren Zwillinge, postierten sich auf der einen Seite, Ben auf der anderen. Er gab das Kommando. Sie hoben das Floß an, das nicht groß genug für drei war und nicht sehr stabil aussah, und marschierten los.

Der Postbote sah ihnen nach und kam dann mit einem Einschreiben zu ihr in die Küche. Sie bestätigte den Empfang, und er fragte, ob sie die Kinder etwa allein zum Weiher lasse.

»Sie können schwimmen. Was soll also passieren?«

Der Mann zog die Schultern hoch. »Ich würde meine jedenfalls nicht unbeaufsichtigt lassen.«

Sie hatte nicht die Absicht, dem Mann das Prinzip der antiautoritären Erziehung zu erklären, und auch nicht, dass Kontrolle einer gesunden kindlichen Entwicklung im Weg stand. Anfangs hatte sie das versucht, doch eine der Bäuerinnen hatte gekontert, dass dieser Erziehungsstil schon wieder out sei. Er habe sich nicht bewährt, und das, was sie, Barbara, da mache, habe wenig mit antiautoritärer Erziehung zu tun, sondern mehr mit Gleichgültigkeit.

Barbara dankte noch einmal für die Zustellung des Briefs. Der Mann verabschiedete sich, und sie öffnete das Schreiben. Es kam vom Amtsgericht Essen und enthielt das Testament, das ihre Eltern dort hinterlegt hatten, als Barbara gerade das Abi bestanden hatte und fürs Medizinstudium in Heidelberg zugelassen worden war. Man konnte auch sagen: Als sie noch auf familiärem Kurs gewesen war. Die Firma ging an ihren Bruder, ein gewaltiger Batzen Barvermögen an sie.

Überrascht ließ sie die Seiten auf den Tisch fallen. Was sollte das? Sie wollte nichts von diesem Geld. Das hatten ihre Eltern gewusst.

Dieses Erbe war also ein letzter Angriff auf sie. Auf ihre politische Einstellung. Auf ihre Arbeit als Anwältin für dieses »Geschmeiß, das alle gleichmachen will und uns am nächsten Baum aufknüpfen würde, sollte es je die Macht an sich reißen. Was Gott verhindern möge!« Ihr erster Impuls war, den Wisch zu verbrennen, mit dem ihre Eltern sie posthum verführen wollten, ihre Ideale aufzugeben und auf die Seite des Kapitals zu wechseln. Doch sie zögerte. Vielleicht war das Erbe kein Angriff, sondern eine verspätete Liebeserklärung an die missratene Tochter? Und falls nicht Liebe das Motiv war, dann möglicherweise Anerkennung oder wenigstens Achtung. Während sie noch zögerte, verstummte oben in Gernots Arbeitszimmer das Klappern der PC-Tastatur. Kurz darauf hörte sie seine Schritte auf der Holztreppe. Er kam in die Küche, nahm sich einen Apfel aus der Schale und biss hinein. »Mein Artikel über den U-Boot-Skandal ist fertig. Wie findest du folgenden Absatz?« Gernot schluckte den Apfelbissen hinunter. »Genschers Mitarbeiter verfolgen in dieser Sache nach wie vor nur ein Ziel: Nachforschungen zu sabotieren. Auch auf die neue Anfrage aus Kiel wird man im Auswärtigen Amt Antworten schuldig bleiben, denn die Hinweise verdichten sich, dass auf der Werft in Südafrika mit deutscher Billigung und Unterstützung U-Boote gebaut werden.«

Er ließ das Blatt sinken. »Wie findest du das?«

»Du könntest das ruhig schärfer formulieren. Die Mittäter schützen die Täter. Die deutsche Regierung unterläuft das Waffenembargo der UN und unterstützt heimlich Bothas Apartheid-Regime. Als sie aufzufliegen drohen, boykottieren sie staatsanwaltliche Ermittlungen.«

Gernot nickte. »Du hast recht. Ich sollte das zuspitzen. Was hast du da?« Er hatte das Schreiben bemerkt, nahm es vom Tisch und las. Sie beobachtete, wie ein überraschtes Leuchten auf seinem Gesicht erschien, dabei hatte sie Abscheu erwartet. »Das ist ja … Ich weiß nicht, was ich dazu sagen soll.«

»Infam. Das ist das passende Wort«, sagte sie. »Es ist eine Gemeinheit. Sie wollen übers Grab hinaus recht behalten. Sie denken, dass ich einknicke, die Kohle nehme und ein Leben wie sie führe.« Inzwischen hatte sie sich entschieden, den Letzten Willen ihrer Eltern nicht als Zeichen der Versöhnung zu deuten. »Ich werde das Erbe ausschlagen. Und zwar sofort. Kann ich an den PC?« Sie teilten sich den Windows-Rechner, was dazu führte, dass sie oft nachts arbeitete.

Sie nahm den Brief vom Küchentisch und wollte damit nach oben, doch Gernot hielt sie auf. »Überstürz das nicht.«

»Was gibt es da zu überlegen?«

»Eine Menge«, sagte er. Und dann hatte er losgelegt mit seiner Überzeugungsarbeit. Hatte alle nur erdenklichen Argumente ins Feld geführt. Wie viel Gutes sich mit dem Geld bewerkstelligen ließe. Dass sie einen Teil davon für die Erforschung der Rolle der Zwangsarbeiter im Dritten Reich spenden könnte. Ihre Eltern würden im Grab rotieren. Das Forum gegen Folter, in dem sie sich beide engagierten, litt an permanenter Geldnot. Mit einer Spende könnten Computer angeschafft werden. Irgendwann kam er dann auf das ausschlaggebende Argument: Mit dem Erbe könnten sie sich eine kleine Wohnung in Stuttgart leisten. Oder in Frankfurt oder München. Auch Heidelberg, falls sie dorthin zurückwolle. Ein ganzes Wochenende lang redete er auf sie ein, bis sie einwilligte. Die Aussicht, wieder in einer Stadt zu leben, war zu verlockend.

Aus der kleinen Wohnung war dann eine große geworden. Gernot wollte das Arbeitszimmer nicht länger mit ihr teilen, also benötigte sie auch eines für sich. Dazu Wohnzimmer, Schlafzimmer und ein Zimmer für die Kinder. Hundertdreißig Quadratmeter plus Dachterrasse, Küche und Bad in einem alternativen Viertel Stuttgarts. Widerwillig hatte sie zugestimmt, weil Gernot sich in die Wohnung und in die Lage verliebt hatte. Hier könne er seine Gedanken frei entfalten. Eine großzügige Spende an ein Institut, das zum Thema Zwangsarbeit im Dritten Reich forschte, beruhigte ihr Gewissen.

Und so war es weitergegangen. Gernot brauchte einen neuen PC, natürlich den mit dem Apfel-Logo. Möbel mussten angeschafft werden, selbstverständlich die Bauhaus-Design-Klassiker. Auch dafür fand Gernot Argumente, ebenso für den Sportwagen, den er als Publizist benötigte. Da sie ihn liebte, schlug sie ihm die Wünsche nicht ab, kompensierte die Ausgaben aber mit Spenden, bis ihr das zu viel wurde. Sie wollte mit diesem belasteten Vermögen nichts zu tun haben. Sie wollte vergessen, dass es existierte. Sollte Gernot sich doch darum kümmern.

Das war ein Fehler, dachte Barbara nun. Gernot hatte im Laufe der Jahre mehr Geld ausgegeben, als sie mit ihrer Arbeit einnahmen. Irgendwann war das Erbe weg gewesen.

Zu der Zeit war sein Ein-Mann-Verlag in den roten Zahlen, er musste ihn schließen, bevor er bankrottging. Schließlich blieben ihnen nur zwei Möglichkeiten: die Wohnung zu verkaufen oder sie mit einer Hypothek zu belasten. Ausgerechnet eine Hypothek! Am Ende hatte das Erbe sie in Kapitalisten verwandelt. Ihre Eltern gingen als Sieger aus dem posthumen Kampf vom Platz, und das ärgerte Barbara beinahe am meisten. Sie hatte ihre Seele verkauft für eine Wohnung und das neueste iPhone.

*

Die Tür ging auf. Gernot kam herein, und wie immer, wenn sie ihn sah, wurde ihr Herz ein wenig weiter, auch nach so vielen Jahren noch.

Ihr erstes Zusammentreffen würde sie nie vergessen. Es war 1974 in Heidelberg gewesen. Sie hatte das Medizinstudium zum Entsetzen ihrer Eltern geschmissen und zu Jura gewechselt. Denn sie wollte daran mitwirken, die Gesellschaft und das politische System zu verändern. Als Anwältin konnte sie mehr erreichen als als Ärztin. Außerdem schämte sie sich für ihre Eltern und musste sich von ihnen unabhängig machen. Sich mit dem Blutgeld der Zwangsarbeiter das Studium finanzieren zu lassen verursachte ihr Ekel. Deshalb suchte sie sich einen Job als Kellnerin in einer Studentenkneipe und schickte den monatlichen Scheck so lange zurück, bis ihre Eltern endlich kapierten, dass sie es ernst meinte. Die kleine Wohnung in der Heidelberger Innenstadt konnte sie sich nicht länger leisten. Sie sah sich nach einem WG-Zimmer um und besichtigte schließlich eines in einem von Studenten besetzten Haus.

Udo, ein Kommilitone, der dort lebte und sie als Mitbewohnerin empfohlen hatte, zeigte ihr das freie Zimmer. Dafür mussten sie durch eine Küche in der zweiten Etage, und dort stand Gernot splitterfasernackt unter der Dusche. Ihre Blicke trafen sich, während er sich abseifte und damit weitermachte, als sei es das Selbstverständlichste der Welt, vor anderen zu duschen. Dieser eine Blick genügte. Es war wie ein gegenseitiges Erkennen. Und das war noch immer so.

Er beugte sich zu ihr und gab ihr einen Kuss. »Guten Morgen, Babs. Gut geschlafen?«

»Nicht wirklich. Die Kinder werden uns bei dem Problem mit der Bank nicht helfen. Auch Ben nicht, obwohl er es sich angeblich überlegen will. Wir brauchen einen Plan B.«

Gernot nahm sich eine Scheibe Toast aus dem Toasthalter, und Barbara sah dieses überflüssige Teil, als sähe sie es zum ersten Mal. Was war nur aus ihnen geworden? Vielleicht war es ein Zeichen des Schicksals, wenn sie nun alles verloren und auf der Straße landeten. In diesem Fall könnten sie wieder ein Haus besetzen. Beinahe hätte sie gelacht. Back to the roots. Doch es war nicht lustig und sie keine fünfundzwanzig mehr. Sie konnte nicht auf der Straße leben. Oder in einem heruntergekommenen, einsturzgefährdeten Haus. Fünfzehn Jahre ihres Lebens hatte sie so verbracht. Erst in Heidelberg, dann im Landidyll. Das war genug.

»Vielleicht löst sich das Problem von selbst«, meinte Gernot.

»Einfach so? Hokuspokus Fidibus?«

Er lächelte. »Ich habe gerade meine Mails gecheckt. Es gibt eine Anfrage vom Weigele-Verlag. Ob wir Interesse haben, eine Biografie über Lukas zu schreiben.«

Ihre erste Reaktion war Ablehnung. »Ausgerechnet über ihn? Warum?«

»Weil wir Brüder sind.«

»Halbbrüder.«

»Wir sind neben Sabine die beiden Menschen, die ihn am

besten kennen und beurteilen können, wie er damals drauf war, wie er getickt hat.«

Ihr gefiel die Sache nicht. Es war besser, dieses Thema ruhen zu lassen: die dritte Generation der RAF, von der manche behaupteten, es habe sie nie gegeben. Trotzdem fragte sie, was der Verlag an Honorar bot.

»Nicht so viel, wie wir brauchen. Es sei denn, das Buch würde ein Sensationserfolg. Wir könnten aber auch Walter und Dagmar auffliegen lassen. Ein Enthüllungsbuch.«

»Bist du verrückt! Wir sind keine Denunzianten. Außerdem brauchen wir die beiden vielleicht noch.« So, nun hatte sie den Gedanken ausgesprochen, der seit einigen Tagen durch ihren Hinterkopf geisterte.

Überrascht ließ Gernot das Messer sinken. »Du meinst …?«

Sie nickte. »Wir waren immer für sie da, wenn sie uns brauchten.«

»Das letzte Mal ist aber lange her. Willst du sie etwa erpressen?«

»Nein, natürlich nicht. Ich erwarte einen Gefallen von ihnen. Wie oft haben wir ihnen geholfen? Jetzt könnten sie ihre Kompetenzen mal für uns einsetzen.«

»Etwa einen Geldtransporter überfallen?« Gernot klang amüsiert.

»Damit bestreiten sie ihre Rente. Sie können das. Im Gegensatz zu uns.« Es war sowohl bizarr als auch folgerichtig, dass die beiden sich auf diese Weise den Lebensabend finanzierten. Für gesuchte Terroristen gab es nun mal keine soziale Hängematte. Irgendwie mussten sie über die Runden kommen. Jeder neue Überfall auf einen Geldtransporter oder Supermarkt sorgte für Schlagzeilen, und die Medien schwankten, ob sie die Gefährlichkeit der Ex-Terroristen in den Vordergrund stellen oder sie als lächerliche Rentnergang verkaufen sollten.

»Du meinst das tatsächlich ernst.« Mit einer Hand rieb Gernot sich die Stirn. »Sie könnten das schon als Erpressung auffassen.«

»Es kommt darauf an, wie du ihnen das erklärst. Alles eine Frage der Rhetorik. Wir waren immer solidarisch. Jetzt sind sie dran.«

Mittwoch, 20. November 2019

Ben

Ihm war unfassbar kalt. Er wollte die Decke über sich ziehen und griff ins Leere. Jemand tätschelte seine Wange.

»Hallo. Aufwachen.«

Hatte er verschlafen? Wieso war es so lausig kalt? Und warum wackelte sein Bett, als ob er damit auf einer Eisscholle durchs Weddellmeer trieb? Ein Albtraum. Er tastete nach dem Wecker. Plötzlich hielt er eine Hand in seiner. Warm und weich. Nicht unangenehm. Wo kam die denn her? Der Klang eines Martinshorns und ein hohes gleichmäßiges Fiepen drangen in sein Bewusstsein. Vorsichtig öffnete er die Augen, gleißendes Licht blendete ihn. Er schloss sie gleich wieder.

»Da sind Sie ja. Herzlich willkommen zurück.«

Sein Mund war trocken, die Lippen rissig. Ein dumpfer Schmerz pochte in seinem Innersten. Wo war er? Was war passiert? Er brachte nur ein Krächzen heraus.

»Kein Grund zur Sorge. Sie sind in guten Händen. Ich bin Notärztin. Wir bringen Sie jetzt ins Krankenhaus.« Auch die Stimme war warm und weich, beruhigend. »Alles wird gut. Sie überstehen das.«

Mühsam suchte er die Worte zusammen. »Was … ist … passiert?«

»Wissen Sie das nicht?«

In seinem Kopf herrschte Leere. Langsam drehte er ihn nach links und rechts und bekam endlich die Augen auf. Im Rettungswagen war es hell, es roch nach Klinik. Vor den Fenstern zerhackte blaues Licht die Dunkelheit. Bens Blick verfing sich in warmen braunen Augen, die ihn musterten.

Der Kopf eines Sanitäters drängte sich ins Bild. »Ist Ihnen kalt?«

»Scheiß ... kalt«, brachte er mit klappernden Zähnen hervor.

»Das ist der Schock.« Eine warme Decke wurde über ihn gebreitet. Ein dünner Plastikschlauch führte von seinem linken Arm zu einem Infusionsbeutel. Eine Manschette am anderen zog sich brummend zusammen, etwas klebte auf seiner Brust. Elektroden? Ein Verband? Er konnte es nicht sehen, nur spüren »Ein ... Unfall?«

»Sie erinnern sich wirklich nicht?« Über den braunen Augen der Ärztin legte sich die Stirn in Falten.

Kaffee war das Letzte, das ihm einfiel. Er war aufgestanden wie jeden Morgen, hatte sich für die Joggingrunde fertig gemacht, in der Küche einen Latte macchiato getrunken und dazu einen Powerbar gegessen, Proteine, Kohlenhydrate. Alles wie immer. Danach musste er die Wohnung verlassen haben und durchs Treppenhaus nach unten gelaufen sein, denn er benutzte nie den Lift. Er musste auf die Straße getreten und losgelaufen sein. Aber er konnte sich nicht daran erinnern. War er auf der Treppe gestürzt? Das Bild des Küchentischs mit dem Frühstück war das letzte auf seiner Festplatte. Wieder schüttelte er den Kopf. »Ich wollte ... joggen. Mehr weiß ... ich ... nicht.« Er versuchte zu lächeln, doch mit dem noch immer schlotternden Unterkiefer gelang ihm das nicht.

»Um fünf Uhr morgens?«

Er nickte. Erklären konnte er das jetzt nicht, außerdem ging sie das nichts an. Diese latente Wut, die in ihm saß, schon immer, seit er denken konnte. Oder präziser gesagt, seit seiner Pubertät. Er bekam sie in den Griff, wenn er sich auspowerte. Am besten morgens vor der Arbeit, danach war er ruhig und gelassen, sozial kompatibel.

»Sie waren sehr mutig. Oder sehr unvorsichtig. Es ist eine Frage der Perspektive«, erklärte die Ärztin. »Ich würde mich jedenfalls nicht in einen Streit einmischen, wenn einer der Kontrahenten mit einem Messer bewaffnet ist.«

Überrascht sah er sie an. »Das … habe ich … getan?«

Sie nickte. »Dabei hat es Sie erwischt. Sie haben drei Stiche abbekommen. In die Schulter, in den Oberarm. Und einen in den Bauchraum. Das sieht nach einer reinen Fleischwunde aus, muss aber schnellstens abgeklärt werden. Außerdem haben Sie sich eine Platzwunde am Hinterkopf zugezogen, als Sie aufs Pflaster gestürzt sind. Deshalb waren Sie bewusstlos.«

Charlie

Boris fuhr wieder einmal, als wäre er des Lebens überdrüssig. Preschte mit Blaulicht und jaulendem Martinshorn durch München, über eine rote Ampel, nahm mit quietschenden Reifen die Kurve von der Ganghofer- auf die Ridlerstraße und gab Vollgas. Der Deckel des Bechers flog davon, heißer Kaffee schwappte über. Direkt auf Charlies Jeans. Na großartig! »Kannst du vielleicht ein wenig zivilisierter fahren?«

»Erst wenn ich in Pension bin.« Boris sah zu ihr hinüber. »Wach?«

»Jetzt schon.« Vor gefühlten drei Minuten hatte ihr Handy sie aus dem Halbschlaf gerissen. Eine halbe Stunde vor dem regulären Aufstehen. Normalerweise genoss sie diese Phase des langsamen Erwachens. Es waren kostbare Minuten, die ihr Kraft für den Tag gaben. Daher schätzte sie es nicht, wenn ihr auch nur eine davon genommen wurde. Was leider berufsbedingt häufig geschah. So wie heute, als Boris anrief, etwas von einer Messerstecherei sagte, und dass er quasi schon vor ihrer Tür stand. Sie hatte sich in Windeseile angezogen, einen Kaffee aus der Maschine gelassen und war vors Haus gelaufen, wo ihr Partner schon wartete.

»Was wissen wir bisher?«

»Mord und Mordversuch im Westend. Eine Anwohnerin in der Gollierstraße wurde durch Schreie geweckt und ist ans Fenster. Unten auf dem Gehweg stach ein Kerl auf eine Frau ein. Ein Jogger ging dazwischen und wurde vom Angreifer attackiert. Die Frau ist noch am Tatort gestorben. Unser Held ist auf dem Weg in die Klinik.«

»Held? Ich weiß ja nicht.«

»Ich bitte dich. Das nenne ich mal Zivilcourage.«

»Wie geht's ihm?«

»Als der Notarzt kam, war er nicht ansprechbar.«

»Na super.«

Boris bog auf den Gollierplatz ein. Durch die kahlen Bäume und Büsche der Grünanlage war der Tatort auf der anderen Seite gut zu erkennen. Zuckende Blaulichter, flatterndes Absperrband, eine Ansammlung uniformierter Kollegen. Das Team der Kriminaltechnik war schon da. Boris umrundete den Platz und stoppte den Wagen auf dem Gehweg neben einem Streifenwagen.

Charlie schlug die Tür hinter sich zu und den Jackenkragen hoch. Der Wind war eiskalt. Er riss ihr weiße Atemfahnen vom Mund. In den Bäumen saß Raureif, als wären die Äste verzuckert. Noch fünf Wochen bis Weihnachten. Sie hatte keine Idee, wie sie die Feiertage hinter sich bringen sollte. Vielleicht meldete sie sich freiwillig zum Dauerdienst. Das war auf alle Fälle besser, als allein daheim *Tatsächlich Liebe* zu gucken.

Boris beobachtete sie. »Alles okay?«

»Ne, ich übergebe mich vermutlich gleich beim Anblick einer Leiche. Mache ich ja immer.«

»Gnädigste sind heute wohl mit dem falschen Fuß zuerst aufgestanden.«

»Entschuldige.« Versöhnlich strich sie ihm über den Arm. »Mir liegt Weihnachten im Magen.«

Sie hob das Absperrband für Boris hoch und schlüpfte

nach ihm darunter hindurch. Die erleuchtete Auslage einer Buchhandlung erhellte die Szenerie auf dem Gehweg. Im Schaufenster lagen reihenweise Krimis. Charlie sah sich nach einer Überwachungskamera um und entdeckte eine über der Eingangstür des Ladens. Sie deutete darauf, und Boris nickte. »Wird erledigt.«

Einen Augenblick brauchte sie noch, dann wandte sie sich um. Vor ihr auf dem Pflaster lag die Tote ausgestreckt auf dem Rücken, die Arme ausgebreitet, als ob sie einen Schneeengel machen wollte. Nur gab es keinen Schnee. Das Haar verbarg ein schwarzes Bonnet. Der Mund war geöffnet, der Blick der dunklen Augen gebrochen. Nadira starrte ins Leere. Charlie erkannte sie sofort und konnte es doch nicht glauben. Eine Welle Mitleid überrollte sie. Was für ein beschissenes Ende. Tränen stiegen ihr in die Augen, verstohlen wischte sie sie weg. Mit der zweiten Welle kam der Zorn. Das konnte nur Yasin getan haben. Dieser miese Macho, der dachte, Ehefrauen wären Eigentum, mit dem man machen konnte, was man wollte. Überhaupt Frauen. Ihr Magen verkrampfte sich, unwillkürlich ballte sie die Fäuste, bis sich die Nägel ins Fleisch gruben. Dafür würde er bezahlen. Damit würde er nicht durchkommen. Diesmal nicht!

Boris bückte sich nach der Handtasche und suchte nach dem Ausweis. »Nadira Turan, dreiunddreißig Jahre alt, wohnhaft in der Schwanthalerstraße.«

Nadiras Mantel stand offen. Charlie ging in die Hocke.

Ein Riss klaffte auf Herzhöhe in der mintgrünen Tunika, ein dunkelroter, feucht schimmernder Fleck hatte sich gebildet. Nicht sehr groß. Sie musste sofort tot gewesen sein. »Was hast du um diese Zeit hier gemacht?« Charlie sagte es halblaut, mehr zu sich selbst.

»Vielleicht war sie auf dem Weg zu einer morgendlichen Putzstelle.« Boris durchsuchte weiter die Handtasche. »Alles da. Ein Raubmord ist das nicht.«

»Immer schön die Vorurteile pflegen, gell. Türkische Frauen putzen unseren Dreck weg. Was auch sonst?«

»Du bist heute schräg drauf, weißt du das?«

»Ja, vielleicht. Sorry. Nadira war jedenfalls nicht auf dem Weg zur Arbeit. Das hatte sie nicht nötig, und ihr Mann hätte das auch nicht erlaubt.«

»Du kennst sie?«, fragte Boris.

Charlie erhob sich aus der Hocke. »Sie ist die Frau von Yasin Turan.«

»Äh ... Ja? Sollte ich den kennen?«

Boris hatte nie in einer anderen Abteilung gearbeitet. Er hatte bei der Mordkommission angefangen und würde dort in Pension gehen, während sie selbst auch nach einem Jahr noch die Neue war. »Seine Familie hat zwei Hauptgeschäftszweige. Drogen- und Fahrzeughandel. Wobei sie die Autos sehr günstig *einkaufen*. Getarnt wird das Ganze mit Waschsalons, Obst- und Gemüsehandel und einem Laden für Im- und Export von Elektronikartikeln. Ich habe im Rauschgiftdezernat mit Yasin zu tun gehabt und später auch bei Diebstahl und Betrug.«

»Ein Clan?«, fragte Boris.

»Ein Clänchen. Nicht wie in Berlin. Es sind so um die dreißig Personen. Eltern, Tanten, Onkel, Cousins und Cousinen und die dazugehörigen Partner. Ich wette, Yasin besorgt sich jetzt gerade ein Alibi. Gut, dass wir einen Zeugen haben.«

»Du meinst, ihr Mann war das?«

»Natürlich war er das.«

»Wieso bist du dir so sicher?«

»Weil er denkt, seine Frau ist sein Besitz. Vor anderthalb Jahren hat er sie krankenhausreif geschlagen. Damals war sie so kurz davor, ihn zu verlassen und ins Frauenhaus zu gehen.« Charlie zeigte mit zwei Fingern Millimeterabstand. »Vielleicht war sie jetzt ja so weit.«

Boris grinste. »Immer schön die Vorurteile pflegen, gell. Türkische Männer stechen ihre Frauen ab, wenn es um die Ehre geht. Was auch sonst? Dabei haben wir noch keinen blassen Schimmer, worum es hier geht.«

Charlie blickte auf Nadira un dann zu Boris. »Eins zu null für dich. Aber ich weiß trotzdem, dass er das war.«

»Guck mal. Der steckte in der Innentasche.« Boris hielt mit einer Hand einen einzelnen Schlüssel mit einem silbernen Anhänger hoch und mit der anderen Nadiras Schlüsselbund. »Wo der wohl passt? Vielleicht hatte sie eine heimliche Zweitwohnung.«

»Oder einen Lover.« Dann wäre Nadira ganz schön mutig gewesen oder sehr verzweifelt. Denn sie wusste, dass Yasin ihr weder das eine noch das andere durchgehen lassen würde. »Wir werden es herausfinden.«

»Kennst du sie näher?«

»Eigentlich nicht.«

»Weil du beinahe losgeheult hast.«

»Du hast eine lebhafte Fantasie.« Sie durfte nicht zugeben, dass sie Nadira und Yasin seit ihrer Kindheit in Frankfurt kannte. Sie waren in derselben Hood aufgewachsen, hatten dieselbe Schule besucht. Yasin schon damals ein Macho. Einer, der sich nahm, was er wollte. Der bereits mit fünfzehn eine Gang um sich geschart hatte. Er war gefährlich. Sie hatte es am eigenen Leib erfahren. Ein bitterer Geschmack stieg ihr in den Mund.

Ihr Boss würde ihr den Fall wegnehmen, wenn er von ihrer offenen Rechnung mit Yasin erfuhr. Seinetwegen war sie Polizistin geworden. Seinetwegen hatte sie sich nach München versetzen lassen. Ihm nach, als er hier ins Geschäft eines Onkels eingestiegen war. Früher oder später würde sie ihn kriegen. Ganz legal. Mit den Mitteln des Rechtsstaats. Denn Selbstjustiz war keine Option. Dann wäre sie nicht einen Deut besser als er.

Ben

Als Ben aus der Narkose aufwachte, war ihm wohlig warm. Ein Krankenpfleger kontrollierte die Geräte, fragte, wie er sich fühlte, und verschwand wieder. Die Verletzungen an Schulter und Oberarm waren gesäubert und genäht worden. Der Stich in den Bauch war nicht tief. Er hatte keine Organe verletzt, aber das Zwerchfell. Das hatten sie operieren müssen.

Ben dämmerte wieder weg und wurde erst wach, als ein Pfleger die Arretierung des Bettes löste und ihn auf Station brachte. In ein Einzelzimmer mit Blick auf die kahlen Bäume des Innenhofs. Seine Zusatzversicherung zahlte sich aus. Damit hatte er so früh nicht gerechnet.

Wieso hatte er sich in den Streit eingemischt? Vermutlich, weil er die Gefahr nicht erkannt hatte. Er war zwar hilfsbereit, aber nicht lebensmüde.

Eine Schwester kam herein und fragte, ob sie seine Sachen in den Schrank räumen sollte. Sie lagen in einem Plastikbeutel am Fußende des Bettes. Er nickte und bat sie, ihm das Handy zu geben. Es war schon nach zehn. Im Büro würde man sich fragen, wo er blieb.

Vor vier Monaten war er zum »Head of Department« in einem großen Versicherungskonzern berufen worden. Dieser Karriereschritt hatte ihn seltsam kaltgelassen. Und jetzt ergriff ihn für einen Moment sogar Erleichterung. Heute musste er nicht an seinen Schreibtisch, die ganze Woche nicht. Vielleicht auch zwei. Anschließend konnte er auf Reha gehen. Wieso dachte er das? Ihm ging es doch prima. Er hatte alles erreicht. Hatte sich durchgebissen. Das Abitur nachgeholt. Ein Studium absolviert, seine Karriere lief gut. Es gab keinen Grund, unzufrieden zu sein. Er hatte es zu etwas gebracht. Obwohl es seinen Eltern nicht gefiel, dass er fürs Großkapital arbeitete, für die Ausbeuter. Doch selbst wenn er sich in einer NGO für die Rettung der Welt engagieren würde, wäre ihnen das ziemlich sicher egal.

Er wählte Ulrikes Nummer und erklärte seiner Assistentin, dass er vorläufig ausfiel. Vermutlich für zwei Wochen, vielleicht sogar drei, weil er im Krankenhaus lag. Nein, kein Herzinfarkt und auch kein Unfall. Er sagte etwas von einem Zwischenfall, sie bohrte nach und zog ihm die Würmer aus der Nase, bis er die Geschichte erzählte, an die er sich nicht erinnern konnte. Sie war schon in den Medien. Ulrike hatte auf dem Weg zur Arbeit im Autoradio von dem Mord im Westend gehört und war nun ganz aus dem Häuschen, dass er so mutig eingeschritten war und sein Leben für eine Fremde riskiert hatte. Wenn auch vergeblich. Er sei ein Held. Vielleicht war er das. Er wusste es nicht. Ihm fiel nichts dazu ein. Die Frau war tot. Er hatte ihr nicht helfen können. Doch es traf ihn nicht mehr als jede andere Nachricht über einen Mord in den Medien. Es lag daran, dass er sich nicht an die Situation erinnern konnte.

Eine Stunde später brachte ein Kurier eine Flasche Champagner für »unseren Helden«, Blumen und Genesungswünsche seines Vorgesetzten und der ganzen Abteilung. Er solle sich gut erholen. Man sei stolz auf ihn. Er sei ein leuchtendes Beispiel fürs Unternehmen, das sich Solidarität auf die Fahnen geschrieben hatte. Das Einstehen der Starken für die Schwachen. In diesem Geist habe er gehandelt, und das sei »einfach nur großartig«. Einen Moment fühlte er sich tatsächlich wie ein Held und im nächsten kraftlos. Mit der Solidarität war es im Konzern nicht weit her. Das Hauptaugenmerk der Schadensabteilung, die er seit Kurzem leitete, lag darauf, durchaus berechtigte Anträge auf Versicherungsleistungen abzuwehren.

Einige Nachrichten waren auf seinem Handy eingegangen, er las sie endlich. Eine besorgte von Luise war darunter.

> Mensch, Ben! Was machst du für Sachen? Melde dich, wenn du wieder wach bist. Brauchst du was? Soll ich kommen?

Die nächste war von Leon.

> He, Superman. Wahnsinn! Ruf mich an, sobald du kannst.

Wieso wussten seine Geschwister Bescheid? Es dauerte einen Moment, bis er daraufkam. Bei der Aufnahme hatte man ihn um die Kontaktdaten eines Angehörigen gebeten, und er hatte die seiner Schwester genannt. Offenbar hatte man sie informiert, und Luise hatte natürlich sofort Leon Bescheid gesagt. Als Kinder hatte kein Blatt Papier zwischen sie gepasst, und ihre Beziehung war auch heute noch sehr eng. Das »rote Gesindel« hielt noch immer zusammen. Wie damals, als sie die Außenseiter in Buchsweiler gewesen waren und sich selbst genug. Drei, die keine Freunde fanden und auch keine brauchten, denn sie hatten sich. Drei, die jede abfällige Bemerkung, jeder Spott und jeder misstrauische Blick noch ein wenig mehr zusammenschweißten.

*

Ein Geräusch holte Ben aus dem Halbschlaf. Der Arzt kam herein, der ihn operiert und dessen Namen er sich nicht gemerkt hatte. »Na, wieder munter?«

»Geht so.«

Der Mann begutachtete den Verband, sah nach der Infusion und schien zufrieden. Er war jung und hatte etwas von einem Streber an sich. Glatt rasiert. Makellose Haut. Seitenscheitel. »Irgendwelche Beschwerden?«

Ben verneinte. »Nur ein wenig Kopfschmerzen.«

»Die kommen von der Gehirnerschütterung. Der Eingriff ist problemlos verlaufen. Sie sind stabil. Sieht alles gut aus.«

Vor sechs Stunden hatte er topfit seine Wohnung verlassen, nun lag er im Krankenhaus. Niedergestochen, dem Tod grad noch entwischt. Und alles sah gut aus?

»Was mir Sorgen macht, ist Ihr Gedächtnisverlust. Sie wissen nicht, was passiert ist?«

»Ja, leider.« In dem Moment, als er das sagte, blitzte eine Erinnerung auf. Fahles Licht fiel durch ein Fenster. Ein Klickern wie von Glasmurmeln. *Du hast nichts gesehen. Vergiss das gleich wieder.*

»Passiert es häufiger, dass Ihr Gedächtnis Sie im Stich lässt? Dann sollte man das neurologisch abklären.«

»Manchmal«, räumte Ben ein. »Aber das hat keine neurologischen Ursachen.«

Abwartend sah der Arzt ihn an. »Sondern?«

»Eher psychische Gründe.«

»Wurde das schon mal fachärztlich untersucht?«

Das Gespräch begann Ben unangenehm zu werden. Seine Gedächtnislücken gingen niemanden etwas an. »Ist nicht nötig. Ich bin einfach nur sehr gut darin, Belastendes zu vergessen. Das ist menschlich.«

Der Arzt fuhr sich mit dem Zeigefinger über den Nasenrücken. »Sie meinen verdrängen. Später erinnern Sie sich?«

»Ja, natürlich«, sagte Ben, obwohl das nicht stimmte. Er verdrängte nicht. Er vergaß manches tatsächlich, als wäre es nie geschehen. So wie damals, als sie zu dritt mit ihren frisierten Mofas in der Kiesgrube Motocross gefahren waren. Er, Leon und sein Kumpel Paul. Seit sie ihre *Maschinen* aufgebohrt hatten, brachten sie über fünfzig Sachen auf den Asphalt. Es war so geil. Sie waren die Kings, auch wenn sie nur in der verlassenen Kiesgrube richtig aufdrehen konnten. Und das taten sie einen Sommer lang bei jeder Gelegenheit. Bis dann die Sache mit Leon passierte. Er wäre beinahe draufgegangen. Was geschehen war, wusste Ben nur aus Pauls und Leons Erzählungen. Obwohl er dabei gewesen war.

An jenem Tag hatten sie mit ihren *Maschinen* schon etliche Male eine Kuppe übersprungen. Wer sprang höher, wer weiter? Manchmal stürzten sie und rappelten sich lachend oder fluchend auf. Bis eine Kieslawine Leon unter sich begrub und Ben zur Salzsäule erstarrte, während Paul zur Telefonzelle vorne an der Straße rannte, den Notruf wählte und dann Leon auszubuddeln begann, bis Feuerwehr, Polizei und Notarzt eintrafen. Bens Erinnerungen an diesen Tag wiesen ein mehrstündiges Loch auf. Der ganze Nachmittag fehlte.

Und dann war da noch die Sache mit dem Freibad, zwei Jahre später. Er war schon einmal zum Helden geworden, doch auch daran erinnerte er sich nicht. Immerhin war er angesichts der Gefahr nicht wieder zu Stein geworden. Er hatte einen Jungen aus dem Wasser gezogen, der im großen Becken sang- und klanglos untergegangen war. Niemand hatte es bemerkt, außer ihm. Doch auch daran hatte er bis heute keine Erinnerung. Ihm fehlten die entscheidenden Minuten von der Beobachtung, dass da etwas nicht stimmte, bis zu dem Moment, als ein fremder Mann vor ihm auf die Knie ging und unverständliches Zeug stammelte. Eine wirre Dankesrede. Was will der Irre? Das hatte er gedacht.

Und dann noch Evis Schwangerschaft. Auch die hatte er

vergessen. Die Aussicht, Vater zu werden, hatte ihn überfordert. Zu der Zeit musste er sich mit drei Jobs das Studium finanzieren. Dennoch reichte die Kohle oft vorne und hinten nicht. Dann ging er containern, holte Lebensmittel, die noch essbar waren, aus den Abfallbehältern der Supermärkte, verzichtete auf die Öffis und lief zur Uni und zur Arbeit. Damals war das Joggen extrem geworden und war es bis heute geblieben. Jedenfalls musste Evi ihm eines Tages den positiven Schwangerschaftstest unter die Nase gehalten haben, und er hatte mit einer Panikattacke darauf reagiert und sich am nächsten Tag an nichts mehr erinnert. Er hatte das einfach gelöscht und sie ratlos angesehen, als sie wissen wollte, wie er nun dazu stand. Evi konnte nicht fassen, dass er ihre Schwangerschaft ausgeblendet hatte. Ein heftiger Streit war die Folge.

Das Kind hatte Evi wenige Wochen später verloren, ein Abgang. Noch heute schämte er sich, weil er so erleichtert gewesen war.

Der Arzt nickte. »Ihre Amnesie ist verständlich. Das war ein traumatisches Erlebnis. Ich nehme an, dass Ihre Erinnerungen zurückkehren werden.« Ben nahm an, dass das nicht passieren würde, und plötzlich fragte er sich, ob es mehr als diese drei – seit heute vier – Ereignisse gab, von denen er nur deshalb wusste, weil andere es ihm erzählt hatten.

*

Am Nachmittag kam Evi. Er hatte sie angerufen und gebeten, ein paar Sachen aus seiner Wohnung zu holen.

Im Jahr nach der Fehlgeburt hatten sie sich getrennt. Sie waren kein Paar mehr, aber noch Freunde. Obendrein wohnte Evi im selben Haus. Nach der Trennung war sie in eine frei gewordene Wohnung zwei Etagen höher gezogen und hütete seinen Ersatzschlüssel, so wie er ihren.

»Mannomann, du bist so ein Idiot! Du könntest tot sein.« Sie warf beide Arme um ihn und drückte ihn an sich.

»Wie schön, dass du das H-Wort nicht in den Mund genommen hast. Ich kann es nicht mehr hören.«

»Du meinst *hirnloser Gutmensch*?« Evi lächelte. »Schön, dass du schon wieder Scherze machen kannst.« Sie räumte seine Waschsachen ins Bad, legte Kleidung und Unterwäsche in den Schrank und hängte den Bademantel auf den Bügel. Dann ließ sie sich die ganze Geschichte erzählen, zog schließlich eine Tafel Schokolade aus der Handtasche, seine Lieblingssorte mit ganzen Mandeln, die im Mund so schön knackten, und verabschiedete sich. Sie musste zurück an ihren Schreibtisch. Ein eiliger Auftrag. Evi war freiberufliche Übersetzerin und hatte ihr Büro in der Fensternische ihrer kleinen Wohnung untergebracht. Nach Küsschen rechts und links auf seine Wangen verschwand sie aus dem Krankenzimmer.

Die Müdigkeit kroch wieder in ihm hoch, er dämmerte weg, bis er spürte, dass jemand neben dem Bett stand, obwohl er die Tür nicht gehört hatte. Wer hatte sich da angeschlichen?

Es war eine Frau, etwa in seinem Alter. Sie trug Jeans und eine zu große abgewetzte Lederjacke, die aussah, als wäre sie zwanzig Jahre älter als ihre Trägerin. Hellgraue Augen, kurzes weißblond gefärbtes Haar. Drahtige Figur. Eine, die sich beim Sport auspowerte. »Lassen Sie mich raten«, sagte er. »Sie sind von der Kripo.«

»War auch nicht schwer.« Sie zog den Stuhl heran und setzte sich. »Wie geht es Ihnen?«

»Wie sagt man so schön? Den Umständen entsprechend.«

»Das hätte auch anders ausgehen können. Dann lägen Sie jetzt in einem Kühlfach der Rechtsmedizin. Charlotte Bodmer.« Sie reichte ihm die Hand. »Ich bearbeite den Fall.«

»Ben Maienfeld. Die Frau ist wirklich tot?«

»Yep.«

»Wer tut so etwas?«

In den Augen der Kommissarin blitzte ein Funke auf. »Warum sind Sie dazwischengegangen?«

»Ich weiß nicht. Vermutlich habe ich das Messer nicht gesehen.«

Ihre Augen weiteten sich. »Sie wissen das nicht?«

Ben hob entschuldigend die Hände. »Ich erinnere mich nicht.«

»An das Messer?«

»An alles. Da ist nichts auf der Festplatte.«

Ungläubig sah sie ihn an. »Sie verschaukeln mich.«

»Warum sollte ich?«

Er sah, wie sie die Kiefer aufeinanderpresste und dann durchatmete. »Wissen Sie was: Ich hole mir jetzt mal einen Kaffee, und Sie durchforsten in der Zwischenzeit Ihr Gedächtnis. Ich brauche Sie. Sie sind mein einziger Zeuge.«

»Tut mir leid, aber ich erinnere mich wirklich nicht.«

»Sie haben es ja noch nicht mal versucht. Strengen Sie sich an. Bis gleich.«

Die Kommissarin verließ das Krankenzimmer, und er rechnete beinahe damit, dass sie die Tür hinter sich zuschlagen würde. Sie tat es nicht, und ihr zuliebe schloss er die Augen und versuchte die frühen Morgenstunden heraufzubeschwören. Er kam wieder nur bis zum Powerbar.

Ein paar Minuten später kehrte Charlotte Bodmer mit einem Plastikbecher Kaffee zurück. »Sorry. Ich habe gar nicht gefragt, ob Sie auch einen wollen.«

»Macht nichts. Ich glaube nicht, dass ich den jetzt vertragen würde.«

Ein Lächeln erschien auf ihrem Gesicht. »Glaub ich sofort. Sie sehen aus wie einmal ausgespuckt. War nicht Ihr Tag heute.« Sie nahm Platz und sah ihn erwartungsvoll an. »Na, wie sieht es aus? Irgendwas haben Sie doch für mich.«

»Leider nicht. Das Letzte, an das ich mich erinnere, ist mein Frühstück.«

Für einen Moment hatte er den Eindruck, dass sie gleich die Augen verdrehen würde. »Also gut, fangen wir mit Aufstehen und Zähneputzen an und arbeiten uns voran. Einverstanden?«

Er zuckte die Schultern. Es war ihre Zeit, die sie verschwendete.

»Was gab es denn?«

»Milchkaffee und einen Powerbar.«

»Komische Kombi.«

»Ich wollte joggen. Und ich weiß, dass Sie jetzt gleich fragen: Was? Um fünf Uhr morgens? Das ist nun mal meine Zeit. Bevor ich ins Büro gehe, laufe ich. Nicht jeden Tag, aber drei bis vier Mal pro Woche.«

»Immer dieselbe Runde über den Gollierplatz und zur Grünanlage?«

»Ja.«

»Also auch heute.«

»Ich nehme es an. Aber ich kann mich nicht daran erinnern.«

Die Kommissarin schlug ein Bein übers andere. »Sie waren da. Eine Überwachungskamera hat Ihre Heldentat aufgezeichnet, und außerdem hat der Notarzt Sie dort vom Pflaster geklaubt.«

»Das ist mir klar. Aber ich weiß nicht, wie ich dorthin gekommen bin und warum ich mich eingemischt habe.«

»Ich nehme an, weil Sie helfen wollten. Hat die Frau um Hilfe gerufen? Hat Yasin irgendwas gesagt?«

»Wer ist Yasin?«

»Der mutmaßliche Täter«, sagte sie.

Er schloss die Augen und versuchte erneut, sich zu erinnern. Doch es gelang nicht. »Ich weiß es nicht.«

Sie seufzte und zog ihr Handy hervor. »Ich zeige Ihnen

jetzt ein Überwachungsvideo. Vielleicht macht es dann ja klick.« Sie startete die Aufnahme und reichte ihm das Handy. Krisselige Schwarz-Weiß-Bilder zeigten einen Mann und eine Frau vor der Buchhandlung im Gespräch. Die Körpersprache war aggressiv und suggerierte Streit. Mit einem Mal griff der Mann in die Tasche, zog etwas heraus und stieß es der Frau in die Brust. Das Messer sah Ben nicht. Aber sich selbst im selben Moment ins Bild springen. Ohne Sinn und Verstand warf er sich zwischen die beiden. Jetzt sah er das Messer. Kurz blitzte es auf, einmal und noch einmal. Es bohrte sich in seinen Körper, während die Frau zu Boden ging. Der Täter hielt inne, sah nach oben und rannte weg. In der Zwischenzeit war auch Ben zu Boden gegangen. Das Video war zu Ende. Er gab das Handy zurück.

»Und?«

»Schrecklich.« Die Frau war tot. Innerhalb von Sekunden war alles vorbei. Und er selbst hatte verdammtes Glück gehabt. Ben wollte wissen, welchem Umstand er sein Leben verdankte. »Der Mann hat nach oben gesehen und ist dann weggelaufen. Was war da los?«

»Eine Anwohnerin hat die Tat beobachtet und gerufen, dass er aufhören soll, die Polizei wäre schon unterwegs.«

»Dann haben Sie ja doch mehr als einen Zeugen.«

»Leider nicht. Sie war zu weit weg, um den Täter identifizieren zu können. Bisher hat sich auch kein weiterer Zeuge gemeldet. Die Befragung der Nachbarschaft ist ergebnislos verlaufen. Ich brauche Sie, Herr Maienfeld.«

»Auf dem Video ist er nur von hinten zu sehen.«

»Ja. Ist mir auch schon aufgefallen.« Sie schob das Handy in die Hosentasche und zog es gleich wieder heraus. »Ich zeige Ihnen jetzt ein Foto des Verdächtigen. Vielleicht erinnern Sie sich ja, wenn Sie ihn sehen.« Ihre Finger huschten übers Display, dann hielt sie ihm das Handy unter die Nase. Pflichtschuldig sah er sich das Bild länger als nötig an. »Tut mir leid. Den Mann habe ich nie gesehen. Jedenfalls nicht, dass ich wüsste.«

»Haben Sie etwa Angst vor ihm? Bedroht er Sie?«

»Wieso sollte er?«

Sie stand auf und schob die Hände in die Gesäßtaschen ihrer Jeans. »Echt jetzt?« Ungläubig sah sie ihn an. »Vielleicht, weil Sie der einzige Zeuge des Mordes an seiner Frau sind. Außerdem ist er Mitglied eines kriminellen Clans, falls ich das noch nicht erwähnt haben sollte. Es wäre besser, wenn Sie Ihr Gedächtnis in Gang bringen.«

»Ich kann doch nicht behaupten, dass er es war, wenn ich es nicht weiß.« Im selben Moment ging die Tür auf. Ein Mann kam herein. Schwarze Lederjacke, schwarze Jeans. Doc Martens. Dreitagebart. Ben hoffte, dass das ihr Kollege war, der ihn von ihr erlösen würde. Er gab ihr das Handy zurück. »Tag, Herr Maienfeld.« Der Mann nickte ihm zu.

»Mein Kollege Boris Knepper«, sagte die Kommissarin. »Was gibt's denn?«

»Ich habe den Durchsuchungsbeschluss und dachte, da wärst du gerne dabei.«

»Yep.« Charlotte Bodmer verabschiedete sich endlich. Im Rausgehen wandte sie sich noch einmal nach Ben um. »Ich werde Personenschutz für Sie beantragen. Nicht, dass mein einziger Zeuge gekillt wird.« Mit diesen Worten verschwand sie aus seinem Blickfeld und er schob den Anflug von aufsteigender Angst erst einmal beiseite.

Das Gespräch hatte ihn erschöpft. Ben versuchte zu schlafen, doch plötzlich fiel ihm Barbaras Anruf ein. Er musste sich bei ihr melden. Später. Seine Mutter wartete auf Antwort. Er war so müde, dass er einnickte und vom Landidyll träumte. Es war Herbst und er ein kleiner Junge. Er saß hoch oben im Apfelbaum und blickte auf die Welt unter sich. Alles sah so klein aus. Wie Spielzeug. Das Fachwerkhaus mit dem weißen Putz und den schwarzen Balken. Mit den winzigen Fenstern und von Moos und Flechten überzogenen Dachschindeln. Das alte Mühlengebäude, in dem der Kollergang seit Jahrzehnten stillstand. Der wacklige Steg über den Bach. Das moosige Mühlrad, das Jahr für Jahr morscher wurde. Die Schleuse, die sich nicht schließen ließ, weil das Wasserrad festgerostet war. Der Bach, der zum Weiher führte. Der Weg hinauf zu den Trollen im Wald und weiter zu seiner geheimen Hütte. Im Hof Barbaras oranger Corsa, klein wie ein Matchbox-Auto. Der ehemalige Hühnerstall mit Leons und Luises Geheimversteck. Der alte Holzschuppen. Die Streuobstwiese hinter dem Haus, in der Brennnesseln und Löwenzahn blühten. Die hohe Hecke, die all das von drei Seiten umgab, und vorne der Zaun und das Tor, das immer offen war. Der Himmel über ihm war weit, er spannte sich endlos übers Firmament. Weiße Wolken segelten dahin. Auf einmal wuchsen ihm Flügel. Versuchsweise spreizte er das ungewohnte Gefieder. Eine Windbö packte ihn, und er ließ sich von ihr forttragen, glitt auf ihr dahin. Er konnte fliegen! Es war herrlich. Bis der Wind erstarb und er wie ein Stein der Erde entgegensauste. Mit aller Macht stemmte er sich dagegen, doch es half nichts. Das Spielzeugland unter ihm kam rasend schnell näher. Er würde zerschellen, in tausend Stücke zerbersten. Er schrie um Hilfe, und plötzlich verlangsamte sich das Geschehen, als wäre es ein Film, der auf einmal in Zeitlupe lief. Unten stand Onkel Lukas und fing ihn auf.

Ben schreckte aus dem Traum hoch. Sein Herz raste. Angst lag wie ein kalter Stein in seinem Magen, und er wusste nicht, wieso. War doch gut gegangen. Und es war auch nur ein Traum.

Onkel Lukas mit seinem Taxi. Er hatte ihnen immer etwas mitgebracht, wenn er nach Buchsweiler kam. Seifenblasen, Schokolade, einen Spielzeugcolt für Fasching und für Luise einmal einen Zauberstab. Damit hatte Ben sie eines

Tages unten am Bach beim Mühlrad beobachtet. Seine kleine Schwester stand dort in ihrem Nachthemd, das in jenem Sommer ihr Lieblingskleid gewesen war, schwang den Zauberstab gen Himmel und schloss die Augen. »Simsalabim. Barbara soll eine richtige Mama sein. Hex, hex.«

Rheinland,
Frühling 1988

Lukas Isensee

Lukas Isensee betrat das Gelände des Behindertenheims wie immer durch die Pforte an einer Nebenstraße. Seit neun Jahren ging er diesen Weg, wenn er Sabine besuchte. Die Frau, mit der er sein Leben hatte verbringen wollen.

Anfangs war er ständig bei ihr gewesen. Erst im Krankenhaus, anschließend während der Reha, schließlich hier. Zunächst jeden Tag, dann wöchentlich, jetzt wenigstens einmal im Monat.

Als er an diesem Sonntagnachmittag Ende März die weitläufige Anlage auf einer Anhöhe über Bonn betrat, standen die Forsythien und Zierkirschen in voller Blüte, Bienen summten darin. Es war ein verfluchtes gelb und rosa schäumendes Meer an Verheißung und Hoffnung. Ein Versprechen auf ein erfülltes Leben, auf Entfaltung. Auf alles, was Sabine verwehrt blieb. Unwillkürlich ballte Lukas die Fäuste. Er senkte den Kopf, weil er den blauen Himmel über sich nicht sehen wollte. Und auch den Rhein unten im Tal nicht mit seinen Ausflugsschiffen, auf denen sich die Menschen amüsierten, sich die Bäuche mit Torte vollschlugen. Gefräßig, gierig, niemals satt. Die es einfach nicht durchschauten. Noch immer dieselbe Masche von Brot und Spielen. Wer satt und wessen Geist eingelullt war, zettelte keine Revolution an. Die da unten im Bonner Regierungsviertel hatten ebenso wenig zu befürchten wie die modernen Sklavenhalter in den Chefetagen der Konzerne. Jedenfalls nicht von denen, die auf ihren Sofas vor der Glotze hingen und sich den Verstand vernebeln ließen. Die den Mist der Springer-Presse glaubten und die Macht gar nicht haben wollten, die von ihnen ausging: dem Volk.

Lukas erreichte die Pforte, nickte dem alten Mann zu, der hinter einer Sichtscheibe Dienst tat und ihn grüßte. »Tach, Herr Isensee. Sie sind eine treue Seele, wenn ich das einmal so sagen darf.«

Der Weg durch die Flure war ihm vertraut. Bei schönem Wetter war Sabine oft draußen. Sie liebte die Natur, den Sonnenschein, die frische Luft. Er durchquerte die Cafeteria, erwiderte die Grüße der Mitarbeiterinnen und ging hinaus auf die Terrasse. Die Tische unter der Markise waren alle besetzt. Sabine konnte er nicht entdecken. Er ging in den Garten und fand sie unter der Trauerweide. Sie saß in ihrem Rollstuhl am Rand des kleinen Sees. Den Kopf hatte sie in den Nacken gelegt und blickte in den Himmel. Das rotbraune Haar war zu einem Zopf geflochten und fiel ihr über die Schulter. Neben ihr stand eine Betreuerin und arretierte den Rollstuhl. Sie musste neu sein. Lukas kannte sie nicht. Ihr Haar hatte beinahe dieselbe Farbe wie Sabines, allerdings war es kurz geschnitten. Zahlreiche Sommersprossen verteilten sich auf Nase und Stirn. Das Blau der Augen irritierte ihn. Die Farbe schien nicht zu passen. Wie ein kalter Kontrapunkt in einer warmen Harmonie. Mit einer Hand strich sie den weißen Kittel glatt. »Sie sind sicher Lukas. Sabine hat mir von Ihnen erzählt.«

Erzählt?, dachte er. Eher geradebrecht, gestottert, genuschelt. Die Worte irgendwie herausgebracht. Verständlich nur für jemanden, der Übung darin hatte. Sie hatten diese wunderbare, intelligente und lebensfrohe Frau auf das intellektuelle Niveau eines Kleinkindes zurückgeprügelt. »Stimmt«, sagte er. »Ich bin Lukas.«

Sie streckte ihm die Hand entgegen. »Hedwig. Ich arbeite erst seit drei Wochen hier.«

Sabine warf den Kopf in den Nacken und lachte. »Hallo Bine.« Er gab ihr einen Kuss auf die Stirn. Auf den Mund küsste er sie schon lange nicht mehr. Irgendwann hatte sich das eingeschlichen. Es war nicht mehr Liebe, die sie verband, sondern Freundschaft.

»Ich wollte gerade Kaffee und Kuchen holen. Kann ich Ihnen etwas mitbringen?«, fragte Hedwig.

»Ich bin nicht so der Kuchentyp.«

»Vielleicht einen Kaffee?« Abwartend musterte sie ihn, und wieder irritierte ihn das klare Blau ihrer Augen. Der Kontrast zwischen kühl und warm zog ihn an.

»Gerne. Schwarz und ohne Zucker.« Er sah ihr einen Moment nach, als sie Richtung Cafeteria verschwand, nahm sich dann einen der weißen Kunststoffstühle und setzte sich zu Sabine. Sie hatte das Gesicht der Sonne zugewandt. Er stellte sich die farbigen Reflexe vor, die das Licht durch die geschlossenen Lider auf ihre Netzhaut projizierte, und was sie dabei empfand. Eine kindliche Freude, vermutete er. Denn sie wirkte zufrieden. Er nahm ihre Hände in seine, und sie lachte. »Sönn. Du da bist. Du Liba.«

»Geht's dir gut?«

Sie nickte, und ein lang gezogenes »Ja« verließ ihren Mund. Wieder einmal erfasste ihn Ärger auf diese Zufriedenheit. Die Welt hätte ihr als Biologin offen gestanden. In einer Umweltschutzorganisation oder einem Forschungsinstitut. Und nun gab sie sich mit frischer Luft zufrieden. Mit einem Blinzeln in die Sonne. Freute sich, wenn ihr ein Wachsmalbild gelang oder in der Adventszeit selbst gedrehte Kerzen aus Bienenwachsplatten. Er rang die Verbitterung nieder. Wie hatte ihre Mutter gesagt? »Es ist nun einmal so, wie es ist. Wir müssen uns damit arrangieren. Wichtig ist, dass sie nicht verzweifelt, sondern zufrieden ist. Sonst wäre das ja gar nicht auszuhalten.«

Lukas erzählte Bine die Anekdoten der letzten Wochen. Als Taxifahrer erlebte er allerlei, daher gingen ihm die Geschichten nie aus. Sie bemerkte sein verändertes Äußeres und fragte, wo der Bart geblieben war. »Abrasiert. War zu lästig in der Pflege. Außerdem juckt er.« Das war zwar nicht der Grund, aber er wollte Sabine nicht beunruhigen. Am Dienstag würden auch die langen Zotteln fallen. Für das Vorstellungsgespräch am Mittwoch musste sein Erscheinungsbild den Erwartungen entsprechen.

Die Bewerbung war Gernots Idee gewesen. Vor zwei Wochen hatte er ihn angerufen, es gebe etwas zu besprechen. Nicht am Telefon. Also war Lukas nach Buchsweiler gefahren. Barbara war in der Kanzlei in Bonn gewesen, die Kinder in der Schule. Gernot empfing ihn in der Küche. Die Bialetti stand röchelnd auf dem Gasherd und spuckte Espresso in den oberen Teil der Kanne. Gernot nahm zwei dickwandige Tassen aus dem Schrank und stellte eine Dose mit braunem Zucker dazu. Eine besondere Sorte, erklärte er. Er hebe den Geschmack hervor. Seit einiger Zeit zeigte sein Bruder bourgeoise Anflüge von Großkotzigkeit. Für seine Auftritte bei Talkshows und Podiumsdiskussionen hatte er sich zwei Anzüge gekauft, dazu Hemden und Krawatten. Man müsse das System mit seinen eigenen Mitteln schlagen. Wenn er sich mit Jeans, Turnschuhen und ausgeleiertem Rollkragenpullover ins Fernsehen setze, würde ihn niemand ernst nehmen. Die Schotten der Vorurteile rauschten herunter, noch bevor er den ersten Satz gesagt habe. Man hörte ihm nicht zu. Setzte er sich hingegen in ihrer Verkleidung zu ihnen, war das anders.

Auf dem Tisch lag *DIE ZEIT*. Der Stellenteil war aufgeschlagen und eine Annonce mit Kugelschreiber umrandet.

Gernot rührte Zucker in seinen Espresso. »Darum geht es.« Er schob die Zeitung zu Lukas. Das Bundesfinanzministerium suchte einen Fahrer. »Kannst du dir vorstellen, dich zu bewerben?«

Gernot wusste, dass es nur eine Antwort gab, nämlich Nein. Er als Staatsdiener? Am Ende vielleicht noch als Beamter? Ein Knecht des Systems? Niemals. Warum fragte Gernot also? »Was steckt dahinter?«

»Ich weiß, für wen sie einen Fahrer suchen.«

»Etwa für Stoltenberg?«

»Für einen seiner Staatssekretäre. Ludger Rombach.«

Okay, dachte Lukas, als er erkannte, welche Möglichkeit sich auftat. Und es gefiel ihm auch, dass sein Bruder, der große Zampano, ihm das zutraute. »Im Prinzip schon. Ist das deine Idee?«

»Ich koordiniere das nur. Du bist dabei?«

Einen Moment hatte er noch überlegt und dann genickt.

Hedwig kehrte mit Kaffee und Kuchen zurück und stellte das Tablett auf dem Kunststofftisch ab. »Ist es okay, wenn ich auf einen Kaffee bleibe? Oder störe ich?«

»Stöst nid«, stieß Bine hervor.

»Das ist schon in Ordnung.« Lukas schloss sich an. Sabine mochte Hedwig, also mochte auch er sie. Mehr noch: Sie gefiel ihm.

Sabines Motorik war nicht so stark beeinträchtigt wie ihre geistigen Fähigkeiten. Sie konnte einigermaßen selbstständig essen. Hedwig half ihr, sie kam gut mit Sabine zurecht. Das war nicht bei allen so. Bei manchen sperrte sie sich, ließ sie nicht an sich heran.

Der Nachmittag wurde nett, beinahe lustig. Sabine wollte mit Hedwig und ihm »Ich sehe was, was du nicht siehst« spielen. Das taten sie ausgiebig und lachten dabei viel.

Schließlich war es Zeit zu gehen. Lukas verabschiedete sich von Bine mit einem Kuss auf die Stirn und dem Versprechen, bald wiederzukommen.

Hedwig bot an, ihn Richtung Ausgang zu begleiten, und damit war klar, dass sie sich mit ihm allein unterhalten wollte. Über ein Thema, das Bine aufregen würde, und da gab es nur eines.

Schweigend gingen sie durch den Garten und über die Terrasse, und er begann zu zweifeln, ob Hedwig wirklich fragen würde. Er warf ihr einen verstohlenen Blick zu. Wie alt sie wohl war? Ein paar Jahre jünger als er. Etwa Anfang dreißig. Sie war attraktiv. Ihre gerade Haltung, der selbstsichere Gang, das offene Lachen. Die Sommersprossen. All das gefiel ihm. Ob sie wohl einen Freund hatte?

Schließlich war er es, der das Schweigen brach. »Eigentlich kenne ich den Weg zum Ausgang gut. Ich bin ihn schon hundert Mal gegangen. Was wollen Sie wissen?«

Sie blieb stehen. »Oje. Ist das so offensichtlich?«

Er zuckte mit den Schultern.

»Ich will nicht neugierig sein. Aber es wäre gut, wenn ich wüsste, was passiert ist. Sabine kann sehr launisch sein, dann frage ich mich, was ich falsch gemacht habe. In den Akten steht nur etwas von einem Unfall.«

So wurde das immer genannt. Auch Sabines Eltern hatten sich auf diese Formel zurückgezogen. Ein tragischer Unfall. Damit war es leichter zu ertragen. Er verstand, dass sie sich vor der Wahrheit wegduckten.

»Sie ist eine Treppe hinuntergefallen«, sagte er. »Dabei hat sie sich das Rückenmark verletzt und eine Hirnblutung zugezogen.« So ganz entsprach das nicht der Wahrheit. Es gab eine Vorgeschichte. Die Schädelverletzungen waren der Grund für den Sturz gewesen. Wenn er das jetzt erklärte, würde er sich in Rage reden, und dann konnte es passieren, dass er richtig vom Leder zog. Seit neun Jahren übte er sich in Selbstbeherrschung und Anpassung. Nach außen war er ein unauffälliger Bürger. Ein zuverlässiger Taxifahrer und Steuerzahler, der hilfsbereite Nachbar. Was er sonst noch war, wussten nur Gernot und Barbara.

*

Am Dienstagvormittag ging Lukas zum Friseur und ließ sich die Haare schneiden. Beinahe so kurz wie damals beim Bund. Danach fuhr er nach Hause und zog sich um. Anzug, Hemd, Krawatte, Manschettenknöpfe. Dergleichen hatte er nie besessen. Alles war neu. Gernot hatte ihn beim Kauf beraten. Mit dem Strom schwimmen, nannte er das. Unauffällig bleiben. Wobei seine Texte das Gegenteil von stromlinienförmig waren. Manchmal erschien es Lukas, als führe sein Bruder drei Leben. Neben dem, von dem kaum einer wusste, eines im Rampenlicht, das alle kannten. Und dann noch das daheim an seinem Schreibtisch, an dem er seine Artikel, Essays, Kolumnen, Kommentare und Bücher verfasste, mit denen er gegen das System anschrieb. Gegen den Kapitalismus, die Kriegstreiberei, den Imperialismus und den heraufziehenden Neoliberalismus in Europa. Gernot verstand es, seinen Unmut in Worte zu fassen und zu analysieren, was schieflief. Während Lukas Gefühle antrieben. Sein Zorn auf Ungerechtigkeit und Ungleichheit. Auf die Chancenlosigkeit der meisten, die das nicht einmal erkannten und sich willig ins System fügten. Die Vorstellung, sie alle seien nur Marionetten, an denen die Machthaber in Politik und Wirtschaft die Fäden zogen. Ferngesteuert von denen da oben, die taten, was sie wollten. Und natürlich die stille Wut, die seit neun Jahren in ihm saß. Damals hatte er die Idee vom gewaltlosen Widerstand aufgegeben.

Lukas betrachtete sich im Spiegel und kam sich fremd vor. Doch Gernot bestand darauf, das Vorstellungsgespräch unter realen Bedingungen zu üben. Damit er sich an den Anzug gewöhnte.

Es war Zeit aufzubrechen. Das Taxi ließ Lukas in der Tiefgarage des Hochhauses am Rande von Bonn, in dem er lebte, und nahm den grauen Golf für die Fahrt nach Buchsweiler. Raus ging es aus der Stadt Richtung Westen, ins Rheinische Schiefergebirge der Eifel. Sanfte Hügel, weite Wälder, alte Fachwerkdörfer und efeuumrankte Burgen. Überall Blumenkästen mit Geranien. Von Gartenzwergen bevölkerte Vorgärten. Wirtshäuser mit geschnitzten Schildern in Frakturschrift. Während der Fahrt zogen Wolken auf. Kurz vor Bad Münstereifel begann es zu nieseln. Lukas stoppte in einem Dorf bei einem Supermarkt und kaufte drei Tafeln Schokolade, bevor er die letzten Kilometer nach Buchsweiler fuhr.

Das Landidyll, wie Barbara es nannte, war eine alte Mühle. Sie befand sich anderthalb Kilometer außerhalb des Dorfs an einem Bach, der einst das Mühlrad angetrieben hatte und einen Weiher speiste. Früher hatte die Mühle einer Familie gehört, die neben der Müllerei ein wenig Landwirtschaft betrieb. Der Sohn war fortgezogen und hatte das Anwesen nach dem Tod der Eltern jahrelang leer stehen lassen, bevor er es verkaufte. Das Ensemble bestand aus einem heruntergekommenen Fachwerkhaus, der angrenzenden Mühle und verschiedenen Schuppen.

Lukas passierte das Eisentor, das immer offen stand, und fuhr in den Hof, der nach dem vorangegangenen Regenguss ein großes Matschloch war. Er hupte einmal kurz und hielt nach den Kindern Ausschau. Es dauerte nur einen Moment, bis sie ums Hauseck gerannt kamen. Bens magere Gestalt steckte in Shorts, Gummistiefeln und einem zu kurzen T-Shirt. Leon lief barfuß durch den Schlamm, nur mit Unterhose und einem Pullover bekleidet. Luise trug ein Nachthemd und eine grüne Sonnenbrille.

»Hallo Rasselbande!«

»Hurra! Onkel Lukas!«, schrie Leon. »Hast du uns was mitgebracht?«, rief Ben. »Ja bitte!« Das kam schüchtern von Luise.

Er hielt sich die Kinder vom Leib, so gerne er sie auch umarmt und an sich gedrückt hätte. Er durfte sich den Anzug nicht versauen. »Wer mag Schokolade?« Ein dreifaches »Ich« erklang, und er teilte die Tafeln aus.

»Spielst du mit uns?«, fragte Luise.

»Heute nicht.« Er zeigte auf den Anzug. »Ich darf mich nicht schmutzig machen.«

Nachdenklich legte sie einen Finger an den Mund. »Schimpft dann deine Mama mit dir?«

Lukas lachte. »Eher dein Papa.« In diesem Moment erschien Gernot in der geöffneten Haustür. Sein Halbbruder war ein athletischer Mann mit feinen Gesichtszügen, einer langen schmalen Nase und einer Denkerstirn, die er von seinem Vater hatte. Dem ersten Mann ihrer Mutter. Lukas war das Kind aus der zweiten Ehe. Erste graue Fäden zogen sich durch Gernots dunkles Haar, das ihm in einer Tolle ins Gesicht fiel. Privat kannte Lukas Gernot nur in Jeans, T-Shirts und mit Turnschuhen. Doch heute hatte auch er sich verkleidet und trug Anzug für das Training unter realen Bedingungen. Sein Blick glitt von oben bis unten an Lukas herab. »Perfekt. Das Äußere stimmt schon mal.«

Im Haus war es immer düster, feucht und kalt, sogar im Hochsommer. Die Kälte hatte sich im Laufe von zweihundert Jahren in den Mauern festgesetzt. Die winzigen Fenster ließen kaum Licht herein. Eine Heizung gab es nicht, außer dem alten Kaminofen in der Küche und einem Ofen oben im Arbeitszimmer. Der mangelnde Komfort erinnerte Lukas an das Haus in Heidelberg, das sie in den Siebzigern besetzt hatten.

Auf der rechten Seite des Flurs befand sich die Küche. Auf

der linken das Wohnzimmer. Die Tür stand offen. Barbara saß am Tisch und las eine Akte. Als sie vorbeigingen, sah sie auf. »Hallo Lukas. Du siehst überzeugend aus. Mach das morgen gut, ja?«

Er hob den Daumen. Das würde schon klappen. Die größte Hürde hatte er bereits genommen. Zum Vorstellungsgespräch wurde man erst nach erfolgreicher Sicherheitsüberprüfung eingeladen. Die Regelanfrage beim Verfassungsschutz war also ergebnislos verlaufen. Seine Weste war auch ansonsten rein. Keine Vorstrafen. Keine Konflikte mit der Polizei bis auf die Sache mit der Hausbesetzung. Mit einundzwanzig. Das konnte als Jugendsünde durchgehen. Seither hatte er kaum ein Knöllchen kassiert. Obendrein hatte er gedient. Nicht aus Überzeugung, sondern weil er damals, nach dem Tod seiner Mutter, in einer schwierigen Phase gewesen war und nicht die Kraft aufgebracht hatte, die Verweigerung durchzuziehen. Das kam ihm nun zugute. Doch der eigentliche Trumpf für das Vorstellungsgespräch war das Empfehlungsschreiben von Sabines Vater. Er war hoher Beamter im Ministerium für Arbeit und Sozialordnung und hatte Lukas die Referenz gerne ausgestellt. »Das System benutzen, um es zu schlagen.« Auch so ein Spruch von Gernot. Eigentlich mochte er Sabines Vater. Als Mensch. Nicht als Repräsentant des Systems. Über Politik konnte er mit ihm nicht sprechen, dann gerieten sie aneinander. Deshalb tat er das auch nicht, wenn sie sich gelegentlich im Pflegeheim bei Sabine begegneten.

Lukas folgte Gernot über den Flur, an dessen Ende die Waschküche lag, durch die man in den Garten gelangen konnte. Links davor befand sich eine steile Holztreppe. Über sie ging es nach oben, vorbei an Schlaf- und Kinderzimmer in Gernots Arbeitszimmer unter den Dachschrägen. Dort befand sich eine Dachgaube mit Fenster zum Hof. Unten saßen die Kinder auf der Stufe vor dem Holzschuppen und bissen in ihre Schokoladentafeln, als wären sie Brot. Manchmal fragte Lukas sich, ob sie regelmäßig zu essen bekamen. Barbara mochte eine gute Anwältin sein, doch eine gute Mutter war sie nicht, und auch keine Hausfrau. Hatte er sie jemals kochen sehen? Sofort schämte er sich für diesen reaktionären Gedanken. Doch manchmal taten ihm die Kinder leid. Auch wenn Gernot sagte, dass sie zu beneiden wären. »Sie können sich hier frei entfalten und Erfahrungen sammeln. Wir stülpen ihnen nichts über, so wie unsere Eltern das bei uns getan haben.« In einem Dorf, wo jeder seinen Platz und alles seine Ordnung hatte, kam das nicht gut an. Die Kinder waren Außenseiter. Nicht nur, weil sie außerhalb des Dorfs lebten. Vor allem, weil Gernot und Barbara nicht den Versuch unternahmen, sie zu integrieren. Ben hatte den Kindergarten nur ein halbes Jahr lang besucht und Leon und Luise gar nicht. »Die Natur ist der beste Spielplatz.« So Barbaras Kommentar, als er sie darauf angesprochen hatte. Und für einen Moment hatte er geglaubt, Gleichgültigkeit zu spüren.

Lukas wandte sich zu Gernot um. »Wie geht's Ben eigentlich in der Schule?«

»Er kommt klar. Warum fragst du?« Gernot setzte sich hinter den Schreibtisch, schob den PC zur Seite und wies auf den Stuhl gegenüber.

»Weil er der Außenseiter ist, und die werden gern schikaniert.«

»Wenn es so wäre, würde er einen Weg finden, damit umzugehen. Aber er wird nicht getriezt.«

»Hat er Freunde?«

»Ich denke schon.«

»Du weißt es also nicht. Bringt er denn jemanden mit nach Hause? Oder wird er von Schulkameraden eingeladen?«

Ein verärgerter Zug legte sich um Gernots Mund. »*Ka-*

meraden ist ein grässliches Wort. Mach dir keinen Kopf wegen Ben. Er geht seinen Weg. Jetzt konzentriere dich auf morgen. Das muss klappen.«

Lukas lenkte ein. Gernot hatte recht. Das Vorstellungsgespräch war die entscheidende Hürde, die er nehmen musste. Also zog er das Sakko glatt, rückte die Krawatte gerade und nahm Platz. Gernot schlüpfte in die Rolle des Personalchefs. Schritt für Schritt gingen sie das Bewerbungsgespräch durch. Blickkontakt halten. Ruhig und sachlich antworten. Offene Körpersprache. Sich nicht provozieren lassen, falls Fragen nach Sabine kamen und seiner Zeit als Hausbesetzer. Alles lange her. Menschen entwickeln und verändern sich. Das Studium hatte er abgebrochen, weil es ihm zu theoretisch war. Er hatte lieber mit Menschen zu tun, und so war er Taxifahrer geworden. Seit einigen Jahren selbstständig. Arbeitszeiten waren ihm daher egal. Er fuhr auch nachts und am Wochenende und würde das selbstverständlich auch als persönlicher Fahrer für einen Staatssekretär tun. Der Grund für die Bewerbung: die wirtschaftliche Sicherheit, die diese Anstellung mit sich brachte.

Gernot ermahnte ihn, auf seine Sprache zu achten, höflich und zuvorkommend zu sein. Gute Umgangsformen waren ebenso Voraussetzung für diesen Job wie Verschwiegenheit. »Du musst in die Rolle eines beflissenen Dieners schlüpfen. Kriegst du das hin?«

»Ich denke schon.«

»Aber übertreibe es nicht.«

Sie gingen das Bewerbungsgespräch noch einmal durch. Gernot fragte nach Sabine und Heidelberg, versuchte zu provozieren, und Lukas übte, auf seine Hände zu achten, die sich bei diesem Thema gerne zu Fäusten ballten, ohne dass es ihm bewusst war.

Donnerstag, 21. November 2019

Barbara

Am Donnerstagvormittag wollte Barbara auf dem Wochenmarkt einkaufen und musste dafür Bargeld besorgen. Kurz überlegte sie, nicht zu ihrer Bank gegenüber zu gehen. Doch das wäre feige, und feige war sie nie gewesen. Also betrat sie den Vorraum, stellte sich an den Geldautomaten und erwiderte den Gruß ihres Kundenberaters, der nur wenige Meter entfernt an seinem Schreibtisch hinter dem Tresen saß, mit einem Lächeln.

Ein wenig Zeit hatten sie noch. Bis jetzt waren die Raten der letzten zwei Monate offen. Die Bank erwartete, dass diese spätestens mit der nächsten im Dezember beglichen wurden und die Zahlungen ab Januar wieder reibungslos liefen. Erst wenn das nicht der Fall war, würden sie die Hypothek kündigen. Dann müssten Gernot und sie einen sechsstelligen Betrag auf einmal aufbringen, das würde ihnen nicht gelingen und die Wohnung in die Zwangsversteigerung gehen. Sie hoffte also auf Bens Hilfe, wobei das Problem damit nur in die Zukunft verschoben würde. Gernot und sie verdienten nicht genug, um ihren Lebensstil weiter aufrechtzuerhalten.

Der Automat gab das Bargeld aus. Barbara bummelte über den Markt, kaufte Obst und Gemüse am Biostand,

Käse aus Frankreich und Schinken und Salami aus Italien. Beim Türken nahm sie eingelegte Oliven und Schafskäse mit und beim Brotstand ein Holzofenbrot.

Wieder daheim, verstaute sie die Einkäufe, setzte sich an ihren Schreibtisch und sah die laufende Buchhaltung durch. Seit anderthalb Jahren hatte Gernot kaum noch Einnahmen aus seinen Auftritten bei Lesungen, Talkshows und Podiumsdiskussionen. Mit einer rassistischen Bemerkung hatte er sich schlagartig aus diesem Kreis der Öffentlichkeit hinauskatapultiert. Er war missverstanden worden. Doch alle Erklärungs- und Rechtfertigungsversuche halfen nicht. Im Gegenteil, durch seinen Versuch, das N-Wort im Kontext der Zeit zu verorten und zu verstehen, hatte er es nur noch schlimmer gemacht und sich ins Abseits manövriert. Seither trug er das Etikett *rassistischer alter weißer Mann*. Auch seine Einnahmen aus dem Schreiben waren zurückgegangen. Die Bücher liefen nicht mehr so gut, und einige Medien publizierten ihn nicht mehr. Sie boykottierten Gernot, ohne das offen auszusprechen. Dafür bekam er von der falschen Seite Applaus und Angebote, doch von den selbst ernannten *Rettern des Abendlandes* hielt Gernot ungefähr so viel wie einst von Franz Josef Strauß oder Axel Springer. Von denen ließ er sich nicht hofieren und auch nicht bezahlen.

Sie selbst hatte den Fehler begangen, wenn man das so nennen wollte, ihre Einnahmen nicht zu maximieren. Als Anwältin für Strafrecht hätte sie die Möglichkeit gehabt, gut dotierte Fälle zu vertreten, sich einen Ruf aufzubauen und bei einer wohlhabenderen Klientel als ihrer abzukassieren. So wie es etliche ihrer ehemaligen Kommilitonen getan hatten, die in den Siebzigern in linken Kommunen lebten und jetzt in ihren grundsanierten Häusern in der Toskana. Stattdessen hatte sie Gernot das geerbte Geld ausgeben lassen und ihr Gewissen damit beruhigt, dass sie als Pflichtverteidigerin für ein schmales Honorar diejenigen vor Gericht vertrat, die sich keinen Wahlverteidiger leisten konnten.

Barbara klappte den Ordner zu und zog ein Fazit. Selbst wenn Ben ihnen half, würde das die Zwangsversteigerung der Wohnung nur um zwei oder drei Monate hinauszögern. Sie gewannen Zeit, das eigentliche Problem löste Bens Geld nicht.

Es war angebracht, sich mit Plan B zu befassen. Sie googelte nach den Überfällen auf Supermärkte und Geldtransporter, die Walter und Dagmar zugeschrieben wurden. Es waren neun, seit sie untergetaucht waren. Der letzte vor zwei Jahren mit einer Beute von beinahe achthunderttausend Euro. Sie überschlug, was die beiden seither davon verbraucht haben konnten. Maximal die Hälfte. Eher weniger. Es war also noch reichlich zum Teilen übrig. Beim letzten Überfall auf einen Großmarkt wären sie beinahe geschnappt worden, weil sie nur zu zweit waren und nicht zu dritt wie sonst. Wer der dritte Mann war, darüber spekulierten die Medien ebenso wie die Polizei. Manche glaubten, Lukas. Doch es gab nur von Walter und Dagmar DNA-Spuren. Auf drei Überwachungsvideos war Walter gut zu erkennen, auf zwei anderen Dagmar. Den dritten Mann sah man entweder von hinten, oder die Bilder waren zu schlecht, um ihn zu identifizieren. Aufgrund seiner Statur vermutete Barbara, dass es Udo war.

Ihr Magen knurrte. Sie ging in die Küche und aß eine Banane. Sollten sie Walter und Dagmar um Hilfe bitten? Gernot hatte schon recht, sie könnten das eventuell falsch verstehen. Was sie in diesem Fall tun würden, konnte Barbara nicht recht einschätzen. Sie hatte die beiden nur ein paarmal getroffen, seit sie in den Untergrund gegangen waren. Einmal bei einer Wohnungsübergabe, zu der nicht der Mittelsmann kam, sondern überraschenderweise die beiden selbst, und ein andermal, als Gernot sich hatte breitschlagen lassen, eine Waffe für sie aus einem Depot zu holen. Und dann natürlich in jenem Sommer, als Gernot und sie auf einem Seil über einem Abgrund balancierten.

Auch wenn nicht abzusehen war, wie die beiden auf ihre Bitte um Solidarität reagieren würden, wusste Barbara, dass sie vor Gewalt nicht zurückschreckten. Nicht erst seit den Überfällen auf Geldtransporter und Supermärkte. Sondern seit sie aus dem besetzten Haus in Heidelberg verschwunden waren und auf den Fahndungsplakaten der Polizei wieder auftauchten. Sie hatten die Festnahme von Udo verhindert, der schon vor ihnen in den Untergrund gegangen war und mit dem sie in eine Polizeikontrolle gerieten. Walter und Dagmar schossen sich und Udo den Weg frei. Und damit waren aus den Sympathisanten der RAF aktive Kämpfer geworden.

Im Sommer 1978 war das gewesen. Ein Jahr nach den Ereignissen, die als »Deutscher Herbst« in die Geschichte eingingen. Die Eskalation der Gewalt hatte allerdings schon im April begonnen, mit der Ermordung des Generalbundesanwalts Siegfried Buback. Danach war es Schlag auf Schlag gegangen. Jürgen Ponto im Juli und im September die Entführung von Hanns Martin Schleyer. Mit ihm als Geisel sollten die politischen Gefangenen von Stammheim freigepresst werden. Doch anders als bei der Lorenz-Entführung ließ der Staat sich diesmal nicht erpressen. Schließlich brach die RAF mit ihren eigenen Regeln: kein Krieg gegen das Volk. Am 13. Oktober entführten palästinensische Terroristen in Abstimmung mit der RAF-Kommandoebene das Passagierflugzeug Landshut. Eine Odyssee durch mehrere Länder begann, die in Mogadischu mit der Geiselbefreiung durch die GSG 9 endete. In den darauffolgenden Stunden verübten Andreas Baader, Gudrun Ensslin und Jan-Carl Raspe in Stammheim Selbstmord. Irmgard Möller überlebte schwer verletzt. Der Begriff vom Staatsmord machte die Runde und spaltete die Sympathisantengruppe. Die einen riefen »Mörder«, die anderen hielten das Bild von der Selbstbestimmung der Gefangenen bis zum letzten Atemzug hoch. Später einmal hatte Peter-Jürgen Boock gesagt, die drei hätten dem Staat ihren Tod vor die Füße gekippt.

Gernot und Barbara waren lange unsicher, was sie glauben sollten. Wie konnte man sich selbst einen Genickschuss beibringen? Wie sich selbst mit einem Blechmesser derart schwer verletzen? Irmgard Möller erklärte in ihrer Aussage, dass man versucht hatte, sie zu ermorden, und Gernot glaubte ihr. Er tat den nächsten Schritt. Aus dem Sympathisanten wurde ein Unterstützer. Denn Worte allein genügten ihm nicht mehr. Er nahm Kontakt zu anderen Unterstützern auf und bot seine Hilfe an. Keine vier Wochen später fuhr er in die Schweiz, um an einer Podiumsdiskussion einer alternativen Wochenzeitschrift teilzunehmen. Auf der Rückreise hatte er zwei falsche Pässe und eine Pistole bei sich, die er in einem Heidelberger Hinterhof an einen Mittelsmann übergab. Der erste Auftrag war reibungslos gelaufen. Es folgten weitere. Einmal bat er Barbara, sich ihm anzuschließen, doch sie ließ es bleiben. Es war zu gefährlich, und ihr wäre es lieber gewesen, wenn Gernot seinen Kampf gegen das System weiterhin nur mit Worten geführt hätte. Er ließ sich nicht umstimmen, versprach aber, kein unnötiges Risiko einzugehen.

Barbara seufzte. Das hatte auch beinahe geklappt. Die Todesnacht von Stammheim war jedenfalls ein Wendepunkt in ihrem Leben gewesen.

Erst vor einigen Jahren war herausgekommen, dass der Staat die Inhaftierten rechtswidrig abgehört hatte. Auch in jener Nacht, nahm Barbara an. Falls es Selbstmorde waren, dann unter staatlicher Aufsicht. Man hatte sie nicht verhindert. Wieder einmal malte Barbara sich aus, wie man sich in Bonn zufrieden die Hände gerieben und sich vertraulich zugezwinkert hatte. Problem ein für alle Mal gelöst. Man war das Geschmeiß los. Was natürlich ein Irrtum gewesen war.

Wenn Barbara an diese Zeit zurückdachte, fragte sie sich manchmal, wann die eigentlichen Ziele der Stadtguerilla so aus dem Fokus geraten waren. Vermutlich schon in den Siebzigern, als die Kommandoebene in Stammheim einsaß und das einzige Ziel die »Big Raushole« war. Nachdem die gescheitert war, hatte es erst einmal keinen Plan gegeben, keine Ziele und auch keine Kommandoebene. Doch langsam formierten sich die Nachfolger. Die dritte Generation der RAF, von der nur einige namentlich bekannt wurden. Die etliche Morde beging, bei denen die Täter bis heute nicht ermittelt werden konnten. Die ihre letzten Anschläge mit einer beinahe militärischen Präzision verübt hatte, die manche nicht mit der RAF in Verbindung bringen konnten. Entsprechend rankten sich Mythen und Verschwörungstheorien um diese Gruppe.

Mehr als dreißig Jahre waren inzwischen vergangen. Niemand interessierte sich noch dafür. Barbara schloss den Browser. Sollten sie Kontakt zu Walter und Dagmar aufnehmen? Zuletzt hatten sie sich Anfang der Neunziger persönlich getroffen. Es war ewig her. Und plötzlich erinnerte Barbara sich an das erste Zusammentreffen mit den beiden. In dem besetzten Haus in Heidelberg. An einem Samstagabend 1974, als sie das WG-Zimmer besichtigen konnte und die meisten Mitbewohner im Gemeinschaftsraum saßen und über Gott und die Welt diskutierten. Über das kaputte kapitalistische System, die wirtschaftliche Ausbeutung der Entwicklungsländer durch Großkonzerne, den imperialistischen Krieg in Vietnam und die nicht aufgearbeitete verbrecherische Vergangenheit der Eltern- und Großelterngeneration. Aber auch über die Stadtguerilla und die Inhaftierten der RAF.

Barbara war an diesem Samstag mit der Trambahn zur Besichtigung gefahren. Es nieselte, als sie ausstieg, und es schüttete wie aus Eimern, als sie das Haus erreichte. Eine Villa, die vor dem Krieg sicher prächtig gewesen, jetzt aber ziemlich marode war. Überall blätterten Putz und Farbe. Der Garten war verwildert. Eine Hängematte hing triefnass zwischen zwei Bäumen. Die Haustür war offen, sie trat ein und sah sich nach einem Schirmständer um. Es gab keinen, und sie legte den nassen Schirm einfach auf den Steinboden. In der Küche unterhielten sich zwei Frauen. Barbara fragte nach Udo, ihrem Kommilitonen, der sie als Mieterin vorgeschlagen hatte.

»Er ist im Gemeinschaftsraum«, sagte die eine. »Immer dem Lärm nach«, meinte die andere.

Barbara ging durch eine Halle, folgte dem Stimmengewirr und gelangte in einen großen Raum, der früher vermutlich der Salon gewesen war. Etwa ein Dutzend ihrer künftigen Mitbewohner hatte es sich in alten Couchgarnituren gemütlich gemacht, die überall herumstanden und aussahen, als ob sie vom Sperrmüll stammten. Sie tranken Rotwein und Bier. Die Luft war zum Schneiden, so dicht war der Zigarettenqualm, der sich im Licht eines Kronleuchters fing, der wie ein Relikt aus vergangener Zeit von der Decke baumelte. Barbara roch auch den süßen Duft von schwarzem Afghanen und arbeitete sich auf der Suche nach Udo durch den Raum. Er war ein langhaariger, nervöser Kerl mit zotteligem Bart und John-Lennon-Brille, der jedes seiner Worte mit übertriebenen Gesten unterstrich und ihr manchmal ein wenig neben der Spur erschien. Trotzdem war er ein Netter, auch wenn sie seinen wirren Gedanken nicht immer folgen und ihn jetzt nicht entdecken konnte. Jemand legte das neue Stones-Album auf. Ein anderer bot ihr ein Bier an, sie nahm es und setzte sich in einen freien Sessel. Auf der Couch gegenüber redeten sich ein paar Typen die Köpfe heiß.

Es ging um die Haftbedingungen der RAF-Mitglieder. Von Isolationsfolter war die Rede und von einem Gerücht, dass ein Hungerstreik geplant werde. Sie empörten sich, dass Ulrike Meinhof derzeit wegen der Befreiung von Andreas Baader vier Jahre zuvor in Berlin vor Gericht stand, und rechtfertigten Gewalt als legitimes Mittel im Kampf der Stadtguerilla. Ein bulliger Kerl mit zerzaustem dunklem Haar, den alle mit *Walter* anredeten, führte das große Wort.

»Ist doch klar, dass Andreas als Revolutionär im Zentrum der psychologischen Kriegsführung des Systems steht. Sie versuchen, die Leute aufzuhetzen, um die Guerilla zu isolieren.«

»Außerdem verdrehen und verzerren sie die Ziele der Revolution«, warf die Frau ein, die neben Walter saß. Sie war klein und wirkte zerbrechlich wie ein Vogel, hatte dafür aber eine überraschend durchdringende Stimme.

»Völlig richtig, Dagmar«, sagte Walter. »Sie lügen und hetzen, um die unbewussten Ängste der Leute gegen die Guerilla zu mobilisieren. So nutzen sie die erlernten Reflexe gegenüber undurchschaubaren Herrschaftsstrukturen für sich.«

Wieder fiel die Vogelfrau Walter ins Wort. »Sie stellen die Ziele der Revolutionäre als irrational dar und deren humanen Ansatz als unmenschlich. Sie verdrehen einfach alles. Oder sie kapieren es nicht.«

Barbara wollte die Vogelfrau, die Walter wieder mit *Dagmar* ansprach, gerade fragen, was sie mit *humanem Ansatz* meinte, als sie Udo entdeckte und die Runde verließ, um sich das Zimmer zeigen zu lassen. Es befand sich im zweiten Stock, und auf der Treppe begegnete sie zum ersten Mal Lukas und seiner Freundin Sabine.

Barbara schob den Schreibtischstuhl zurück und stand auf. Welche Rolle Lukas in ihrem Leben spielen würde, hatte sie damals, bei der ersten Begegnung auf der Treppe, natürlich nicht geahnt.

Rheinland, Frühling 1988

Lukas Isensee

Am Mittwoch fuhr Lukas zehn Minuten vor seinem Termin beim Finanzministerium in der Graurheindorfer Straße in Bonn vor. Ein Komplex aus den Fünfzigerjahren, der Ende der Siebziger modernisiert und um einige Gebäude erweitert worden war. Lukas wies sich bei dem Wachhabenden an der Einfahrt aus und zeigte das Einladungsschreiben fürs Bewerbungsgespräch vor. Sein Name wurde auf einer Liste abgehakt. Eine kurze Erklärung folgte, zu welchem Gebäude er musste und wo er parken konnte. Das Eisentor öffnete sich. Den Wagen stellte Lukas ordnungsgemäß ab, nahm die Unterlagen vom Beifahrersitz und schritt die Treppe zum Eingang hoch. Seit Bines *Unfall* war es eine Marotte von ihm, Stufen zu zählen. Es waren zwölf Stück. An der Pforte musste er sich noch einmal ausweisen und dann in einer Sitzecke für Besucher Platz nehmen. Er werde gleich abgeholt.

Ringsum große Glasflächen, ein heller Steinboden. In der Decke eingelassene Lampen. Sessel und Sofas aus Leder und Chrom. Lukas setzte sich, zog die Bügelfalten hoch und schlug die Beine übereinander. Cool bleiben. Er atmete durch. Eine Reihe gerahmter Fotografien zierte die

Wand. Die Porträts aller Finanzminister der Bundesrepublik Deutschland hingen dort.

Zwei uniformierte Schutzpolizisten verließen das Gebäude. Schlagstöcke und Handschellen baumelten an den Gürteln. Für einen Moment kehrte Lukas zu jenem Tag im Jahr 1979 zurück, der Sabines Gesundheit ruiniert und sein Leben in eine andere Umlaufbahn geschubst hatte.

Natürlich war auch er damals mit der politischen und gesellschaftlichen Situation im Land unzufrieden gewesen. Alte Nazis überall in Amt und Würden. Die Notstandsgesetze von 68, die jeder Demokratie Hohn sprachen, standen noch immer im Grundgesetz. Dazu der Radikalenerlass, der verhindern sollte, dass linkes Gedankengut Einzug in Schulen, Ämter und Behörden hielt. Die Aufrüstung des Westens. Der imperiale Krieg in Vietnam. Die Ausbeutung der Entwicklungsländer. Die Haftbedingungen der politisch Gefangenen der RAF. Die Agitation gegen die Stadtguerilla.

Zum ersten Mal war Lukas' bis dahin pazifistische Haltung durch den Tod von Holger Meins auf die Probe gestellt worden. Im Sommer 1974 waren die RAF-Gefangenen in Hungerstreik getreten, um ihre Zusammenlegung zu erreichen und den Status als Kriegsgefangene. Während die anderen den Hungerstreik nach sieben Wochen abbrachen, machte Holger Meins weiter und wurde schließlich zwangsweise künstlich ernährt. Mit nur vierhundert Kalorien pro Tag. Als sein Zustand nach über zwei Monaten kritisch wurde, war der Anstaltsarzt im Wochenende, und der zuständige Richter verweigerte die Hinzuziehung eines Vertrauensarztes. Holger Meins starb Stunden später.

Der Tod von Holger Meins, den der Staat zwar zwangsernährte, aber dennoch mit nur vierhundert Kalorien pro Tag langsam verhungern ließ, hatte Lukas empört, er kam einer Hinrichtung gleich. Der Staat und seine Organe exekutierten die Kämpfer gegen das System. So sahen es die meisten, die sich im Gemeinschaftsraum der Kommune in Rage redeten und Taten forderten. Er nicht. Für ihn war Gewalt kein zulässiges Mittel für Veränderung. Er plädierte weiter dafür, den Weg durch die Instanzen anzutreten. Eine Partei zu gründen, sich wählen zu lassen. Auch nach der Todesnacht von Stammheim wich er von dieser Haltung nicht ab. Bis zu jenem Tag im Sommer 1979 glaubte er an einen gewaltfreien Weg.

Das besetzte Haus in Heidelberg war im Jahr zuvor an einen Investor verkauft worden, der die Bewohner rausklagte, denn freiwillig gingen sie nicht. Sie waren bereit, eine angemessene Miete zu bezahlen, der Investor wollte den Abriss, und so drang an einem Samstagmorgen im Sommer ein Mobiles Einsatzkommando ins Haus ein, mit dem Auftrag, es zu räumen.

Am Abend zuvor hatten Sabine und er den Geburtstag eines Freundes gefeiert und waren erst gegen vier Uhr zurück und ins Bett gekommen. Ihr Zimmer befand sich in der zweiten Etage mit einem kleinen Balkon zum Hof. Gegen halb fünf wachte Lukas auf. Sabine lag neben ihm, die Decke bis zum Kopf hochgezogen. Die Morgendämmerung sickerte durchs Fenster. Etwas stimmte nicht. Irgendwer machte im Haus immer Lärm. Wirklich still war es nie. Doch dieser Lärm war anders. Rhythmisch. Gebrüllte Befehle. Das Trampeln von Stiefeln. Es dauerte noch einen Moment, bis Lukas verstand, was gerade passierte. Er rüttelte Sabine an der Schulter. »Wach auf! Die Bullen sind da. Wir müssen abhauen.« Er sprang bereits in seine Jeans, zerrte das Shirt über den Kopf, während Sabine sich verschlafen aufrichtete. »Mach schon!«

Endlich kam Bewegung in sie. »Shit!«

Er warf ihr die Klamotten zu, zog die Turnschuhe an und steckte seine Geldbörse mit dem Ausweis ein, damit die Bullen ihn nicht fanden. Der Lärm kam näher. Sie waren schon auf der Treppe. Wenn er mit Sabine das Zimmer verließ, würden sie ihnen in die Arme laufen. »Wir hauen über den Hinterhof ab.« Er riss die Balkontür auf. Vier Meter unter ihm befanden sich die Hochbeete, in denen Udos Harem Gemüse anbaute. Die Landung würde weich werden. Er sah sich nach Sabine um. Inzwischen war sie angezogen, aber noch barfuß. »Komm endlich! Du brauchst keine Schuhe.«

Sie trat auf den Balkon, fasste das lange Haar zusammen und stopfte es in den Ausschnitt des T-Shirts. »Du zuerst. Sonst traue ich mich nicht.«

»Okay. Mach es mir einfach nach.« Er setzte sich auf die gemauerte Brüstung, schwang die Beine auf die andere Seite, sah kurz hinunter und stieß sich ab. Einen Augenblick freier Fall, dann landete er zwischen Salat und Blumenkohl in weicher Erde. Gut gegangen! Er sah zu Sabine hinauf. Sie schüttelte den Kopf. »Ich kann nicht. Ich nehme die Hintertreppe!«

Lukas schrie noch, dass das keine gute Idee war. Doch sie war schon aus seinem Blickfeld verschwunden. Er klopfte sich die Erde von der Hose, lief zur Hintertür und riss sie auf. Barbara und Gernot rannten an ihm vorbei ins Freie. Lukas hielt ihn am Ärmel fest. »Hast du Sabine gesehen?«

»Nein. Sieh zu, dass du verschwindest!« Gernot riss sich los und rannte Barbara nach. Lukas lief hinein. Aus dem ersten Stock drangen Türknallen, Befehle und Gebrüll. Eine Gestalt erschien oben am Treppenabsatz. Sabine. Ein Bulle war hinter ihr, bekam sie zu fassen und riss sie zurück. Sie trat nach ihm, spuckte ihn an. Lukas spurtete die Treppe hinauf. Oben drosch der Uniformierte mit dem Schlagstock auf Sabines Kopf ein. Sie riss sich los, taumelte. Blut lief ihr übers Gesicht. Halt suchend griff sie ins Leere. Er sah, wie sie die Augen verdrehte, bis nur noch das Weiße zu erkennen war, und dann polterte sie ihm entgegen. Stufe um Stufe. Die Zeit hatte plötzlich zwei Geschwindigkeiten. Während er elend langsam nach oben lief, fiel sie ihm rasend schnell entgegen. Er hörte Knochen knirschen und dann bekam er endlich ihren leblosen Körper zu fassen, und dachte, sie sei tot. Sein Herz setzte für einen Schlag aus, kam stolpernd wieder in Gang. Und einen Moment übermannte ihn der Hass. Dafür werdet ihr bezahlen! Das schwor er sich. Es war der Moment, in dem aus der abstrakten Ablehnung des Staates und seiner Organe etwas Persönliches wurde. Der Augenblick, in dem er sich entschloss, den Weg durch die Instanzen aufzugeben. Das System ging über Leichen. Man musste sich wehren. Nicht mit Worten. Mit Taten!

»Herr Isensee?« Eine Frau in einem dunkelblauen Kostüm und mit toupierter Föhnfrisur stand vor ihm und riss ihn aus seinen Gedanken.

*

Eine Liftfahrt und einen kurzen Weg über einen Flur später hielt die Frau ihm die Tür zum Büro der Personalleitung auf. »Herr Momsen, Herr Isensee für Sie.«

Er trat ein, und sie schloss die Tür hinter ihm. Momsen erhob sich hinter seinem Schreibtisch, um Lukas zu begrüßen. Er wies auf eine Sitzecke. »Machen wir es uns doch bequem.« Der Mann überragte Lukas um einen halben Kopf und setzte sich erst, als Lukas in einem Ledersessel Platz genommen hatte. Es war eine offene Situation ohne trennenden Tisch, und für einen Moment fühlte Lukas sich unsicher.

»Nervös?«

»Nein. Warum auch?«

»Die meisten sind nervös.« Momsen musterte ihn ganz ungeniert. Er war etwa Mitte fünfzig und trug eine Brille mit dickem Rand. Die Geheimratsecken hatten sich so weit vorgearbeitet, dass zwischen ihnen nur noch ein schmaler Keil an akkurat geschnittenem grau meliertem Haar übrig geblieben war. Wenn er es blau oder grün färben würde, ginge das vielleicht als Iro durch. Lukas verkniff sich das aufsteigende Grinsen. »Das Schlimmste, das passieren kann, ist, dass ich die Stelle nicht bekomme. Davon geht die Welt nicht unter.«

»Aber Sie hätten sie gerne.«

Und ob er den Job gerne hätte. »Deswegen bin ich hier.«

»Was reizt Sie daran?«

»Die Sicherheit.« Damit war das Gespräch auf dem richtigen Gleis angekommen. Lukas erklärte, dass sein Einkommen als selbstständiger Taxifahrer schwankte, dass der Wagen in die Jahre kam und er kaum Rücklagen für ein neues Taxi hatte. Weiter ging es mit seiner Bereitschaft zu flexiblen Arbeitszeiten, den Qualifikationen, der Frage nach dem abgebrochenen Studium und der Schulbildung. Schließlich kam Momsen, nachdem er einen Blick in seine Unterlagen geworfen hatte, beim besetzten Haus in Heidelberg an. »Das ist, ehrlich gesagt, ein Punkt, der mich stutzig gemacht hat. Sie haben mit drei Terroristen unter demselben Dach gelebt. Udo Fichtl, Walter Tausch und Dagmar Leute.«

»Als ich dort gewohnt habe, waren sie noch nicht bei der RAF.«

»Warum sind Sie in das Haus gezogen?«

»Ich war Student und auf der Suche nach einem günstigen WG-Zimmer. Mein Bruder hat in dem Haus gelebt und mich als Mitbewohner empfohlen.«

»Ihr Halbbruder. Gernot Maienfeld.«

Jemand hatte die Hausaufgaben für Momsen gründlich erledigt. Lukas nickte. »Richtig.«

»Haben Sie Kontakt zu ihm und seiner Frau?«

Das abzustreiten wäre riskant. Er konnte nicht ausschließen, dass Gernot und Barbara auf dem Radar des Verfassungsschutzes waren. »Natürlich. Wir sehen uns allerdings selten, seit sie auf dem Land leben. Warum fragen Sie?«

»Na ja.« Momsen strich sich über das Kinn. »Maienfeld vertritt ein paar extreme Ansichten. Und seine Frau ist die Anwältin der RAF.«

»Das ist in einem Rechtsstaat keine Straftat. Jeder hat das Recht auf Verteidigung. Mörder, Räuber, Kinderschänder und auch Terroristen und ihre Unterstützer. Gernots Waffen sind die Worte und Barbaras das Strafgesetzbuch.«

»Und, wie halten Sie es mit der Gewalt?«

Jetzt also endlich die Gretchenfrage. »Ich bin Taxifahrer und kein Umstürzler. Gewalt war für mich nie ein Mittel der Auseinandersetzung. Ich habe damals in dem Haus gewohnt, weil es billig war. Manchmal bin ich auf Demos mitgegangen, und das war es schon. Mit Gewalt löst man keine Probleme. Man schafft nur neue.«

»Sie sind also Pazifist.«

»Vermutlich.«

»Warum waren Sie dann bei der Bundeswehr?«

Was sollte das jetzt? Auf diese Frage hatte Gernot ihn nicht vorbereitet. Es dauerte einen Moment, bis ihm einfiel, was sein Bruder antworten würde. »Man kann Pazifist und trotzdem bereit sein, sein Land zu verteidigen, wenn es angegriffen wird. Die Bundeswehr ist eine Verteidigungs- und keine Angriffsarmee.« So, und jetzt wirf noch mal einen Blick auf die Regelanfrage beim Verfassungsschutz, dachte Lukas, die meine Ungefährlichkeit bescheinigt.

Doch für Momsen war das Thema erledigt. Er kam auf Sabine. »Sie haben ein interessantes Empfehlungsschreiben. Wenn ich das recht verstanden habe, waren Sie der Freund von Sabine Büttner. Damals, als der Unfall geschah. Und Sie sind es noch. Das ist bemerkenswert loyal.«

Was sollte er dazu sagen? Sich etwa selbst auf die Schulter klopfen? Lukas breitete die Hände aus. »Deshalb hat ihr Vater mir die Referenz gegeben.«

»Packt Sie nicht manchmal die Wut, weil Ihre Freundin

ein Krüppel ist und niemand dafür zur Verantwortung gezogen wurde?«

Bei dem Wort *Krüppel* stieg Lukas' Blutdruck an. Er durfte das jetzt nicht vermasseln und zwang sich zur Ruhe. Natürlich hatte es nie eine Anklage gegeben. Das war ja von vornherein klar gewesen. Eine Krähe hackte der anderen kein Auge aus. Das ganze System war von Grund auf korrupt. Das Ermittlungsverfahren war nach wenigen Wochen eingestellt worden, da angeblich nicht festzustellen war, welcher der über fünfzig Beamten im Einsatz Sabine niedergeknüppelt hatte. Was hatte Gernot ihm als Antwort auf diese Frage mit auf den Weg gegeben? »Ist es nicht besser, einen Täter frei herumlaufen zu lassen, als einen Unschuldigen ins Gefängnis zu sperren?« Seine Hände ballten sich ohne sein Zutun zu Fäusten. Er bemerkte es nur, weil Momsen es registrierte. Lukas öffnete die Fäuste, strich die Bügelfalten glatt und entdeckte die Trauerränder unter den Fingernägeln. Fuck! Er hatte die Maniküre vergessen. Schmutzige Fingernägel hatte er eigentlich immer, denn an der alten Karre war ständig etwas zu reparieren. Der Dreck ging kaum noch weg. Lukas sah auf. Momsens überraschter Blick ruhte auf seinen Händen.

Fünf Minuten später trat Lukas aus dem Lift und steuerte den Ausgang des Ministeriums an. Verdammter Mist! Den Job konnte er vergessen. Wegen schmutziger Fingernägel! Gernot würde ausrasten. Natürlich hatte Momsen ihn nicht gleich als Fahrer für Ludger Rombach ausgeschlossen, doch die Art, wie er das Gespräch beendet hatte, sagte alles. »Wir melden uns in den nächsten Tagen.«

Lukas trat vor die Tür. Ein Regenschauer ging nieder und würde den neuen Anzug ruinieren. War nicht schade darum, den brauchte er nie wieder. »Wir melden uns.« Klar, mit einer Absage. Zu unserem großen Bedauern und so weiter. Wieso hatte er nicht daran gedacht, die Fingernägel zu schrubben! Verdammt! Lukas blieb auf dem Zugang zur Treppe unter dem Vordach stehen, zog die Zigaretten aus der Brusttasche und gab sich Feuer.

Wie sollte er Gernot das erklären? Er nahm den nächsten Zug und beruhigte sich langsam. Dabei beobachtete er, wie ein schwarzer Mercedes mit Bonner Kennzeichen auf den Parkplatz gegenüber fuhr. Die Bremslichter verloschen, der Motor erstarb. Ein Mann stieg aus, öffnete einen Schirm und nahm eine Aktenmappe vom Rücksitz. Die klemmte er unter den Arm, damit er den Wagen abschließen konnte. Schließlich steuerte er auf die Treppe zu und sah kurz nach oben.

Lukas erkannte Ludger Rombach, achtundfünfzig, Parlamentarischer Staatssekretär im Finanzministerium. Ein mittelgroßer Mann mit Bauchansatz, der eine Pilotenbrille und ein hellblaues Hemd zum grauen Anzug trug. Weiche Gesichtszüge, beginnende Glatze. Der hohe Beamte, der einen neuen Fahrer brauchte, weil sein bisheriger in Rente gegangen war. Offenbar fuhr er derzeit selbst. Er stieg die Stufen hoch. Zwölf Stück. Für einen Moment sah Lukas wieder Sabine vor sich, wie sie Stufe um Stufe hinunterfiel. Und wieder packte ihn der Zorn.

Donnerstag, 21. November 2019

Ben

Ben hatte gut geschlafen. Das Frühstück schmeckte ihm. Nach der Visite kam ein Pfleger, der die Drainage entfernte, den Verband am Bauch wechselte und die Infusion zog. »Sie stecken das gut weg. Beeindruckend. Aber Sie sind ja auch topfit.«

»Na ja, geht so.«

Der Mann lachte. »Sie sind vermutlich das wandelnde schlechte Gewissen für die meisten Ihrer Altersgenossen. Jedenfalls können Sie morgen oder übermorgen nach Hause. Aber immer schön langsam machen.«

Ben entschloss sich, mit dem Arzt eine Krankschreibung für drei Wochen auszuhandeln. Er brauchte ein wenig Abstand zum Job. Ohnehin dachte er seit Monaten über ein Sabbatical nach. Den Rucksack packen, zum Flughafen fahren und einen Last-Minute-Flug buchen. Irgendwohin. Sich von dort weitertreiben lassen. Einmal um die Welt. Er verdiente gut und lebte nicht auf großem Fuß. Da er für niemanden sorgen musste, hatte er Geld auf der hohen Kante. Für ein Jahr Auszeit würde es reichen, wenn er sparsam damit umging. Es sei denn, er gab sein Erspartes seinen Eltern.

Nachdem der Pfleger gegangen war, telefonierte Ben mit seinen Geschwistern. Zuerst mit Leon, und dabei schoss ihm der Gedanke durch den Kopf, dass sein Bruder die Frau vielleicht hätte retten können. Er war Soldat mit Nahkampfausbildung und hätte das besser hinbekommen. Er war reaktionsschnell und pragmatisch. Nur eine Sache verstand Ben nicht, wieso Leon mit Meike zusammen war. Er tat alles für sie, und sie behandelte ihn häufig, als wäre er ihr lästig. Sie machte Leon nicht runter, doch sie stichelte ständig, und das nervte. Deshalb zögerte Ben kurz, als sein Bruder fragte, ob sie Weihnachten auch in diesem Jahr zusammen bei ihm und Meike in Weilheim feiern wollten. Meistens taten sie das. Manchmal sogar mit ihren Partnern. Wobei er selbst derzeit nicht in festen Händen war und Luise auch nicht. Irgendwie bekamen sie das Thema Partnerschaft und Familie nicht so recht auf die Reihe. Außer Leon. Er war sogar mit Meike verheiratet, und nun wollte sie im Gegensatz zu ihm Kinder. Ein Streitpunkt zwischen den beiden. Denn Leon hatte von Anfang an klargestellt, dass er nicht zum Vater taugte und daher nicht plante, einer zu werden.

»Du kommst Weihnachten doch«, hakte Leon nach.

»Na klar.« Ben schloss kurz die Augen. Meike würde er für drei Tage schon ertragen.

Später meldete sich Luise und fragte, ob sie ihn nicht doch besuchen sollte, wobei das mit dem Hund schwierig wäre. Ins Krankenhaus konnte sie ihn nicht mitnehmen, aber auch nicht allein zu Hause in Wasserburg lassen. Dann würde er stundenlang jaulen, bis die Nachbarn die Polizei riefen.

Er erklärte Luise, dass Evi ihm gebracht habe, was er brauche, und versprach, sich zu melden, sobald er aus dem Krankenhaus kam. Nach dem Gespräch mit seiner Schwester ging er ins Bad, um sich endlich zu rasieren und die Zähne zu putzen. Als er ins Zimmer zurückkam, saß eine kleine pummelige Frau auf dem Besucherstuhl. Den Mantel hatte sie abgelegt und machte ein Diktiergerät startklar. »Grüße Sie, Herr Maienfeld. Melissa Wittock vom *Münchner Blick*. Ich störe hoffentlich nicht.«

»Wie sind Sie hier reingekommen?«

»Na, durch die Tür.« Sie deutete darauf.

»Sie sind einfach so hereinmarschiert?«

»Wer hätte mich denn aufhalten sollen?«

Na super, dachte Ben. Wie war das doch gleich mit dem Polizeischutz? Nur ein flotter Spruch? »Niemand«, sagte er. »Und Sie stören schon.«

»Sehr beschäftigt sehen Sie nicht aus. Ich will nur ein kurzes Interview mit Ihnen führen.« Die Frau war in mehrere Lagen bunter Kleidung gehüllt. Eine korallenrote Bluse über fliederfarbener Cordhose, das Outfit krönte ein limettengrüner Schal. »Ganz München interessiert sich für Sie. Wer ist der Mann, der sich so wagemutig für eine Frau eingesetzt hat?«

»Woher wussten Sie, wo Sie mich finden?«

Ihre Brauen stiegen in die Höhe. »Es gibt Telefone? Ich bin Reporterin?«

»Und meinen Namen?«

»Ich habe meine Quellen.«

»Bei der Polizei?«

»Ja, auch. In Ihrem Fall war es aber jemand vom Rettungsdienst. Jetzt habe ich Ihre Fragen beantwortet, wie wäre es, wenn Sie meine beantworten?«

Vor der Tür stand niemand, der auf ihn aufpasste. Und der Mörder konnte nicht wissen, dass der einzige Zeuge ihm nicht gefährlich werden konnte, weil dieser sich an nichts erinnerte. Vielleicht war es kein Fehler, sondern eine Art Lebensversicherung, ein Interview zu geben.

»Also gut.« Er setzte sich aufs Bett und erzählte – zum wie vielten Mal eigentlich? –, dass er sich an nichts erinnerte. Die persönlichen Fragen ließ er unbeantwortet. Kein Hinweis, wo er wohnte oder arbeitete, wobei das jeder herausfinden konnte, wenn er sich ein wenig bemühte. Am Ende wollte sie ein Handyfoto von ihm machen, das gestattete er nicht. Schließlich verabschiedete sie sich und ging. Keine Minute später klopfte es an der Tür und er fuhr zusammen. Es war nur die Putzfrau, die den Boden wischte, während er sich allmählich seine Angst eingestand. Als er wieder allein war, rief er Evi an. »Kann ich ein paar Tage auf deiner Couch schlafen?«

*

Der Taxifahrer stoppte vor dem Haus und fragte, ob Ben eine Quittung brauchte. Er verneinte, zahlte und klingelte bei Evi. Sie empfing ihn in der offenen Wohnungstür. »Wie geht's?«

»Gut.« Obwohl das nicht ganz stimmte. Die vier Treppen bis zu ihrer Wohnung unter dem Dach hatten ihn aus der Puste gebracht. Das war eine neue Erfahrung. Er folgte ihr in die Küche, die zur Straße rausging. Unwillkürlich warf er einen Blick aus dem Fenster.

Der alte Mann, der in der Wohnung unter ihm wohnte, kehrte mit seinem Dackel vom Gassigehen zurück. Vor dem Gemüseladen auf der anderen Straßenseite wählte Ahmet Orangen für eine Kundin aus und legte sie in eine Papiertüte. Und vor der Bäckerei hielt ein Lieferwagen in zweiter Reihe, ein Handwerker stieg aus. Nichts Ungewöhnliches war zu entdecken.

Evi füllte den Wasserkocher. »Kaffee?«

»Gern.« Ben setzte sich an den Küchentisch, den Evi restauriert hatte. Wie so viele Dinge in ihrer Wohnung. Sie richtete alte Sachen wieder her. Während sie mit einem altmodischen Porzellanfilter und der Kaffeekanne hantierte, stieg eine Erinnerung in ihm auf. Lene in ihrer Küche in

Buchsweiler, die dasselbe tat. Neben ihr auf der Anrichte ein Blech mit warmer Prummetaat, die so köstlich duftete, dass sein Magen sich zusammenzog, wie sie seinen Blick bemerkte und sagte, er solle sich ein Stück abschneiden, aber ein großes, und noch zwei weitere für Leon und Luise. Plötzlich hatte er Lust auf Pflaumenkuchen. »Ich lauf mal runter zum Bäcker und hole Kuchen. Was magst du?«

»Am liebsten eine Rosinenschnecke. Aber du gehst nicht, sondern ich.« Sie drückte ihm den Wasserkocher in die Hand.

»Ich schaffe das.«

»Du versteckst dich vor diesem Yasin. Es ist also keine gute Idee, ausgerechnet vor dem Haus herumzumarschieren, in dem du wohnst. Was soll ich dir mitbringen?«

Die Pflaumenzeit war längst vorbei. »Appeltaat«, sagte er. Die Erinnerung an Lenes Kuchen, an den Duft ihrer Küche, an ihre rauen Hände, mit denen sie ihm manchmal über die Wangen gestrichen hatte, an die Lieder, die sie halblaut sang, war noch immer wie ein warmes Tuch, in das er sich einhüllen konnte, wenn es ihm mal nicht so gut ging.

Evi blickte ihn überrascht an. »Was?«

»Ein Stück Apfelkuchen.«

Sie verließ die Wohnung, er stellte sich ans Fenster und sah hinunter auf die Straße. Evi überquerte sie und betrat die Bäckerei. Nachdem er heißes Wasser im Filter nachgegossen hatte, trat er wieder ans Fenster. Evi verließ gerade das Geschäft. Er nahm Becher und Teller vom Bord über der Anrichte und machte Milch auf dem Herd heiß. Als Evi nicht kam, sah er mal ins Treppenhaus, wo sie blieb. Stimmen drangen zu ihm herauf. Ihre und die eines Mannes.

»Wenn er nicht aufmacht, ist er nicht zu Hause, logisch. Oder?«, sagte Evi.

»Wissen Sie, wann er kommt?«

»Wieso interessiert Sie das?«

»Ich bin von der Presse und würde ihn gerne interviewen. Haben Sie eine Idee, wie ich ihn erreichen kann?«

»In den nächsten Tagen vermutlich gar nicht. Er hat das Haus vorhin mit Rucksack und Wanderstöcken verlassen. Ich nehme an, er fährt zu seiner Hütte in den Bergen.«

»Wo ist die?«

»Hm … Keine Ahnung. Ich glaube, er hat mal etwas von Nößlrain gesagt.«

»Nößlrain?«

»Ja, so heißt der Ort wohl. Entschuldigen Sie, ich muss nach oben.«

Ben kehrte zurück ans Küchenfenster. Ein junger dunkelhaariger Mann trat aus dem Haus, überquerte die Straße und sprach Ahmet an. Er zeigte dem Gemüsehändler etwas auf dem Handy, dann wandten sich beide um und sahen zum Haus. Unwillkürlich trat Ben zwei Schritte zurück.

Evi kam mit dem Kuchenpäckchen herein. »Dieser Yasin ist fix. Mich hat gerade ein Mann im Treppenhaus abgepasst und nach dir gefragt. Etwa Ende zwanzig. Schlank. Eins achtzig. Schwarzes Haar mit Undercut. Ist er das?«

Ben schüttelte den Kopf. Yasin war älter, kleiner und von gedrungener Statur.

»Er wollte wissen, wann du nach Hause kommst.«

»Ich habe euer Gespräch mitbekommen. Klasse, wie du ihn in die Wüste geschickt hast.«

»In die Berge.« Evi lachte. »Jetzt ist er erst einmal beschäftigt. Aber spätestens morgen wird er verstehen, dass er auf einer falschen Fährte unterwegs ist. Du solltest aus München verschwinden. Oder auf Polizeischutz bestehen.«

Gegen die Polizei hatte er von Kindesbeinen an eine tiefe Abneigung. Einerseits war sie anerzogen, seine Eltern hatten immer nur verächtlich von »den Bullen« gesprochen, oder von »den Erfüllungsgehilfen des Systems«. Andererseits beruhte das auch auf eigener Erfahrung. Als Kind hatte er mit ansehen müssen, wie fünf Polizisten seine Eltern zu Boden warfen, ihnen Handschellen anlegten, sie in einen Polizeiwagen zerrten und mit ihnen davonbrausten.

»Ich rufe Luise an, ob ich für ein paar Tage in ihr Gästezimmer kann.«

»Und danach?«

»Bis dahin hat die Kripo hoffentlich Beweise. Dann können sie Yasin die Tat auch ohne meine Aussage nachweisen, und es lohnt sich nicht, mich zu killen.« Es klang, als würde er sich Mut machen. Das war nun mal seine Art. Mit Optimismus kam man leichter durchs Leben.

*

Es war schon dunkel, als Ben Wasserburg erreichte. Vom Inn stieg Nebel auf und legte sich über die Stadt, setzte sich in den Gassen zwischen den Häusern fest und zauberte milchige Lichtkränze um die Straßenlaternen.

Vor Luises Haus zu parken war keine gute Idee. Falls Yasin hier nach ihm suchte, wäre das Auto wie eine Visitenkarte. Ben stellte es auf dem Parkplatz beim Busbahnhof ab und ging den Rest des Weges zu Fuß. Die Luft war feucht und kalt. Er schlug den Kragen hoch, schob die Hände in die Jackentaschen und fragte sich plötzlich, wie das wohl enden würde.

Als der Arzt sich gestern nach seinen Gedächtnislücken erkundigt hatte, war kurz etwas aufgeblitzt. Ein fahler Lichtschein. Das Klickern von Glasmurmeln und eine Stimme. *Du hast nichts gesehen. Vergiss das gleich wieder.* Für einen Moment fühlte Ben sich wie auf dünnem Eis gehend. Wer hatte das zu ihm gesagt? Und warum?

Als er das Haus erreichte und das Gartentor öffnete, bemerkte er seine Schwester in der Erdgeschosswohnung am Fenster. Eine kleine schmale Gestalt, die den Eindruck erweckte, ein Lufthauch könne sie umwerfen. Doch das täuschte. Luise war zäh. Das waren sie alle drei. Sie lächelte, als sie ihn bemerkte, und verschwand, um ihn einzulassen.

»Da bist du ja. Ich habe mir Sorgen gemacht wegen des Nebels.«

»Grüß dich, Schwesterlein. Die Strecke war frei. Neblig ist es nur hier.« Er umarmte Luise.

»Meinst du wirklich, dass es eine gute Idee war, das Krankenhaus so früh zu verlassen?«

»Mir geht's gut. Die OP-Narbe spüre ich kaum. Jedenfalls weniger als die Schulter.« Der Stich war genäht worden, die Fäden juckten. Von Evi hatte er sich eine Tablette gegen die Kopfschmerzen geben lassen, jetzt waren sie erträglich. »Danke fürs Quartier.«

»Ist doch selbstverständlich.« Mit einer Hand strich sie eine lose Strähne des dunklen Haars zurück, das sie alle drei von ihrer Mutter geerbt hatten. Aus dem Wohnzimmer kam Noro getrottet, ein großer Mischlingshund mit hellbraunem Fell. Eigentlich hieß er Norocosul, was auf Rumänisch *Glückspilz* bedeutete. Und das war er, ein Glückspilz. In letzter Minute von einer Hilfsorganisation aus einer Tötungsanstalt nahe Bukarest gerettet. Der Hund kam mit gesenktem Hinterteil an, als wollte er sich gleich unter der Kommode verkriechen. »Das ist Ben. Den kennst du doch. Das ist ein Lieber, der tut dir nichts.« Luise streichelte den Hund, der seufzte und ins Wohnzimmer zurückkehrte.

»Ich habe das Bett im kleinen Zimmer bezogen. Magst du erst mal auspacken, und dann erzählst du mir, was los ist, ja?«

Ben nahm die Reisetasche, die er vor anderthalb Stunden in seiner dunklen Wohnung gepackt hatte, denn Licht konnte er nicht machen. Gegenüber hatte Ahmet im Gemüseladen gestanden und immer wieder einen Blick aufs Haus geworfen. Deshalb hatte Ben es auch durch den Hintereingang verlassen. Am Abend, bevor er zum Helden geworden war, hatte er den Wagen nach langer Parkplatzsuche zehn Fußminuten von seiner Wohnung entfernt abgestellt. Ein Umstand, der sich jetzt als glückliche Fügung erwies, denn vor dem Haus hätte Ahmet ihn entdeckt.

Ben legte die Tasche aufs Gästebett. Das *kleine Zimmer* war das Kinderzimmer, das diese Funktion nie erfüllen würde, denn Luise konnte keine Kinder bekommen. Vor fünf Jahren war ihr langjähriger Freund Benno deshalb ausgezogen. Er lebte nur ein paar Straßen entfernt und war mittlerweile Vater geworden. Manchmal begegneten sie sich, wenn er mit den Kindern unterwegs war und sie mit dem Hund.

Nachdem Ben ausgepackt hatte, ging er ins Wohnzimmer. Luise saß mit Strickzeug auf dem Sofa. Noro lag auf ihren Füßen und sah kurz auf, als Ben hereinkam. »Ist das ein neues Hobby?«

»Eher ein soziales Projekt. Der Schal ist für unseren Weihnachtsbasar. Schon der dritte.« Seine Schwester arbeitete als »Mädchen für alles« in einer kleinen Schreinerei von zwei Brüdern, die ihr gestatteten, den Hund mitzubringen. Sie erledigte den Bürokram, koordinierte die Termine und verhandelte mit Lieferanten. All das hatte sie sich selbst beigebracht, denn sie hatte keine Ausbildung. In ihrer Freizeit engagierte sie sich ehrenamtlich für Wohnungslose. »Magst du ein Bier oder ein Glas Wein?«

»Nur ein Glas Wasser. Ich hole es mir.«

»Wenn du hungrig bist, bediene dich.«

»Magst du auch was?«

»Gerne.«

Er nahm eine Flasche Wasser aus dem Kühlschrank, richtete ein Tablett mit Brotzeit und kehrte ins Wohnzimmer zurück. Während sie aßen, wollte sie wissen, was genau passiert war, und er wiederholte, dass er sich an den Vorfall nicht erinnerte, die Kommissarin ihm das nicht glaubte und dachte, er würde aus Angst vor dem Täter den Mund halten. Als Ben lachend von Evis Finte mit der Berghütte erzählte, schüttelte Luise den Kopf. »Du nimmst das nicht ernst.«

»Doch, schon. Es hat aber keinen Sinn, sich verrückt zu machen. Ich sehe es mehr als Challenge. Eine Art Schnitzeljagd für Yasins Mann.«

»Und wenn er dich findet?«

Er erklärte ihr, dass die Zeit für ihn arbeitete. Er musste nur abwarten, bis die Polizei genügend Beweise hatte, und er vertraute auf die Kriminaltechnik und die DNA-Analyse. »Dann ist es egal, ob sie einen Zeugen haben oder keinen oder fünf. Die Indizien werden für eine Verurteilung reichen. Hoffe ich jedenfalls.«

»Vielleicht wäre es besser, wenn du in eine sichere Wohnung der Polizei gehst.«

»Die haben ja nicht mal den Personenschutz für mich auf die Reihe bekommen. Außerdem traue ich denen nicht.«

Luise ließ das Strickzeug sinken. »Den Knechten des Systems.« Sie ahmte Barbaras Stimme erstaunlich gut nach. »Apropos Eltern. Haben sie auch versucht, dich anzupumpen?«

»Dich also auch.« Das war unsinnig, Luises Budget war so schmal wie sie selbst. Sie kam gerade so über die Runden. Wenn Extraausgaben anfielen, wie die Tierarztrechnung für Noro im Herbst oder eine neue Waschmaschine, weil die alte nach zehn Jahren nicht mehr zu reparieren gewesen war, half Ben aus, und das tat er gerne. Und jetzt begriff er, dass sich seine Eltern wirklich in der Bredouille befinden mussten, wenn sie versucht hatten, sich ausgerechnet von Luise Geld zu leihen.

»Du gibst ihnen doch hoffentlich nichts.«

»Ich weiß nicht … Wenn ich es richtig verstanden habe, könnten sie die Wohnung verlieren. Wohin sollen sie dann?«

»Na, vielleicht ins Landidyll? Soweit ich weiß, gehört ihnen die Bruchbude noch. Sollen sie die doch verkaufen.«

Ben schüttelte den Kopf. Das alte Haus in Buchsweiler hatte er immer gemocht. Die ersten zehn Jahre seines Lebens waren damit verbunden. »Das kannst du höchstens verschenken, so runtergekommen, wie es ist.«

Die Jahre in Buchsweiler waren gute Jahre gewesen. Voller Abenteuer und Freiheit, wie Kinder sie nur auf dem Land erleben konnten. Diese Jahre waren der Boden, auf dem er stand. Das war Ben bewusst, und er war dankbar dafür, dass seine Eltern ihm wenigstens dieses dünne Fundament mitgegeben hatten.

Luise nahm ihr Strickzeug wieder auf. »Was haben sie denn zu dir wegen der Wohnung gesagt?«

»Barbara hat mich gebeten, die Zahlungen an die Bank für drei Monate zu übernehmen, sonst droht die Zwangsversteigerung.«

»Sie können also eine Hypothek nicht bedienen?«

»Sieht so aus.«

»Wieso haben sie eine Hypothek auf der Wohnung? Barbara hat sie doch aus dem fetten Erbe ihrer Eltern cash bezahlt. Sie müssen sich also Geld geliehen haben, und die Wohnung dient als Sicherheit dafür. Wieso?«

»Keine Ahnung. Ich habe nicht gefragt.«

»Wenn du ihnen dein Erspartes geben willst, solltest du fragen, wie sie es zurückzahlen wollen. Ich an deiner Stelle würde ihnen allerdings keinen Cent geben. Du bist ihnen nichts schuldig. Keiner von uns.«

Ben griff nach seinem Glas. »Trotz allem … Wir sind eine Familie. Und es gab nicht nur Stuttgart. Es gab auch gute Zeiten.« Er lehnte sich im Sessel zurück und schloss für einen Moment die Augen, sah Leon, Luise und sich am Kartoffelfeuer sitzen. Sah, wie sie mit Stöcken die verbrannten Kartoffeln herausholten, sie in den Händen hin- und herwarfen und dabei zu pellen versuchten, ohne sich die Finger zu verbrennen. Wie Leon in eine ungeschälte biss und übers ganze rußverschmierte Gesicht strahlte: Mensch, schmeckt das gut!

Er sah aber auch sich als Fünfzehnjährigen in Stuttgart auf der Dachterrasse sitzen. Lässig in Barbaras Deckchair aus Teakholz gefläzt, mit einem Joint im Mundwinkel und einer Dose Bier in der Hand. Während seine Eltern in ihren Arbeitszimmern an ihren Schreibtischen saßen und ihn beobachten konnten. Eine dreifache Provokation, denn eigentlich sollte er in der Schule sein. Scheiß drauf! Das hatte er damals oft gedacht. Auch an diesem Tag, denn seine Eltern ließen sich nicht provozieren. Sie sahen zu, wie er kiffte, wie er eine zweite Dose Bier öffnete und sich langsam die Kante gab. Er entlockte ihnen keine Reaktion. Keine Standpauke. Keinen Vortrag zum richtigen oder falschen Umgang mit Drogen und Alkohol oder der Notwendigkeit des Schulbesuchs. Und erst recht provozierte er keine besorgten Mienen. Sie ließen ihn ins Leere laufen. Scheiß drauf!, hatte er gedacht, war in den Flur gegangen und hatte aus dem Geldbeutel seiner Mutter einen Fünfziger für Bier und Gras genommen.

Sein Handy begann zu läuten. Ben schreckte aus dieser Erinnerung hoch. Er hatte seine Eltern beklaut, und es war ihnen egal gewesen. Die Nummer im Display kannte er nicht. »Ja, Maienfeld.«

»Charlotte Bodmer hier. Sie erinnern sich?«

Kurz war er versucht, sie auf die Schippe zu nehmen und so zu tun, als hätte er keinen blassen Schimmer. »Dunkel. Die hartnäckige Kommissarin.«

»Ah, Ihr Gedächtnis funktioniert also doch. Wie geht's Ihnen?«

»Passt schon. Sie wollen wissen, ob meine Erinnerungen zurück sind. Tut mir leid. Ich glaube auch nicht, dass das geschieht.«

»Ach, das wissen Sie bereits? Self-fulfilling Prophecy nennt sich das.«

»Das nennt sich Erfahrung. Mir ist das schon ein paarmal passiert.« Er erzählte ihr, wie Leon in der Kiesgrube verunglückt war, und von dem Jungen aus dem Schwimmbad. Evi ließ er aus, das ging sie nichts an. »Bis heute habe ich diese Ereignisse vergessen. Ich kenne sie nur aus den Erzählungen anderer.«

»Kann es sein, dass Sie sich nicht erinnern wollen? In Nadiras Fall ist das aber nicht Ihre Privatangelegenheit. Was halten Sie davon, wenn wir einen Fachmann um Rat fragen. Einen Neurologen oder …«

Ärger flammte in ihm auf. »Einen Psychiater vielleicht?« So weit kam es noch!

»Wenn Sie damit einverstanden sind.«

»Warum nicht gleich einen Hypnotiseur?«

»Wenn wir vor Gericht bestehen wollen, brauchen wir einen anerkannten Fachmann. Ich komme morgen mal im Krankenhaus vorbei.«

»Können Sie gerne machen, aber Sie werden mich nicht antreffen. Ich habe ausgecheckt.«

»Wieso?«

»Das fragen Sie jetzt nicht wirklich?«

»Doch.«

»Sie sind schon süß. Zuerst bauen Sie ein irres Bedrohungsszenario auf, um mich einzuschüchtern. Dann kündigen Sie Personenschutz an, damit ich auch ja kapiere, dass mein Leben in Gefahr ist und es besser wäre, Yasin zu identifizieren, obwohl ich das nicht kann. Und dann geschieht nichts.«

»Was?« Sie klang ehrlich überrascht.

»Eine Journalistin ist einfach so bei mir hereinspaziert.«

»Mist. Das hätte nicht passieren dürfen. Keine Ahnung, was da schiefgelaufen ist. Wo sind Sie jetzt?«

»In Sicherheit.«

»Ach was? Ich meine: Wo sind Sie?«

»Das werde ich Ihnen nicht sagen. Die Journalistin hat Quellen bei der Polizei. Yasin vielleicht auch.« Ehe sie etwas erwidern konnte, legte er auf und schaltete das Handy aus. »Ich traue denen keinen Meter über den Weg.«

Luise schüttelte den Kopf. »Ist das die Maienfeld'sche Bullen-Paranoia?«

Charlie

Na super! Charlie legte das Handy auf den Schreibtisch und massierte mit einer Hand die verspannten Nackenmuskeln. Was für ein Idiot. Dachte er etwa, er könne selbst auf sich aufpassen? Dann täuschte Maienfeld sich. Yasin war ihm überlegen.

Natürlich hatte Yasin ein Alibi. Vier Menschen bezeugten, dass er um fünf Uhr morgens seinem Onkel geholfen hatte, eine Lieferung Flachbildfernseher zu entladen. Der Onkel, zwei Mitarbeiter und der Mann, der den Kiosk gegenüber von Turans Laden in der Schillerstraße betrieb. Er war um mehrere Ecken mit ihnen verwandt und gab an, gerade die angelieferten Zeitungen in die Ständer sortiert zu haben, als Yasin kam und sein Onkel ihn einließ.

Sechsunddreißig Stunden waren seit dem Mord an Nadira vergangen, und sie hatten nichts in der Hand. Einzige Ausbeute der Wohnungsdurchsuchung war ein T-Shirt mit einem kleinen Blutfleck, der noch im Labor analysiert wurde. Die Tatwaffe blieb verschwunden. Vermutlich lag sie in der Isar oder in einem Gully. Wobei Charlie alle Abflussschächte rund um den Gollierplatz hatte absuchen lassen.

Sie beendete den Bericht zur Wohnungsdurchsuchung und kreiselte auf dem Bürostuhl herum. Der Schreibtisch von Boris war verwaist. Der Bildschirm seines Computers schwarz und der Kaffee im Becher längst kalt. Ihr Partner war unterwegs, um etwas abzuklären. Was, hatte er nicht gesagt.

Wie weitermachen? Vielleicht noch mal mit der Zeugin reden, die sie gerufen hatte. Charlie griff nach der Lederjacke. Sie wollte gerade zur Tür raus, als Boris zufrieden grinsend hereinkam.

»Was verursacht dir denn so gute Laune?«

Er zog den Schlüssel mit dem silbernen Anhänger aus der Ablage auf Charlies Schreibtisch. »Ich glaube, ich weiß, wo er passt.«

»Ach was?«

»Ich war im Kindergarten und habe mit der Erzieherin von Yasins Ältestem gesprochen. Sie hat Nadira vor vier Wochen mit dem Fußballtrainer ihres Sohnes gesehen. Die beiden schienen sehr vertraut miteinander. Und jetzt rate mal, wo der Mann wohnt?«

»Am Gollierplatz.«

Boris' Mimik verrutschte. »Du hast das gewusst?«

»Es lag auf der Hand. So wie du die Frage gestellt hast. Gut gemacht. Den suchen wir jetzt auf.«

Zehn Minuten später stand Charlie vor dem Schaufenster der Buchhandlung und sah an der Fassade empor. Im zweiten Stock waren alle Fenster dunkel. Sie klingelte. Nichts rührte sich. »Sieht nicht so aus, als ob jemand zu Hause wäre. Hast du seine Handynummer?«

Boris zog das Smartphone hervor und schüttelte einen Moment später den Kopf. »Ausgeschaltet. Die Mailbox ist sofort angesprungen.«

Ein Ziehen legte sich in Charlies Magen. Etwas stimmte hier nicht. Sie kannte niemanden, der sein Handy tagsüber ausschaltete. Und kaum jemanden, der das nachts tat. »Lass uns mal checken, ob der Schlüssel passt.«

»Ohne Durchsuchungsbeschluss?«

»Du weißt schon, was mich an dir manchmal nervt?«

»Meine Korrektheit? Und mich nervt dein lässiger Umgang mit den Vorschriften. Wie du gestern unserem Zeugen das Foto von Yasin unter die Nase gehalten hast ... Mannomann. Suggestiver geht's nicht. Eine Steilvorlage für jeden Verteidiger.«

Boris hatte recht. Doch das konnte sie nicht zugeben und zuckte mit den Schultern. »Ich stelle jetzt fest, ob dieser Schlüssel hier«, sie hob ihn hoch, »zu der Wohnung da oben passt. Du kannst ja unten bleiben.« Sie sah, wie Boris innerlich kapitulierte. »Wenn er passt, haben wir ein Tatmotiv. Denn dann hatte Nadira etwas mit dem Fußballtrainer, und wir haben einen Grund reinzugehen. Nennt sich Gefahr in Verzug. Ist ja nicht ausgeschlossen, dass da oben ein Toter oder Verletzter liegt.«

»Du meinst, Yasin hat den Liebhaber seiner Frau ermordet. Ihr gelingt die Flucht. Yasin stellt sie hier vorm Haus und tötet auch sie.«

»So könnte es gewesen sein. Lass uns nachsehen.« In diesem Moment wurde die Haustür geöffnet. Eine Frau kam heraus und ging zu einem geparkten Auto, während Charlie die Gunst des Augenblicks nutzte und die Tür für Boris aufhielt.

Im Treppenhaus spendete eine trübe Lampe Licht. In der zweiten Etage befanden sich zwei Wohnungen. Eine nach hinten zum Hof hinaus und die des Fußballtrainers zur Straße. In beiden war es ruhig. Charlie schob den Schlüssel ins Schloss. Er glitt hinein wie ihre Füße in ihre ausgelatschten Lieblingssneaker. Im Flur machte sie Licht. Basecap und Sommerjacke hingen an Garderobenhaken. Keine Winterjacke. Linker Hand das Bad. Rechter Hand das Schlafzimmer, darin ein Doppelbett mit zerwühlten Decken. Überall lagen Klamotten herum. »Wie heißt er eigentlich?«, fragte Charlie.

»Moritz Nickl. Vierunddreißig. Single. Von Beruf Grundschullehrer. Trainiert ehrenamtlich die G-Jugend des TSV Sendling.« Charlie ging weiter. Die Küche war aufgeräumt. Bis auf einen halb vollen Becher Tee neben dem Spülbecken, in dem noch der Teebeutel hing.

Auch im Wohnzimmer fanden sie weder Kampfspuren noch Blut, geschweige denn eine Leiche. »Ruf mal in seiner Schule an, ob er heute da war.«

Während Boris telefonierte, wandte Charlie sich dem PC auf dem Schreibtisch zu und tippte die Tastatur an. Der Bildschirm wurde hell. Die Eingabemaske für das Passwort erschien. Den musste sich ein Fachmann ansehen.

»Nickl hat sich gestern mit einem grippalen Infekt krankgemeldet.«

»Na klasse. Was bedeutet das nun?«

»Dass Yasin ihn nicht gekillt hat. Leichen telefonieren nicht.«

»Ach was?«

»Lass deine schlechte Laune nicht an mir aus.«

Charlie lenkte ein. »Sorry. Lass uns mal nachsehen, ob sein Koffer da ist.«

Sie fanden weder einen Koffer noch eine Reisetasche. Die Wäscheschublade war halb leer, im Schrankfach mit T-Shirts und Pullis war ebenfalls reichlich Platz.

Boris kam aus dem Bad. »Weder Zahnbürste noch Rasierzeug.«

»Okay. Jetzt gibt es zwei Möglichkeiten. Entweder ist er verreist und belügt seinen Arbeitgeber oder er versteckt sich vor Yasin.«

Mit einem Seufzer lehnte Boris sich an den Türrahmen.

»Was?«, fragte Charlie.

»Hast du mit Yasin etwa eine Rechnung offen?«

»Abgefahrene Idee.«

»Weil du dich derart auf ihn festlegst.«

»Tue ich nicht.«

»Tust du doch, wenn du das Offensichtliche übersiehst.«

Abwartend sah Boris sie an, und ihr wurde einmal heiß und kalt. »Habe ich nicht übersehen. Natürlich ist es möglich, dass Nickl Nadira ermordet hat. Glaube ich aber nicht. Wie auch immer: Wir schreiben ihn zur Fahndung aus.«

*

Es war kurz nach acht, als Charlie nach Hause kam. Sie machte Licht, warf die Tür hinter sich zu und hängte die Lederjacke, die ihrer Freundin Annika gehört hatte, auf einen Bügel. Damit kamen die Erinnerungen an Frankfurt wieder hoch. An Yasin. Natürlich war da eine Rechnung offen! Seit fünfzehn Jahren.

Im Tiefkühlfach lag eine Pizza. Die schob sie in den Ofen. Mit einem Bier und dem Laptop setzte Charlie sich aufs Sofa. Seit sie den Namen Maienfeld gestern gehört hatte, wusste sie, dass sie ihn kannte. Aber nicht, woher. Etwas war da gewesen. Sie kam nicht darauf, googelte Ruben Maienfeld und stieß auf sein LinkedIn-Profil. Das war überraschend. Denn auf sie hatte er den Eindruck gemacht, ein gradliniger Karrieretyp zu sein. Doch das täuschte. Sein Weg ins Management eines Versicherungskonzerns war ziemlich kurvig verlaufen. Realschulabschluss mit siebzehn. Eine Ehrenrunde hatte er also gedreht. Abgebrochene Schlosserlehre. Etliche Jobs. Dann Fachoberschule für Wirtschaft mit Abschluss Fachabitur. Anschließend BWL-Studium an der FH, das er mit dem Bachelor abschloss. Mit dreißig. Einer, der sich durchbiss, wenn er wollte. Und ein Sturkopf. Wenn er dachte, er könne selbst auf sich aufpassen, hatte er sich geschnitten.

Charlie aß die Pizza und zappte durch die Fernsehprogramme, doch sie konnte sich nicht darauf konzentrieren.

Yasins Leute würden Maienfeld finden und dafür sorgen, dass er ihrem Boss nicht gefährlich werden konnte. Schließlich zog Charlie das Handy hervor und wählte die Nummer von Bertram, seines Zeichens IT-Forensiker beim LKA. Er schuldete ihr noch einen Gefallen.

»Servus, Charlie. Weißt du, wie spät es ist?«

Sie sah aufs Display. »Elf nach zehn.«

»Sehr witzig.«

»Du warst eh noch nicht im Bett, und es ist dringend.«

Etwas klapperte im Hintergrund. »Worum geht's?«

»Du hast vom Mord an Yasins Frau gehört?«

»Ja.«

»Ich bin mir sicher, dass er sie getötet hat. Ich habe einen Zeugen. Doch der versteckt sich vor Yasin und auch vor mir.«

Ein trockenes Lachen klang durchs Telefon. »Warum hat er keinen Personenschutz?«

Sie wollte Attila, ihren Chef, nicht in die Pfanne hauen. Er hatte vergessen, sich darum zu kümmern. Zu viele private Probleme. »Das ist eine lange Geschichte, erzähl ich dir ein andermal. Kannst du ihn für mich orten?«

»Wie du weißt, gibt es Gesetze und ein Prozedere dafür.«

»Ich werde aber keinen Beschluss bekommen. Schließlich hat jeder das Recht, sich aufzuhalten, wo er will. Es sei denn, ich könnte glaubhaft machen, dass sich mein Zeuge in Gefahr befindet.«

»Dann tu das.«

Charlie seufzte. »Bis jetzt habe ich keine Beweise gegen Yasin. Kann ich nun auf dich zählen?«

Am anderen Ende blieb es still.

»Nadira hatte einen Lover. Das lässt sich einer wie Yasin nicht bieten. Ich bin mir sicher, dass er seine Frau erstochen hat. Maienfeld hat das gesehen, und wenn er glaubt, Yasins Leute finden ihn nicht, dann wird sich das als der finale Fehler seines Lebens erweisen. Jemand muss auf diesen Idioten aufpassen.«

Einen Moment schwieg Bertram noch. »Also gut. Falls du auffliegst …«

»Verrate ich dich nicht. Versprochen.«

Sie hörte etwas rascheln, dann bat Bertram sie um die Handynummer und versprach, sich zu melden, sobald er etwas hatte.

Charlie nahm sich ein weiteres Bier aus dem Kühlschrank und kehrte damit aufs Sofa zurück. Dort lag noch der Laptop. Irgendwas war noch mit dem Namen »Maienfeld«. Diesmal tippte sie ihn ohne Vornamen in die Suchmaske und ging die Treffer durch. Bingo. Sie hatte ja gewusst, dass sie den Namen kannte. Gernot und Barbara Maienfeld, geboren 1952 in Heidelberg und 1953 in Frankfurt am Main. Er linker Publizist und Verleger. Sie linke Anwältin. Einen Namen hatte sie sich als Pflichtverteidigerin von Demonstranten und Aktivisten der linken Szene gemacht, die mit der Justiz in Konflikt geraten waren.

Ende der Achtziger hatte sie sich außerdem für die »politischen Gefangenen« der BRD engagiert. Charlie schnaubte, als sie den Begriff las. Was für ein verqueres Weltbild. Die Terroristen der RAF waren Mörder, Bankräuber, Entführer und weiß Gott noch was gewesen. Es hatte Straftatbestände in Hülle und Fülle gegeben, um sie einzubuchten.

Freitag, 22. November 2019

Ben

Ben stand am Fenster und sah Luise nach, die sich mit Noro auf den Weg zur Arbeit machte. Ein stürmischer Wind brauste durch die Straße, fegte trockenes Laub durch den Vorgarten und jagte Wolkenfetzen über den Himmel von Wasserburg. Luise verschwand mit dem Hund aus seinem Blickfeld. Ein paar Schüler gingen mit ausgebreiteten Armen vorbei, ließen sich lachend vom Wind antreiben, und er erinnerte sich plötzlich an den bunten Lenkdrachen, den Leon, Luise und er im Haushaltswarengeschäft von Buchsweiler gekauft hatten. Sie hatten ihr Taschengeld dafür zusammengelegt, und weil das nicht genug war, hatten sie so lange Pfandflaschen gesammelt, bis es reichte.

Wieso wurden seit dem Zwischenfall am Gollierplatz seine Kindheitserinnerungen lebendig? Er verstand es nicht, und wieder glaubte er, das Klickern der Glasmurmeln zu hören.

Einen Augenblick blieb er noch stehen und musterte die Fahrzeuge entlang des Straßenabschnitts, den er einsehen konnte. In keinem saß jemand. Niemand lungerte herum und beobachtete das Haus. Schließlich wandte Ben sich ab, räumte das Frühstück weg, spülte das Geschirr und überlegte, wie er den Tag verbringen wollte.

Vielleicht erst einmal eine Runde laufen? Doch das Brummen in seinem Schädel war zurückgekehrt. Ein dumpfer Schmerz, der bei jedem Schritt hin und her schwappte. Joggen schied aus. Er legte sich noch einmal hin und schlief ein. Um halb zehn wachte er auf und fühlte sich besser. Mit einem Becher Kaffee und dem Laptop setzte er sich aufs Sofa, um seine Mails zu checken. Ein paar Kollegen erkundigten sich, wie es ihm ging. Zwei Zeitungen und ein Fernsehsender baten um Interviewtermine. Deren Mails schob er in den Spam-Ordner. Seine Assistentin Ulrike fragte, wo er denn abgeblieben sei. Sie habe ihn gestern nach der Arbeit im Krankenhaus besuchen wollen, doch er sei weg gewesen. Etwa schon auf Reha?

> Guten Morgen, Ulrike, tut mir leid, dass du den Weg ins Krankenhaus umsonst gemacht hast.
> Mir geht es einigermaßen gut. Jedenfalls werde ich keine Reha benötigen. In vierzehn Tagen sollte ich wieder fit sein. Bist du so nett und leitest die Krankschreibung an die Personalabteilung weiter?

Er machte ein Handyfoto der Krankschreibung und schickte die Mail ab. Bei der Vorstellung, in zwei Wochen an seinem Schreibtisch zu sitzen, erfasste ihn für einen Moment Müdigkeit. Ein Unwille, diesen Glaspalast jemals wieder zu betreten, sich an seinen Platz zu setzen und sein Leben weiter zu vergeuden. Der Moment ging vorüber.

Entgegen den Erwartungen hatte er es geschafft. Er hatte Karriere gemacht und war nicht in der Gosse gelandet, wie man ihm prophezeit hatte. Wobei es nicht ganz stimmte, dass niemand ihm etwas zugetraut hätte. Ein paar Menschen hatte es gegeben, die an ihn glaubten. Zuallererst Onkel Lukas. Jedenfalls so lange, bis er sang- und klanglos aus seinem Leben verschwunden war. Ein anderer war sein

Grundschullehrer in Buchsweiler gewesen. Herr Weber. Er hatte ihn ermutigt und gefördert. Der Übertritt aufs Gymnasium nach der vierten Klasse war ihm eigentlich sicher gewesen.

Sein Handy klingelte. Auf dem Display erschien Ulrikes Name. Sie meldete sich ein wenig atemlos, wie es ihre Art war. Immer in Eile. »Störe ich dich?«

»Ist schon okay.«

»Darf ich dich mit Arbeit belästigen?«

Am liebsten hätte er Nein gesagt. »Kein Problem.«

»Es geht um Svenja Hoppe. Der Anwalt der Mutter droht mit Klage. Sollen wir Sönnichsen & Prager beauftragen?«

Svenja Hoppe war ein Mädchen, das im Alter von drei Jahren von seiner Mutter mit hohem Fieber in die Notaufnahme eines Krankenhauses gebracht worden war. Der zuständige Arzt hatte das Kind nicht den Regeln entsprechend untersucht. Er hatte lediglich fiebersenkende Medikamente verschrieben und Mutter und Tochter nach einer oberflächlichen Untersuchung nach Hause geschickt. Was er übersehen hatte, war eine Hirnhautentzündung, die die Kleine beinahe mit dem Leben bezahlt hätte. Seither war das Kind schwerstbehindert. Die Mutter forderte von der Versicherung des Arztes – also von ihnen – Schmerzensgeld, eine lebenslange Rente für Svenja, denn sie würde nie am Erwerbsleben teilnehmen können, und obendrein die Erstattung aller Kosten, die sich im Zusammenhang mit Svenjas Behinderung ergaben. Im Raum standen mehr als eine Million Euro. Damit war klar, wie der Hase lief. Das fing schon bei sehr viel kleineren Summen an. Die Taktik hieß: hinhalten, hinauszögern, verweigern. Manchmal unterstellten sie auch betrügerische Absichten. Sie forderten Gutachten über Gutachten, zweifelten die der Gegenseite an, beauftragten eigene und erfüllten ihre Vertragspflicht erst, wenn sie dazu verdonnert wurden. Da die Mehrheit der Berechtigten den Gang vor ein Gericht scheute, weil sie die immensen Anwalts- und Gerichtskosten nicht stemmen konnten, falls sie keine Rechtsschutzversicherung hatten, war das unter dem Strich ein erfolgreiches Modell für den Konzern. So gesehen war Ulrikes Frage eine rhetorische. Natürlich erwartete man oben in der Chefetage, dass eine der besten Anwaltskanzleien die Sache vertrat und weiter verzögerte. Für ein unverschämtes Honorar. Während Svenjas alleinerziehende Mutter sich keinen Spitzenanwalt leisten konnte, der die Ansprüche für ihr Kind durchboxen würden. Den Feld-Wald-und-Wiesen-Anwalt, den sie hatte, würde Sönnichsen höchstpersönlich vor Gericht nach allen Regeln der Kunst gegen Gummiwände laufen lassen. Der Fall zog sich jetzt schon fünf Jahre hin.

»Wir könnten auch Freimann & Kollegen damit beauftragen«, sagte Ulrike. »Die haben uns in einem ähnlichen Fall vertreten.«

»Das ist rausgeworfenes Geld«, hörte Ben sich sagen. »Den Fall verlieren wir. Der Arzt hat unbestreitbar Fehler gemacht. Das wird auch das Gericht so sehen.«

»Aber bis dahin vergeht noch ein Jahr, und dann gehen wir in die nächste Instanz.«

»Auch dort werden wir verlieren.«

»Geht es dir wirklich gut?«

»Das Kind hat Anspruch auf Versicherungsleistung. Das wissen wir alle. Also sollten wir das nicht weiter verzögern, sondern endlich zahlen. Denn das ist die Aufgabe einer Versicherung. Risiken abzusichern und für Schäden zu haften.«

»Wir beauftragen Sönnichsen & Prager also nicht?«

»Richtig. Stattdessen erkennen wir endlich unsere Pflicht zur Zahlung an. Sei so nett und setze ein entsprechendes Schreiben an Frau Hoppe und ihren Anwalt auf. Maile es mir, ich unterschreibe dann elektronisch.«

»Das wird im zwölften Stock nicht für Freude sorgen. Das ist dir schon klar?«

»Die Entscheidung liegt in meiner Verantwortung. Ich stehe dazu. Wenn ich zurück bin, werden wir grundlegend über Leistungsprüfungen sprechen und neue Regeln einführen.«

Einen Moment blieb es still am anderen Ende der Leitung. Er wusste, dass Ulrike seine Entscheidung nicht guthieß. Sie entsprach nicht der üblichen Praxis, und es war absehbar, dass er deswegen Ärger bekommen würde. Auch, weil es nicht in seiner Zuständigkeit lag, die Regeln zu ändern.

»Na ja«, sagte sie schließlich. »Du hast eine Gehirnerschütterung. Darauf kannst du dich notfalls berufen.«

*

Nach dem Gespräch mit Ulrike fühlte Ben sich besser. Er trank den Rest Kaffee und klickte sich durch die Online-Nachrichten. Die Münchner Medien berichteten auch heute über den Mord im Westend. Bisher gab es noch keine Festnahme. Ermittelt wurde nach allen Richtungen, obwohl das Opfer aus dem Clanmilieu stammte und die Polizei den Täter dort vermutete.

Na super, dachte Ben. Er überflog den Artikel im *Münchner Blick*, den Melissa Wittock über ihn geschrieben hatte. Viel Geschwätz, wenig Substanz. Er hatte ihr kaum etwas geliefert. Ein Foto des Hauses, in dem er wohnte, prangte neben dem des Tatorts. Fuck! Eine Grafik illustrierte seine mutmaßliche Joggingrunde. Und obendrein hatte diese Reporterin sich mit einem Neurologen unterhalten und ihn zu einer Ferndiagnose überredet. Der Mann hatte ihn nie gesehen und nie ein Wort mit ihm gewechselt. Er kannte seine Krankenakte nicht und zeigte sich trotzdem zuversichtlich, dass die Amnesie vorübergehend war. Er ging von einem organisch bedingten Gedächtnisverlust aufgrund des Schädel-Hirn-Traumas aus, das der Zeuge beim Sturz auf das Pflaster erlitten hatte. »In ein paar Tagen, spätestens ein oder zwei Wochen werden die Erinnerungen zurückkehren.« Mit diesen Worten zitierte Melissa Wittock den Mann.

Ben knallte den Laptop zu und stand auf. Das Interview, das er dieser Tussi gegeben hatte, war als Lebensversicherung gedacht gewesen! Und nun war die nichts wert! Für einen Moment wollte Panik nach ihm greifen. Er atmete durch und schüttelte die aufsteigende Angst ab. *Du entscheidest, was du daraus machst.* Richtig. Es war eine Challenge. Kein Grund, Charlotte Bodmer anzurufen und sich in die Obhut der Polizei zu begeben.

War er hier sicher? Was würde Yasin tun, wenn er ihn in Nößlrain nicht fand? Was würde ich an seiner Stelle machen?, fragte Ben sich. Ich würde nach Freunden und Familie suchen. Im Krankenhaus kannte man Luises Namen und Adresse. Mit ein paar geschickten Lügen ließe sich die in Erfahrung bringen. Außerdem musste man nur nach Maienfeld googeln, um auf Luise zu stoßen. Der Name war selten. Genau genommen gab es nur sechs Personen, die ihn trugen. Seine Eltern und er und Luise. Leon hatte bei der Heirat den Familiennamen von Meike angenommen und hieß seither Jaeckel. Und dann gab es noch eine Cousine seines Vaters und deren Sohn in Osnabrück. Zu beiden hatten Ben und seine Geschwister keinen Kontakt.

Die Wahrscheinlichkeit, dass Yasin oder seine Leute hier aufkreuzten, war groß. Ben stand auf und packte seine Sachen, dann rief er Luise an und erklärte ihr, dass es besser war, wenn er sie zu Leon brachte. »Das geht nicht. Ich muss arbeiten.«

»Du bist hier nicht sicher.« Er erklärte ihr die Ferndiagnose des Neurologen. »Yasin wird bei dir auftauchen oder seine Leute. Sie werden schlimmstenfalls aus dir herausprügeln, wo ich bin. Nimm dir ein paar Tage frei. Ich packe für dich und hole dich ab. Okay?«

»Ja … Gut. Wenn du meinst. Vergiss Noros Decke nicht. Sonst kann er nicht schlafen.«

Er suchte Luises Sachen zusammen und sah dabei immer wieder aus dem Fenster. Erst als er die Hundedecke aus dem Wohnzimmer holte, fiel ihm draußen ein weißer Mercedes AMG auf, der langsam am Haus vorbeirollte. Am Steuer saß der junge Kerl von gestern. Er war höchstens fünfundzwanzig. Dunkle Haare, Undercut. Ein silberner Ohrring blitzte kurz auf. Der Wagen blieb mit laufendem Motor stehen. Yasins Mann griff zum Handy und wählte eine Nummer. Einen Moment später klingelte Luises Festnetztelefon. Ben zuckte zusammen. Verdammt. Die waren schneller als gedacht. Nach dem fünften Läuten sprang der Anrufbeantworter an. Der Kerl stieg aus und steuerte aufs Haus zu. Ben trat neben das Wohnzimmerfenster und presste den Rücken an die Wand. Einen Moment später legten sich zwei Hände auf die Scheibe, Yasins Mann spähte hinein, umrundete dann das Haus, und Ben huschte ins Bad, das kein Fenster hatte. Dort blieb er ein paar Minuten. Als er sich zurück ans Wohnzimmerfenster wagte, saß der Kerl wieder in seinem Auto. Im Fahrersitz zurückgelehnt daddelte er auf seinem Handy.

Mist! Wie kam er hier unbemerkt raus? Es gab keine Hintertür. Die Terrasse ging nach vorne raus zur Straße. Er konnte das Haus durch die Eingangstür verlassen, es umrunden und hinten durch den Garten abhauen. Mit etwas Glück würde Yasins Mann ihn nicht bemerken.

Ben suchte nach einer Tasche für Noros Decke und entdeckte dabei in Luises Schrank eine dieser blau und rot karierten Jumbotaschen aus Plastik, die man manchmal bei Pennern sah. Schon hörte er Luises mahnende Stimme. »Nicht Penner. Auch nicht Obdachlose, sondern Wohnungslose. Das ist keine Schande und kann jedem passieren.«

Eine Idee nahm Gestalt an. Ben steckte die Hundedecke in die Tasche und seine und Luises Reisetasche dazu. Dann ging er in den Flur, wo zwei Kartons mit gespendeter Kleidung fürs Wohnungslosenheim standen, die Luise erst durchsah, bevor sie sie mitnahm. Er suchte ein Outfit für sich zusammen. Eine Jeans mit ausgefranstem Saum. Turnschuhe, die bessere Zeiten gesehen hatten. Eine zu weite wattierte Jacke, frisch gereinigt. Er rieb einen Ärmel mit Kaffeesatz ein und schnitt den Stoff am Ellenbogen auf, sodass die Wattierung zum Vorschein kam. Dann zog er sich um, schob eines der Sofakissen unter den Pulli und zog die Steppjacke darüber. Seine Kleidung landete in der karierten Tasche. Ein schwarzes Basecap und ein gemusterter Schal, den er um den Hals schlang, verdeckten sein Gesicht größtenteils.

Er warf einen Blick nach draußen. Yasins Mann saß im Auto und daddelte immer noch auf dem Handy. Ben verließ mit der Tasche die Wohnung und öffnete die Haustür einen Spaltbreit. Die Aufmerksamkeit seines Verfolgers war weiter aufs Handy gerichtet. Im Schutz einer Eibe und des Mülltonnenhäuschens warf Ben die Tasche über den Maschendrahtzaun in den Nachbarvorgarten und stieg hinüber. Beim ersten Versuch blieb er mit dem ausgestopften Bauch hängen. Beim zweiten klappte es. Er hob die Tasche auf und schlurfte ein wenig hinkend und mit gekrümmtem Rücken auf die Straße und dann gemächlich Richtung Busbahnhof davon. Hinter ihm blieb es still. Er war darauf gefasst, loszurennen, sobald der Motor des AMG ansprang. Doch das geschah nicht. Es schlug auch keine Wagentür. Alles blieb ruhig. Ein brauner UPS-Lieferwagen kam ihm entgegen und eine Frau auf dem Rad, die ihn keines Blickes würdigte. Es kostete ihn Mühe, das Tempo nicht zu erhöhen und sich langsam dahinzuschleppen, bis er eine Seitenstraße erreichte und abbog. Erst dann beschleunigte er seine Schritte, und eine kindische Freude stieg in ihm auf. Es stand zwei zu null für ihn.

Kurz darauf erreichte er sein Auto, warf die Tasche hinein und entschloss sich, das Spiel für Yasin zu erschweren. Er rief bei der Polizeiinspektion Wasserburg an und meldete, dass in der Schulstraße ein Mann schon seit Stunden den Eingang eines Hauses beobachtete. Etwas stimmte da nicht. Vielleicht plante er einen Einbruch oder Schlimmeres. Auf die Nachfrage, weshalb Ben das verdächtig vorkam, erklärte er, dass es sich um einen sehr jungen Mann mit Migrationshintergrund handle, der in einem mehr als hunderttausend Euro teuren Mercedes AMG saß. Damit hatte er das Interesse des Beamten geweckt. Man werde nachsehen, was da los ist. Ben bedankte sich und startete den Wagen. Es war wie beim Malefiz. Eine kleine Barrikade für seinen Verfolger.

Charlie

Noch fünf Minuten bis zum Gespräch mit Yasin. Charlie machte sich auf den Weg in die vierte Etage. Im Lift überlegte sie, ob sie Maienfeld zu seinem eigenen Schutz festnehmen könnte. Vielleicht wegen Behinderung einer polizeilichen Ermittlung. Allerdings wäre er dann nur bis zum Ablauf des Folgetages vor Yasin in seiner Haftzelle sicher. Es sei denn, sie fand einen Grund, U-Haft für ihn zu beantragen, und einen Richter, der das ebenso sah wie sie. Das war unwahrscheinlich. Es blieb ihr nichts anderes übrig: Sie musste Maienfeld überzeugen, in eine sichere Wohnung zu ziehen.

Die Lifttüren öffneten sich. Charlie straffte den Rücken und betrat den Raum, in dem sie Vorgespräche führten. In der vertraulichen Atmosphäre hatte sich schon mancher Zeuge in einen Beschuldigten verwandelt. Ihre Taktik bestand darin, erst einmal zu schweigen. Die meisten Leute ertrugen das nicht und quasselten drauflos und sich um Kopf und Kragen. Bei Yasin hatte sie wenig Hoffnung, dass das funktionieren würde.

Das Blut auf seinem T-Shirt stammte von Nadira, und sicher hatte er längst eine Story parat, wie es dorthin gelangt war. Die würde sie sich nun anhören und darauf hoffen, dass er sich bei ihren Nachfragen in Widersprüche verwickelte. Packen wir's, dachte sie. Wobei sie allein war. Boris war noch am Gollierplatz unterwegs und wusste nichts von diesem Vorgespräch. Es war keine Zeugenbefragung und schon gar nicht das Verhör eines Beschuldigten. Noch nicht. Sie würden sich nur unterhalten.

Der Raum war hell und freundlich. Ein Tisch mit Aufnahmegerät, zwei Stühle. Eine Grünpflanze am Fenster. Gardine davor und Auslegware auf dem Boden. Yasin war schon da. Er hatte den Stuhl zurückgeschoben. Breitbeinig saß er darauf und lächelte, als sie eintrat.

Er gab das Klischeebild eines Kriminellen aus dem Clanmilieu ab. Vermutlich lag das daran, dass Klischees zu Klischees wurden, weil sie so oft der Realität entsprachen. Wie bei ihm. Jogginghose und Hoodie einer Luxusmarke. Die derzeit angesagten Turnschuhe an den Füßen. Protzige Uhr am Handgelenk. Auch die Goldkette fehlte nicht und ebenso wenig die Tattoos. Er war ein gedrungener, bulliger Kerl mit kurzem Hals und kantigem Schädel. Charlie schätzte ihn auf neunzig Kilo. Viele davon Muskeln. Mit einer gewissen Schadenfreude registrierte sie ein Haarproblem. Sein schwarzes Haar war kurz geschnitten, Undercut an den Seiten. Doch am Oberkopf wurde es lichter. Da war wohl demnächst eine Reise mit Türkisch-Hairlines fällig.

»Charlie. Immer eine Freude, dich zu sehen.«

»Guten Tag, Herr Turan. Für Sie immer noch Frau Bodmer.« Etwas irritierte sie. Yasin hatte seinen Anwalt nicht mitgebracht. Okay, es war ein Vorgespräch. Noch brauchte er keinen. Doch sie hatte erwartet, dass er kein Wort ohne Anwalt mit ihr wechseln würde. Etwas stimmte hier nicht. »Wären Sie so freundlich, mir Ihr Handy zu geben. Entsperrt.«

Aus schmalen Augen sah Yasin sie an, dann zog er sein iPhone aus der Hosentasche, gab den Bildschirm mit Face-ID frei und reichte es ihr. Es war warm von seinem Körper. Sie unterdrückte den Ekel, checkte es und legte es zurück. Keine App war geöffnet. Auch die für Tonaufnahmen nicht. Sie setzte sich und ließ das Aufnahmegerät aus. Yasin sollte sich in Sicherheit wiegen. Sie trug ihm das Ergebnis der kriminaltechnischen Untersuchung des Blutstropfens vor und fragte, ob er eine Erklärung dafür habe, wie der auf sein Shirt gekommen war. Er lehnte sich zurück und musterte sie vom Kopf bis zur Brust, wo sein Blick verharrte. Lächelnd starrte er ihr auf den Busen. »Herr Turan, wie ist das Blut Ihrer Frau auf Ihr Shirt gekommen?«

»Was weiß ich, Charlie.« Nun sah er ihr in die Augen.

»Könnten Sie das Duzen lassen.«

»Kleine. Wir sind doch Freunde.« Seine Arme hoben sich, als würde er nicht verstehen, was hier lief.

Bei dem Wort *Kleine* überrollte sie Übelkeit. Für eine Sekunde war sie wieder in diesem stickigen Raum. Dröhnende Musik. Jemand gab Annika und ihr eine Cola aus. Die Luft roch süß. Sie atmete durch. »Wenn wir eines nicht sind, dann das, Herr Turan. Freunde.«

»Echt jetzt? Du bist noch immer sauer wegen der fetten Bitch? Weiß gar nicht mehr, wie die hieß. Die stand total auf mich.«

Charlie war kurz davor, die Nägel in die Tischplatte zu krallen. Durchatmen, befahl sie sich. Die Ruhe bewahren! Er will dich provozieren. Doch am liebsten hätte sie ihn angebrüllt, dass die »Kleine« Annika geheißen und überhaupt nicht auf ihn gestanden hatte. Umgekehrt wurde ein Schuh daraus. Er hatte sie haben wollen und hatte sie dann fertiggemacht. Sie schluckte die aufsteigende Wut herunter.

Yasin fläzte sich im Stuhl zurück. »Annika. So hieß sie. Jetzt weiß ich es wieder. War eine echt heiße Nummer mit der kleinen Schlampe.«

Charlie fixierte einen Punkt an der Wand knapp über Yasins Kopf. Sie würde sich von ihm nicht aus der Reserve locken lassen. »Wie kommt Nadiras Blut auf Ihr T-Shirt, Herr Turan?«

Yasin legte eine Hand in den Schritt und kratzte sich. »Die Bitch hatte Haare an der Muschi.«

»Und du hast sicher welche am Sack. Nicht, dass ich nachsehen möchte.« Mist! Wieso war ihr das rausgerutscht? »Reden wir über Nadira und ihr Blut auf deinem Shirt.« Vielleicht kam sie mit Duzen ja weiter. Yasin nestelte unterdessen an seiner Jogginghose. »Meine Hecke ist gestutzt. Überzeug dich.«

Das war so durchschaubar, dass sie lachte. »Wenn du jetzt dein Ding rausholst, rufe ich die Kollegen. Dann sitzt du erst mal wegen sexueller Belästigung und Exhibitionismus.«

Postwendend landeten die Hände auf seinen Oberschenkeln. »Das würde dir gefallen. Ich soll im Knast verrotten. Wegen Annika. Aber nicht ich habe sie umgebracht. Das hat die Kleine selbst besorgt.«

Die Wut schoss in ihr hoch wie Quecksilber. Es gelang ihr gerade noch, nicht mit der flachen Hand auf den Tisch zu schlagen, ihn nicht anzubrüllen, was für ein verdammter Abschaum er war. Wieder atmete sie durch, wieder befahl sie sich, die Ruhe zu bewahren. Er würde sie nicht zum Ausrasten bringen! Er nicht! »Heute geht es um Nadira. Wir wissen beide, dass du sie umgebracht hast. Weil sie einen anderen Mann dir vorgezogen hat.«

»Du redest Mist. Nadira war mir treu.«

»Sagt dir der Name Moritz Nickl etwas?«

Yasin beugte sich über den Tisch, so weit es ging. »Beschmutz du nicht den Ruf meiner Familie!«

»Du wusstest von ihrem Lover, und ich werde beweisen, dass du sie deshalb erstochen hast.«

Entspannt lehnte er sich wieder im Stuhl zurück. Ein Lächeln erschien. »Kannst du nicht. Deine Hände sind leer. Keine Beweise, und dein Zeuge hat Gedächtnisverlust.

Brauchst du ein Geständnis. Wie soll das gehen?« Mit einem feinen Lächeln sah er sie an, beugte sich wieder zu ihr und schob kaum hörbar »du geile Schnitte« nach. Diese seit fünfzehn Jahren nicht gehörte Formulierung legte in Charlie einen Schalter um. Eine rot glühende Flut riss sie mit sich. Sie sprang auf, packte ihn am Kragen. »Wenn es sein muss, prügle ich es aus dir heraus. Diesmal kommst du nicht davon.«

Er machte ihre Hände los, stand auf und ging einen Schritt auf sie zu. Nur noch wenige Zentimeter trennten sie. Sein Atem roch nach Lakritze wie damals. Ihr wurde übel. »Sieh dich doch mal an, Kleine. Wenn wir uns prügeln, wer zieht wohl den Kürzeren? Aber ich schlage keine Frauen.«

Die rot glühende Wut wurde plötzlich weiß und sie ganz ruhig. »Ach nein. Tust du nicht! Wie wäre es damit? Ich setze dir meine Knarre an den Schädel und drücke ab, wenn du nicht gestehst. Pure Notwehr. Leider konnte ich mich nur so gegen deinen Angriff wehren.«

Yasin lachte. »Du bist süß. Tatsache. Ich verschwinde jetzt. Oder bin ich etwa verhaftet?«

Ben

Während der Fahrt rief Ben Leon an und fragte, ob er Luise und ihm Unterschlupf gewähren würde, obwohl er wusste, dass sie jederzeit unangemeldet bei ihm auftauchen konnten. Wie auch er bei ihnen. Das rote Gesindel hielt noch immer zusammen. »Klar. Kein Problem. Wann kommt ihr?«

»Wir sind gerade losgefahren. Gegen halb eins.«

»Ich sage Meike Bescheid und sehe zu, dass ich heute früh Schluss mache. Freitags sollte das kein Problem sein. Bis später.«

Meike betrieb von zu Hause ein Online-Reisebüro. Ben hoffte, dass sie sich durch ihn und Luise nicht gestört fühlen würde, befürchtete aber das Gegenteil.

Noro lag im Fußraum vor der Rückbank und fiepte leise. »Er fährt nicht gerne Auto«, erklärte Luise.

»Meinst du, Musik beruhigt ihn?« Das Gewinsel zerrte an Bens Nerven. Zwei Stunden würde er das nicht aushalten.

Luise wusste es nicht. Sie probierten es mit verschiedenen Sendern, doch erst als Ben Klassikradio einschaltete und ein Klavierkonzert erklang, beruhigte sich der Hund.

Der stürmische Wind verlor an Kraft. Es klarte auf. Als Ben vom Mittleren Ring auf die Autobahn einbog, war der

Himmel strahlend blau. Die Alpenkette zeichnete sich am Horizont ab, wie von Kirchner gemalt. Jetzt auf den Herzogstand gehen, dachte Ben. Alles vergessen, was ihm zu schaffen machte. Nicht erst seit dem Zwischenfall auf dem Gollierplatz befand sich sein Leben auf einer schiefen Ebene. Er spürte es schon lange, und ebenso lange versuchte er das Gefühl, in Slow Motion Richtung Abgrund zu rutschen, zu ignorieren.

Zwanzig Kilometer vor Weilheim klingelte sein Handy. Er nahm das Gespräch über die Freisprechanlage an. Es war seine Mutter, die sich meldete. Seine Mutter, die nicht mit *Mutter*, *Mama* oder *Mutti* angesprochen werden wollte, sondern mit ihrem Namen. Auch das hatte sie damals zu Außenseitern gemacht. Die anderen Kinder fanden das wahlweise lustig oder seltsam. Eine Lehrerin hatte gemeint, es wäre nicht gesund, und Gernot hatte ihm erklärt, dass es nicht darauf ankam, was andere von einem dachten. Man musste mit sich selbst im Reinen sein, und sie, die Familie Maienfeld, seien nun einmal anders. Besonders. Das solle Ben nie vergessen. »Wir sind nicht wie die meisten.«

Dieses Gefühl, anders zu sein, nicht dazuzugehören, begleitete ihn schon sein ganzes Leben und war daher zur Normalität geworden. Er kannte es nicht anders. Nur manchmal fragte er sich, wie es wäre, wenn er einen guten Freund hätte. Einen, mit dem man alles bereden konnte, dem er rückhaltlos vertraute, mit dem er Spaß haben konnte, Quatsch machen, Sport, Reisen.

Der Gedanke, eine Familie zu gründen, versetzte ihn nach wie vor in Angst und Schrecken. Wieso eigentlich? Die Zeit der Pubertät und auch danach war keine goldene gewesen. Zugegeben. Das war alles nicht so toll gelaufen, bis er mit Anfang zwanzig die Kurve gekriegt hatte. Aber an seine Kindheit dachte er gerne zurück. Wieso konnte er sich nicht vorstellen, selbst Kinder zu haben, um das an sie weiterzugeben? Diese Freiheit. Jeder Tag ein Abenteuer. Eins zu sein mit der Natur. Draußen sein, bei Wind und Wetter. Vor allem das hatte ihm gefallen. Als Kind. In Stuttgart war alles anders geworden. Irgendwo zwischen dem Landidyll und der Zeit in der Stadt hatte sich ein Spalt aufgetan, ein Riss, ein Bruch. Etwas war mit ihm passiert.

»Hallo, Ben«, sagte Barbara. »Störe ich?«

»Das passt schon.«

»Ich mache es kurz. Hast du dich inzwischen entschieden, ob du uns unter die Arme greifen willst?«

Luise auf dem Beifahrersitz wedelte einen ausgestreckten Zeigefinger hin und her. Synchron dazu schüttelte sie den Kopf.

»Die letzten Tage waren etwas schwierig. Ich bin nicht dazu gekommen.« Kurz überlegte er, ihr von dem Zwischenfall zu erzählen, doch es würde sie nicht interessieren. Entweder würde sie kommentarlos darüber hinweggehen oder seinen Wagemut mit einer Bemerkung beiseitewischen. Luises mahnende Worte vom Vorabend fielen ihm wieder ein. »Sei mir nicht böse, Barbara, wenn ich frage, wie ihr das zurückzahlen wollt.«

»Wie wohl? Peu à peu. Gernot hat gerade eine Anfrage von einem Verlag für eine Biografie. Das Honorar ist ansehnlich. Es geht erst einmal nur um drei Monatsraten der Hypothek. Wir reden von viereinhalbtausend Euro.« Für ihn war das viel Geld, bei ihr klang es, als wäre es nichts.

Luise stieß ihn an und flüsterte: »Erst einmal!«

Diese Formulierung war ihm auch aufgefallen. »Du hast gerade ›erst einmal‹ gesagt. Die drei Raten verhindern also nur, dass die Zwangsversteigerung eingeleitet wird. Und wie soll es dann weitergehen? Seid ihr, wenn ich euch helfe, in der Lage, die Hypothek danach selbst zu bedienen und mir das Geld irgendwann zurückzuzahlen?«

Ein leises Schnauben klang durchs Telefon. Daran erkannte er, dass sie das nicht konnten. Er würde sein Geld nie wiedersehen. »Wie du weißt, sind wir beide keine Beamten. Ich kann dir also nicht vorhersagen, was wir verdienen werden. Aber ich bitte dich, uns nicht im Stich zu lassen. Was soll denn sonst werden?«

Das Wort *bitte* traf ihn. Seine Mutter hatte ihn noch nie um etwas gebeten. Sie forderte, sie gab Anweisungen, sie bat nicht. Für einen Moment malte er sich aus, wie es sich anfühlen musste, vor dem Nichts zu stehen. Grauenhaft.

Luise gab ihm einen Knuff und sah ihn drohend an. Damit verhinderte sie seine spontane Zusage. Sie lag ihm schon auf der Zunge. Doch Luise hatte recht. Er hatte nicht genügend Geld auf der hohen Kante, um seine Eltern endgültig vor der Zwangsversteigerung zu bewahren. Dafür müsste er die Hypothek ablösen, und die musste sechsstellig sein, der Rate nach zu schließen. Seine Hilfe wäre nur ein Aufschub für das Unvermeidliche und sein Geld verbrannt.

»Lass mich eine Nacht darüber schlafen«, sagte er schließlich, um Zeit zu gewinnen, vor allem aber, um sie nicht zu enttäuschen. Wenn er so viel Geld hätte, er würde es ihnen geben, und eigentlich konnte er auch die drei Raten übernehmen. Es war doch egal, ob er es zurückbekam. Dann sparte er eben weiter für ein Sabbatical. Das er vermutlich nie machen würde. Er konnte doch nicht zulassen, dass seine Eltern auf der Straße landeten. Wenn er ihnen half, würden sie ihn endlich einmal wahrnehmen, würden vielleicht sogar dankbar sein und anerkennen, dass er es zu etwas gebracht hatte. »Ich melde mich morgen.«

»Genießt du das?«, fragte Barbara.

»Was denn?«

»Deine Macht über uns.« Sie legte auf, ohne sich zu verabschieden.

*

»Wir bestellen einfach Pizza.« Leon griff nach seinem Tablet. »Ich nehme eine Capricciosa. Was mögt ihr?« Fragend sah er in die Runde.

Ben hatte eigentlich keinen Appetit, entschied sich dann aber für eine Pizza Salami. Der Spruch seiner Mutter lag ihm noch im Magen, ebenso Meikes Bemerkung, wie schön es sei, wenn Geschwister auch als Erwachsene noch so eng miteinander waren, dass der eine jederzeit beim anderen hereinschneien konnte und mit offenen Armen empfangen wurde. Er wusste, dass sie es anders meinte. Eigentlich hatte sie sich beschwert, dass sie nicht gefragt worden war, ob ihr die Einquartierung von zwei Gästen plus Hund passte. Widerwillig hatte sie ihm und Luise Bettwäsche in die Hand gedrückt, bevor sie sich wieder an ihren Schreibtisch im Homeoffice verzog. Und jetzt die Szene am Kühlschrank. Ratlos hatte sie hineingestarrt, während Luise bereits anbot, beim Kochen zu helfen. »Was mache ich bloß? Ich habe eigentlich gar nichts zu Hause, das für vier reicht.« Und nun entschärfte Leon die Situation auf gewohnte Weise. Er löste das Problem, indem er Meikes unausgesprochenen Vorwurf akzeptierte, dass sie keinen Bock hatte, für so viele Leute aufzukochen, was sie durchaus hätte sagen können. Und zwar mit demselben Ergebnis, dass Essen bestellt wurde. Doch der direkte Weg war Meike fremd. Immer hintenherum. Es nervte.

Leon tippte die Bestellung ins Tablet und schickte sie ab. Luise begann den Tisch zu decken. Meike verschwand aus der Küche.

»Ein Bier?«, fragte Leon.

»Gerne. Ein alkoholfreies.«

»Gute Idee.«

Ben setzte sich auf einen Barhocker an der Kochinsel. Leon und Meike verdienten beide gut. Vor einem Jahr waren sie in die Doppelhaushälfte mit Designerküche gezogen.

Alles ziemlich schick. Doch das Kinderzimmer stand leer und sorgte für Spannungen.

Luise füllte eine Schüssel mit Wasser für Noro und trug sie nach oben ins Gästezimmer, denn unten duldete Meike den Hund nicht. Leon nahm zwei Flaschen aus dem Kühlschrank. Er war einen halben Kopf größer als Ben und wirkte im Bundeswehr-Camouflage beeindruckend. Das dunkle Haar war militärisch kurz geschnitten, seine Gesichtszüge klar wie gemeißelt. Die hatte er von Gernot. Äußerlich kam er nach ihrem Vater, von dem ihn aber Welten trennten. Warum Leon mit siebzehn zur Armee gegangen war, verstand Ben nur zu gut. Er konnte dort eine Ausbildung machen, was anderenfalls schwierig geworden wäre. Außerdem gab es beim Bund Ordnung, Regeln, Strukturen. Alles, was Leon bis dahin vermisst hatte. Für ihn war das Militär die Rettung gewesen.

Mit den Flaschen setzte er sich zu Ben an die Küchentheke und reichte ihm eine. »Sonst alles im Lot so weit?« Er gab ihm den Flaschenöffner.

»Klar. Alles gut«, erwiderte Ben. »Wenn man davon absieht, dass ich in einem Kühlfach der Rechtsmedizin liegen könnte und außerdem heute den Grundstein dafür gelegt habe, dass man mich feuern wird. Als Sahnehäubchen obendrauf fühle ich mich wie das letzte undankbare Arschloch, weil ich Barbara und Gernot mein Erspartes eigentlich nicht geben will.«

»Du hast was vergessen.« Leon hob die Flasche und stieß mit ihm an.

»Was denn?«

»Ein Mafiakiller ist hinter dir her.«

Ben lachte. »Ein Milchbubi, der lieber auf dem Handy daddelt, als seinen Job zu machen. Vor dem muss man sich nicht fürchten. Außerdem ist es nicht die Mafia, sondern ein Clan.«

»Na, wenn das so ist, muss man sich ja keine Sorgen machen.«

»Sag ich doch.« Ben prostete Leon zu.

»Du machst das immer noch.«

Ben verstand nicht, was Leon meinte. »Was?«

»Eine Bedrohung in ein Abenteuer oder eine Mutprobe zu verwandeln. In eine Herausforderung. Aber in diesem Fall geht es um dein Leben. Du solltest das nicht ins Lächerliche ziehen.«

»Ich nehme das ernst. Oder was meinst du, warum ich mich bei dir verstecke? Und was meinst du damit, dass ich das immer noch mache?«

»Weil du das schon als Kind getan hast, und dafür habe ich dich bewundert. Du warst immer der Starke, mein großer Bruder. Mein Held und Beschützer.«

»Ach komm.«

»Wenn Luise und ich uns fast vor Angst in die Hosen gemacht haben oder aus Verzweiflung am liebsten geheult hätten, warst du da und hast diesen ganzen Mist in ein großes Abenteuer verwandelt.«

»Quatsch. Was für einen Mist denn?«

»Na, unser ganzes beschissenes Leben.«

»Das war doch nicht beschissen. Es war ein großes Abenteuer. Jedenfalls die Jahre im Landidyll.«

»Das stimmt doch nicht«, sagte Leon. »Wir waren die Außenseiter. Das rote Gesindel von der Mühle. Gernot und Barbara haben uns oft tagelang allein gelassen. Ohne dich hätten Luise und ich das nicht unbeschadet überlebt. Wobei? Einen kleinen Dachschaden haben wir wohl alle drei.« Leon hob die Flasche. »Auf dich.«

»Ist ja schön, dass auch du jetzt noch einen Helden aus mir machen willst«, sagte Ben. Etwas in ihm verschob sich, leiser Ärger stieg auf. »Sie haben uns nicht allein gelassen. Nur einmal. Als die Polizei sie mitgenommen hat. Am übernächsten Tag waren sie wieder da. Es war nicht ihre Schuld.«

Leon schüttelte den Kopf. »Sie waren immer wieder mal für einige Tage weg. Dann hat Barbara dir aufgetragen, dich um uns zu kümmern, damit niemand merkt, dass wir allein sind. Das musst du doch noch wissen.«

»Nein.« Seine Antwort kam zu prompt. Das fiel sogar ihm auf. Verdrängte er etwas? »Jedenfalls kann ich mich nicht erinnern.«

»Deine Aufgabe war es, den Schein zu wahren. Niemandem einen Grund zu liefern, die Bullen oder das Jugendamt zu rufen, damit die mal bei uns nach dem Rechten sehen. Das hat dich fast zerrissen. Vor allem, als wir noch nicht eingeschult waren. Du musstest zum Unterricht, während Luise und ich allein waren und uns vor allem Möglichen fürchteten. Du wolltest uns aber nicht allein lassen und hast schließlich eine Lösung gefunden. Weißt du das nicht mehr?«

Ben fiel nichts dazu ein, und Leon erzählte, wie er damals Kassetten für ihn und Luise auf Gernots Rekorder aufgenommen hatte. Er hatte *Lukas und Jim Knopf* vorgelesen, so gut er es als Zweitklässler konnte. Mit den Kassetten hatten Leon und Luise sich in den ehemaligen Hühnerstall verkrochen, in ihr Lager aus Brettern, Decken und alten Matratzen, wo kein Einbrecher sie finden konnte und auch kein Monster oder der tollwütige Fuchs, vor dem auf den Schildern am Waldrand gewarnt wurde. Sie hatten der Stimme ihres Bruders gelauscht, bis der aus der Schule nach Hause kam und etwas für sie kochte.

»Ich habe nie gekocht«, sagte Ben. Aber an die Kassetten erinnerte er sich vage.

»Natürlich hast du gekocht. Wenn der Kühlschrank nicht gerade mal wieder leer war. Einmal haben wir es gemeinsam versucht. Das totale Fiasko.«

»Was für ein Fiasko denn?«

»Das Forellen-Drama?« Fragend sah Leon ihn an, und Ben zuckte mit den Schultern. An den Weiher erinnerte er sich. Manchmal hatten sie gespielt, sie seien Piraten und mit ihrem aus alten Brettern und Seilen zusammengezurrten Floß auf dem Meer unterwegs. Er erinnerte sich auch an die Angel aus einer Weidenrute und Bindfaden, an dessen Ende er eine aufgebogene Büroklammer und einen Regenwurm befestigt hatte, und langsam dämmerte es ihm. »O Gott. Ja. Die Forelle. Dass wir die überhaupt gefangen haben, grenzt an ein Wunder. Wieso Drama? Ist etwa einer von uns über Bord gegangen?« Schwimmen konnten sie damals alle drei noch nicht, auch wenn Barbara das Gegenteil behauptete.

»Weil wir so hungrig waren und den Fisch dann nicht essen konnten. Er ist nicht nur in der Pfanne verbrannt, wir haben auch nicht gewusst, dass man ihn ausnehmen muss. Es hat entsetzlich gestunken und entsetzlich geschmeckt.«

»Echt?« Am Rand seiner Erinnerungen flimmerte das Bild einer Pfanne auf, aus der qualmender Rauch aufstieg. Darin ein Fisch, der sich wand, als wollte er herausspringen. »Haben wir die Forelle nicht großmütig zurück in den Teich geworfen?«

»Ne, die ist auf dem Müll gelandet, und dann haben wir die alte Lene besucht. Sie hat uns nur stumm angesehen und drei Teller Döppekooche auf den Tisch gestellt. Sie muss verstanden haben, was bei uns los war. Jedenfalls hatte sie immer was zu essen für uns.«

»Ja, das stimmt. Vor allem die Prummetaat. Meine Herren, die war köstlich. Aber gehungert haben wir nicht, und wir wurden auch nicht vernachlässigt.«

»Ne, natürlich nicht.« Leon hob erneut die Flasche. »Wir haben die große Freiheit unter der Überschrift ›antiautoritäre Erziehung‹ genossen. Bist du schon mal auf die Idee gekommen, dass Gernot und Barbara mit diesem Etikett wunderbar kaschieren konnten, dass wir ihnen am Arsch vorbeigingen?«

Der leise Ärger wurde lauter. Wieso verdrehte Leon alles? »Das stimmt einfach nicht. Die Zeit in Buchsweiler war toll. Das lass ich mir von dir nicht kaputt machen. Wir waren keine vernachlässigten Kinder. Wir haben wie Pippi Langstrumpf gelebt.«

»Okay. Du hast eben eine andere Sicht auf diese Zeit. Akzeptiert. Deswegen müssen wir nicht streiten. Aber dann solltest du Pippi Langstrumpf außen vor lassen. Denn es gibt kein Kind, das vernachlässigter aufwuchs als sie. Insofern stimmt dein Vergleich.«

»Es ist eine Frage des Blickwinkels«, sagte Ben. »Es liegt an dir selbst, was du daraus machst. Das hat Gernot mal zu mir gesagt, und es stimmt. Man kann sich fürchten oder seinen Mut zusammennehmen und seinen Verstand benutzen. Man kann der Jäger sein oder die Beute. Der Angsthase oder der Held. Der Zauderer oder der Zupackende. Der Problemlöser oder der Vogel Strauß mit dem Kopf im Sand.«

»Das hat Gernot dir mit auf den Weg gegeben?«

»Es ist nicht verkehrt.«

»Man kann doch die Verantwortung, gesund groß zu werden, nicht an das Kind delegieren. Das ist die Aufgabe der Eltern, und darin haben unsere großartig versagt.«

»Später. In Stuttgart. In Buchsweiler nicht.« Ben wollte keinen Streit. Leon merkte es und wechselte das Thema. Sie kamen auf seine Arbeit zu sprechen und auf den Garten, in dem er im Frühjahr Hochbeete anlegen wollte, und dann klingelte auch schon der Pizzalieferant.

*

Sie saßen zu viert mit ihren Pizzen am Esstisch im Wohnzimmer. Leon schenkte Wasser nach. Erst Luise, dann Ben, und dann wollte er Meikes Glas füllen. Sie legte die Hand darauf. »Mir wäre eine Diät-Coke lieber.« Der Tonfall verriet, dass sie eingeschnappt war, weil ihr Mann nicht erst ihr nachgeschenkt hatte. Seine Geschwister gingen wieder mal vor, und zur Strafe musste er ihr nun eine Coke aus der Küche holen. Diese Art von Kommunikation ging Ben gegen den Strich. Heute besonders. Meikes beleidigtes Getue war ein weiterer Tropfen im Fass voll schlechter Laune, das überzulaufen drohte. Erst Barbara, die ihm Machtspielchen unterstellte, dann Leon, der ihre Kindheit madigmachen wollte. Das Fundament, auf dem Ben stand. So fühlte es sich jedenfalls für ihn an, und plötzlich sollte das nur Sand sein? Das würde er nicht zulassen.

Leon verschwand in die Küche und kehrte mit der Coke zurück. Die Flasche war geöffnet. Er wollte sie vor Meike abstellen, doch dann schenkte er ein, bevor sie ihn darauf hinweisen konnte, dass er das bei seinen Geschwistern schließlich auch getan hatte. Ben fing Luises Blick auf. Auch ihr ging Meikes Getue auf die Nerven.

Ein Signalton verkündete, dass eine Mail auf Bens Handy eingegangen war. Er ließ es in der Hosentasche, um nicht neuen Unmut heraufzubeschwören. Sicher kam die Mail von Ulrike. Der Brief an Frau Hoppe, der vermutlich seine Kündigung zur Folge haben würde. Weshalb stellte er sich selbst das Bein?

Langsam kam ein Gespräch in Gang. Zuerst über Meikes Arbeit, dann über das Haus, wie schön es war, außerdem eine Wertanlage, wie Meike erklärte. Sie hatten ihre Ersparnisse hineingesteckt und bei der Bank Schulden für die nächsten dreißig Jahre. Damit wären sie finanziell gar nicht in der Lage, Gernot und Barbara zu unterstützen. »Wir sind fein raus, falls sie mal Pflegefälle werden und nichts mehr haben. Elternunterhalt können sie bei Leon jedenfalls nicht einfordern. Wir haben selbst nur Schulden.«

Ben schluckte die Bemerkung herunter, dass das ziemlich herzlos war. Trotzdem kam das Gespräch bei den finanziellen Sorgen ihrer Eltern an. Barbara hatte auch Leon um Hilfe gebeten. »Am liebsten hätte ich kommentarlos aufgelegt. Aber ich habe ihr erklärt, dass unsere Kasse seit dem Hauskauf leer ist und weitere Anrufe daher keinen Sinn machen. Du hast vorhin gesagt, dass du dich wie das letzte Arschloch fühlst, weil du ihnen nicht unter die Arme greifst. Wieso solltest du? Überhaupt einer von uns?« Fragend sah Leon Ben an.

»Weil es sich mies anfühlt, das nicht zu tun. Sie sind unsere Eltern. Sie haben uns großgezogen und ihr Bestes gegeben. Auch wenn das zu wenig war.«

»Ihr Bestes?«, fragte Luise. »Sie haben sich eigentlich nicht groß für uns interessiert.«

»Das stimmt doch nicht.«

Luise legte das Besteck beiseite und griff über den Tisch nach seiner Hand. »Mensch, Ben. Sie haben sich einen Dreck um uns geschert. Sie haben uns rausgeworfen, kaum dass wir volljährig waren. Wir sind ihnen nichts schuldig. Absolut gar nichts. Nicht das Schwarze unterm Fingernagel. Wehe, du gibst ihnen das Geld, das du fürs Sabbatical gespart hast.«

Mit dieser Entscheidung kämpfte er seit Barbaras erstem Anruf. »Wir können doch nicht zusehen, wie sie auf der Straße landen.«

»Das passiert anderen auch«, erklärte Luise. »Dafür gibt es Notunterkünfte. Außerdem erinnere dich mal an ihre großartige Unterstützung, als du das Abi nachgeholt hattest und studieren wolltest. Sie haben dich einen Schmarotzer genannt und gesagt, dass sie ihre Pflicht als Eltern erfüllt hätten und nicht mehr zuständig wären. Schon vergessen?«

Das hatte er natürlich nicht vergessen. Er wusste noch, als wäre es gestern gewesen, wie er damals mit flauem Gefühl im Magen und großer Hoffnung im Herzen mit dem Zug von München nach Stuttgart gefahren war. Evi hatte herausgefunden, dass Eltern gesetzlich verpflichtet waren, ihren Kindern eine Ausbildung zu finanzieren, und darum wollte er sie bitten. Doch schon während der Fahrt hatte er gewusst, dass er mit diesem Argument nicht kommen musste. Weder Gernot noch Barbara würden es gelten lassen. Am Ende hatte er das Argument dann doch benutzt, und Gernot hatte gelacht. »Du wirst uns nicht verklagen. Das traust du dich nicht.« Damit hatte er recht behalten. Evi hatte es nicht verstanden und gefragt, wieso er die Hoffnung nicht endlich zu Grabe trug, seine Eltern könnten ihn irgendwann lieben oder ihm wenigstens Anerkennung zollen oder ihm jemals unter die Arme greifen. »Das wird nie geschehen. Die waren immer so, und sie werden sich nicht mehr ändern.« Eigentlich wusste er das ja selbst. Und trotzdem saß diese Hoffnung noch immer in ihm.

»Du gibst ihnen nichts«, sagte Leon. »Versprich mir das.«

»Misch dich nicht ein«, fuhr er seinen Bruder an. Das Fass war voll. Es lief über. »Das ist allein meine Entscheidung. Um die zu treffen, brauch ich einen klaren Kopf.« Er warf die Serviette auf den Tisch. »Ich packe es. Ich fahre.«

»Wohin denn?«, fragte Leon. »Nach Hause kannst du nicht. Jetzt setz dich wieder. Wir klammern das Thema aus. Okay?«

Ben schüttelte den Kopf. Er wollte allein sein. »Es ist besser, wenn ich mich für ein paar Tage ausklinke. Pass auf Luise auf.«

Barbara

Nach dem Telefonat mit Ben packte Barbara ihre Yogasachen in die Tasche. Mit einem Kuss verabschiedete sie sich von Gernot, der im Wohnzimmer die Tageszeitungen las und ihn erwiderte. Ziemlich leidenschaftlich. Schließlich zog er sie auf seinen Schoß und schlug vor, für ein paar Asanas ins Bett zu gehen. Barbara strich mit beiden Händen durch sein Haar, das noch immer dicht war. Es war ein schönes und erregendes Gefühl, diese dicke Wolle zwischen ihren Fingern zu spüren. Immer noch. Es hatte nie nachgelassen. Sie lachte und vertröstete ihn auf später. Auf den Nachmittag, falls er sich ums Mittagessen kümmerte.

Die Yogastunde am Freitag verpasste sie nur im Urlaub. In ihrem Alter war es wichtig, etwas für die Beweglichkeit, die Ausdauer und auch für die Kraft zu tun. Ihr Ausdauertraining bestand in ausgedehnten Spaziergängen und Wanderungen mit Gernot. Nur das Thema Kraft vernachlässigte sie. Die Therabänder samt Videoanleitung verstaubten im Gästezimmer. Vielleicht sollte sie sich in einem Fitnessstudio anmelden. Zusammen mit Gernot. Er musste mehr für sich tun. Aber erst einmal mussten sie das Problem mit der Bank lösen.

Sie hatte Gernot nicht gesagt, dass Ben auswich und sie

nicht glaubte, dass von ihm Hilfe zu erwarten war. Er würde sie hinhalten, bis es zu spät war, oder ihnen eine Abfuhr erteilen, falls sie noch einmal anrief. Was sie nicht vorhatte. Waren ihre Kinder undankbar? Oder rächten sie sich?

Barbara verließ die Wohnung und machte sich auf den Weg zur U-Bahn. Ein kalter Wind zog durch die Straßen. Es graupelte. Sie war froh, als sie endlich die Station erreichte und mit der Rolltreppe hinunter zum Bahnsteig fahren konnte.

Am Ende war es egal, ob ihre Kinder sich rächten oder nicht verantwortlich fühlten. Das Problem bestand so oder so fort. Wirklichen familiären Zusammenhalt hatte es zwischen ihnen nie gegeben. Es lag an ihr. Sie hatte nie Kinder gewollt, dann aber ihre Pflicht erfüllt, als sie da waren. Eher widerwillig. Da gab es nichts zu beschönigen. Wie konnte sie also erwarten, dass die drei sich verantwortlich fühlten, ihnen zu helfen? Sie selbst hatten ihnen beigebracht, dass Verantwortung füreinander irgendwann endete. Im Fall ihrer Kinder mit der Volljährigkeit. Barbara erinnerte sich noch gut, wie Ben sie damals angesehen und was er gesagt hatte. »Echt jetzt?« Und dann war er ausgerastet.

Es war in der Woche nach seinem achtzehnten Geburtstag gewesen. Gernot und sie waren früh aufgestanden, um mit Ben zu reden, bevor er zur Arbeit aufbrach. Denn abends kam er oft spät heim und verschwand sofort im Zimmer, das er sich seit acht Jahren mit Leon und Luise teilte. Oder er ging auf den Speicher, kletterte durch eine Fenstergaube auf die kleine Plattform davor und rauchte.

An diesem Morgen hörte sie ihn in der Küche rumoren. Sie weckte Gernot. Überrascht sah Ben von seinem Frühstück auf, als sie eintraten. Fruit Loops und Kaffee. Kind und Mann zugleich. »Ist etwas passiert?«

»Wir wollen mit dir reden«, erklärte Barbara.

»Ich muss gleich los.« Mit einem Blick auf die Küchenuhr bekräftigte er seine Worte. Er machte eine Schlosserlehre und befand sich im zweiten Ausbildungsjahr. Barbara staunte, dass er durchhielt. Wie ernst er die Ausbildung nahm. Er fehlte so gut wie nie, ging auch regelmäßig zur Berufsschule, und sein Ausbilder hielt große Stücke auf ihn. Wenn sie das richtig sah, machte ihm die Lehre Spaß.

»Es dauert nicht lange«, sagte Barbara. Sie hatte sich die Worte zurechtgelegt. Ohnehin musste Ben wissen, was sie von ihm wollten. Sie hatten nie einen Hehl daraus gemacht, dass sie von ihren Kindern erwarteten, auf eigenen Beinen zu stehen, sobald sie volljährig waren.

»Du bist jetzt erwachsen und allein für dich verantwortlich. Du solltest dir ein WG-Zimmer suchen.«

»Echt jetzt?« Er klang überrascht, als könnte er es nicht glauben. »Ihr werft mich raus?«

»Du bist volljährig und solltest dein Leben selbst in die Hand nehmen. Außerdem ist das Zimmer zu klein für drei.«

»Das war es schon immer«, konterte Ben.

»Wir haben uns überlegt, dass wir bis zum Abschluss deiner Ausbildung einen Teil zur Miete beisteuern. Das ist ein faires Angebot. In drei Monaten solltest du etwas gefunden haben.«

»Ich glaube es nicht!« Ben sprang auf. »Ihr seid echt das Letzte!« Binnen einer Sekunde schlug seine Stimmung um. Mit einer einzigen ausholenden Armbewegung fegte er das Geschirr vom Tisch. Scherben, Milch und Fruit Loops spritzten über den Boden. Er stürmte an ihnen vorbei aus der Küche und warf die Tür krachend hinter sich zu. Zwei Wochen später hatte er seine Lehre abgebrochen und war nach München in eine WG gezogen. Wie er sein Leben finanzierte, wussten sie nicht. Es herrschte Funkstille. Den Mietzuschuss strichen sie, denn die Voraussetzung dafür war nicht mehr gegeben. Der Abschluss der Ausbildung.

Mit Leon und Luise hatten sie ein vergleichbares Gespräch nie führen müssen. Leon verpflichtete sich bei der Bundeswehr, als er siebzehn war, und teilte ihnen das nebenbei mit, als er auszog. Ein Jahr später zog Luise kurz vor ihrem achtzehnten Geburtstag zu Ben nach München. Sie hatte dort einen Job in einem Antiquariat gefunden.

Aus allen dreien war etwas geworden. Sie hatten gelernt, sich durchzubeißen, und standen auf eigenen Beinen. So ganz verkehrt konnten sie es als Eltern also nicht gemacht haben. Doch der Zusammenhalt war auf der Strecke geblieben. Barbara seufzte. Sie würden eine andere Lösung für das Problem mit der Bank finden müssen.

Die U-Bahn fuhr ein. Barbara bekam einen Fensterplatz. Ihr gegenüber setzte sich eine Frau etwa in ihrem Alter und doch Lichtjahre von ihr entfernt. Billige Kleidung. Vermutlich von Primark oder einer anderen Ausbeuterfirma. Das Haar würde einen Schnitt vertragen und eine Tönung, ein wenig Make-up könnte auch nicht schaden, ebenso wie eine Maniküre. Manche Frauen ließen sich im Alter gehen. Die Hände wirkten abgearbeitet, und Barbara schämte sich für ihre überheblichen Gedanken plötzlich in Grund und Boden. Diese Frau hatte vermutlich ihr Leben lang geschuftet. Vielleicht hatte sie auch Kinder großgezogen. Der Ehering ließ das vermuten. Sie hatte brav dem System gedient, und was bekam sie dafür? Eine Rente an der Armutsgrenze, vielleicht sogar darunter. Es hatte sich nichts geändert in diesem Land. Ihr Kampf war erfolglos geblieben. Wofür hatten sie alles riskiert? Für einen verwirrenden Moment wusste Barbara es nicht mehr.

Sie waren jung gewesen und voller Idealismus. Sie hatten sich noch empören können, und sie hatten sich mitreißen und vereinnahmen lassen. Sie hatten geglaubt, etwas verändern zu können.

Meine Güte, dachte Barbara, was wir alles getan haben.

Für nichts! Für einen Moment sah sie sich selbst, wie sie damals aus der Kanzlei in Bonn gekommen war und das Landidyll betrat. Gernot saß mit einem Fremden am Küchentisch. Ein attraktiver Mann mit einnehmendem Wesen. Ein Wolf im Schafspelz. Ein falscher Fünfziger. Ein Lügner vor dem Herrn. Doch das hatten sie erst sehr viel später verstanden.

Charlie

Kurz vor zwei kam Boris ins Büro. »Unser Boss verlangt nach dir.«

Überrascht sah Charlie vom PC auf.

»Yasins Anwalt ist gerade gegangen. Attilas Teint hat den Farbton *Bluthochdruck-Rot.*« Boris legte einen Aktendeckel ab. »Sollte ich etwas wissen?«

Ein kühles Ziehen breitete sich in Charlies Magen aus. Hatte Yasin seinen Anwalt geschickt, um sich über sie zu beschweren? Falls ja, gab es keinen Zeugen. Das total aus dem Ruder gelaufene Gespräch hatte unter vier Augen und ohne Aufzeichnung stattgefunden. Aussage würde gegen Aussage stehen und Attila natürlich ihr glauben. Kein Grund, Panik zu schieben. Einfach alles abstreiten. »Ich habe nur ein unergiebiges Vorgespräch mit Yasin geführt.«

»Ohne mich?«

»Du warst nicht da.« Sie stand auf und machte sich auf zur Höhle des Löwen. Wie Attila zu seinem Spitznamen gekommen war, wusste sie nicht. Wie ein Hunne sah er nicht aus, und er benahm sich auch nicht so. Im Gegenteil. Er war ein sachlicher und bedächtiger Mann. Schon aus fünf Metern Entfernung sah sie ihn durch die Glasscheibe seines Büros am Schreibtisch sitzen. Mit im Nacken verschränkten

Händen starrte er an die Decke. Sie klopfte an und trat ein. »Du wolltest mich sprechen?«

Seufzend ließ er die Arme sinken, deutete auf den Stuhl gegenüber, und sie nahm Platz. Eine Weile sah er sie an, und Charlie entschloss sich, das Schweigen nicht zu brechen. »Erste Regel bei einer Vernehmung«, sagte er schließlich. »Du hast die Kontrolle über das Gespräch.«

»Ja klar.«

»Bei der Befragung von Yasin Turan hast du die Kontrolle aber mächtig verloren.«

»Behauptet er das?« Charlie schlug die Beine übereinander und lehnte sich im Stuhl zurück. Offene Körpersprache suggerierte Ehrlichkeit.

»Sein Anwalt war hier und hat eine Beschwerde eingereicht. Er wird auch Anzeige gegen dich erstatten.«

Mist! Charlie bemühte sich, ihre Gesichtszüge unter Kontrolle zu halten. »Was wirft er mir denn vor?«

»Du hast ihn bedroht. Streite es nicht ab. Außerdem hast du seit Jahren eine Rechnung mit ihm offen. Deiner Meinung nach ist er schuld am Selbstmord deiner Freundin. Das hättest du mir sagen müssen. In diesem Fall dürftest du wegen Befangenheit gar nicht ermitteln. Grund eins, dir den Fall zu entziehen. Grund zwei – und der führt zu meinem großen Bedauern zu deiner Suspendierung: Du hast gedroht, ihm eine Waffe an den Schädel zu halten, bis er ein Geständnis ablegt.«

»Ach was?« Es gelang Charlie, eine ordentliche Portion Überraschung in ihre Stimme zu legen, worauf Attila sie mit einem waidwunden Blick bedachte und ein Handy über den Tisch schob. »Du musst nur auf ›Play‹ drücken.«

Fassungslos starrte sie darauf. Das konnte nicht wahr sein! Yasin hatte sie gelinkt. Deswegen hatte er sein iPhone ohne Widerspruch herausgerückt. Weil ein zweites in der Hosentasche steckte, bei dem die Aufnahme bereits lief. Sie wusste, wann sie verloren hatte. Ohnmächtige Wut ballte sich in ihr. Auf sich, auf Yasin, auf Attila, der nicht anders konnte, als sie zu suspendieren. Er bat sie um ihre Dienstwaffe, den Dienstausweis und die Schlüsselkarte. Sie widerstand dem Impuls, alles auf den Tisch zu knallen. Er konnte nichts dafür. Sie selbst hatte es vergeigt. »Tut mir leid.«

»Die Aufnahme eures Gesprächs ist illegal«, sagte Attila. »Hoffen wir, dass sie als Beweismittel nicht zugelassen wird, dann wärst du fein raus. Nimm dir einen Anwalt und lerne, deine Gefühle in den Griff zu kriegen. Und halte dich in Zukunft verdammt noch mal an die Regeln! Sofern es überhaupt eine Zukunft für dich bei der Polizei gibt.«

*

Benommen kehrte Charlie an ihren Schreibtisch zurück und suchte ihren Krempel zusammen, während sie Boris erklärte, warum er in der nächsten Zeit auf sie verzichten musste. Sie fühlte sich wie unter Wasser. Ihre Bewegungen verlangsamten sich, Geräusche drangen nur gedämpft zu ihr. Es konnte nicht wahr sein. Yasin hatte gewusst, wie er sie triggern konnte. *Du geile Schnitte*. In ihr zog sich etwas zusammen, schrumpfte zu einem kalten, harten Klumpen. Er hatte sie ins offene Messer laufen lassen. Dass er sich daran noch erinnerte, überraschte sie. »Schnitte« sagte heute niemand mehr. Und auch damals war es schon längst out gewesen. Wieder roch sie den Mief, hörte die dröhnenden Bässe. Sah die Cola in ihrer Hand. Sah, wie sie Annika damit zuprostete. Verdammt! Vielleicht war Maienfelds Strategie die bessere? Einfach alles löschen, was sich potenziell zu einem Trauma auswachsen konnte. Einen Moment beneidete sie ihn um diese Fähigkeit. Er schob das einfach beiseite, während sie immer wieder mal Flashbacks heimsuchten, sie durch einen Zeittunnel fünfzehn Jahre zurück in diese miefige Bude zerrten, und alles noch einmal geschah.

Jemand drängte sich ins Bild. Boris. »Hörst du mir überhaupt zu?«

Am meisten ärgerte sie sich darüber, dass es Yasin gelungen war, sie auszutricksen. »Sorry. Ja. Ich höre dir zu. Tut mir leid.«

Boris zog sie an sich. Er roch nach dem Döner, den er wohl zu Mittag hatte, ein wenig nach dem Rauch einer eilig im Freien gepafften Zigarette und dem teuren Rasierwasser, das seine Frau ihm schenkte. »Wird schon werden«, sagte er.

Sie machte sich los. »Hältst du mich auf dem Laufenden?«

»Du weißt, dass ich das nicht darf.«

»Darf ich raten, was unter deinem Kopfkissen liegt? Die Strafprozessordnung. Sei doch mal locker.«

»Du siehst ja gerade, wohin Lockerheit führt.«

Charlie nahm Annikas Jacke vom Bügel und ihre Tasche vom Stuhl. »Ich melde mich mal bei dir. Das ist doch okay?«

»Klar. Was machst du jetzt?«

»Ein Wellnesswochenende. Wenn Attila dir den Fall gibt, versprich mir, dass du Yasin festnagelst.«

»Wenn er es war, kriegen wir ihn.«

Mit geradem Rücken verließ Charlie ihren Arbeitsplatz und ging über den Flur zum Lift. Sie spürte die Blicke der Kollegen im Rücken. Eine der Sachbearbeiterinnen kam ihr entgegen und nickte ihr aufmunternd zu. Es hatte sich also schon herumgesprochen. Der Lift kam, sie fuhr in die Tiefgarage, noch immer begleitete sie das Gefühl von Unwirklichkeit.

Erst als sie die Wagentür hinter sich zuschlug, den Motor starten wollte und ihr klar wurde, dass sie nicht wusste, wohin sie fahren sollte, wurde ihr die Tragweite ihres Ausrutschers bewusst: Wenn es blöd lief, würde sie nie wieder bei der Kripo arbeiten. Ihr Kopf sank auf das Lenkrad. Ein Druck setzte sich in ihren Hals. Und sie dachte gerade, dass sie den Kampf gegen die aufsteigenden Tränen verlieren würde, als ihr Handy klingelte. Bertram meldete sich. »Hallo, Charlie. Du hast mich doch gestern um einen Gefallen gebeten.«

Im ersten Moment verstand sie nicht, was er meinte, dann fiel der Groschen. »Hast du ihn geortet?«

»Logisch. War nicht schwer. Den Leuten ist nicht bewusst, dass Smartphones nichts anderes sind als Überwachungsgeräte, mit denen man auch whatsappen und fotografieren kann.«

Einen Moment zögerte Charlie. Es war nicht mehr ihr Fall und es war nicht wirklich legal, doch Yasin würden sie ohne Maienfeld vielleicht nicht kriegen. Jemand musste auf ihn aufpassen. »Super. Wo ist er jetzt?«

»Auf der A 7 bei Memmingen. Er fährt Richtung Stuttgart.«

»Du bist der Beste. Kann ich dich um noch einen Gefallen bitten?«

Ein Seufzer klang durchs Telefon.

»Ich muss Maienfeld vor Yasin finden. Entweder rufe ich alle zehn Minuten bei dir an, damit du mir sagst, wo er ist …«

»Gott bewahre!«

»Oder ich kann ihn selbst tracken.« Es kostete sie noch ein wenig Überredungskunst, dann hatte sie Bertram so weit. Er schickte ihr einen Remote-Link, den sie aktivierte. So konnte er auf ihrem Handy eine App installieren, die Maienfelds Standort anzeigte. Ihr Dank an Bertram war eine WhatsApp voller Herz-, Blumen- und Kuss-Emojis. Das Handy legte sie auf den Beifahrersitz und fuhr erst mal nach Hause, um ein paar Sachen zusammenzusuchen. Unter anderem Pfefferspray und den Taser. Aus dem kleinen Safe im Schlafzimmer nahm sie ihre private Waffe, die sie ganz legal besaß, und eine Schachtel Munition. Sie packte noch ein paar Klamotten, die Zahnbürste und einige AirTags dazu, dann loggte sie sich über ihren noch nicht gesperrten Zugang bei der Kfz-Zulassungsstelle ein und suchte nach Maienfelds Wagen. Er fuhr einen zehn Jahre alten dunkelblauen Skoda Kombi. Sie prägte sich das Kennzeichen ein und verließ die Wohnung.

Ben

Kurz vor Ulm fuhr Ben auf einen Rastplatz. Er tankte, kaufte im Bistro eine Flasche Wasser für die Fahrt und außerdem einen Cappuccino, mit dem er sich an einen der Stehtische stellte. Es war Zeit, Gerda anzurufen, die in Buchsweiler ein Ferienhaus vermietete. Vor dreißig Jahren hatten sie zusammen die Grundschule besucht. Damals war sie ein stilles, pummeliges Kind gewesen, eine der wenigen, die ihn nicht gehänselt hatten. Heute war sie Mutter von zwei Kindern, verheiratet mit Markus, der den Hof der Eltern übernommen hatte, vor allem aber war Gerda ein redseliger und herzenswarmer Mensch. Obendrein besaß sie Geschäftssinn. Auf der Wiese hinter dem Hof hatte sie ein Blockhaus aufstellen lassen, das sie an Feriengäste vermietete. Viel Holz, viel Karo, überhaupt viel Landhaus-Deko. Zu viel für seinen Geschmack. Doch wenn er dort war, genoss er die Behaglichkeit, den Kaminofen im Wohnzimmer und den Blick über die weite Landschaft.

Nach dem Abschluss des Studiums und vor dem Antritt der ersten Stelle war er zum ersten Mal nach Buchsweiler zurückgekehrt. Zwei freie Wochen lagen vor ihm, die er für einen Urlaub nutzen wollte. Seine Kasse war ziemlich leer. Eine Auslandsreise schied aus. Deshalb googelte er nach

Ferienwohnungen in Deutschland und dachte dabei an Berge oder Meer, jedenfalls nicht an die Eifel. Doch plötzlich präsentierte ihm das Portal das Blockhaus in Buchsweiler als möglichen Urlaubsort. Er folgte seinem spontanen Gefühl und buchte. Das Wiedersehen mit Gerda und Markus war eine nette Überraschung. Er lieh sich ein Mountainbike und radelte durch die Eifel, bis er abends erschöpft und müde zurückkehrte und nachts so gut schlief wie seit Jahren nicht mehr. Natürlich sah er auch nach dem Landidyll. Die Fenster waren mit Brettern vernagelt, die Türen mit Riegeln verrammelt. Der Hof von Unkraut überwuchert. Einen der Apfelbäume hinter dem Haus hatte der Sturm gefällt. Es war ein trauriger Anblick gewesen.

Seit diesem ersten Besuch war Ben immer wieder mal für ein paar Tage nach Buchsweiler gefahren. Wenn er den Kopf freibekommen wollte. Oder eine kurze Auszeit brauchte. Er war auch mit Evi hier gewesen und hatte ihr den Ort seiner Kindheit gezeigt. Nach ihrer Trennung war er dorthin gefahren, um den Schmerz zu bekämpfen und sich wieder in sein Leben einzusortieren.

Ben wählte Gerdas Nummer. Es war Ende November, weder Urlaubszeit noch Wanderzeit und das Wetter obendrein schlecht. Die Hütte war frei. Sie fragte, wann er eintreffen würde. Gut vierhundert Kilometer lagen noch vor ihm. Vor acht konnte er nicht da sein. Eher halb neun. »Ich richte alles für dich her und heize schon mal den Ofen ein. Magst du mit uns essen?«

»Das wird zu spät für euch. Außerdem ist mir mehr nach Alleinsein.«

»Dann stelle ich dir was in den Kühlschrank.«

»Das ist lieb. Danke.«

»Wie machst du es mit dem Frühstück? Bei uns oder Selbstversorger?«

»Morgen bei euch, an den anderen Tagen kümmere ich

mich selbst darum.« Ben verabschiedete sich und wollte das Handy schon einstecken, als ihm die Mail einfiel. Wie vermutet, kam sie von Ulrike. Sie hatte ihm den Briefentwurf geschickt. Den sah er sich im Auto auf dem Laptop an, und es gefiel ihm, dass sie seine Entscheidung nicht durch Formulierungen infrage stellte, die Hintertüren offen ließen. Einen Moment zögerte er, dann unterschrieb er die PDF-Datei digital.

Während der Fahrt schob Ben die Vorstellung beiseite, dass man ihm kündigen würde. Vielleicht kam er mit einem Rüffel davon. Die Gedanken kehrten zu dem Gespräch mit Leon zurück. Zum Vorwurf, dass er *das immer noch mache*, vor allem aber zu ihren unterschiedlichen Erinnerungen ans Landidyll. Es stimmte einfach nicht, dass Gernot und Barbara sich nicht um sie gekümmert hätten. Dass ihre Kinder ihnen gleichgültig gewesen wären. Manchmal war der Kühlschrank leer gewesen. Das stimmte schon. Barbara war nie eine Vorzeige-Hausfrau und Mutter gewesen. Erste Priorität hatte ihre Arbeit als Anwältin. Sie setzte sich für politische Gefangene ein. »Das ist eine wichtige Aufgabe«, hatte sie ihm einmal erklärt. »Wichtiger, als Kuchen für Schulfeste zu backen. Das verstehst du doch.« Natürlich hatte er verstanden, dass es wichtiger war, Leute aus dem Gefängnis zu holen, als in *einen Wettbewerb mit anderen Müttern zu treten, wer den besten Kuchen backt*. Dennoch hatte er die Blicke nicht vergessen, mit denen er beim Sommerfest der Schule bedacht worden war. Zu dem er allein ging. Trotzig. Ohne Eltern. Ohne Kuchen. Hatte er Barbara je backen sehen? Kuchen gab es bei der alten Lene. Wenn sie gewollt hätten, jeden Tag. Es war okay gewesen. Absolut okay.

Seine frühesten Erinnerungen stammten aus dem Sommer, in dem er vier gewesen sein musste. Ein strahlend schöner Tag. Barbara saß an einem Tisch unter dem Pflaumenbaum, vor sich einen Stapel Akten. Aus dem Haus klang das

Klappern von Gernots Schreibmaschine. Leon und Luise saßen in ihrem Laufgitter auf der Wiese und warfen Bauklötze ins Gras. Er selbst saß auf der Schaukel im Apfelbaum und schwang die Beine. Er flog bis in den Himmel. In seinem Bauch kitzelte es, und er schrie so laut vor Freude, dass die Spatzen aus dem Baum stoben.

Er erinnerte sich an das morgendliche Klappern von Geschirr unten in der Küche, wenn Barbara Kaffee machte. An das Knarren der Stufen, wenn sie zwei Becher davon nach oben ins Schlafzimmer trug, und an den Kaffeeduft, der zu ihnen ins Kinderzimmer zog, wenn sie daran vorbeiging. Das musste gewesen sein, bevor er eingeschult wurde. Manchmal, wenn sie in der Küche oder am Wohnzimmertisch in ihre Akten vertieft saß und er sich zu ihr setzte – schweigend, denn bei der Arbeit durfte man sie nicht stören –, sah sie auf und sagte, er sei ein toller Junge, und wuschelte ihm durchs Haar.

Wenn er an Gernot als Vater dachte, fielen ihm als Erstes die Schlittschuhe ein. Es war Winter, der Weiher in der Nähe des Hauses trug eine dicke Eisschicht, darauf schlitterten sie mit ihren Turnschuhen herum. Leon, Luise und er. Bis Gernot ihnen eines Tages Schlittschuhe aus Bonn mitbrachte und ihnen zeigte, wie man damit lief. Den ganzen Nachmittag verbrachten sie auf dem Eis und kehrten erst abends durchgefroren ins Haus zurück. In die Küche, in der ein Feuer im Herd brannte, und Barbara hatte Spaghetti gekocht. Wie konnte Leon das vergessen haben? Außerdem hatte ihr Vater mit ihnen Fußball gespielt, auf der Streuobstwiese hinter dem Haus. Nicht täglich, aber ab und zu. Und auch Tauziehen hatten sie veranstaltet. Die Rasselbande an einem Ende des Seils, Gernot am anderen. Meistens hatten sie gewonnen. Nur in seinem Arbeitszimmer durfte man ihn nicht stören. Das war tabu. Wenn die Tür zu war, durfte man nicht einmal klopfen. So ganz antiautoritär war ihre Erziehung also nicht gewesen. Ein paar Regeln hatte es gegeben und Aufgaben. Geschirrspülen beispielsweise, und meistens hatte Ben für sich und seine Geschwister Frühstück gemacht, bevor er zur Schule ging. Barbara und Gernot arbeiteten oft bis spät in die Nacht. Sie hatten einen anderen Tagesablauf als die Eltern seiner Klassenkameraden und schliefen daher morgens aus. Es war doch nichts dabei, ein paar Schälchen mit Cornflakes und Milch auf den Tisch zu stellen. Ein wenig Verantwortung zu übernehmen mit sechs Jahren. Das war nicht verkehrt gewesen.

Im Gegenzug hatten sie die große Freiheit genossen. Niemand kontrollierte beispielsweise, ob sie Hausaufgaben machten. Es lag in ihrer Verantwortung. In der ersten Klasse hatte er anfangs noch eifrig mitgemacht, wollte Fleißstempel sammeln. Doch es hatte auch Zeiten gegeben, in denen er lieber draußen war. Im Wald, am Bach, in seiner Hütte, die er aus einer alten Heuheinze und Ästen gebaut hatte und die niemand außer ihm kannte. Oft musste er Ausreden erfinden, weshalb er keine Hausaufgaben vorzeigen konnte, bis Gernot oder Barbara einbestellt wurden. Wenn das geschah, zog seine Lehrerin den Kürzeren. Rhetorisch waren seine Eltern ihr überlegen. Vor allem Barbara, die mit allerlei an den Haaren herbeigezogenen Begründungen mit einer Dienstaufsichtsbeschwerde drohte. Bis er dann in der dritten Klasse Herrn Weber als Lehrer bekam. Seine Art zu unterrichten war anders, er ließ die Kinder selbst herausfinden, worum es ging. Sie durften auch mal Lehrer sein und unterrichten, während Herr Weber sich in die Klasse setzte. Von ihm hatte Ben Lob erhalten und Anerkennung. Er hatte ihn ermutigt, seinen Verstand zu gebrauchen, und in ihm nicht den Außenseiter gesehen. Das hatte ihn angespornt, und plötzlich hatte Schule Spaß gemacht.

An das Forellen-Drama erinnerte Ben sich kaum. Den Fisch hatten sie ganz sicher nicht gefangen, weil sie hungrig waren. Gehungert hatten sie nie. Doch plötzlich blitzte das Bild auf, wie sie vor dem Schuppen saßen. Alle drei. Jeder eine Tafel Schokolade in der Hand, die Onkel Lukas mitgebracht hatte. Wie sie das Papier aufrissen und hineinbissen, ohne Stücke abzubrechen. Aber nicht, weil sie so hungrig gewesen waren. Oder doch?

Eher nicht. Außerdem hatte es einen Vorratskeller gegeben. Als Kind hatte Ben den Raum gemieden. Er lag unter der Waschküche, die hinten zum Garten rausging. Die Vorbesitzer hatten dort Äpfel, Kartoffeln und Karotten, Kohl und Pastinaken gelagert. Das hatte Gernot ihm einmal erklärt. Und er erinnerte sich noch gut, wie er in diesem winzigen Raum festgesessen hatte. Um hinabzusteigen, musste man eine schwere Falltür öffnen. Eines Tages war ihm das gelungen und er war allein hinuntergeklettert. Eine Art Mutprobe.

Es gab keine richtige Treppe, nur eine Art Leiter aus Holz. Tritt um Tritt war er rückwärts nach unten gestiegen. Modergeruch schlug ihm entgegen. Spinnweben streiften ihn. Etwas raschelte. Vielleicht Schlangen? Angst kroch in ihm hoch. Die Sage von den Neunhollen fiel ihm ein, die ihm die alte Lene erzählt hatte, und er befürchtete, dass sie da wären und gleich zu brummen und knurren anfingen, zu brausen wie ein Orkan, dass kein Mensch es ertragen konnte. Er rang die Angst nieder. Einmal beide Füße auf den Boden setzen und dann raus, so schnell es ging. Das war sein Plan. Doch gerade als er unten ankam, erklang von oben ein Knacken und Bersten, das Brett brach, mit dem er die Tür aufgehalten hatte. Sie knallte über ihm zu. Das Brett polterte die Stufen hinunter. Plötzlich stand er im Dunkeln. Sein Herz schlug bis zum Hals. Die Kehle wurde trocken. Da fiel ihm die Taschenlampe ein. Mit zitternden Fingern zog er sie aus der Hosentasche und schaltete sie ein. Zuerst inspizierte er im tanzenden Licht der Lampe den Raum. Er bemerkte weder Neunhollen noch Schlangen. Nur eine Maus, die in einem Mauerspalt verschwand und sicher mehr Angst vor ihm hatte als umgekehrt. Der Raum war etwa zwei mal zwei Meter groß und der Boden aus gestampfter Erde. Überall Staub und Spinnweben. Im Regal entdeckte Ben einige Gläser und Flaschen. »Apfelmus, August 1968« entzifferte er auf einem Etikett. Auf einem anderen »Pflaumen, September 1969«. Die Flaschen enthielten Johannisbeer- und Himbeersaft und waren genauso uralt wie das Obst. Sicher war längst alles verdorben, und er würde hier unten verhungern oder erfrieren, wenn niemand ihn fand.

Er wollte raus und stieg die Stufen nach oben. Doch er bekam die Falltür nicht auf, so sehr er sich auch dagegenstemmte. Auch der Versuch, eine Bretthälfte darunterzuschieben, scheiterte. Er hämmerte gegen die Tür und rief um Hilfe, bis er heiser war, und dann wurde das Licht der Taschenlampe schwächer und verlosch flackernd.

Im Dunkeln kauerte Ben sich auf der untersten Stufe zusammen. Legte die Arme um die Beine und den Kopf auf die Knie und weinte. Sah ja keiner, und es half ein wenig. Schließlich wischte er sich den Rotz von der Nase und zählte langsam bis hundert. Und dann noch einmal und noch einmal, damit er nicht an die Neunhollen denken musste oder an Drachen und Monster, an Schlangen oder die Wilde Jagd. So spannend er die Geschichten fand, wenn die alte Lene sie erzählte, so sehr machten sie ihm nun Angst. Zwischen dem Zählen stand er immer wieder auf, stieg nach oben, trommelte mit dem Brett gegen die Falltür und rief um Hilfe. Doch alles blieb still. Niemand hörte ihn, niemand befreite ihn. Seine Geschwister spielten jetzt irgendwo im Garten oder im Wald. Gernot schrieb einen wütenden Artikel über die Ausbeutung der Dritten Welt. Wobei Ben nicht glaubte, dass es wirklich drei Welten gab. Mama rettete Gefangene, und keiner dachte an ihn. Ihm wurde kalt. Sein Magen begann zu knurren, und es vergingen Stunden in Dunkelheit und Kälte, bis Leon schließlich auf seine Hilferufe aufmerksam wurde und Gernot in seinem Allerheiligsten störte, obwohl die Tür geschlossen war.

Papa befreite ihn. Was für ein überwältigendes Gefühl, als sich die Falltür hob, Gernot zu ihm hinuntersah und sagte, er solle rauskommen. Oben brach er dann wieder in Tränen aus, obwohl er das nicht wollte. Aber die Erleichterung war so groß. »Hast du Angst gehabt?«, fragte Gernot, und Ben nickte. »Sieht man dir an. Ich verrate dir jetzt ein Geheimnis: Es liegt an dir selbst, was du aus einer solchen Situation machst. Es ist eine Frage des Blickwinkels. Man kann sich zu Tode fürchten und sich alle möglichen schrecklichen Dinge ausmalen. Oder man nutzt seinen Verstand und seine Möglichkeiten. Du entscheidest, ob du das Opfer bist oder nicht. Der Angsthase oder der Held. Der Zauderer oder der Problemlöser. Es liegt bei dir, ob du eine Herausforderung annimmst und was du daraus machst. Verstehst du das?«

So ganz verstand Ben es nicht.

»Was du gerade erlebt hast, war ein tolles Abenteuer. Eine Geschichte, die du noch lange erzählen kannst und deren Held du bist. Du hast das durchgestanden. Du bist daran gewachsen, und du warst in der Lage, vernünftig zu handeln. Du bist nicht in Panik geraten, du hast um Hilfe gerufen. So musst du das sehen. Du warst kein Häufchen Elend, das sich vor Angst in die Hosen macht. Das wäre eine mögliche andere Sicht auf dieses Abenteuer. Verstehst du jetzt, was ich meine?«, hatte Gernot gefragt, und Ben hatte genickt. Er war ein Held. Es war ein Abenteuer. Plötzlich fühlte er ein angenehmes Prickeln in der Brust. Die Kraft in seinen Beinen kehrte zurück. Er spürte förmlich, wie er ein wenig wuchs und sich ein Lächeln auf seinem von Rotz und Tränen verschmierten Gesicht ausbreitete.

Vor ihm leuchteten Bremslichter rot auf. Der Verkehr verdichtete sich kurz vor Stuttgart. Ben ging vom Gas. Der Rat seines Vaters war nicht der schlechteste gewesen. Außerdem hatte Barbara Kuchen gebacken. Jedes Jahr zu den Geburtstagen hatte sie Kuchen gebacken. Jedenfalls im Landidyll. Später in Stuttgart nicht mehr.

Die Ausfahrt Stuttgart-West wurde angekündigt, und einen Moment war er versucht, seine Eltern zu besuchen. Doch wenn er das tat, würde er schwach werden und ihnen das Geld geben, obwohl er nicht wusste, ob er das wollte. Es war unvernünftig. Doch es wäre eine versöhnliche Geste, ein Zeichen, dass sie eine Familie waren. Trotz allem.

Charlie

Charlie fuhr mit hundertsiebzig auf der linken Spur. Aus den Lautsprechern erklang der wilde Gypsy-Punk von Gogol Bordello. Musik, die ihrer Stimmung entsprach. Der Abstand zu Maienfeld wurde langsam, aber stetig geringer. Er schien sich an die Richtgeschwindigkeit von hundertdreißig zu halten und in den Hundertzwanziger-Zonen, die auf der Strecke zahlreich waren, fuhr er anscheinend nur hundertzehn. Ein mittelspurschleichender Versicherungsfuzzi, der dachte, er wäre Yasin gewachsen. Gott, hatte sie den Kerl über.

Maienfeld war nur noch dreißig Kilometer vor ihr. Das verdankte sie auch der Tatsache, dass er vor Ulm eine ausgiebige Pause gemacht hatte.

Was sie tun wollte, sobald sie ihn eingeholt hatte, wusste sie nicht. Sie konnte ihn weder festnehmen noch an der Weiterfahrt hindern noch erwarten, dass er ihr sein Ziel nannte. Am besten war es wohl, an ihm wie Duct Tape zu kleben und abzuwarten, wo er am Ende des Tages sein Haupt zur Ruhe betten würde. Eines war jedenfalls klar: Sie musste auf ihren einzigen Zeugen aufpassen. Yasin würde ihn nicht kriegen. Sondern sie Yasin.

Hinter ihr schloss mit Lichthupe ein weißer Mercedes mit

geschätzten zweihundert auf. Aber hallo. Zuerst bemerkte sie das Münchner Kennzeichen und dann, dass es ein AMG war. Sie räumte die linke Spur, damit er vorbeikonnte. Tatsächlich einer aus dem Turan-Clan. Aslan saß am Steuer. Yasins Neffe. Das war kein Zufall! Charlie gab Gas, blieb aber mit großzügigem Abstand hinter ihm. Zehn Minuten später setzte er den Blinker und fuhr bei der Raststätte Sindelfinger Wald raus. Gute Idee, dachte Charlie und folgte ihm. Geh du pinkeln, ich lasse mir inzwischen etwas einfallen. Der AMG rollte an die Zapfsäule. Charlie rangierte ihren Wagen in eine Parkbucht und nahm aus der Werkzeugtasche im Kofferraum einen Schraubenzieher. Sie stieg wieder ein, zog das Basecap tief in die Stirn und wartete, bis Yasins Neffe vor die Tankstelle fuhr und seinen Boliden zwei Plätze neben ihrem abstellte. Kaum war er drinnen zum Bezahlen verschwunden, stieg Charlie aus und sah sich um. Keine Überwachungskamera in Sichtweite. Es war schon dämmrig und es nieselte. Kaum Leute unterwegs. Niemand achtete auf sie. Sie schlenderte zwischen dem Mercedes und dem Nachbarwagen hindurch, bückte sich, als ob sie die Schuhe binden wollte, und jagte den Schraubenzieher erst in den hinteren, dann in den vorderen linken Reifen. Zischend entwich die Luft. Sie schob den Schraubenzieher in die Jackentasche, nahm ein AirTag heraus und sah sich suchend um. Die Türen des AMG waren verriegelt, der Kofferraum auch. Doch das Beifahrerfenster war einen Spaltbreit geöffnet. Gerade so viel, dass es Charlie gelang, ihren Arm hindurchzuquetschen und die Verriegelung zu lösen. Den AirTag schob sie unter den Beifahrersitz. Sie war gerade fertig, als Aslan aus der Tanke kam und Richtung Raststätte marschierte. Sie folgte ihm.

Er verschwand in Richtung Toiletten, während sie sich einen Becher Kaffee besorgte. Wenige Minuten später sah sie Aslan an der Theke wieder. Er kaufte einen Burger und aß ihn an einem Stehtisch. Sie postierte sich mit dem Rücken zu ihm am Nachbartisch. Mittlerweile hatte er sein Handy gezückt. Charlie spitzte die Ohren und folgte seinem Gespräch. So wie es aussah, war Bertram nicht der Einzige, der Handys tracken konnte. Einer von Yasins Leuten hatte das auch drauf. Es war Zeit zu gehen. Charlie eilte zu ihrem Wagen.

Auf dem Handy checkte sie Maienfelds Standort. Der Abstand hatte sich wider Erwarten nicht vergrößert. Sein Skoda stand auf dem Parkplatz Heimsheim. Hatte der Mann eine schwache Blase? Charlie gab Gas. Doch bevor sie den Parkplatz erreichte, fuhr Maienfeld weiter. Eigentlich gab es keinen Grund, sich zu beeilen. Aslan saß fest. Er musste den Wagen abschleppen lassen, oder jemand lieferte ihm zwei Ersatzreifen auf den Rastplatz. Wie auch immer: Es kostete Zeit. Zwischen Leonberg und Pforzheim betrug der Abstand zu Maienfeld nur noch zwei Kilometer. Kurz darauf überholte sie seinen Skoda und setzte sich davor. Im Fußraum lag das Blaulicht. Sie ließ die Scheibe runter, setzte es aufs Dach und gab ihm obendrein Handzeichen, dass er ihr folgen sollte, was er brav bis zum Parkplatz Remchingen fünf Kilometer entfernt tat. Sie stoppte ihren Wagen vor seinem auf dem rechten Parkstreifen. Links standen einige Lkw. Maienfeld ließ seinen Wagen hinter ihrem ausrollen. Sie stieg aus. Er ließ das Fenster herunter, und sie sah, wie alles an ihm herabsackte, als er sie erkannte.

»Tag, Herr Maienfeld. Könnte ich bitte mal kurz Ihr Handy haben?«

»Wenn es sein muss.«

»Muss leider.«

»Weshalb?«

»Zeige ich Ihnen gleich.«

Er nahm es aus der Ablage und reichte es ihr. Währenddessen wurde ein Lkw auf der anderen Seite gestartet. Dieselschwaden hüllten sie ein. Charlie wandte sich um. Ein Anhänger mit Plane. Belgisches Kennzeichen. Der Wagen rollte an. Sie entschied, dass das passte, lief hinterher, hob die Plane hoch und ließ das Handy auf die Ladefläche fallen.

Maienfeld sprang aus seinem Wagen. »Was soll das? Ich brauche mein Handy!«

»Kaufen Sie sich ein neues.« Sie zog ihres heraus und hielt ihm die Tracking-App mit dem blinkenden blauen Punkt unter die Nase. »Da fährt Ihr Handy. Richtung Belgien. Und Aslan wird ihm folgen, vielleicht bis Brügge oder Antwerpen. Wenn wir Glück haben.«

Ben

»Wer ist Aslan?« Ben fragte, obwohl es ihm dämmerte.

»Yasins Neffe. Er war Ihnen auf den Fersen. Besser gesagt: Ihrem Handy.« Charlotte Bodmer versenkte die Hände in die Taschen der abgewetzten Lederjacke. »Jetzt ist er erst mal abgelenkt. Außerdem hat er ein Problem mit seinem Wagen. Wir haben einen Vorsprung.«

Dass Yasin ihn getrackt hatte, war eine Überraschung für Ben. Damit hatte er nicht gerechnet. »Wir?«

»Ich habe nicht vor, Blumen auf das Grab meines einzigen Zeugen zu legen.«

»Ich tauge nicht als Zeuge.«

Sie schüttelte den Kopf, als wäre er begriffsstutzig. »Erklären Sie das mal Yasin. Ab jetzt haben Sie Personenschutz.«

»Sie?«

»Yep.«

»Kann ich das ablehnen?«

»Ich kann Sie nicht zwingen. Es ist ein Angebot, das Sie annehmen sollten.« Die Unterlippe verschwand unter den Schneidezähnen. Abwartend sah sie ihn an. Er wollte nur eines: seine Ruhe. Sie hatte Yasins Mann auf eine falsche Fährte gesetzt. In Buchsweiler würde er nicht auftauchen. Nur seine Geschwister wussten, dass er gelegentlich dort

Urlaub machte. Luise war bei Leon, und der konnte sich mit seiner Nahkampfausbildung weiß Gott wehren. Er würde auf Luise achten. »Danke. Ich passe selbst auf mich auf.«

»Das können Sie nicht.«

»Ich kann es versuchen.« Ben öffnete die Wagentür, um einzusteigen. »Man sieht sich.« Oder besser nicht, dachte er und hörte, wie sie durchatmete. »Okay. Ihren Führerschein bitte und die Wagenpapiere.«

»Was soll das jetzt?«

»Eine Routinekontrolle.« Fordernd streckte sie die Hand aus. »Ihren Führerschein bitte.«

Sollte sie seinetwegen Spielchen spielen. Wenn ihr das guttat. Ben zeigte die Dokumente vor. Die betrachtete sie eingehend, ließ ihn dann den Kofferraum öffnen und kontrollierte eigenhändig den Inhalt des Verbandskastens und das Warndreieck, während in ihm langsam eine Frage aufstieg. »Entschuldigung. Sind Sie hier überhaupt zuständig? Wir sind in Baden-Württemberg und nicht in Bayern.«

»Bin schon fertig.« Sie schloss die Heckklappe seines Wagens. »Sie unterschätzen die Gefahr. Yasin wird nicht abwarten, bis Sie sich erinnern. Aslan ist nur die Vorhut. Der spürt Sie auf, und dann kommt der Profi. Entweder schlitzt der Ihnen die Halsschlagader auf, so schnell, dass Sie das gar nicht mitbekommen. Oder er knallt Sie ab. Bumm. Bumm. Ein Schuss in den Kopf. Einer ins Herz. Sicher ist sicher.«

»Ein Profikiller also. Mit dem werden Sie fertig?«

»Wenn es drauf ankommt, ja. Zunächst einmal versuche ich zu verhindern, dass er Sie findet. Am besten wäre es, wenn Sie in eine sichere Wohnung gingen. Da ist auch der Stress geringer und damit die Wahrscheinlichkeit höher, dass Sie sich erinnern.«

Ben fühlte sich nicht gestresst. Nicht wegen Yasin. Wenn, dann wegen ihr. »Er findet mich nicht.«

»Was macht Sie so sicher?«

Er wies Richtung Autobahnzufahrt. »Mein Handy. Es fährt nach Brügge.« Er konnte sich das Lächeln nicht verkneifen. »Danke dafür.«

»Gerne geschehen. Und merken Sie sich meine Worte: Wenn ich Sie finde, findet Aslan Sie auch.«

»Sie werden mich nicht finden.«

»Wetten, dass mir das gelingt?«

Ben lachte, diese Frau ließ nicht locker. Außer dem Handy hatte er kein Gadget bei sich, das sich tracken ließ. Falls sie ihn verfolgte, würde er sie spätestens auf der Landstraße abhängen. »Also gut, wetten wir. Worum?«

»Wenn ich es schaffe, bin ich Ihr Bodyguard.« Sie hielt ihm die Hand hin. »Wenn nicht, sehen Sie mich nicht wieder. Deal?«

Einen Moment zögerte Ben. Irgendwie gefiel ihm diese Wette. Eine Herausforderung. Er machte es schon wieder, und es war absolut okay. »Gut.« Er schlug ein.

»Dann bis später.«

»Auf Nimmerwiedersehen.« Er hob die Hand zum Abschied.

Sie zog die Lederjacke enger um sich. Im Rückspiegel sah er sie neben ihrem Wagen stehen, bis er vom Parkplatz auf die Autobahn fuhr und sie aus seinem Blickfeld verschwand.

Es war dunkel geworden. Noch drei Stunden Fahrt lagen vor ihm. Er suchte eine Playlist mit Jazz heraus. Miles Davis. John Coltrane. Herbie Hancock. Thelonious Monk. Musik, die ihn entspannen ließ.

Minuten später bemerkte er Charlotte Bodmers Audi direkt hinter sich. Sie hatte also vor, an seinen Hacken zu kleben. Kein Problem. Er konnte die Autobahn früher verlassen und erst mal nach Osten fahren. Richtung Königswinter, Bad Godesberg und Bonn. Bei einer günstigen Gelegenheit würde er einen Haken Richtung Westen in die Eifel schlagen. Vielleicht gelang es ihm auch früher, sie loszuwerden, wenn er die Autobahn verließ.

Zweihundert Kilometer später fuhr Charlotte Bodmer noch immer direkt hinter ihm. Beim Kreuz Meckenheim blinkte er frühzeitig und wechselte auf die Autobahn nach Bonn. Bisher hatte er bei jedem Spurwechsel brav geblinkt. Das tat er auch zehn Kilometer später wieder. Er wechselte auf die linke Fahrbahn, um einen Lkw zu überholen. Fünfhundert Meter vor der Ausfahrt Merl. Sie blieb an ihm dran. Er gab auf der linken Spur Gas. Hundert Meter weiter zog er den Wagen, ohne zu blinken, vor den Laster auf die rechte Spur und gleich weiter in die Ausfahrt. Den Move bekam sie nicht hin. Er war sie los.

*

Ben fuhr weiter über die Dörfer und sah immer wieder in den Rückspiegel. Ihr Wagen tauchte nicht auf. Er hatte sie abgehängt. In die Freude über seinen Sieg mischten sich Fragen. Wie hatte Aslan ihn tracken können? Unterschätzte er die Gefahr tatsächlich?

Zugegeben: Er nahm sie als eher abstrakte Bedrohung wahr. Eine Situation, die ihn nicht wirklich betraf. Wie ein Roman oder ein Film. Eine Geschichte, die jemand erzählte. Vielleicht weil er sie tatsächlich nur aus einem Film kannte. Aus dem Überwachungsvideo, das Charlotte Bodmer ihm gezeigt hatte. Deshalb fühlte es sich wohl so an, als hätte es nichts mit ihm zu tun.

Während der Fahrt nach Buchsweiler versuchte er sich zu erinnern, was an jenem Morgen geschehen war. Er kam wieder nur bis zum Powerbar und Kaffee. Bis er sich plötzlich an das leise Klickern der Glasmurmeln erinnerte und die Stimme: Du hast nichts gesehen. Vergiss das gleich wieder. Nicht Yasin hatte das gesagt. Das wusste er auf einmal mit unumstößlicher Sicherheit. Für einen Moment packte ihn Angst. Eine Angst, wie er sie noch nie gespürt hatte. Tief. Schwarz. Kalt. Er atmete durch und drehte die Musik lauter.

Über die kurvenreichen Straßen der Eifel ging es bergauf und bergab. Er fuhr durch Dörfer mit alten Fachwerkhäusern und vorbei an den schwarzen Schattenrissen der Wälder. An den für Touristen angestrahlten Burgen hoch oben auf den Felsen. Hinter Bad Münstereifel riss der Wind Löcher in die Wolkendecke. Sterne lugten hervor.

Wegen des Umwegs erreichte er Buchsweiler erst kurz vor halb zehn. Mit einem Blick in den Rückspiegel vergewisserte er sich noch einmal, dass ihm niemand folgte, und fuhr auf den Hof von Gerda und Markus am Ortsausgang. Er bestand aus mehreren Gebäuden. Da gab es das alte Haupthaus, eine große Scheune, Ställe für Kühe, Schweine und Hühner sowie diverse Schuppen, ein Silo und seit zwei Jahren auch eine Biogasanlage. Alles auf dem Areal verstreut, als hätte ein Kind einen Eimer Bauklötze ausgeschüttet. Im Haupthaus brannte Licht. Ben fuhr weiter zur Wiese hinter der Scheune, wo das Blockhaus stand. Rauch stieg aus dem Kamin. Die Außenbeleuchtung war eingeschaltet. Er stellte den Wagen auf dem Gästeparkplatz ab. Die Luft war prickelnd kalt. Sie duftete nach Harz. Er sog sie tief in seine Lunge und blieb einen Moment stehen, um den Augenblick zu genießen, bevor er nach vorne zu Gerda und Markus ging.

Markus war schon zu Bett gegangen. Die beiden standen um halb fünf auf und brauchten ihren Schlaf. Gerda empfing ihn mit einer Umarmung. Sie hatte sich Sorgen gemacht, wo er so lange blieb, und wollte auch ins Bett. »Wir sehen uns beim Frühstück. Gute Nacht.«

Er nahm den Schlüssel, wünschte ihr ebenfalls eine gute Nacht und ging zur Hütte.

Wenn man eintrat, stand man gleich im Wohnraum. Es gab keinen Flur oder Vorplatz. Alles war aus Holz. Der Boden und die Wände. Die Bank vor dem Fenster mit dem dicken Polster und den vielen Kissen. Dort saß er gerne und sah über die weite Landschaft. An regnerischen Tagen oft stundenlang. Auch der Tisch und die Stühle waren aus massivem Holz, ebenso die Gestelle von Sofa und Sessel, deren Polster mit kariertem Stoff bezogen waren. Obwohl das nicht sein Stil war, fühlte es sich für Ben wie nach Hause kommen an.

Im Kaminofen war das Feuer bis auf einen Rest Glut heruntergebrannt. Er legte Holz nach und holte dann seine Reisetasche herein. Die Hütte bot Platz für vier Gäste. Vom Wohnraum gingen drei Türen ab. Eine führte ins Schlafzimmer mit Doppelbett, die daneben ins Bad und die an der Giebelseite in einen Raum mit einem Stockbett. Falls er kochen wollte, fand er alles dafür Nötige in der Küchenzeile im Wohnraum.

Er packte seine Sachen in den Kleiderschrank. Das Bett war frisch bezogen. Ein Stapel Handtücher lag im Bad bereit. Im Kühlschrank fand er Wasser, Bier und eine Flasche Weißwein. Und außerdem eine Auflaufform mit Döppekooche, deren Inhalt für drei reichen würde. Es rührte ihn, dass Gerda ihn mit dem Leibgericht seiner Kindheit begrüßte. Er schob einen Teller voll in die Mikrowelle. Während sein Essen warm wurde, machte er ein Bier auf und stellte sich damit ans Fenster.

Unten im Tal brannten Lichter in den Häusern. Über ihm stand der Mond als schmale Sichel am Nachthimmel, jedenfalls, bis die nächste Wolke ihn verdeckte. Mit einem Signalton schaltete sich die Mikrowelle aus. Gleichzeitig erklang von draußen das Knirschen von Reifen auf Kies. Lichter streiften die Hütte. Charlotte Bodmer parkte ihren Audi neben seinem Wagen. Ungläubig sah er zu, wie sie ausstieg, die Hütte musterte und ihn am Fenster entdeckte. Ein Lächeln huschte über ihr Gesicht. Sie hob die Hand zum Gruß und nahm einen kleinen Rollkoffer aus dem Wagen. Für einen Moment war Ben wie gelähmt. Er wollte sie hier nicht haben. Er wollte allein sein. Sie sollte verschwinden!

Doch sie marschierte auf die Hütte zu und trat ein. »Da wäre ich.«

»Wie haben Sie das gemacht?«

»Mein Geheimnis.« Sie sah sich um. »Hübsch hier. Wo kann ich schlafen?«

»Wie bitte?«

»Wo ich schlafen kann.« Sie zog die alte Lederjacke aus, nahm einen Bügel vom Haken neben der Tür und hängte sie auf.

»Am Dorfplatz gibt es ein Gasthaus.«

»Sie haben die Wette verloren. Ich bin jetzt Ihr Bodyguard. Das war der Deal.« Die Tür zum Schlafzimmer stand offen. Sie steuerte mit dem Rollkoffer die daneben an, warf einen Blick ins Bad und entdeckte dann das Zimmer mit dem Stockbett. »Das passt doch.« Sie verschwand darin und machte Licht. Er ging ihr nach. »Das geht nicht.«

Sie sah in den Schrank und dann in die Kommode, bis sie in der untersten Schublade eine Garnitur Bettwäsche fand. In aller Seelenruhe begann sie, das untere Bett zu beziehen.

Ben setzte sich aufs Fensterbrett und sah ihr zu. Gut, sollte sie eine Nacht hier schlafen. Ihm fehlte jetzt die Kraft, sie rauszuwerfen. Das würde er morgen erledigen. Er war hundemüde, in seinem Kopf tobte wieder der Schmerz, und die Fäden an der Schulter juckten zum Verrücktwerden. Wie hatte sie ihn gefunden? Sie konnte ihn nicht getrackt haben. Sein Handy war unterwegs nach Belgien. Auf einmal fiel der Groschen. Er ging hinaus zu seinem Wagen und nahm erst das Warndreieck heraus, und als er dort nichts fand, den Verbandskasten. In der Plastikhülle mit der Schere entdeckte er eine kleine Scheibe aus Metall. Etwas größer als die Batterie seiner Fitnessuhr. Das Apple-Logo prangte darauf. Er nahm das Teil mit hinein, holte den Laptop aus dem Schlafzimmer und googelte »Apple + Überwachung«, während sie sich nebenan einrichtete. Der erste Treffer führte ihn auf die Website von Apple zu einem Produkt namens AirTag, mit dem man seine Sachen »im Blick« behalten konnte, sobald man eines dieser Teile dran befestigt hatte. Ob Schlüsselbund, Rad, Rucksack oder Koffer. Man konnte alles damit tracken. Auch den Nachbarn oder den Ex und die Kinder. Ben schüttelte den Kopf. Und das war erlaubt? Er ging zu Charlotte Bodmer und warf das AirTag aufs Bett. »Ihr Sieg gilt nicht. Sie haben gemogelt.«

Sie schüttelte das Kissen auf. »Mogeln war nicht ausgeschlossen.« Trotzig sah sie ihn an und setzte sich dann auf die Bettkante. »Haben Sie vielleicht was zu essen da? Einen Ihrer Powerbars? Ich hab seit dem Frühstück nichts gegessen. Mir ist ganz flau.« Plötzlich klang sie kleinlaut, und irgendwie tat sie ihm leid, und auch ein Hauch von Bewunderung machte sich in ihm bemerkbar. Sie war tough. Also gut. Bis morgen würde er sie ertragen. »Mögen Sie Döppekooche?«

»Ich würde jetzt sogar Heuschrecken und Würmer essen.«

Während sie ihre Sachen auspackte, machte er eine Portion für sie warm und stellte die beiden Teller auf den Tisch. »Ein Bier?«, rief er hinüber. Wenn er schon den Gastgeber mimte, war nichts dabei.

»Gerne.«

Er öffnete eine Flasche für sie und setzte sich. Einen Moment später kam sie dazu. »Wenn es Sie beruhigt, ich habe auch Aslan mit einem AirTag auf dem Radar. Er steht noch immer auf dem Rastplatz. Wie gesagt: Ein Problem mit seinem Wagen. Ein Ersatzreifen reicht nicht.«

»Sie haben die Reifen an seinem Auto zerstochen?«

Sie zuckte mit den Schultern und begann zu essen. »Das schmeckt lecker.«

»Dürfen Sie das überhaupt?«

Wieder zuckte sie mit den Schultern. »Natürlich nicht. Aber was hätte ich tun sollen? Warten, bis er Sie stellt, aus dem Wagen zerrt und absticht?«

In Ben stieg ein Verdacht auf. »Wo ist eigentlich Ihr Partner? Boris, oder?«

»Boris erledigt seinen Job in München. Ich erledige meinen hier. Außerdem ist es Zeit, dass wir uns duzen. Charlotte. Aber alle nennen mich Charlie.« Sie reichte ihm die Hand.

»Ben«, sagte er, obwohl ihm das Duzen zu weit ging. Außerdem lenkte sie vom Thema ab. »Boris weiß nicht, dass Sie hier sind. Richtig? Sie machen das auf eigene Faust. Warum?«

Sie legt die Gabel weg, ihre Kiefermuskulatur verspannte sich. Die bisher zur Schau gestellte Coolness fiel von ihr ab. Er sah die ungeheure Anspannung, unter der sie stand. »Weil ich Yasin diesmal kriegen muss. Und dafür brauche ich dich. Lebend.«

»Was hat er denn noch angestellt?«

Sie presste die Lippen aufeinander, bis sie weiß wurden, und musterte ihn, als ob sie abwog, wie viel sie ihm anvertrauen wollte. Offenbar nichts. Sie griff zur Gabel und aß weiter. »Ich hätte dich auch ohne zu mogeln gefunden. Es hätte nur länger gedauert.«

»Und wie hättest du das gemacht?«

»Als du nicht nach Stuttgart zu deinen Eltern bist, habe ich vermutet, dass du nach Buchsweiler willst. Du bist hier aufgewachsen.«

Verblüfft sah er sie an. »Woher weißt du das?«

»Aus dem Netz. Dein Name kam mir bekannt vor. Ich habe gegoogelt und mich dann festgelesen. Du hast ganz schön prominente Verwandtschaft.«

»Der Promi ist mein Vater.«

»Deine Mutter schon auch. Anwältin der RAF.«

»Das ist lange her.«

»Und Lukas Isensee ist dein Onkel. Hast du ihn gekannt?«

Das ging sie nichts an. Doch sie würde nicht lockerlassen. Also warf er ihr ein paar Brosamen hin. »Er hat uns manchmal besucht.«

»Du warst ein Kind, als er in den Untergrund gegangen ist. Wie war er so?«

»Ganz normal. Nett. Ein lustiger Typ. Wir waren Kinder und haben nicht mitbekommen, was er dachte, und vor allem, was er plante.«

Onkel Lukas war lustig gewesen und hatte sich Zeit für sie genommen. Ben erinnerte sich an Fußballspiele und eine Exkursion durch den Wald, bei der sie mit Schlafsäcken im Freien übernachtet hatten. Auch an Tauziehen und an ein Versteckspiel, bei dem Onkel Lukas scheinbar spurlos verschwunden war, bis Leon ihn nach langer Suche im Mühlenhaus fand. Und dann war Onkel Lukas tatsächlich von einem Tag auf den anderen weg gewesen, und Ben erinnerte sich an seine Enttäuschung, an das Gefühl, verlassen und im Stich gelassen worden zu sein. An die unkontrollierbare Wut, die damals zum ersten Mal Besitz von ihm ergriff.

Samstag, 23. November 2019

Barbara

Barbara rief Ben an, obwohl sie sich vorgenommen hatte, das nicht zu tun. Ein letzter Versuch, bevor sie sich mit Plan B befassen mussten. Ben nahm nicht ab. Sie hinterließ keine Nachricht auf der Mailbox und legte das Handy auf den Schreibtisch in ihrem Arbeitszimmer. Von nebenan hörte sie Gernot. Erst telefonierte er, dann erklang wieder das Klappern der Tastatur. Er saß an einem Artikel über Fridays for Future für die *taz*. Seit ihrem ersten globalen Streik im März standen die Klimaaktivisten im Fokus der Öffentlichkeit und besaßen seine Sympathie.

Barbara stand auf und stellte sich ans Fenster. Es schüttete wie aus Kübeln. Ihr war bewusst, dass ihr das Großziehen von drei Kindern lästig gewesen war. Sogar mehr als das. Es hatte sie behindert in allem, was sie wollte. In ihrer Entfaltung, in ihrer Arbeit als Anwältin, in ihrem Engagement beim Forum gegen Folter. Kinder hatte sie nie gewollt. Darin war sie sich mit Gernot einig gewesen. Sie wollten die Welt verändern, und das ging nicht, wenn man in die gesellschaftlich aufgestellte Familienfalle rannte.

Ben war passiert. Barbara wusste nicht, wie, denn sie hatte die Pille genommen. Plötzlich war sie im Herbst 1978 schwanger gewesen. Das erste Staatsexamen lag hinter ihr. Sie befand sich im zweiten Jahr ihres Referendariats und pendelte täglich zwischen Heidelberg und Frankfurt. Die Stelle bei Winter, Heider & Kluge, einem linken Anwaltskollektiv, war ihre Chance. Die Kanzlei genoss in der Szene einen guten Ruf. Seit Beginn der Studentenunruhen vor elf Jahren vertraten sie Demonstranten und linke Aktivisten, die ins Räderwerk der Justiz geraten waren. Die drei sahen sich mehr als Bürgerrechtler denn als Revolutionäre und glaubten an die Reformierbarkeit des bundesdeutschen Systems.

Gernot sah das damals bereits anders. Das System sei zu marode, um von innen heraus erneuert zu werden. In diesem Punkt war er näher bei Walters Meinung, der mit Dagmar inzwischen zu den steckbrieflich gesuchten RAF-Terroristen gehörte. Nach den Ereignissen im Jahr zuvor waren die beiden in den Untergrund gegangen.

1977 hatte es in sich gehabt. Was für ein Jahr. Was für ein Finale. Erst der missglückte Versuch, Andreas Baader, Gudrun Ensslin, Jan-Carl Raspe und Irmgard Möller freizupressen. Dann die Stürmung der entführten Lufthansa-Maschine in Mogadischu durch die GSG 9, die Todesnacht von Stammheim und der Mord an Schleyer. Ein Gewaltrausch, der Barbara entsetzt hatte, den Gernot aber zu rechtfertigen versuchte. Vor allem, seit er dem Unterstützerkreis angehörte. Sie besorgten Wohnungen, Fahrzeuge, Papiere und auch Waffen. Barbara hieß das nicht gut. Nicht aus politischen Gründen, sondern aus Liebe. Sie wollte Gernot nicht im Knast sehen oder von den Bullen erschossen, blutüberströmt auf einer Straße liegend. Sie hatte Angst um ihn. So simpel war das und so egoistisch. Gernot ließ sich nicht beirren und machte weiter. Bis sie feststellte, dass sie schwanger war. Schon in der neunten Woche. Vier Jahre zuvor hatte das Verfassungsgericht die Fristenlösung gekippt. Abtreibung war wieder strafbar. Doch man kam straffrei davon, wenn ärztlich attestierte medizinische, ethische oder soziale Gründe vorlagen und man sich beraten ließ. Für die Beschaffung des Attests, des Beratungsscheins und das Finden eines Arztes, der den Eingriff vornahm, blieben Barbara gerade mal drei Wochen. Sie bekam das hin. Es war alles geregelt, und dann ging alles schief.

Es war ein warmer Herbsttag. Um sechzehn Uhr hatte sie den Termin bei dem Arzt, der die Abtreibung vornehmen sollte. Am Morgen verließ Gernot das besetzte Haus. Er versprach, um zwei zurück zu sein, und verschwand, ohne zu sagen, was er vorhatte. Barbara vermutete, dass er für Walter auf Achse war.

Es wurde halb drei und dann Viertel vor. Ihre Nerven lagen blank, als er endlich kam. Ein Platten war der Grund für die Verspätung. Auf einer Landstraße hatte er den Reifen wechseln müssen. Gernot nahm sie in den Arm. »Jetzt bin ich ja da. Wir schaffen es rechtzeitig.« Doch sie schafften es nicht. Am Ende der Römerstraße setzte sich eine Zivilstreife vor ihr Fahrzeug, die Bullen hielten eine Kelle raus. Gernot gab Gas. Die Verfolgungsjagd dauerte keine zwei Minuten und endete in der Grünanlage vor einem Bürohaus. Gernot musste einem Radfahrer ausweichen, verlor die Kontrolle über das Auto, bretterte über den Gehweg, touchierte einen Laternenmast und brachte den Wagen zwischen Büschen zum Stehen. Ehe Barbara es sich versah, wurden sie beide von den Bullen aus dem Wagen gezerrt und mit Handschellen gefesselt. Dann durchsuchten sie den Wagen nach Rauschgift und fanden die Beretta hinter der Verkleidung der Fahrertür.

Gernot hatte die Waffe Stunden zuvor bei einem Mittelsmann abgeholt und sollte sie zu einem geheimen Depot bringen. Wegen der Panne hatte er das nicht mehr geschafft und wollte es nach der Abtreibung erledigen.

Sie wurden festgenommen und wanderten für mehrere Wochen in Untersuchungshaft. Danach war es zu spät für die Abtreibung, und sie wurden Eltern wider Willen. Kurz hatte Barbara über Adoption nachgedacht, doch Gernot wollte seinen Sohn nicht von systemkonformen Spießern aufziehen lassen.

Die Sache mit der Beretta war für sie glimpflich ausgegangen. Den Wagen hatte Gernot kurz zuvor von einem Türken gekauft, der in die Heimat zurückgekehrt war. Gernot und sie gaben an – und blieben auch vor Gericht stur dabei –, keine Kenntnis von der Waffe hinter der Türverkleidung gehabt zu haben. Die Staatsanwaltschaft konnte das Gegenteil nicht beweisen, obwohl sie den Vorbesitzer in Ankara aufsuchte und befragte. Der bestritt, dass es seine Waffe war. Es stand Aussage gegen Aussage. An der Beretta gab es keine Fingerabdrücke. Weder von Gernot noch von ihr, und damit waren sie aus dem Schneider.

Danach hatte Gernot erst einmal genug vom Kampf gegen den repressiven Staat. Er widmete sich ganz seiner Arbeit als Publizist und Autor und schrieb oft bis spät in die Nacht wütend gegen das System an. Barbara nahm das Referendariat wieder auf. Gernot und sie kümmerten sich abwechselnd um Ben. Unterstützt von Babysittern und Mitbewohnern der WG, in die sie nach der Räumung des besetzten Hauses gezogen waren, und einem alternativen Kinderladen in der Nähe, bei dem sie das Kind stundenweise abgeben konnten. Fürs zweite Staatsexamen lernte sie hauptsächlich nachts. Als es bestanden und sie Volljuristin war, war sie wieder schwanger. »Sag mal, hast du zugenommen?«, fragte Ute, eine Mitbewohnerin, am Morgen nach dem Fest, mit dem sie ihren Abschluss gefeiert hatten. Seit Bens Geburt vertrug sie die Pille nicht mehr. Ihr wurde davon übel. Deshalb verhüteten sie mit Kondomen plus Pessar. Außerdem war ihr Zyklus seither unregelmäßig, und sie war in den letzten Monaten mit ihren Gedanken nicht bei ihrem Körper gewesen, sondern bei der bevorstehenden Prüfung, bei ihrem fordernden Sohn und bei Gernot, der sich die Finger wund schrieb, damit sie irgendwie über die Runden kamen. Nach Utes Frage war sie schlagartig ganz bei ihrem Körper. Wann hatte sie ihre letzte Mens? Sie erinnerte sich nicht. Doch jetzt registrierte sie das leichte Spannen in den Brüsten, wie damals bei der ersten Schwangerschaft. Ihr wurde schlagartig übel. Sie übergab sich ins Spülbecken, wankte ins Bad und betrachtete ihren Körper im Spiegel. Die Brüste waren größer, der Bauch leicht gewölbt. Das Geld für den Test konnte sie sich sparen und gleich zu ihrer Gynäkologin gehen. Hoffentlich war es noch nicht zu spät.

Gernot begleitete sie, und das war gut so. Rückblickend betrachtet war Barbara sich beinahe sicher, dass sie einen hysterischen Anfall bekommen und alles kurz und klein geschlagen hätte, wenn er nicht bei ihr gewesen wäre und seine Arme fest um sie geschlungen hätte. Sie erinnerte sich noch an das schwarz-weiß flimmernde Bild auf dem Ultraschallmonitor und an die Freude in der Stimme der Ärztin. »Es werden Zwillinge.«

Natürlich war es zu spät gewesen für eine Abtreibung.

*

Barbara verließ ihr Arbeitszimmer und ging in die Küche, um den Spüler auszuräumen. Sie hatte die Kinder nie gewollt. Das hatten sie gespürt, und einmal hatte sie es ihnen auch gesagt. Wahrscheinlich sogar mehr als einmal. So gesehen war es folgerichtig, dass von ihnen keine Hilfe zu erwarten war. Und selbst wenn Ben sich entschloss, die drei offenen Raten zu übernehmen, half ihnen das nicht wirklich. Sie konnten die Hypothek weder bedienen noch ablösen. Es sei denn, sie gewannen im Lotto. Oder sie forderten von Walter und Dagmar Solidarität ein.

Oder sie schrieben die Biografie über Lukas. Gernot war

ganz scharf darauf. Einen Moment spielte sie mit dem Gedanken, es zu tun. Doch das konnten sie nicht. Wenn sie offenlegten, was damals wirklich geschehen war, könnte das zwar ein Bestseller werden. Doch sie würden sich damit zu sehr exponieren und obendrein die Omertà der RAF brechen, die noch immer galt, obwohl es die RAF nicht mehr gab. So gesehen blieb ihnen nichts anderes übrig, als Kontakt zu Walter und Dagmar aufzunehmen.

Seit die RAF sich vor einundzwanzig Jahren selbst aufgelöst hatte, war der Verfolgungseifer der Justiz schwächer geworden. Von der dritten Generation waren ohnehin nur wenige namentlich bekannt geworden. Die Spitze des Eisbergs, wenn man so wollte. Doch die Suche nach Walter und Dagmar wurde weiter mit Nachdruck betrieben. Schließlich raubten die beiden immer wieder Geldtransporter und Großmärkte aus. Daher war noch immer Vorsicht geboten. Kontakt zu den beiden konnte man nur über Bodo aufnehmen, ihren Anwalt.

Sie musste das mit Gernot besprechen und suchte ihn in seinem Arbeitszimmer auf. Mit im Nacken verschränkten Händen saß er am Schreibtisch und starrte auf den Monitor. Als er sie eintreten hörte, wandte er sich um. »Ich stecke fest. Zeit für eine Pause.«

»Das trifft sich gut. Wir müssen reden.« Sie nahm auf dem Ledersessel Platz, Gernot kreiselte auf dem Bürostuhl herum. »Was gibt's?«

»Wir sollten Bodo anrufen und um ein Treffen bitten.«

»Bist du sicher?«

»Würde ich es sonst vorschlagen? Wir haben keine Wahl. Die Biografie können wir nicht schreiben, wir kämen in Teufels Küche. Außerdem wird das Geld dafür zu spät kommen. Die Bank hält nur noch bis nach Weihnachten still.«

»Ich könnte mit Jürgen Weigele reden, dass er den ersten Teil des Honorars früher zahlt.«

»Selbst wenn er das tut, verschieben wir das Problem damit nur um einige Monate. Walter und Dagmar sitzen auf einem Geldspeicher. Ihr letzter Überfall vor zwei Jahren hat ihnen mehr als eine Dreiviertelmillion eingebracht.«

Gernot fuhr sich durchs Haar. »Du kennst meine Bedenken.«

»Wie sollen wir sonst an Geld kommen? Du musst nur richtig argumentieren, damit sie unsere Bitte nicht falsch verstehen. Du bist der Mann des Wortes. Du kriegst das hin.«

»Okay. Gehen wir davon aus, dass es klappt. Wie geht es dann weiter, ohne dass die Bank Verdacht schöpft? Wir können das Geld nicht cash einzahlen.«

»Bis zu zehntausend schon. Den Rest lassen wir nach und nach über deinen Verlag aufs Konto fließen. Er ist nur stillgelegt. Du reaktivierst ihn, und wir generieren mit fingierten Aufträgen und weiteren Konten Einnahmen.«

Der Verlag war Gernots wunder Punkt. Er war sein Baby, und er hing daran. Er wäre beinahe bankrottgegangen, genau zu der Zeit, als einige der ehemaligen Terroristen und Unterstützer Bücher schrieben und sie nicht in seinem kleinen, noch immer linken, aber unbedeutenden Verlag veröffentlichten, sondern bei den großen, die mehr Absatz versprachen und damit mehr Geld. »So viel zur Solidarität«, hatte er damals gesagt. »Und halte mir nie wieder meine Espressomaschine vor oder meinen Wagen.«

»Das könnte funktionieren«, sagte er nun. »Also gut. Ruf Bodo an.«

*

Gegen Mittag ließ der Regen nach. Barbara zog sich wetterfest an, nahm den Schirm und marschierte Richtung Schlossgarten. In der Manteltasche klimperten die Münzen, die sie zwanzig Minuten später in einen der letzten

Münzfernsprecher steckte, die es noch gab. Es war Samstag, trotzdem wählte sie erst die Nummer von Bodos Kanzlei und erst, als er sich nicht meldete, seine private. Dort ging er gleich ran. Barbara lauschte, ob ein verräterisches Knacken in der Leitung erklang, und hörte nichts. »Hallo, ich bin's. Claire.« *Claire* war ihr Pseudonym für die Verbindung zu Walter und Dagmar. »Ich bin heute in Stuttgart und würde dich gerne treffen. Hast du Zeit?«

»Heute?« Bodo klang nicht begeistert.

»Ich bin nur für ein paar Stunden da.«

Ein Seufzen klang durchs Telefon. »Wenn das so ist … Wann und wo?«

»Sagen wir in unserem Café in einer Stunde. Schaffst du das?« Es war eine rhetorische Frage. Bodo lebte nur vierzig Kilometer entfernt in Tübingen.

»Sicher. Bis später.«

Barbara bummelte durch die Stadt, doch bei Regen und Kälte war das kein Vergnügen. Deshalb nahm sie die U-Bahn zum Nordbahnhof und steuerte das Naturkundemuseum schon eine halbe Stunde vor ihrer Verabredung an. An der Theke im Museumscafé holte sie sich ein Stück Apfelkuchen und einen Latte macchiato und setzte sich damit an einen Tisch direkt an der Glasfront mit Ausblick in den Park.

Ein Paar mit drei Kindern kam ins Café. Zwei Jungs, ein Mädchen. Sie waren ganz aufgedreht von ihrem Besuch bei den Saurier-Fossilien und plapperten wild durcheinander. War sie mit ihren Kindern je in einem Museum gewesen? Barbara erinnerte sich nicht. Gernot vielleicht. Ihr hatte die Zeit gefehlt. Bis sie das Erbe ihrer Eltern angenommen hatte, war ihr Leben ein Existenzkampf gewesen. Vor allem die Jahre im Landidyll. In Heidelberg hatte es den alternativen Kinderladen, Babysitter und Freunde gegeben, die auf die Kinder aufpassten. Und auch in der WG war meistens jemand gewesen, der mal ein Auge auf sie haben konnte. In

Buchsweiler hatte sich das schlagartig geändert. Dort gab es niemanden, der ihr die Kinder abnahm. Der Umzug ins Dorf war ein Fehler gewesen. Doch Gernot hatte ihn unbedingt gewollt. Auf einmal schwärmte er vom einfachen Leben auf dem Land, von frischer Luft und Waldspaziergängen. Vom Dasein in der Natur. Seit wann war ihm die Natur wichtig? Etwas war da faul. Sie spürte es und sagte es ihm auf den Kopf zu.

Schließlich erklärte er ihr seine wahren Gründe, die sie am Ende akzeptierte. Doch hin und wieder hatte sie das Gefühl beschlichen, als Mutter von drei Kindern und mit einem Mann, der den größeren Teil zum Haushaltsbudget beisteuerte, in die uralte patriarchale Falle getappt zu sein. Gernot wollte jedenfalls aufs Land, und sie stimmte zu, vor allem, weil sie ihn liebte und sie ein gutes Team waren.

Seit ihrem Ja studierte er die Immobilienanzeigen und malte ihr das Landleben hübsch aus. Die Kids konnten in den Kindergarten gehen und sie sich eine Stelle in Bonn suchen. Er wollte von zu Hause arbeiten und sich um den Haushalt und die Kinder kümmern. Das tat er ohnehin schon und war damit ein rares Exemplar von Mann. Viele Männer traten zwar mit Verve für Emanzipation ein, doch in der Praxis schlug sich das selten nieder.

Von einer Tante hatte Gernot ein wenig Geld geerbt. Nicht so viel, dass es für ein modernes Haus gereicht hätte, aber als Grundstock für ein altes, das er nach und nach renovieren wollte, würde es reichen. Schließlich entdeckte er eines Samstags im Immobilienteil die alte Mühle in Buchsweiler. Sie war so günstig, dass das kleine Erbe mehr als die Hälfte des Preises abdeckte und sie die verbleibende monatliche Rate gut abstottern konnten, die sogar niedriger war als die Miete für ihre mittlerweile drei WG-Zimmer.

Sie bewarb sich bei einer Kanzlei im nahen Bonn und wurde für zwei Tage pro Woche als freie Mitarbeiterin angenommen. Also musste sie noch eigene Klienten akquirieren, die sie von Buchsweiler aus betreuen wollte. Sie kaufte sich einen altersschwachen Corsa, mit dem sie pendelte. Die Illusion von Kindergartenplätzen zerstob wie eine Seifenblase, als sie Ben, der bald drei wurde, anmelden wollte. Kindergartenplätze waren auch auf dem Land rar und berufstätigen Frauen vorbehalten. Dazu zählte sie als Freiberuflerin, die überwiegend zu Hause arbeitete, nicht. Sie glaubte es nicht. Doch so war es. Sie drohte mit Klage und bekam Ben wenigstens auf die Warteliste. Erst mit fünf nahmen sie ihn auf. Bei Leon und Luise versuchte sie es gar nicht erst. Es ging auch so. Später hatte Leon ihr vorgeworfen, sie hätten ihn und seine Geschwister sich selbst überlassen.

Barbara trank den Kaffee, aß den Kuchen und sah in den Park. Auf die kahlen und vor Nässe triefenden Bäume, den grauen Himmel, das matschige Gras. Diese geballte Tristesse ging ihr auf die Nerven. Es war wie ein Omen. Für eine Sekunde packte sie Angst, dass ihr schönes Leben den Bach hinuntergehen könnte.

Ihr Handy klingelte. Die Nummer kannte sie nicht, deshalb meldete sie sich nur mit einem »Ja«.

Es war ein Journalist der *Bild-Zeitung* München, der nach Ben suchte, er könne ihn nicht erreichen. Ob sie wisse, wo er sich aufhalte. Sie fragte, was er von ihm wollte, und erfuhr so, dass ihr Sohn versucht hatte, einer Frau das Leben zu retten, und dabei verletzt worden war. Mit keinem Wort hatte Ben das bei ihrem Telefonat gestern erwähnt. Der Journalist redete weiter auf sie ein, lobte Bens Heldenmut und Zivilcourage, und plötzlich hatte sie ein komisches Gefühl. Mal abgesehen davon, dass sie niemals die Fragen eines Reporters der Springer-Presse beantworten würde, kam ihr etwas seltsam vor. Es lag an seiner Ausdrucksweise. Viel Umgangssprache, eine Spur Getto-Slang. Sie hörte ihm das Bemühen an, sich gewählt auszudrücken. Etwas stimmte hier nicht. »Hören Sie«, fiel sie ihm ins Wort. »Ich habe keine Ahnung, wo Ben ist, und auch nicht, wo er sein könnte. Wir haben keinen Kontakt.« Sie legte auf und hatte das Handy gerade in die Tasche gesteckt, als ein Schatten auf den Tisch fiel. Sie sah hoch. Bodo war da. »Grüß dich, Barbara.«

»Hallo, Bodo.« Rasch sah sie sich um, ob nach ihm noch jemand das Café betreten hatte, und konnte niemanden entdecken.

»Mir ist niemand gefolgt. Keine Angst. Du bist schon versorgt, wie ich sehe. Ich hole mir einen Kaffee.« Sie sah ihm nach, wie er zur Theke ging und bestellte. Auch er war älter geworden. Der melierte Bart wurde langsam weiß, wie sein Haar, das noch dicht war. Schlank war Bodo nie gewesen, jetzt war er mehr als nur stattlich. Ein satter, zufriedener Genussmensch, der gerne Geld in Sterne-Restaurants trug und dabei noch immer für die linke Sache kämpfte.

Er kehrte mit dem Kaffee zurück und setzte sich. »Worum geht's?«

»Gernot will Dagmar und Walter treffen.«

»Ist etwas passiert?«

»Nein. Es geht um eine persönliche Angelegenheit, die sich nur unter vier Augen besprechen lässt.«

Eine Weile überlegte Bodo. »Gut. Ich versuche es. Ruf mich heute Abend an. Sagen wir, gegen acht. Wenn ich sage, man sollte sich öfter sehen, hat Walter einem Treffen zugestimmt, dann kommst du nach Tübingen, damit ich dir sagen kann, wann und wo.«

»Danke.«

Bodo trank seinen Kaffee, machte noch ein wenig Small Talk und verabschiedete sich dann.

Kurz vor acht warf Barbara wieder Münzen in den Fernsprecher am Schlossgarten. Gernot wartete im Wagen ein Stück die Straße runter. Bodo meldete sich, und Claire dankte ihm für den netten Nachmittag, und er sagte, man solle sich öfter sehen. Barbara kehrte zum Wagen zurück und stieg ein. »Fahren wir.«

Während der Fahrt unterhielten sie sich über die Zeit damals. Über Walter und Dagmar, und kamen irgendwann bei Lukas an, der das Vorstellungsgespräch verbockt, den Job aber trotzdem bekommen hatte. Weil er ein netter Kerl war. Wie alle glaubten.

Rheinland, Frühling 1988

Lukas Isensee

»Großartig!« Gernot boxte ihm mit der Faust gegen die Schulter. »Ich dachte ja schon, das wäre gelaufen. Du hast das gut gemacht!«

Das Lob seines Bruders freute ihn mehr, als er sich eingestehen wollte. Er war nicht länger der kleine Hosenscheißer, der bei den großen Jungs nicht mitspielen durfte. Jetzt mischte er mit. Ganz vorne. »Was meinst du, was ich geglaubt habe?« Lukas streckte die Beine aus und blickte in den blauen Himmel.

Sie saßen auf einer Bank am rechten Rheinufer, nördlich von Bonn. Ringsum nur Wiesen und Felder. Am anderen Ufer erstreckte sich ein Gewerbegebiet. Niemand war Lukas gefolgt, darauf hatte er geachtet, obwohl er nicht damit rechnete. Wenn es nur die Spur eines Verdachts gegen ihn gäbe, hätte er den Job nicht bekommen.

Sein Bruder gab ihm das Schreiben der Personalstelle zurück. Ab dem ersten Mai war Lukas Rombachs ständiger persönlicher Fahrer. »Manchmal zahlt sich Hilfsbereitschaft aus. Gut gemacht.«

Wobei es weniger Hilfsbereitschaft gewesen war. Vielmehr ein Reflex. Wenn er nur einen Moment darüber nachgedacht hätte, wäre er stehen geblieben und hätte zugesehen, wie Rombach, der die vorletzte Stufe nicht richtig erwischte und ins Stolpern geriet, die Treppe hinunterstürzte. Zwölf Stufen. Wie ein Sack. Wie Sabine damals. Doch es war eine unwillkürliche Reaktion gewesen. Kaum hatte er erkannt, was geschah, griff er nach Rombach und fing ihn auf. Schirm und Aktenmappe fielen zu Boden. Verwundert sah der Staatssekretär ihn an. »Grundgütiger.«

»Alles in Ordnung?«

»Ja. Ich denke schon.« Rombach machte sich los und sah die Treppe hinunter. »Das hätte schiefgehen können. Danke.«

»Gern geschehen.« Das stimmte zwar nicht, aber vielleicht ließ sich die Situation nutzen. Lukas hob Aktenmappe und Schirm auf. »Ich begleite Sie noch bis zur Tür.«

Rombach nahm ihm den Schirm ab und hielt ihn über sie beide. »Das ist freundlich, aber nicht nötig.«

»Lukas Isensee.« Er wollte dem Mann die Hand reichen, doch der hielt Aktentasche und Schirm. Einen Moment schwebte die Hand in der Luft. »Sie sind Herr Rombach, oder?«

»Kennen wir uns?«

»Bis jetzt nicht. Ich habe mich gerade um die Stelle als Ihr Fahrer beworben.«

Ein prüfender Blick glitt an ihm herab, doch der Mann sagte nichts.

»Vielleicht sieht man sich ja bald wieder.« Lukas hob die Hand zum Gruß und ahnte im selben Moment, dass er es zum zweiten Mal vermasselt hatte. Zu aufdringlich. Zu anbiedernd. Er verabschiedete sich und drehte sich am Ende der Treppe noch einmal um. Die Eingangstür schlug hinter Rombach zu. Die Stelle würde er nicht bekommen. Das hatte er gedacht, bis dann gestern der Brief gekommen war.

»Wie geht es weiter?«

»Du beobachtest ihn«, sagte Gernot. »Wir brauchen Informationen zu seinem Tagesablauf, zum Haus, zur Familie. Vor allem über sein Fahrzeug und Sicherheitsvorkehrungen. Hat er Personenschutz? Ist der Wagen gepanzert? Fährt er bestimmte Strecken regelmäßig? Wenn es möglich ist, mach Fotos.« Gernot reichte ihm eine kleine Kamera, die bequem in die Jackentasche passte. Lukas steckte sie ein.

»Wer ist *wir*?«

Gernots Gesichtszüge verschlossen sich.

»Ich will wissen, wer den Anschlag ausführt.«

»Ist nicht wichtig. Je weniger du weißt, umso besser.« Gernot sah ihm in die Augen, und Lukas verstand, dass er auf diese Frage keine Antwort bekommen würde.

»Jedenfalls hast du die erste Etappe geschafft, dank deiner schnellen Reaktion.«

»Ich konnte den Mann ja nicht die Treppe runterfallen lassen. Er hätte sich das Genick gebrochen.« Ein Lachen wollte in Lukas aufsteigen. Es war irgendwie schräg. Er hatte Rombach vor dem Tod bewahrt, damit ein RAF-Kommando ihn liquidieren konnte.

*

An einem Vormittag der Folgewoche fuhr Lukas ins Ministerium und unterschrieb den Arbeitsvertrag und eine Verschwiegenheitserklärung. Ihm blieben noch gut drei Wochen bis Dienstantritt. Die nutzte er, um sich einen zweiten Anzug und einige weiße Hemden zuzulegen. Obendrein besorgte er sich ein Buch über Umgangsformen, das er durcharbeitete. Niemand sollte hinterher auf die Idee kommen, er sei in den Anschlag verwickelt. Es durfte keine Beweise gegen ihn geben, denn er wollte weder im Nahen Osten untertauchen noch in der DDR wie die anderen. Ihm war bewusst, dass das ein Ritt auf der Rasierklinge war.

Eines Vormittags rief Hedwig aus dem Pflegeheim an. Es hatte einen Unfall mit dem Rollstuhl gegeben. Sabine war damit vom Steg in den kleinen See gerollt. Anscheinend hatte sich die Arretierung gelöst. Ein Pfleger hatte den Vorfall beobachtet und sie sofort herausgeholt. Die Pflegedienstleitung hatte die Angehörigen informiert, doch Hedwig wollte, dass auch er Bescheid wusste. »Sie war nur kurz unter Wasser. Es geht ihr gut. Sie müssen sich keine Sorgen machen. Der Arzt hat es nicht für nötig gehalten, sie ins Krankenhaus zu bringen.«

»Danke fürs Bescheidsagen. Grüßen Sie Sabine von mir. Ich besuche sie heute Nachmittag.« Nach diesem Gespräch saß ihm der Schreck in allen Gliedern. Wie war das passiert?

Die Frage beschäftigte ihn noch, als er über den Weg durch den Park das Heim ansteuerte. Er fand Sabine auf der Terrasse. Robert, ihr Vater, saß bei ihr und hielt ihre Hand. Überrascht stand er auf, als Lukas an den Tisch trat, und umarmte ihn. »Schön, dich zu sehen.«

Lukas gab Sabine einen Kuss auf die Stirn und stellte fest, dass seine Sorge um sie schon lange die eines Bruders war. Er wickelte die Orchidee aus dem Papier und stellte den Topf auf den Tisch. »Für dich. Gefällt sie dir?«

Sie nickte. »O sönn!«

»Du machst Sachen. Wie ist das denn passiert?«

Sabine zog die Schultern hoch und sah dann auf ihren Rollstuhl. Es war nicht der, den Lukas kannte.

»Ihren hat das Sanitätshaus abgeholt, um ihn zu überprüfen und zu reparieren«, erklärte Robert. »Eine Schraube hatte sich gelöst.«

Sie unterhielten sich über den Unfall – Sabine schien ihn schon vergessen zu haben –, kamen dann über die Orchidee auf exotische Pflanzen, und schließlich fragte Robert, ob sein Empfehlungsschreiben bei der Stellensuche geholfen habe. »Ja, danke. Ich fange am ersten Mai an.«

»Das freut mich. Halte die Augen auf. Falls man dir das nicht schon gesagt hat.«

»Wonach?«

»Nach verdächtigen Aktivitäten. Hohe Beamte wie Rombach sind potenzielle Ziele der RAF. Der Anschlag auf von Braunmühl ist jetzt anderthalb Jahre her. Seither ist Ruhe, aber das heißt ja nichts. Pass auf dich auf. Und auf Rombach.«

»Du machst mir Spaß. Ich bin kein Bodyguard. Hat er denn Personenschutz?«

»Bis jetzt lehnt er das ab. Vielleicht kannst du ihn überzeugen, falls er das Thema ansprechen sollte.«

»Ich versuche es«, sagte Lukas.

Robert verabschiedete sich. Lukas blieb noch bei Sabine. Er erzählte ihr von seinem neuen Job, und sie lachte. »Du daffst immer Auto faahn.«

»Das mach ich jetzt schon.«

»Das Taxi daffst du nit hergeben.«

Manchmal fuhr er Sabine damit herum. Durch Bonn, den Rhein entlang und in die Eifel. Dann besichtigten sie Burgen, und er kaufte ihr ein Eis, über das sie sich freute wie ein kleines Kind, und seine Hände ballten sich zu Fäusten.

»Das Taxi behalte ich natürlich. Wir sollten mal wieder einen Ausflug machen.«

Immer wieder sah Lukas sich nach Hedwig um und konnte sie nicht entdecken. Irgendwann war es Zeit zu gehen. Er verabschiedete sich von Sabine und ging, ein wenig enttäuscht, zu seinem Wagen.

Auf dem Weg dachte er über dieses Bedauern nach. Niemand erwartete von ihm, dass er Sabine die Treue hielt und keusch lebte. Auch sie nicht, obwohl sie über dieses Thema nie gesprochen hatten. Sex war nicht drin. Weder hatte sie je einen Versuch unternommen noch er. Er begehrte sie nicht mehr, und das lag nicht an ihrer körperlichen Behinderung, sondern an ihrer geistigen. Ihr Verstand befand sich auf dem Niveau eines Kindes. Sie hatten einander nichts mehr zu geben.

Er war mit dem Taxi gekommen und bemerkte nach kurzer Fahrt Hedwig. Sie lief zur Bushaltestelle, doch der Bus fuhr gerade an und ihr vor der Nase davon. Er stoppte neben ihr, beugte sich zur Beifahrerseite und kurbelte das Fenster runter. »Taxi?«

Sie bückte sich. »Das kann … Ach, Sie sind das.« Ein Lächeln huschte über ihr Gesicht. »Trotzdem. Taxifahrten kann ich mir nicht leisten.«

»Heute schon. Ist gratis.« Er machte die Tür auf, und sie stieg ein. »Wenn das so ist, sage ich nicht Nein.«

Das Blau ihrer Augen faszinierte ihn nach wie vor. Er bemerkte einige Sommersprossen auf der Nase und eine kleine Narbe über der Augenbraue, die ihm neulich nicht aufgefallen war. »Wohin soll es gehen?«

»Gute Masche, um meine Adresse rauszukriegen.«

»Nach der habe ich gar nicht gefragt.«

»Gut, dann fahren wir jetzt runter zum Rhein.«

»Wohin genau?«

»Irgendwohin, wo es schön ist.«

»Und dann?«

»Machen wir einen Spaziergang, haken uns unter und erzählen uns unsere Lebensgeschichten.«

Sie sah ihm direkt in die Augen, sein Herz schlug ein wenig schneller. Die Luft zwischen ihnen begann zu knistern. »Und dann?«

»Gehen wir nett essen und betrinken uns ein wenig.« Sie sah ihn unverwandt an. Kein Blinzeln, kein Zucken.

»Und dann?«, fragte er, weil das ihr Spiel war und sie das erwartete.

*

Am nächsten Morgen wachte Lukas in seinem Bett neben Hedwig auf. Er rollte sich auf den Rücken, streckte Arme und Beine und stieß einen wohligen Seufzer aus. Was für ein Tag. Was für eine Nacht. Mannomann! Zufriedenheit durchströmte ihn vom kleinen Zeh bis in die Nasenspitze. Oder war es Glück? Ja, das war es. Er war ganz und gar glücklich.

Leise stand er auf. Hedwig lag auf der Seite, die Decke bis zum Hals hochgezogen. Nach dem Duschen inspizierte er den Kühlschrank. Ziemlich leer.

Er kehrte ins Zimmer zurück, schlüpfte in die Jeans und zog ein Shirt über den Kopf, als Hedwig sich reckte und aufsetzte. »Du verkrümelst dich doch nicht?«

»Ich hole nur was fürs Frühstück. Was magst du?«

»Alles. Ich bin nicht wählerisch.« Sie rollte sich auf die Seite und sah auf den Wecker.

»Musst du zur Arbeit?«

»Mein Dienst beginnt um zwei. Wir können also ausgiebig im Bett frühstücken.«

Als er vom Bäcker zurückkam, war Hedwig unter der Dusche. Da er kein Tablett besaß, richtete er das Frühstück auf dem Backblech an, auf das er ein frisches Geschirrtuch breitete. Während der Kaffee durchlief, kam sie aus dem Bad und verschwand wieder im Bett. Er trug das Frühstück hinüber. Ein Regal teilte Wohn- und Schlafbereich. Darauf lagen seine Zeitschriften. Hedwig hatte sich eine Ausgabe von *konkret* geschnappt und las die Aufmacher vor. »Wie tot ist die Revolte? Streitgespräch über die 68er-Bewegung.« Ihre Stirn legte sich in Falten. »Mechtild Jansen über das Frauenbild von Gorbatschow.« Sie blickte auf. »Wen interessiert denn bitte schön das Frauenbild von Gorbatschow? Und Diedrich Diederichsen bespricht den Roman eines RAF-Terroristen. Und ein anderer eine Meinhof-Biografie. So was liest du?«

Lukas stellte das Frühstück ab. Die Zeitschriften sollte er besser verschwinden lassen und stattdessen *Stern* und *Bild* platzieren. »Die hat mein Bruder vergessen. Ich interessiere mich nicht sonderlich für Politik.«

»Solltest du aber.«

»Wieso?« Er kletterte zu ihr ins Bett und schenkte Kaffee ein.

Sie zog die Nase kraus. Eine ihrer hübschen Sommersprossen verschwand in einer Falte. »Okay. Jetze ist es langsam Zeit für den ersten Teil meiner Lebensgeschichte. Kindheit, Jugend, Rebellion. Den habe ich gestern ausgelassen. Ist dir gar nicht aufgefallen.«

»Doch, schon. Aber ich wollte nicht neugierig sein.« Bisher hatte sie ihm von einer abgebrochenen Lehre als Bauzeichnerin in Berlin erzählt und von ihrer Ausbildung zur Pflegerin. Weshalb sie ins Rheinland gezogen war – wegen eines Mannes, von dem sie sich aber bald getrennt hatte. Und von ihrer Weiterbildung für die Arbeit mit Behinderten. Jetzt fühlte sie sich endlich am richtigen Platz. Sie liebte ihren Beruf.

»*Rebellion* klingt interessant. Gegen wen hast du denn rebelliert?« Er schnitt ein Brötchen auf und hielt ihr beide Hälften hin. Sie nahm die obere. »Gegen den Staat. Was sonst. Gegen das ganze Scheiß-System bei uns. Gegen die Bespitzelung und dass du nicht sagen darfst, was du denkst. Dass du nur was werden kannst, wenn du auf Linie bist. Dass andere dein Leben bestimmen, vom ersten bis zum letzten Atemzug, und wehe, wenn du dich wehrst, dann wanderst du in den Knast.«

Ratlos hörte Lukas ihr zu. Wovon redete sie? »Du warst im Gefängnis?«

Sie zuckte mit den Schultern. »Kann man so sagen. Leute wie die Meinhof haben einfach nicht kapiert, in welchem Paradies sie leben. Sie dürfen studieren, was sie wollen. Sie können auf die Straße gehen und demonstrieren. Sie dürfen Veränderungen fordern, und niemand sperrt sie in Dunkelhaft in kalte Keller. Niemand raubt ihnen den Schlaf mit vierundzwanzig Stunden Licht in der Zelle. Die Meinhof und ihre Kumpane durften immer frei wählen. Sie durften ihre Artikel und Pamphlete schreiben und hatten nichts zu befürchten. Ich verstehe nicht, was die RAF will. Ich glaube, das wissen sie selbst nicht. Die sind immer nur dagegen, die terrorisieren ein ganzes Land und haben kein Ziel. Keine Idee, was anders werden soll. Keine Vision von einer besseren Gesellschaft.«

Langsam dämmerte ihm, was Hedwig sagen wollte. »Du kommst aus der DDR?«

»Hast du das noch nicht gehört?«

Er schüttelte den Kopf.

»Die meisten hören es am Dialekt, wenn ich *jetze* sage oder *Gaffee*.«

»Du hast versucht abzuhauen und bist erwischt worden?« Er zog sie an sich.

»Wie hast du das nur erraten?« Ihr Versuch, das Gespräch auf eine lustige Schiene zu bugsieren, scheiterte. Ihre Stimme brach, sie verkniff sich die Tränen. Er hielt sie, bis sie sich losmachte, nach der Brötchenhälfte griff und sie mit Butter bestrich und mit Käse belegte. »Geht schon wieder«, sagte sie. »Das war echt eine Scheiß-Zeit. Manchmal holt die mich ein.«

»Du musst dich doch nicht entschuldigen. Magst du mir erzählen, was passiert ist?«

»Heute nur die Kurzfassung.« Während sie ihr Brötchen aß und sich *Gaffee* nachschenkte, erzählte sie, dass sie aus Dresden stammte. Ihre Eltern waren beide Lehrer und bestens ins System des Arbeiter-und-Bauern-Staats integriert.

Ein Jahr vorm Abi hatte eine Freundin Hedwig zu einer Veranstaltung einer kirchlichen Jugendgruppe mitgenommen, die sich für Umwelt- und Friedensthemen engagierte. Fasziniert hörte Hedwig zu, ging eine Woche später wieder hin und schloss sich der Gruppe an. Nach und nach gingen ihr die Augen auf, in welchem System sie lebte. Wie sehr sie selbst sich angepasst und verbogen hatte. Wie blind sie gewesen war. Es hatte nicht lange gedauert, bis ihre Eltern von der Stasi einbestellt wurden, sie sollten ihrer Tochter ins Gewissen reden. Hedwig ließ sich nichts sagen und saß schließlich selbst vor einem Stasioffizier, der ihr ihre Zukunft in der DDR ausmalte, wenn sie so weitermachte. Das Abi könne sie vergessen und damit das Studium. Sie solle sich besinnen und die Gruppe entweder verlassen oder besser noch über deren Aktivitäten an die Stasi berichten. Sie weigerte sich und flog von der Schule. Ihren Eltern drohte man mit Entzug des Sorgerechts und der Heimunterbringung von Hedwig, falls sie die widerspenstige Tochter nicht auf Kurs brachten. Ihr Vater wollte das während des Sommerurlaubs in der Tschechoslowakei versuchen.

Anfang August fuhren sie mit dem Trabi ihrer Eltern nach Böhmen zum Wandern. Hedwig wusste, dass sie an einem Tag Bratislava besichtigen würden, und bereitete ihre Flucht vor. Bratislava lag am Ostufer der Donau, am Westufer lag die Freiheit, sprich Österreich. An diesem Tag im August steckte sie ihren Ausweis in die Umhängetasche, packte die Taschenlampe aus dem Zelt ihrer Eltern dazu und seilte sich in einem günstigen Moment während der Stadtbesichtigung ab. Sie ging verloren. Während ihre Eltern in Bratislava nach ihr suchten, fuhr sie mit dem Bus Richtung Südosten nach Čiližská Radvaň, einem Dorf fünf Kilometer von der Grenze entfernt, die hier mitten durch die Donau verlief.

Es war früher Abend, als sie in dem Ort ankam und sich bis Einbruch der Dunkelheit in einem Wäldchen versteckte. Erst dann machte sie sich auf den Weg zum Fluss. Sie war eine gute Schwimmerin und traute sich zu, bis ans andere Ufer zu kommen. Doch schon nach wenigen Metern stand sie vor einer Grenzbefestigung. In die Erde eingelassene Holzpfosten, etwa drei Meter hoch, daran in dichten Reihen Stacheldraht. Oben jeweils ein Querbrett, an dem sich waagrechte Reihen Stacheldraht befanden. Darüberklettern konnte man nicht. Hinter dem Zaun ein Streifen Erde, die wie frisch geharkt aussah. Jenseits des Streifens befand sich ein zweiter Stacheldrahtzaun. Der Mut wollte sie schon verlassen, als sie eine Senke im Boden bemerkte. Nicht sehr tief, aber ausreichend, um unter dem Zaun hindurchzurobben. Nun stand sie vor dem geharkten Streifen und überlegte, was der Haken war. Wenn sie darüberlief, hinterließ sie Fußspuren. Die Grenzpolizisten würden so ihre Flucht bemerken. Konnte ihr doch egal sein, bis die hier waren, war sie drüben. Sie lief los, stolperte über einen Draht, knallte hin und rappelte sich wieder auf. Eine Minute später – sie suchte nach einer geeigneten Stelle, um unter dem zweiten Zaun durchzukriechen – war der Teufel los. Lichter gingen an, Hunde rannten bellend auf sie zu. Dahinter zwei Grenzer. Einer brüllte, sie solle stehen bleiben, die Waffe im Anschlag.

»Es war ein Signaldraht«, sagte Hedwig. »Er hat Alarm ausgelöst. Das war dann das vorläufige Ende meines Traums von Freiheit. Wie es weiterging, erzähl ich dir ein andermal, falls du den Mist überhaupt hören willst.«

»Natürlich will ich das. Wie bist du in den Westen gekommen?«

»Ganz einfach. Dieses famose, fabelhafte, tolle Land hat mich 1976 nach zwei Jahren Haft freigekauft. Dafür werde ich Helmut Schmidt immer dankbar sein. Das habe ich ihm sogar geschrieben.«

Du meinst den Helmut Schmidt, der nur ein Jahr später erwogen hat, den in Stammheim einsitzenden RAF-Häftlingen mit Erschießung zu drohen, falls sie Schleyer nicht freiließen, und der das mit staatlichem Notstand rechtfertigen wollte? Lukas sagte es nicht. Hedwig durfte nicht erfahren, wie er über dieses *famose* Land dachte.

Samstag, 23. November 2019

Ben

Das Trommeln des Regens auf dem Dach weckte Ben um halb sieben. Es war noch dunkel. Dennoch stand er auf, zog die Fleecejacke an und ging hinaus unters Vordach. Der Bewegungsmelder erfasste ihn, die Parkplatzbeleuchtung schaltete sich ein. In ihrem Licht fing sich ein dichter Regenschleier. Die Laufrunde musste warten.

Ben ging ins Bad und zog sich an. Die Tür zu Charlies Zimmer war geschlossen. Dahinter war es still. Also legte er einen Zettel für sie auf den Tisch. *Bin bei Gerda und Markus im Haupthaus zum Frühstück*. Nicht, dass sie glaubte, Yasin habe ihn entführt.

Auf dem kurzen Weg nach vorne überlegte er, wie er Charlie loswerden konnte, und stellte fest, dass er das nicht mehr wollte. Sie war clever. Vielleicht war Polizeischutz nicht verkehrt.

Gerda erwartete ihn gut gelaunt in der Küche. Ein türkisfarbenes Band hielt ihre blonden Locken aus dem Gesicht. Die Wangen waren gerötet. Sie trug Latzhosen, einen Pullover mit Zopfmuster und wünschte ihm einen guten Morgen. Der Tisch in der Essecke war für eine Person gedeckt. Er erklärte ihr, dass er gestern Nacht noch Besuch bekommen hatte, der ein paar Tage blieb. Nein, nicht Evis Nachfolgerin. Eine Bekannte. Gerda hakte nicht nach und stellte ein zweites Gedeck auf den Tisch. »Ich muss in den Stall. Sagt Bescheid, wenn ihr etwas braucht.«

Er schenkte sich Kaffee ein und griff automatisch in der Hosentasche nach dem Handy, um Nachrichten zu lesen, doch es war auf dem Weg nach Belgien. Er musste sich ein neues besorgen. Bestimmt hatten Leon und Luise versucht, ihn zu erreichen, und machten sich Sorgen.

Zum Frühstück erschien Charlie nicht. Er nahm die Thermoskanne Kaffee, zwei Brötchen und den Teller mit Wurst und Käse und ging zurück zur Hütte. Sein Bodyguard schlief noch. Falls Yasin vorhatte, ihn zu killen, wären die frühen Morgenstunden ideal dafür.

Mit dem Laptop machte Ben es sich auf der Bank gemütlich und las seine Mails. Bis jetzt gab es noch keine aus dem zwölften Stock. Dafür aber eine von Leon, der besorgt fragte, ob alles in Ordnung sei und warum er nicht an sein Handy ging.

> Mein Handy ist weg. Wieso, erkläre ich dir später. Ich besorge mir heute ein neues und melde mich. Liebe Grüße auch an Luise und Meike. In umgekehrter Reihenfolge natürlich ;-)

Es wurde halb neun und von Charlie war nichts zu hören. Er legte den nächsten Zettel auf den Tisch. *Bin einkaufen.*

In Bad Münstereifel erstand er ein neues Smartphone und dazu mehrere Prepaid-Karten. In der Apotheke wasserfestes Pflaster und Kopfschmerztabletten. Im Supermarkt kaufte er fürs Wochenende ein. Kurz überlegte er, ob Charlie vielleicht Vegetarierin oder Veganerin war. Doch dann hätte sie den Döppekooche nicht verschlungen. Barbaras Spruch fiel ihm ein: Wenn du hungrig bist, schmeckt alles. Ob Dosenravioli oder Nudeln mit Ketchup. Gehungert hatten sie zwar nicht, aber manchmal waren eben nur Nudeln da gewesen oder Reis oder Kartoffeln.

Er füllte den Einkaufswagen, packte zwei Flaschen Wein und ein paar Flaschen Bier dazu und fuhr zurück. Noch immer regnete es, und es schien nicht so, als ob sich das bald ändern würde. Als er an der Hütte ankam, saß Charlie beim Frühstück und sah vom Handy auf. »Guten Morgen. Aslan entdeckt gerade, dass er dich verloren hat. Der Lkw steht in einem Vorort von Gent. Und direkt daneben steht Aslan und flucht.«

»Prima. Wir sind ihn los, und du musst nicht länger auf mich aufpassen.«

»Wir haben nur Zeit gewonnen. Yasin wird nicht aufgeben.« Charlie griff nach ihrem Schinkenbrötchen und biss hinein. Ihre Haare waren verstrubbelt. Sie trug T-Shirt und Shorts, in denen sie geschlafen hatte. Erst jetzt bemerkte er die tätowierte Schlange, die sich aus ihrem Ausschnitt über den Hals bis zum Nacken wand, und fragte sich, warum ihm die bisher nicht aufgefallen war. Es dauerte einen Moment, bis er daraufkam. Sie hatte sowohl im Krankenhaus als auch gestern einen Rollkragenpullover getragen.

»Ideal wäre es, wenn ich auch ihn tracken könnte. Und seinen Bruder Malik dazu. Der erledigt die groben Sachen für ihn.«

»Du meinst Halsschlagadern aufschlitzen und Kopfschüsse? Bumm. Bumm.«

»Yep.«

Ben verstaute die Einkäufe im Kühlschrank und hätte beinahe gelacht. »Wie willst du die denn tracken? Du kommst weder an ihre Handys noch an ihre Autos.«

»Irrtum. Es gibt sogar zwei Möglichkeiten.«

»Nämlich?«

Kauend lächelte sie. »Betriebsgeheimnis. Besser, wenn du nicht alles weißt.«

»Für den Fall, dass du Ärger bekommst. Was du tust, ist nicht legal. Oder?«

Ihre Antwort war ein Schulterzucken.

»Wieso machst du das?«

»Hab ich dir gestern schon erklärt. Ich will Yasin vor Gericht sehen. Er soll endlich bekommen, was er verdient. Knast. Am besten lebenslänglich. Im Namen des Volkes.«

»Das klingt, als hättest du mal darüber nachgedacht, selbst für Recht und Ordnung zu sorgen.«

»Ach was?«

»Was hat er dir getan?«

Er sah, wie sie dichtmachte. Von einer Sekunde auf die andere verschloss sie sich. Die Anspannung, die er gestern bei einer ähnlichen Frage schon bemerkt hatte, kehrte zurück.

»Die Arbeit ruft.« Sie ging hinaus, stellte sich unter das Vordach und telefonierte. Ben entschied, dass ihn das sehr wohl etwas anging, und bezog Position neben dem Fenster, das er zum Lüften gekippt hatte. Sie telefonierte mit ihrem Partner Boris, und Ben verstand, dass Charlie tatsächlich vom Dienst suspendiert worden und auf eigene Faust im Einsatz war. Sie zog ihrem Kollegen die Würmer aus der Nase und erfuhr, dass die Ermittlungen nicht vorankamen. Nach dem Gespräch mit Boris rief sie einen Mann namens Karsten an, der einen Schlüssel zu ihrer Wohnung besaß. Sie beauftragte ihn, ein AirTag aus der Flurkommode zu holen, das sie normalerweise für ihr Gepäck benutzte. Es trug einen Anhänger mit der Aufschrift »Charlies Koffer«. Ein weiteres AirTag steckte unter der Flaschenhalterung an ihrem Mountainbike, das im Keller stand. Auch das sollte Karsten holen und beide erst einmal mit zu sich nehmen. Sie würde sich melden, wie es weiterging.

*

Der Regen ließ nicht nach. Die Joggingrunde konnte er vergessen. Stattdessen nahm Ben eine Kopfschmerztablette, machte Feuer im Kaminofen und packte das neue Smartphone aus.

Charlie ließ sich im Ohrenbackensessel nieder. »Ganz schön plüschig hier«, sagte sie. »Ich hätte gedacht, dass du der abgeklärte Typ bist, der es clean und schnörkellos mag. Hast du eigentlich gut geschlafen?«

»Hier schlafe ich immer gut.« Wobei ihn letzte Nacht zum ersten Mal seit vielen Jahren einer der Albträume seiner Kindheit wieder heimgesucht hatte. Der vom Hasen, der lautlos tot zusammenbrach. Schweißgebadet war er hochgeschreckt.

»Dann hoffen wir mal, dass die Erinnerungen langsam zurückkehren.«

»Das wird nicht passieren. Hab ich dir schon mal erklärt.«

»Weil du dich dagegen sperrst.«

»Irrtum. Ich versuche es. Aber ich komme immer nur bis zum Kaffee und dem Powerbar. Das Einzige, das sich dazugesellt hat, hat damit vermutlich nichts zu tun.«

Plötzlich war Charlie ganz Ohr. »Ja, was?«

Diese Erinnerung war ihm unheimlich. Ein tiefes Grauen hallte darin nach.

»Was?«, wiederholte Charlie.

War ja klar, dass sie es nun genau wissen wollte. »Da ist ein fahler Lichtstreifen. Und dann ... Hast du als Kind mit Murmeln gespielt?«

»Nein. Wieso?«

»Also, zuerst ist da ein Lichtstreifen. Dann das Geräusch von Glasmurmeln, die aneinanderstoßen, und dann sagt jemand: Du hast nichts gesehen. Vergiss das gleich wieder.«

Überrascht sah Charlie ihn an. »War das Yasin?«

»Das dachte ich zuerst. Aber ich glaube es nicht. Würde er sich so ausdrücken?«

»Nein. Und es ergibt auch keinen Sinn. Warum sollte er dir raten zu vergessen, was du gerade beobachtet hast, wenn er dich im nächsten Moment erstechen will? Außerdem war keine Zeit, dich anzusprechen.« Ihr Handy gab einen Ton von sich. »Entschuldige. Das ist wichtig.« Sie las eine Nachricht und tippte eine Antwort.

Ben richtete das neue Handy ein und schickte die Nummer an Leon und Luise. Er bat beide, sie nicht weiterzugeben. Auch an Barbara und Gernot nicht. Barbara würde ihm so lange ein schlechtes Gewissen machen, bis er nachgab. Plötzlich wusste er, dass er seinen Eltern nicht helfen wollte. Luise hatte recht: Er schuldete ihnen nichts. Im nächsten Moment schämte er sich für diesen Gedanken, und diese unerklärliche Wut stieg in ihm auf, die ihn unruhig machte und oft auch aggressiv. Regen hin oder her, er musste raus.

Er erklärte Charlie, dass er eine Runde laufen würde, und zog sich um. Als er startklar war, saß sie noch im Sessel. Er hatte angenommen, dass sie ihn begleiten würde.

»Du kommst nicht mit?«

»Bei dem Wetter?«

»Es ist also vom Wetter abhängig, ob Yasin mich kriegt.«

»Im Moment hat er keine Ahnung, wo du bist. Du kannst dich unbesorgt kalt duschen lassen. Viel Spaß.«

Er zog die Regenjacke über und lief los. Durch den Hof, hinauf zur Straße und durchs Dorf aufs freie Feld. In den Regen mischten sich erste Schneeflocken. Der Feldweg war matschig, bei jedem Schritt spritzte Dreck auf. Die Wut wich wie immer, wenn er lief. Und wieder einmal fragte er sich, woher sie kam. Nicht aus dem Landidyll. Vielleicht aus der Zeit in Stuttgart. Oder aus der Zeit dazwischen, die sich wie ein Riss anfühlte. Wie ein Spalt, der sich in ihm aufgetan hatte. Etwas war geschehen. Seither fühlte sich sein Leben falsch an, wie verrutscht. Na klar war etwas geschehen: der Umzug nach Stuttgart.

In der Stadt hatte er nie richtig Fuß gefasst. Er war zehn gewesen und der Umzug die größte Katastrophe seines Lebens. Es war ohnehin ein beschissenes Jahr gewesen. Die vier Jahre Grundschule in Buchsweiler lagen hinter ihm, und er hatte, dank Herrn Weber, den Übertritt aufs Gymnasium geschafft. Theoretisch. Denn es war nichts daraus geworden. Wenn er daran dachte, wurde er heute noch zornig. Im Februar hatte er Barbara und Gernot, mit breiter Brust, das Übertrittszeugnis gezeigt und gehofft, dass sie stolz auf ihn wären. Gernot sagte etwas wie »gut gemacht«, und Barbara gratulierte ihm eher beiläufig. »Ihr müsst mich am Gymnasium anmelden«, erklärte er, weil er das bei seinen Klassenkameraden aufgeschnappt hatte. Es ging nicht automatisch. Außerdem wurde ein Infoabend für die Eltern veranstaltet. Die Einladung dafür gab er Barbara. »Meldest du mich an?«, fragte er, weil er unsicher war, ob sie ihm überhaupt zugehört hatte.

Sie blickte kaum von der Akte auf, die sie las. »Natürlich. Toll, dass du so ein kluger Junge bist.«

Immer wieder fragte er Barbara, ob sie ihn angemeldet hatte, und jedes Mal sagte sie, sie werde es tun, und schließlich, zu seiner großen Erleichterung, es sei erledigt. Die Ferien kamen. Ben studierte an der Bushaltestelle den Fahrplan nach Bad Münstereifel und ließ sich von Gernot Geld für die Monatsfahrkarte geben. Die Ferien gingen zu Ende. Am ersten Schultag machte er früher als sonst Frühstück. Wie immer auch für Leon und Luise, die an diesem Tag in die dritte Klasse kamen. Dann warf er den Ranzen über die Schulter, verabschiedete sich von seinen Geschwistern und fuhr mit dem Bus in die Stadt zum Gymnasium.

Was für ein Auftrieb. Überall wuselten Kinder und Eltern herum. Zuerst gab es in der Aula eine Begrüßung für die Neuen. Dann bildeten sich Trauben vor der Infowand mit den Klassenlisten für die neuen Gymnasiasten. Er schob sich in der Menge nach vorne und suchte nach seiner neuen Klasse. Dann ging er die Listen noch einmal durch, weil er seinen Namen nicht fand. Auch beim dritten Mal nicht. In seinen Hals setzte sich ein Druck. Barbara hatte es versprochen. Er ging zum Sekretariat. Eine Frau mit knallroten Lippen und einem freundlichen Lächeln erklärte ihm, das könne nicht sein. Alle Namen stünden auf den Listen. »Meiner aber nicht«, sagte er, und sie ging sie auf der Suche nach seinem Namen durch, blätterte schließlich in einem Aktenordner voller Formulare und schüttelte den Kopf. »Tut mir leid. Ich finde keinen Ben Maienfeld. Du bist nicht angemeldet.«

Es gelang ihm, die Tränen wegzuzwinkern und die Fassungslosigkeit, die sich in ihm wie ein schwarzes Loch ausbreitete, beiseitezuschieben. »Kann ich mich selbst anmelden?«

»Das müssen deine Eltern tun. Aber die Frist für die Einschreibung ist im Mai abgelaufen.«

»Und jetzt?«, hatte er gefragt. Daran erinnerte er sich noch genau. »Jetzt ist deine Regelschule für dich zuständig. Woher kommst du denn?«

»Aus Buchsweiler.«

»Dann fragt sich dort gerade dein Lehrer in der Hauptschule, wo du bleibst. Soll ich ihn anrufen und das Missverständnis erklären?«

Er hatte genickt, sich bedankt und war rausgerannt. In die Schule war er an diesem Tag nicht gegangen. Die Schmach und die Enttäuschung waren zu groß. Stattdessen hatte er sich in seiner aus Ästen gebauten Waldhütte verkrochen und die Ameisen beobachtet, die so fleißig waren. Er hatte den Vögeln gelauscht und dem Wind in den Zweigen. Bis der Druck in ihm so groß wurde, dass er aufsprang, einen der Äste nahm und seine Hütte kurz und klein schlug.

Sie hatte es versprochen!

Daheim stellte er Barbara zur Rede. Er schrie sie an, dass sie gemein sei und böse, und sie erklärte ihm, dass er ohnehin mehr für ein Handwerk tauge als für die Arbeit mit dem Kopf. Die Hauptschule sei genau richtig für ihn. Doch er wusste, dass es eine faule Ausrede war. Sie hatte es vergessen, weil er ihr egal war. Die anderen waren wichtiger. Die, die sie rausboxen musste.

Ben lief zu schnell, sein Puls war zu hoch. Er kam aus der Puste und verstand, dass es noch dauern würde, bis er wieder fit war. In einer Pfütze rutschte er beinahe aus. Keuchend blieb er stehen und atmete durch. Seine Wut hatte also bereits im Landidyll begonnen, schon vor dem Umzug nach Stuttgart und nicht erst im Winter 1989, als Barbara eines Tages mit einem strahlenden Lächeln verkündete, dass sie eine Wohnung gekauft hatte.

*

An diesem Tag hatte er eine Zwei für seinen Aufsatz erhalten und war stolz darauf. Aufs Gymnasium konnte er auch nach der fünften Klasse noch wechseln, und das war sein Plan. Damit es im zweiten Anlauf wirklich klappte, wollte Herr Weber mit Gernot und Barbara reden. An der Hauptschule gehörte er zu den Besten, und das ließen ihn seine Klassenkameraden spüren. Es machte ihm nichts aus. Der Außenseiter war er seit eh und je. Er kam damit zurecht. Solange er Leon und Luise hatte und den Wald und den Weiher, den Bach, die Wiesen und Felder, den großen Findling, auf den er oft kletterte, die drei Trolle oben am Hang und seine Hütte im Wald, die er wieder aufgebaut hatte, ging es ihm gut.

An diesem Tag Ende November saßen sie zu dritt am Küchentisch bei den Hausaufgaben, als Barbara und Gernot nach Hause kamen. Sie strahlten und lächelten sich an. Arm in Arm standen sie vor ihnen. »Kinder, es gibt Neuigkeiten. Wir ziehen um, nach Stuttgart. Noch vor Weihnachten.«

Es war ein Schock. Ein ungeheurer Schlag. Er brachte keinen Ton heraus, während Leon bereits erklärte, dass er hierbleiben wolle, und Luise dazu mit aufgerissenen Augen nickte. Nur er selbst schwieg. Denn er erkannte in diesem Moment die Sinnlosigkeit seines Widerspruchs. Der Umzug würde stattfinden, egal, ob er und Leon und Luise das wollten. Ihre Eltern hatten eine Wohnung gekauft. Sie bestimmten. Sie hatten die Macht. Es war ein Augenblick, in dem er erkannte, wie hilflos und ausgeliefert er ihnen war.

Anfang Dezember kam ein Umzugswagen. Zwei Männer verstauten die Kartons, die Gernot und Barbara gepackt hatten, und auch die der Kinder. Die meisten Möbel blieben im Haus. Seine Eltern hatten neue gekauft, und Ben fragte sich, wieso auf einmal so viel Geld da war. Leon hatte ein Gespräch belauscht, in dem es um das Erbe von Barbaras Eltern ging. Wobei sie beide nicht wussten, was das Wort bedeutete. Sie schlugen es in Gernots Arbeitszimmer im Bedeutungswörterbuch nach. Danach waren sie schlauer.

Ein Countdown lief. Noch eine Woche. Noch sechs Tage, dann fünf. Ben begann Abschied zu nehmen. Von der Schule, von Herrn Weber, der ihm für seine Zukunft alles Gute wünschte. Sie besuchten die alte Lene und ihren Mann Alfred in ihrem Häuschen am Ortsrand ein letztes Mal. Bekamen ein letztes Mal Döppekooche und Appeltaat, saßen ein letztes Mal bei den beiden in der warmen Küche, in der es so gut roch, ließen sich ein letztes Mal von Lene mit der rauen Hand über die Wangen streichen und durch die Haare wuscheln. »Das wird schon«, sagte sie. »Ihr werdet euch in der Stadt schon einleben.« Und dann wiederholte sie den Satz, als glaubte sie selbst nicht daran, und Ben konnte die Tränen kaum zurückhalten.

In der Nacht vor dem Umzug schlief er nicht. Er zog sich

an und schlich hinaus. Einmal noch zum Weiher und zu seiner Hütte. Ein allerletztes Mal auf den Findling klettern. Als er dort saß und auf die wenigen Lichter sah, die in Buchsweiler noch brannten, überlegte er, ob er nicht bei der alten Lene und ihrem Mann Alfred bleiben könnte. Doch ihr Haus war klein, es gab keinen Platz für ihn, außer vielleicht in der winzigen Milchkammer, die nicht mehr benutzt wurde, seit sie im Herbst die Kühe abgeschafft hatten. Für ihn würde es reichen, aber nicht für Leon und Luise. Seine Geschwister brauchten ihn. Er musste mit nach Stuttgart. Es ging nicht anders, doch er schwor sich, irgendwann zurückzukommen.

Die Wohnung in Stuttgart war groß, warm und hell. Im Kinderzimmer stand ein Stockbett mit Leiter für ihn und Leon und ein einzelnes Bett mit einem Baldachin für Luise. Aber die Natur fehlte ihm. Überall Straßen, Lärm und Abgase. Es stank und es war laut. Es gab keinen Weiher, kaum Bäume und auch keinen Wald. Keinen Zufluchtsort für ihn. Bis er den Friedhof entdeckte. Dort war es still. Die Bäume wisperten im Wind. Krähen saßen in den Ästen und krächzten ihm zu, dass alles nicht so schlimm sei. Er las die Namen auf den Grabsteinen. Auf manchen standen auch die Berufe. Er rechnete aus, wie alt die Menschen geworden waren, die dort lagen, und fragte sich, wozu das Ganze.

Die Krähen hatten unrecht. Es war schlimm. In der neuen Schule fasste er nicht Fuß. Auch in Stuttgart war er der Außenseiter. Aber anders als in Buchsweiler, wo man ihn zwar gehänselt hatte, aber nie attackiert. Die Jungs in seiner neuen Klasse knufften ihn oder stellten ihm ein Bein. Sie machten sich über ihn lustig, und die Mädchen rümpften die Nase. »Wie siehst du denn aus?«

Zum ersten Mal zugeschlagen hatte er, als ihm Jonas auf die Turnschuhe pinkelte. Jonas war das Großmaul der Klasse, der Anführer, wenn man so wollte. Ein paar Jungs folgten ihm auf Schritt und Tritt. So auch an jenem Vormittag während der Pause. Sie drängten Ben in eine Ecke und hielten ihn fest, während Jonas ihm erklärte, dass seine Turnschuhe der letzte Scheiß seien. Made in Hongklump. Und dann zog er den Reißverschluss seiner Wrangler auf, holte seinen Schniedel raus und versuchte Ben auf die Schuhe zu pissen, während die anderen ihn festhielten und Wut und Scham in ihm emporstiegen wie glühendes Magma. Er trat um sich, riss sich los, stürzte sich auf Jonas, schubste ihn zu Boden, setzte sich auf ihn und drosch mit beiden Fäusten auf ihn ein, bis ein Lehrer dazwischenging und ihn wegzog. Er bekam einen Verweis und den Respekt von einigen Jungs der Klasse.

Es fühlte sich gut an, den Ärger, der in ihm brodelte, nicht länger in sich hineinzufressen. Sich zu wehren. Den anderen zu zeigen, dass er nicht der letzte Arsch war. Innerhalb weniger Wochen änderten sich die Machtverhältnisse. Alle fürchteten ihn. Seine Noten rauschten in den Keller. Von Herrn Weber kam ein Brief, in dem er fragte, wie es Ben ging und ob er sich schon ans Stadtleben gewöhnt habe. Er wünschte ihm alles Gute für seine Zeit auf dem Gymnasium und für seine Zukunft, und am Ende schrieb er, dass er sich freuen würde, von Ben zu hören. Dieser Arsch! Was mischte er sich ständig ein! Der Brief landete zerknüllt im Müll, und die Wut fraß sich weiter durch Ben. Von wegen Gymnasium! Er taugte nicht dafür.

Seine Versetzung war gefährdet. Der Übertritt aufs Gymnasium so weit entfernt wie der Mond. Es war ihm egal. Seinen Eltern sowieso. Die erwarteten, dass er nach der Hauptschule eine Lehre machte und lernte, auf eigenen Beinen zu stehen.

In der sechsten Klasse bekamen sie einen neuen Lehrer. Er hieß Axel Meißner und war Quereinsteiger. Zuvor hatte er als Entwicklungshelfer in Südamerika gearbeitet. Davon erzählte er viel. Ben war fasziniert. So ein Leben konnte er sich vorstellen. Seine Antennen justierten sich neu. Herr Meißner merkte es und gab ihm eines Tages ein Referat über den Amazonas auf. Ben legte sich ins Zeug und bekam eine Zwei. Seine Klassenkameraden wunderten sich. Wurde der Schläger jetzt zum Streber? Natürlich nicht, denn die Wut war noch da, und er schlug auch weiter zu. Aber weniger. Ein Teil seiner Mitschüler strengte sich in diesem Schuljahr an, um den Wechsel auf die Realschule zu schaffen. Herr Meißner nahm ihn ins Gebet, das auch zu versuchen. Er habe das Zeug dafür und solle sich seine Zukunft nicht verbauen. Herr Meißner glaubte an ihn. Also bemühte Ben sich ein wenig mehr und schaffte den Übertritt gerade so. Mit dem Versprechen, nach der Mittleren Reife eine Lehre zu machen, bekam er Gernot so weit, ihn an der Realschule anzumelden.

Die Kirchenglocken im Dorf begannen zu läuten und holten Ben in die Gegenwart zurück. Regentropfen liefen ihm übers Gesicht, als wären es Tränen.

*

Als er die Hütte betrat, war ihm kalt, doch die Wut war weg. Charlie hatte Holz nachgelegt. Die Flammen hinter der Sichtscheibe schlugen hoch. Er stellte sich davor und wärmte sich erst einmal auf, bevor er ins Bad ging und seine erste Dusche seit dem Zwischenfall am Gollierplatz nahm. Mithilfe des wasserfesten Pflasters ging das gut.

Charlie saß im Sessel und las auf ihrem Handy. Oder sah sie einen Film an? Sie hatte die Kopfhörer eingestöpselt und blickte auf, als er eintrat.

»Das ist interessant.« Sie wies aufs Display.

»Guckst du ein Tutorial: Wie stalke ich meine Mitmenschen?«

»Du hast mich also belauscht.« Sie wies auf den Sessel neben sich, und er setzte sich zu ihr. »In der ZDF-Mediathek gibt es eine mehrteilige Doku über die RAF. Hab grad den ersten Teil gesehen und frage mich jetzt, welchen Anteil der Verfassungsschutz an der Entstehung der Baader-Meinhof-Bande hatte.«

»Wie kommst du denn darauf?«

»Weil der von Anfang an seine Finger drin hatte. Schon bei den Studentenprotesten 68 und der großen Demo vor dem Springer-Hochhaus in Berlin, nach dem Attentat auf Rudi Dutschke. Da ist ihnen ihr V-Mann Peter Urbach aus dem Ruder gelaufen. Er hat ordentlich eskaliert und die wütenden, aber friedlichen Demonstranten mit Molotowcocktails versorgt. Und er hat ihnen gezeigt, wie man Verlagsautos so umkippt, dass Benzin ausläuft und man sie anzünden kann. Er hat die Demonstranten zur Gewalt angestachelt. Ein Verfassungsschutzmann.«

»Wieso interessiert dich das?«

»Dein Onkel Lukas hat mich darauf gebracht. Ich weiß eigentlich so gut wie nichts über diese Zeit, und ich bin ein neugieriger Mensch. Hast du dich nie damit beschäftigt?«

»Eigentlich nicht. Ich habe Hunger und koche uns was. Du hast die Wahl zwischen Spaghetti Carbonara und Chili con Carne.«

»Ich bin für Spaghetti. Soll ich helfen?«

Er kochte gerne und lehnte dankend ab. Zur Pasta gab es grünen Salat mit einer selbst gemachten Vinaigrette. Mit Fertigessen konnte man ihn jagen. Das lag an seiner Kindheit mit Dosenravioli, Tiefkühllasagne, Pichelsteiner aus der Büchse und so weiter und so fort.

Charlie deckte den Tisch und legte noch mal Holz nach. Draußen schüttete es weiter. In der Hütte war es gemütlich, und sie fragte, ob sie nicht den Rotwein zum Essen aufmachen sollten. Um zwei Uhr nachmittags? Doch eigentlich sprach nichts dagegen. Sie stießen mit einem Chianti an. »Worauf trinken wir?«, fragte er.

»Auf einen glücklichen Ausgang dieser Geschichte.«

Damit kamen sie wieder bei Yasin an und der Frage, was er nun unternehmen würde, um Ben zu finden.

»Wer weiß eigentlich, wo du bist?«, fragte Charlie.

»Nur meine Geschwister.« Er erklärte ihr die Situation und auch, dass Luise bei Leon sicher war. »Leon wird mit Aslan fertig.«

»Okay. Gib mir die Adresse. Boris wird sich darum kümmern, dass die Weilheimer Kollegen öfter mal durch Leons Straße fahren. Wie sieht es mit deinen Eltern aus?«

»Wir haben kaum Kontakt. Von der Hütte wissen sie nichts.«

»Gibt es Freunde, die sie kennen?«

»Nur eine Ex-Freundin. Um ihr auf die Pelle zu rücken, müsste Yasin herausfinden, dass es sie gibt.«

»Falls er in deine Wohnung einbricht: Gibt es dort einen Hinweis auf die Hütte?«

Ben überlegte. »Die Buchungen sind alle online gelaufen. Mein PC ist passwortgeschützt. Mein Handy ist weg. Falls Aslan es auf dem Laster gefunden hat: Es ist mit Face-ID gesichert und obendrein mit einer PIN. An die Daten kommt er nicht ran.«

»Wie sieht es mit Kollegen aus?«

»In der Arbeit weiß keiner, wo ich bin. Und von der Hütte wissen sie auch nichts.«

»Du musst deine Eltern anrufen. Sie sollen vorsichtig sein und niemanden ins Haus oder die Wohnung lassen. Falls ihnen jemand folgt, sollen sie die Polizei rufen.«

Ben lachte. »Eher gefriert die Hölle.«

»Der Staat als Feind. Seltsame Sicht auf die Welt.«

»Glaubst du wirklich, dass es für meine Geschwister oder Eltern gefährlich wird?«

»Es ist nicht auszuschließen, dass Yasin jemanden schickt, der deinen Aufenthaltsort aus ihnen herausprügelt. Andererseits hat er jede Menge Geduld. Sicher wird er die Orte, an denen du auftauchen könntest, observieren lassen. Sie sollen jedenfalls vorsichtig sein.«

Ben schenkte Wein nach, räumte dann die leeren Teller weg und zog mit seinem Glas auf die Bank vor dem Fenster um. Charlie setzte sich zu ihm. Eine Weile starrten sie in den Regen hinaus. Dann fragte sie noch einmal, was es mit dem Satz auf sich haben könnte, an den er sich plötzlich erinnerte: Du hast nichts gesehen. Ihm fiel nicht mehr dazu ein, als er ihr schon gesagt hatte.

Charlie zog in den Sessel um und stöpselte sich die Ohren zu. Er trank den Rest Wein, nickte ein und träumte, dass er im Erdkeller war. Nicht allein. Die Neunhollen waren auch da. Vom Klicken der Glasmurmeln wachte er auf. Hinter ihm klickte es noch einmal, er drehte sich um und sah in den Lauf einer Waffe. Für einen Moment blieb sein Herz stehen. Im nächsten sprang er auf und schrie Charlie an. »Fuck! Was soll der Mist!«

Charlie

»Die ist nicht geladen«, sagte Charlie. »War nur ein Test.«

»Ob jemand vor Schreck tot umfallen kann?«, schrie Ben sie an. »Hat nicht geklappt. Aber beinahe.«

Er sah tatsächlich ein wenig käsig aus. »Das Geräusch, an das du dich erinnerst, stammt nicht von Glasmurmeln. Sondern vom Abzug einer Waffe.« Sie zog den an ihrer Pistole noch einmal bis zum ersten Druckpunkt durch, und wieder erklang das leise Klicken. »Das ist es. Oder?«

Sie sah, wie er durchatmete, um runterzukommen. »Könnte sein«, sagte er. »Was aber nicht bedeutet, dass ich mich nicht doch an Murmeln erinnere.«

»Habt ihr als Kinder damit gespielt?«

Eine Weile überlegte Ben. »Ich glaube nicht. Die meisten Spielsachen haben wir draußen gefunden, in der Natur. Steine, Tannenzapfen, Eicheln und Kastanien. Rinde und Moos. Und in den Schuppen des Landidylls gab es jede Menge Kram.«

»Klingt toll.« Ihre Kindheit hatte sich in einer Frankfurter Betonwüste abgespielt. Wenig Grünzeug, viel Graffiti, viel Lärm und Geschrei. Aber Kastanien und Eicheln hatte auch sie gesammelt. Zusammen mit Annika in dem kleinen Park hinter der Schule und am Rande des Spielplatzes. Meine

Güte, wie alt waren sie da gewesen? Sieben vielleicht. Und keine von ihnen konnte ahnen, dass Annika zehn Jahre später tot sein würde.

Ben setzte sich wieder. »Wie bist du auf die Idee gekommen?« Er deutete auf die Pistole.

Charlie verbannte die Erinnerung an Annika mit dem wippenden Pferdeschwanz. Wie sie für ihre Freundin die Räuberleiter machte, damit sie in den Baum klettern konnte, um an die Kastanien weiter oben zu gelangen.

Sie nahm im Sessel Platz und schlug die Beine unter. »Ich habe nach Videos mit Glasmurmeln gegoogelt, weil ich das Geräusch nicht kannte. Und dann war es mir klar. Denn das kenne ich.« Sie wies auf ihre Waffe.

»Nadira wurde erstochen«, sagte Ben. »Meine Erinnerung hat also tatsächlich nichts mit dem Mord zu tun.«

»Womit dann?« Sie sah, wie er dichtmachte, auf Abwehr umschaltete. Irgendwas war da, dass er nicht hochkommen lassen wollte, dieser Superheld der Verdrängung.

»Keine Ahnung. Ist auch nicht wichtig.«

Sie war nur an Yasin interessiert. Was Ben sonst noch vergessen wollte, war sein Bier. »Was meinst du eigentlich mit *Landidyll*?«

»So haben wir das Haus genannt, in dem wir damals lebten. Ich mache mir einen Espresso. Für dich auch?«

»Darf ich einen Cappu bestellen?«

Ihr Handy gab einen Signalton von sich. Eine WhatsApp von Karsten.

Hab die AirTags. Wie geht es weiter?

Sie ging zum Telefonieren vor die Tür unter das Vordach. Es goss noch immer wie aus Eimern. Das Thermometer zeigte fünf Grad. Vor vier Monaten war Karsten ausgezogen. Er hatte ihre Ungeduld nicht länger ertragen und ihre Arbeitszeiten auch nicht. Dass sie mit dem Kopf durch die Wand wollte und meistens bei ihren Fällen war, sogar beim Sex. Ja, das war passiert. Keine Sternstunde in ihrem Leben. Seither war sie allein und fühlte sich erbärmlich.

Kopf hoch! Weitermachen. Sie rief Joe an, einen Drogendealer, dem sie mal aus der Patsche geholfen hatte. Er stand in Yasins Diensten und in ihrer Schuld und versorgte sie ab und zu mit Informationen. Heute wollte sie mehr von ihm. Sie wusste, dass er Nadira gemocht hatte, und hoffte, dass Joes ohnehin bröckelnde Solidarität mit Yasin seit Nadiras Tod weiter erodierte.

Er meldete sich nach dem siebten oder achten Klingeln, als sie schon dachte, er würde nicht rangehen. Zuerst ein wenig Small Talk zum Aufwärmen. Dann fragte sie, ob er das von Nadira mitbekommen hatte. Hatte er natürlich, und er wusste auch, dass Charlie Yasin verdächtigte. Joe meinte, dass er dazu nichts sagen könne. Er sei nicht in der Stadt gewesen, als es geschah. Schließlich rückte sie damit heraus, dass sie einen Gefallen von ihm erwarte.

»Was denn?«

»Ich will, dass du dich mit jemandem triffst. Er wird dir zwei AirTags geben. Eines schmuggelst du in Yasins Auto, das andere in Maliks.«

»Geht's dir gut, Charlie?«

»Mir geht es prima. Dir hoffentlich auch.«

»Kann nicht klagen.«

»Das könnte sich ändern, falls das Überwachungsvideo doch noch in der Asservatenkammer gefunden wird. Du weißt schon, welches ich meine.«

Ein Stöhnen klang durchs Telefon. »Du bist so 'ne Bitch.«

»Hilfst du mir nun? Oder soll Nadiras Mörder weiter frei herumlaufen?«

»Du glaubst echt, dass Yasin das war?«

»Yep.«

Eine Weile blieb es still, dann willigte Joe ein. Es war drei. Um vier würde Karsten sich mit dem BMW zur Tanke aufmachen. Wie immer. Sie besprach die Übergabedetails mit Joe und schrieb Karsten eine WhatsApp.

Danke! Du bist super und hast etwas bei mir gut.
Wenn du heute zur Tanke fährst, wird dich ein Kerl ansprechen und nach mir fragen. Dem gibst du die AirTags, und das war es schon.

PS: Ich nehme an, dass du noch immer samstags Wagenpflege machst. Falls nicht, sag Bescheid.

Als sie in die Hütte zurückkam, war der Cappuccino fertig. Ben legte gerade Holz im Ofen nach. Es war hier nicht nur plüschig, sondern auch sehr gemütlich. Sie tranken ihren Kaffee und tunkten Amaretti hinein, und Charlie fragte nach dem Landidyll. »Das klingt romantisch. Nach englischem Cottage.«

»Meine Mutter hat es so genannt. Es war ironisch gemeint, denn romantisch war es nicht.« Und dann erzählte er ihr von einer zweihundert Jahre alten Bruchbude, die seine Eltern kurz nach der Geburt seiner Geschwister gekauft hatten. Ben war beim Umzug zwei Jahre alt gewesen und hatte an die Zeit davor in Heidelberg, wo er geboren war, keine Erinnerungen.

Er erzählte von dem Haus mit den kleinen Fenstern, die kaum Licht hereinließen. Von der Kälte sommers wie winters, von der abgeschiedenen Lage, und dass er trotzdem gute Erinnerungen daran hatte.

»Steht das Haus noch?«

»Klar.«

»Warum wohnst du dann hier?«

»Weil es unbewohnbar ist.«

Rheinland,
Frühling und Sommer 1988

Lukas Isensee

An seinem ersten Arbeitstag kam Lukas beinahe zu spät. Er wachte erst um halb sieben auf. Der Wecker hatte nicht geklingelt. Die Batterie war leer. In Windeseile duschte er, zog sich an und fuhr nach Bad Godesberg, wo Rombach mit seiner Frau in einem frei stehenden Haus lebte, das aus den Fünfzigern stammen musste und ziemlich unspektakulär aussah. Lukas überlegte, was er sich erwartet hatte. Wohl eher eine Villa. Jedenfalls mehr Luxus. Das Haus war weiß gestrichen. Es verfügte über eine erste Etage und ein Zeltdach. Linker Hand befand sich ein Vorbau mit einer Treppe zum Eingang und daneben eine Doppelgarage mit Vorplatz, auf dem der Mercedes stand, den Lukas bereits kannte. Ein großer Garten mit Maschendrahtzaun umgab das Haus. Gepflegter Rasen, Büsche und Staudenbeete. Auf der Seite zur Straße wuchs eine Hainbuchenhecke, nur etwa schulterhoch.

Lukas rangierte den Golf in eine Parkbucht auf der gegenüberliegenden Straßenseite. Direkt vor einem baufälligen Haus inmitten eines verwilderten Gartens. Die kleine Kamera lag griffbereit in der Sakkotasche, er nahm sie heraus und steckte sie gleich wieder ein, denn bei Rombach wurde die Haustür geöffnet. Eine Frau trat heraus und winkte ihm zu. »Herr Isensee?«

»Ja.«

»Kommen Sie doch rein. Bei meinem Mann dauert es noch ein Weilchen.«

Er überquerte die Straße, ein Summer ertönte, und die Gartentür sprang auf. Während er auf das Haus zusteuerte, sah er sich um. Keine Überwachungskameras. Weder am Zaun noch am Haus, auch nicht an der Garage.

Die Frau empfing ihn an der Tür und stellte sich als Margot Rombach vor. Lukas reichte ihr die Hand und wünschte einen guten Morgen. Er schätzte sie auf Ende fünfzig. Sie trug legere Kleidung. Jeans und eine helle Bluse. Kein Schmuck, kein Make-up. Das dunkle Haar war kurz geschnitten und wurde von grauen Strähnen durchzogen. Lachfältchen umgaben die Augen. »Wir sind gerade beim Frühstück. Kann ich Ihnen einen Kaffee anbieten?«

Das wäre toll, wollte Lukas sagen, doch er besann sich. »Danke. Sehr gerne.« Für einen Kaffee hatte die Zeit daheim nicht gereicht. Er folgte ihr durch den Flur in den hinteren Teil des Hauses. Die Tür zum Wohnzimmer stand offen, die daneben war geschlossen. Er hörte Rombachs Stimme. »Das ist das Arbeitszimmer meines Mannes«, erklärte Margot Rombach.

Sie erreichten die Küche, die beinahe so groß war wie Lukas' Apartment. Der Esstisch stand vor dem Erker mit Aussicht in den hinteren Teil des Gartens. Er war für drei gedeckt. Ein Junge saß dort und löffelte Müsli aus einem Schälchen.

»Unser Enkel Daniel«, sagte Frau Rombach. »Und das ist Opas neuer Fahrer. Herr Isensee.«

»Cool«, meinte der Junge. »Fahren Sie mich auch zur Schule?«

»Das ist nicht die Aufgabe von Herrn Isensee.« Margot

Rombach nahm ein Gedeck aus dem Schrank, stellte es auf den Tisch und bot Lukas mit einer Geste Platz an. »Greifen Sie zu, wenn Sie mögen. Das Telefonat meines Mannes wird sicher noch dauern.«

»Aber Herr Pfeiffer hat das manchmal gemacht. Wenn Opa es erlaubt hat«, wandte Daniel ein. Lukas schätzte ihn auf sieben oder acht. »Wenn das so ist, ändern wir die Gepflogenheiten besser nicht«, meinte er und setzte sich.

»Aber heute wird das nichts«, sagte Margot Rombach. »Opa ist noch nicht so weit. Du musst zum Schulbus.«

Der Junge rutschte vom Stuhl und ging in den Flur. Doch vorher verabschiedete er sich. »Tschüss, Herr Isensee.«

»Vergiss dein Pausenbrot nicht.« Mit einem Kopfschütteln nahm Margot Rombach eine Frischhaltedose vom Tisch und ging ihm nach, während Lukas sich fragte, ob sein Angebot eine gute Idee war. Sie wollten Rombach erwischen, sonst niemanden.

Er trank Kaffee und griff dann zu einem Brötchen. Frau Rombach hatte es angeboten, und er war hungrig und wusste nicht, wann er heute etwas zu essen bekommen würde.

Ein paar Minuten später kehrte sie zurück und setzte sich zu ihm. Ihr Kaffee war kalt geworden, sie leerte die Tasse ins Spülbecken und schenkte sich frischen ein. »Ihr erster Arbeitstag. Nervös?«

»Nein. Ich fahre seit Jahren Leute von A nach B. Bisher als Taxifahrer«, ergänzte er, als er ihren fragenden Blick sah.

»Da haben Sie sicher eine Menge erlebt.«

Lukas nickte und war kurz davor, eines seiner krassesten Erlebnisse mit Fahrgästen zum Besten zu geben – das mit dem bekannten Schauspieler, der ins Handschuhfach des Taxis gekotzt hatte –, als er sich besann. Das würde indiskret wirken, und diesen Eindruck wollte er nicht erwecken. »Ich freue mich, dass ich nur noch einen Fahrgast habe. Oder zwei. An manchen Tagen.«

»Hat Momsen Ihnen eigentlich erzählt, dass mein Mann ihn aufgesucht hat, weil er Sie wollte?«

Lukas schüttelte den Kopf.

»Sie waren zur rechten Zeit am rechten Ort. So eine Art Schutzengel.«

»Es war Zufall.« Doch im Stillen stimmte er ihr zu. Ohne den Zwischenfall an der Treppe hätte er den Job nicht bekommen. »Ihr Enkel … Wie alt ist er?«

»Sieben. Er geht in die zweite Klasse. Sicher fragen Sie sich, warum er bei uns lebt.«

»Das steht mir nicht zu.«

»Es ist menschlich.« Sie lächelte. »Unsere Tochter ist Meeresbiologin und kann für ein halbes Jahr auf der *Polarstern* arbeiten.«

»Auf dem Forschungsschiff?«

»Ja. Sie schippern gerade Richtung Nordpol.« Lukas hörte den Stolz in ihrer Stimme. Warum Daniels Vater sich nicht um den Jungen kümmern konnte, fragte er nicht. Es ging ihn nichts an.

»Daniel braucht uns. Wenn Ludger nun die Treppe hinuntergefallen wäre … Ich mag mir das gar nicht ausmalen. Aber Sie waren da. Danke dafür.«

»Das war doch selbstverständlich.«

»Passen Sie weiterhin gut auf ihn auf, ja? Ich brauche ihn auch noch.«

»Natürlich.« Für einen Moment fühlte Lukas sich wie ein Schauspieler, der in seiner Rolle aufging. Der Junge würde seinen Opa verlieren. Und die Frau ihren Mann. Es war schrecklich. Aber auch in Ordnung, wenn man nicht das einzelne Schicksal sah, sondern es im großen Zusammenhang betrachtete. Wie viele Kinder verloren in der Dritten Welt ihre Eltern? Wie viele Frauen ihre Männer? Durch Krankheit, Hunger und durch Kriege. Angefacht vom Westen mit seinem imperialen Machtstreben und seiner Gier nach Rohstoffen, Geld und billiger menschlicher Arbeitskraft. Und Rombach war einer der Strippenzieher für die Wirtschaft. Der Wegbereiter fürs Kapital im In- und Ausland. Der Vorbote der Ausbeuter.

Im Flur schlug eine Tür. Einen Moment später betrat Rombach die Küche. »Guten Morgen, Herr Isensee. Freut mich, Sie hier zu sehen.«

Der Mann streckte ihm die Hand entgegen. Lukas stand auf und ergriff sie. »Ganz meinerseits.«

*

Lukas' erster Arbeitstag ging rasch vorüber. Zuerst fuhr er Rombach von Bad Godesberg nach Bonn ins Ministerium. Rombach bat ihn, über die Autobahn zu fahren und das auch künftig zu tun. Der Weg war zwar länger, aber schneller.

Zwanzig Minuten später hielt Lukas vor dem Ministerium und wollte für Rombach die Tür im Fond des Mercedes öffnen, doch der war schon ausgestiegen. »Lassen Sie das mal besser«, sagte Rombach. »Ich bin ja nicht der Minister.«

Während Rombach an einer Sitzung teilnahm, erkundete Lukas die Garage und den Fuhrpark des Ministeriums, lernte einige der festen Fahrer für den Minister und die Staatssekretäre kennen und eine Fahrerin der Fahrbereitschaft. Es gab eine Kantine, in der er sich aufhalten konnte, bis Rombach ihn benötigte und ihn über einen Pager anfunkte.

Mit einer Cola setzte Lukas sich in eine ruhige Ecke und las den *SPIEGEL*, der auf einem der Tische lag. Am späten Vormittag fiepte der Pager. Lukas holte den Wagen und fuhr zum Haupteingang. Rombach stieg ein. Er musste nach Düsseldorf zum Finanzministerium. Während der Fahrt telefonierte er mit dem Autotelefon und empfing ein Fax, das er mit gerunzelter Stirn las.

Bei einem der Telefonate spitzte Lukas die Ohren. Es ging

um den Vorschlag des Vorstandssprechers der Deutschen Bank, den Ländern der Dritten Welt die Schulden zu erlassen. Ganz oder wenigstens teilweise. Zu Lukas' Überraschung unterstützte Rombach diese Idee, hielt ihre Umsetzung aber für schwierig. Die deutschen Banken hatten Rücklagen für diesen Fall gebildet, doch bei den amerikanischen sah es anders aus. Etliche würden einen Schuldenerlass nicht überleben. Deshalb sträubten sich die USA gegen den Vorschlag. War ja klar, dachte Lukas. Die deutsche Regierung hielt still, um den mächtigen Partner nicht zu verärgern. Und die Drittweltländer würden nie auf die Beine kommen, weil das nicht im Interesse der imperialen Kräfte war.

Er lieferte Rombach um zwei in Düsseldorf ab, suchte die dortige Ministeriumskantine auf und war gerade mit dem Essen fertig, als der Pager fiepte. Er holte den Staatssekretär am Haupteingang ab und fuhr ihn zu einem Restaurant in der Innenstadt zu einem Interviewtermin mit einem Journalisten. Lukas wartete im Wagen und hörte Radio. Am späten Nachmittag ging es zurück nach Bonn, und gegen neunzehn Uhr fuhr er Rombach nach Hause. Am Ende des Tages war klar, dass nicht nur das Fahrzeug ungeschützt war, sondern auch der Staatssekretär, wie Sabines Vater gesagt hatte. Kein Personenschützer weit und breit.

*

Im Laufe des Frühlings wuchs Lukas in seine Fahrerrolle hinein. Morgens holte er Rombach zu Hause ab. Meistens bat dessen Frau ihn herein und bot Kaffee an. Auch Frühstück. Lukas fühlte sich dabei unwohl. Er wollte mit den Leuten nicht zu vertraut werden. Gegen eine Tasse Kaffee war nichts einzuwenden. Aber ein Frühstück ginge zu weit, das lehnte er höflich ab. Manchmal verwickelte Daniel ihn in Gespräche. Den Jungen faszinierten Dinosaurier, deren lateinische Namen er ebenso kannte wie ihr Gewicht und ihre Größe. Eines Morgens erklärte er, dass er Vulkanologe werden wollte, und an einem anderen, Astronaut oder auch Biologe, in den Fußstapfen seiner Mutter. Durch diese Gespräche erfuhr Lukas, dass Daniels Mutter alleinerziehend war und mit dem Kind in der Wohnung unter dem Dach des Hauses lebte. Die Betreuung durch die Großeltern war daher keine große Umstellung.

Die erste Fahrt des Tages ging meistens zum Ministerium. Immer auf derselben Route, es sei denn, Daniel durfte einsteigen, dann fuhren sie erst zur Schule.

Da Rombach Parlamentarischer Staatssekretär war, war er auch Abgeordneter und besuchte einmal im Monat seinen Ortsverband im Sauerland. Auch dort gab es keine Sicherheitsvorkehrungen, nicht einmal eine Videoüberwachung. Lukas fragte nicht, weshalb Rombach derart ungeschützt war. Er wollte keine schlafenden Hunde wecken und schon gar nicht, dass sich später jemand an diese Fragen erinnerte.

Manchmal war Rombach mit dem Minister in dessen Wagen unterwegs, meistens aber mit Lukas. Er fuhr ihn zu Treffen mit Vertretern der Industrie und Wirtschaft, zu Tagungen von Verbänden, zur Eröffnung von Ausstellungen und zu Jubiläumsveranstaltungen. Rombach traf sich zum Herren-Brunch mit Vertretern der Finanzwirtschaft und mit Journalisten der Wirtschaftspresse. Während der Fahrten telefonierte er häufig, und diese Telefonate bestärkten Lukas in seinem Vorhaben. Immer drehten sie sich um Macht, Einfluss, Geld, um Rücksichtslosigkeit, Ausbeutung und Manipulation.

Lukas' Tage vergingen hauptsächlich mit Warten. Dann polierte er den Wagen, saugte die Fußmatten, tankte und las Zeitung oder hörte Radio. Vor allem aber prägte er sich Details ein, die er in einem Notizbuch notierte. Details aus

Rombachs Gesprächen und über die Örtlichkeiten, die für einen Anschlag infrage kämen. Die Kamera benutzte er nicht. Obwohl sie klein war, beulte sie die Sakkotasche aus, und er befürchtete, dass ihn jemand beim Fotografieren beobachten könnte. Er ließ sie zu Hause und fertigte lieber Skizzen an. Denn über eine Sache war er sich absolut im Klaren: Er wollte mit dem Anschlag nicht in Verbindung gebracht werden, sondern sein Leben danach wie gewohnt weiterführen. Mit Hedwig.

Seit dem Tag, an dem sie an der Bushaltestelle in sein Taxi gestiegen war, waren sie ein Paar. Sie war nicht nur schön und klug, sondern auch witzig und frech. Ihm gefiel, wie sie in ihrem Beruf aufging und mit wie viel Freude sie ihre Arbeit erledigte. Er mochte ihre Empathie und Begeisterungsfähigkeit, ihren Optimismus und ihre lebhafte Art. Ihren freundlichen Blick auf die Welt. Er liebte es, wenn sie eine Schnute zog oder wie sie eine Pizza aß. Vierteln, zusammenklappen, reinbeißen. Lediglich über Politik konnten sie nicht reden, die Ansichten lagen zu weit auseinander. Mussten sie auch nicht. Es gab genug andere Themen. Sie verbrachten viel Zeit miteinander, und Lukas überlegte, mit ihr zusammenzuziehen. Nach dem Anschlag, wenn der Staub sich gelegt hatte. Manchmal dachte er auch darüber nach, die Sache abzublasen, um seine Zukunft mit Hedwig nicht zu gefährden. Doch sein monatlicher Besuch bei Sabine führte ihm wieder vor Augen, dass die Zeit des gewaltfreien Widerstands vorbei war. Außerdem könnte er Gernot einen Rückzieher nicht erklären.

Mit ihm traf er sich regelmäßig, meist an den Wochenenden. Manchmal in Bonn, oft im Landidyll. Sich an ihren Wohnorten auszutauschen war unverfänglicher. Sie waren Brüder, die sich gegenseitig besuchten. Trotzdem achtete er darauf, ob ihm jemand folgte. Was nie der Fall war. Wenn Hedwig keinen Wochenenddienst hatte, nahm er sie mit nach Buchsweiler. Allerdings wurde sie mit Barbara nicht warm. »Sie ist schon sehr von sich überzeugt, nicht?«

Lukas zuckte mit den Schultern. So war Barbara nun einmal. »Sie muss sich in einer Männerwelt durchsetzen. Daran liegt es wohl.«

Oft grillten sie, oder Lukas und Hedwig brachten Essen vom Griechen oder Türken aus Bonn mit. Dann saßen sie mit den Kindern um den Gartentisch, und irgendwann gingen sie in Gernots Arbeitszimmer oder brachen zu zweit zu einem Waldspaziergang auf, und Lukas zog sein Notizbuch hervor und berichtete.

Nach und nach kristallisierte sich ein Plan heraus, den Gernot ihm an einem Samstag während eines Spaziergangs erklärte.

Abends ließ Lukas den Wagen bei Rombach und fuhr mit seinem nach Hause. Über Nacht stand der Mercedes meistens auf dem Garagenvorplatz, seltener in der Garage.

»An den Wagen heranzukommen ist kein Problem«, sagte Gernot, während sie durch den Wald gingen. Hier war es angenehm kühl. Das Licht fiel durch die Baumkronen. Vertrocknete Zweige knackten unter ihren Schritten. Kein Mensch weit und breit. »Wir werden nachts eine Bombe unter dem Fahrzeug anbringen, die mit Fernzündung zur Explosion gebracht wird, wenn Rombach am Morgen einsteigt. Für alle Fälle brauchen wir einen Garagenschlüssel. Kannst du den besorgen?«

»Das sollte klappen. Aber euer Plan funktioniert nicht. Wir steigen zusammen ein.«

»Daran haben wir gedacht. An diesem Morgen öffnest du den Wagen, wenn du kommst. Falls er in der Garage steht, fährst du ihn schon mal raus, damit du einen Grund hattest, ihn zu öffnen. Falls er draußen steht, legst du irgendetwas hinein. Werkzeug, Wagenheber, was weiß ich, damit du erklären kannst, weshalb du den Wagen geöffnet hast. Dann gehst du ins Haus und legst den Schlüssel in der Küche irgendwohin und vergisst ihn dort, wenn du mit Rombach rausgehst. Er steigt in den Wagen, du kehrst zurück, um den Schlüssel zu holen, und bumm!«

»Und wenn der Junge dabei ist?«

»Du sorgst dafür, dass das nicht der Fall ist.«

»Wann soll das passieren?«

»Wir haben den Zeitpunkt noch nicht festgelegt. Du erfährst ihn rechtzeitig.«

»Wie zündet ihr die Bombe?«

»Vom Grundstück gegenüber. Das mit dem verwilderten Garten. Wir haben es uns angesehen. Dort wohnt niemand. Eine Fluchtroute haben wir ausgearbeitet. Es stehen mehrere Fahrzeuge dafür bereit. Es vor dem Privathaus zu erledigen ist das Beste.«

»Wer zündet die Bombe?«

»Das musst du nicht wissen.«

Natürlich wollte er das wissen!

»Ich will nicht mit draufgehen und auch nicht hingehängt werden, falls etwas schiefgeht.«

»Die können das. Außerdem hängt bei uns niemand jemanden hin.«

Lukas gefiel das nicht. Er wollte erfahren, wer das Attentat ausführen würde. Doch Gernot hüllte sich in Schweigen. Sie gingen weiter durch den Wald und besprachen noch einmal die Details und den Ablauf. Während des Gesprächs erfuhr Lukas, dass ein Fatah-Kämpfer die Bombe bauen würde, der dafür bereits über die DDR in die BRD eingereist war. Allzu lange konnte es also nicht mehr dauern.

Sie kehrten zum Landidyll zurück. Ben und Leon hatten ein Lagerfeuer gemacht. Die Flammen schlugen hoch. Barbara und Hedwig trugen Geschirr und Essen aus dem Haus. Sie tranken Rotwein und die Kinder Limonade, die Hedwig für sie besorgt hatte. Es gab türkische Vorspeisen und Fladenbrot. Irgendwann ging Lukas hinein, weil er auf die Toilette musste. Das Telefon klingelte. Barbara, die kurz zuvor hineingegangen war, kam aus der Küche und nahm das Gespräch im Wohnzimmer an. Sie bemerkte ihn nicht und meldete sich mit einem knappen »Ja«. Eine Weile blieb es still. Auf leisen Sohlen näherte Lukas sich dem Wohnzimmer. »Ja. Ist gut. Ich sage es ihm. Wo? … In Ordnung. Er wird da sein.«

Er hörte, wie Barbara auflegte, und verschwand in der Toilette. Kurz darauf kam Gernot ins Haus und gesellte sich zu Barbara in der Küche. Lukas öffnete die Tür einen Spaltbreit und hörte gerade noch, wie Barbara sagte: »Morgen um eins. Du musst also früh los.«

Montag, 25. November 2019

Barbara

Barbara saß in ihrem Arbeitszimmer vor der Akte einer Klientin, der eine Anklage wegen Körperverletzung drohte. Sie arbeitete als »Lieferknecht«, wie Gernot das nannte. Sprich: Sie fuhr als Subunternehmerin eines Paketdienstes Päckchen aus. Mit ihrem Privatwagen. Benzin, Versicherungen und Reparaturen gingen auf ihre Kosten. Bezahlt wurde sie nach Stückzahl der zugestellten Pakete. Die, die sie abends wieder mitbrachte, weil es ihr nicht gelungen war, sie irgendwem in der Nachbarschaft aufs Auge zu drücken, zählten nicht. Nichts hatte sich geändert. Es gab noch immer Ausbeuter und Ausgebeutete. Ihre Klientin hatte einen Knochenjob, war immer unter Zeitdruck, wurde mies bezahlt und selten freundlich behandelt. Sie wurde oft beschimpft und schräg angeredet. Es gab Kerle, die ihr Geld für einen Quickie boten. Es gab Frauen, die ihre schlechte Laune an ihr ausließen, wenn ein Karton beschädigt war. Es gab Leute, die ließen sich vier Kisten Wein in den fünften Stock ohne Lift liefern und hatten keinen Cent Trinkgeld übrig. Und dann gab es die, die übergriffig wurden. Wie der emeritierte Professor für Geschichte, dem ihre Klientin ein Paket zugestellt hatte. Er fragte, ob sie es hineinbringen könnte. Er dürfe sein Bein derzeit nicht belasten. Zum

Beweis wies er auf die Schiene, die er trug. Ihre Klientin hatte ihm den Gefallen getan, den Karton wunschgemäß im Wohnzimmer abgestellt, auf ein schönes Trinkgeld gehofft und die Packung Viagra auf dem Couchtisch bemerkt. Im Fernseher lief ein Porno ohne Ton. Alle Alarmanlagen gingen an. Nichts wie raus hier. Doch der alte Sack stellte sich ihr in den Weg, fragte, ob sie nicht nett zu ihm sein wolle. Er würde auch bezahlen. Sie schrie ihn an, dass er ein Arsch sei und sie keine Nutte. Woraufhin er sie packte und entgegnete, alle Frauen seien Nutten. Ihre Klientin stieß ihn weg. Er stürzte, verletzte sich am Knöchel und rief ihr noch nach, dass sie ein Luder sei.

Schon am nächsten Morgen standen die Bullen vor der Tür. Der Herr Professor im Ruhestand war bestens vernetzt. Und nun stand Aussage gegen Aussage, denn er behauptete, sie habe sich ihm angeboten und sei ausgetickt, als er dankend ablehnte. Einfach würde das nicht werden. Barbara hatte ihrer Mandantin geraten, sich unter den Kolleginnen umzuhören, ob der Mann schon öfter übergriffig geworden war.

Es war kurz vor zehn. Gernot sollte allmählich zu seinem Treffen mit Walter aufbrechen. Dreizehn Uhr. Aire de Saverne-Eckartswiller, an der A 4 Richtung Paris. Im Schnellimbiss. Knapp zweieinhalb Stunden Fahrt lagen vor ihm. Er sollte allein kommen, das war Walters Bedingung für das Treffen. Barbara hatte sie akzeptiert. Es blieb ihr nichts anderes übrig. Sie googelte die Strecke noch einmal auf Maps. Keine Staus bisher. Trotzdem war es besser, zeitig loszufahren. Sie ging zu Gernot, der sich im Schlafzimmer umzog. Jeans und Rollkragenpullover, die alten Sneaker. Er nahm die Kontaktlinsen raus, setzte die Brille auf und griff nach dem Basecap. »Hoffentlich erkennt mich keiner.«

Sein letzter Fernsehauftritt lag zwei Jahre zurück. Obendrein hatte sie Zweifel, dass man im Elsass deutsche Talkshows sah. »Und wenn schon. Dann gibst du eben ein Autogramm, und alles ist gut.«

»Und wenn ich als Rassist beschimpft werde?«

»Sagst du, dass man dich verwechselt. Das würde dir häufiger passieren. Am besten setzt du dich mit dem Rücken zum Raum.«

Das Gespräch mit Walter würde heikel werden. Jedenfalls, wenn er noch so aufbrausend war wie früher und den Leuten noch immer nicht richtig zuhörte, weil er zu wissen glaubte, was sie sagen wollten. Gernot sollte sich langsam vortasten, erst einmal feststellen, ob es überhaupt sinnvoll war, die Frage zu stellen, um die es ging. Idealerweise ließ er Walter selbst auf die Idee kommen, Hilfe anzubieten. Falls das nicht klappte, musste Gernot darum bitten. Sie nicht einfordern. Notfalls an die Solidarität appellieren und gegebenenfalls andeuten, dass die Waagschalen an Gefälligkeiten im Ungleichgewicht hingen. Walters und Dagmars war bis obenhin gefüllt und ihre leer.

»Hast du alles?«

Gernot klopfte die Hosentaschen ab. »Autoschlüssel, Handy, Portemonnaie. Alles da.«

An der Garderobe nahm er die Steppjacke vom Bügel und verabschiedete sich mit einem Kuss. Keinem lauwarmen wie bei vielen Paaren ihres Alters, sondern einem leidenschaftlichen.

»Pass auf dich auf. Verärgere Walter nicht. Und melde dich, wie es gelaufen ist.«

Mit einer Hand hob er ihr Kinn an und gab ihr einen Kuss auf die Nasenspitze. Die andere führte er salopp zur Stirn. »Oui, mon général!«

Sie lachte. Die Anspannung fiel von ihr ab. Er würde das schon machen.

*

Bis Mittag gelang es ihr, sich mit Arbeit abzulenken. Kurz vor eins ging sie in die Küche, war aber zu nervös, um sich etwas zu essen zu machen.

Frische Luft würde ihr guttun. Sie zog Stiefel, Mantel und Schal an und verließ die Wohnung. Als sie vor das Haus trat, fiel ihr Blick auf die Bank gegenüber, und ihr wurde ganz flau. Plötzlich sah sie einen Gerichtsvollzieher vor sich, der ihr einen Pfändungsbeschluss in die Hand drückte und sich in die Wohnung drängte. Hörte den Auktionshammer, der knallend auf Holz schlug. Sah Gernot und sich mit nichts als einem Koffer auf der Straße stehen. Der Moment ging vorüber. Sie drückte den Rücken durch. Das durfte nicht passieren. Und das würde es auch nicht.

Über Nacht war es frostig geworden. Die Windschutzscheiben der Fahrzeuge am Straßenrand überzog milchiges Eis. Zwischen den Wolken lugte ab und zu die Sonne hervor. Barbara ging an den Schaufenstern der Geschäfte vorbei, ohne hineinzusehen. Eine Kirchturmuhr schlug eins. Jetzt war es so weit. Gernot würde schon den richtigen Ton finden und Walter die Unterstützungsaktion für seinen Unterstützer schönreden. Das konnte er, weiß Gott.

Barbara achtete nicht darauf, wohin sie ging. Sie ließ sich treiben und stand auf einmal am Eingang des Fangelsbachfriedhofs. Ein Ort der Ruhe. Sie betrat ihn, und schon nach wenigen Schritten blieb der Lärm der Stadt zurück. Die Rasenflächen zwischen den Grabstätten waren von Raureif überzogen. Die Zweige der Bäume kahl. Auf den Gräbern waren noch die Gestecke von Allerheiligen, bald würden sie durch Weihnachtsschmuck ersetzt. An Weihnachten hatte sie noch keinen Gedanken verschwendet. Wozu auch? Es waren Tage wie alle anderen. Weder Gernot noch sie waren religiös und beide als Studenten aus der Kirche ausgetreten. Die Kinder waren daher nicht getauft. Warum also Weihnachten feiern? Es wäre verlogen.

Seit sie allein waren, machten sie es sich an den Weihnachtstagen daheim gemütlich oder verreisten an die Nord- oder Ostsee. Als die Kinder noch klein gewesen waren, hatten sie das Spiel allerdings mitgespielt. Geschmückter Baum, unter dem Geschenke lagen. Würstchen und Kartoffelsalat. Manchmal hatte sie mit den Kindern Plätzchen gebacken. Und einmal waren sie sogar zur Weihnachtsfeier der Schule gegangen. Luise hatte die Rolle eines Engels im Krippenspiel bekommen und sie gebeten, es sich anzusehen. »Du musst«, hatte Luise gesagt. »Andere Mamas tun das auch.« Barbara hatte nie den Ehrgeiz besessen, wie die Mütter aus dem Dorf zu sein, die regelrechte Wettbewerbe veranstalteten, wer den besten Kuchen für die zahllosen Kindergarten- und Schulfeste backte. Ob nun vollwertig oder Fett-Zucker-Bomben. Mütter, die ihre Kinder zum Babyschwimmen und frühkindlichen Turnen kutschierten. Zum Fußballtraining oder Ballettunterricht. Die sich im Heimatverein engagierten und bei den Landfrauen. Die im Chor sangen und sich beim Schützenfest im Bierzelt betranken. Jedenfalls war sie mit Gernot und den Jungs zum Weihnachtsfest der Schule gegangen und hatte Luise zugesehen, die mit Flügeln aus Goldpapier auf der Bühne stand, und für einen Abend war Barbara eine richtige Mama gewesen. Und sie alle in den Augen der Buchsweiler eine richtige Familie. Wobei sie das auch so waren. Doch das verstand niemand.

In Stuttgart hatten sie in den ersten Jahren noch einen Baum gehabt. Die Kinder wurden älter. Ans Christkind glaubten sie längst nicht mehr. Wozu also der falsche Zauber? Sie ließen es bleiben. Bis auf ein paar Geschenke und ein schönes Essen an den Feiertagen.

Als Erster kam Ben in die Pubertät und rebellierte. Er prügelte sich mit anderen Jungs und schwänzte den Unterricht. Obwohl er den Wechsel auf die Realschule schaffte, strengte er sich dort nicht an. Immer wieder wurden Gernot oder sie einbestellt. Weil Ben zuschlug, unentschuldigt fehlte, seine Hausaufgaben nur sporadisch machte und die Noten unterirdisch waren. Wie viele Stunden sie Lehrer beschwichtigt hatten, wusste sie nicht. Unzählige jedenfalls, denn Leon folgte dem Beispiel seines großen Bruders. Nur Luise machte keinen Ärger. Ein stilles Kind, das sich früh für andere engagierte, immer hilfsbereit. Verschüchtert sei sie. Das hatte eine Lehrerin zu Barbara gesagt. Ein unsicheres, verschüchtertes Kind. Was für ein Unfug. Luise ging ihren Weg. Wie jedes ihrer Kinder auf seine Art. Sie probierten sich aus. Das war normal. Gernot und sie ließen den Kindern alle Freiheit und bogen sie nicht zurecht.

Als Ben fünfzehn war, hatte Gernot ihn mit einem Joint auf der Dachterrasse erwischt. Wobei »erwischt« nicht stimmte. Er hatte ihn überrascht, denn Ben hatte nicht versucht, die Tüte zu verstecken. »Ein bisschen früh«, hatte Gernot gemeint. »Ist aber deine Entscheidung. Übertreib es nicht, und fange besser nicht mit den harten Sachen an. Sonst endest du irgendwann in der Gosse.«

Eine Zeit lang hatte Ben gekifft wie ein Weltmeister. Woher er das Geld dafür hatte, wollte Barbara gar nicht wissen. Sie vermutete, dass er entweder dealte oder klaute und das Geklaute verhökerte. Falls er erwischt wurde, musste er die Konsequenzen tragen. Es war seine Verantwortung, nicht ihre. Es war eine Phase, die irgendwann endete. Woran es lag, wusste Barbara nicht, und auch nicht, wann genau er das Kiffen aufgegeben hatte. Eines Tages war ihr aufgefallen, dass sie schon länger kein Gras mehr gerochen hatte.

Leon fing mit Bier an, da war er vierzehn. Er soff, bis er sechzehn war. Auch er prügelte sich in der Schule, warf Mülltonnen entlang der Straße um, zündete Zeitungen in Briefkästen an und schlug tatsächlich eines Tages die Möbel im Kinderzimmer kurz und klein. Doch irgendwann legte sich das. Barbara nahm an, dass ein Mädchen dahintersteckte. Doch es war ein Junge. Sein Kumpel Paul. Paul machte Judo und hatte Leon überredet, dem Verein beizutreten und seine Aggressionen so gesellschaftlich akzeptabel abzubauen. Nicht Pauls Worte, sondern Gernots. Meine Güte, war sie froh, dass all das hinter ihr lag.

Eine Frau mit einem Hund kam ihr entgegen und grüßte. Barbara grüßte ebenfalls, obwohl sie die Frau nicht kannte. Die Nervosität kehrte zurück. Hoffentlich lief das Gespräch mit Walter wie geplant. Wenn nicht, mussten sie sich etwas anderes überlegen. Dann brauchten sie das Geld von Ben, um Zeit zu gewinnen. Kurz überlegte sie, ihren Bruder um Unterstützung zu bitten. Er hatte die Firma geerbt. Nach einer Umstrukturierung und der Verlagerung der Produktion nach Pakistan und Indien lief sie blendend. Das wusste Barbara nicht von ihm, sondern aus den Zeitungen. Statt Zwangsarbeiter wurden nun indische Frauen ausgebeutet. Vermutlich auch Kinder. Es würde sie nicht wundern. Er kam ganz nach ihrem Vater. Sein Geld war so schmutzig wie das ihrer Eltern. Sie wollte es nicht.

*

Um zwei rief Gernot endlich an. Sie saß mit einem Sandwich, der *ZEIT* und einem Glas Wasser am Esstisch, als ihr Handy surrte. »Hallo, Babs.« Er klang heiter, und die Anspannung fiel von ihr ab. »Wie ist es gelaufen?«

»Zäh, aber mit zufriedenstellendem Ergebnis. Ich breche jetzt auf und werde gegen fünf daheim sein. Bis später.«

»Fahr vorsichtig.« Sie legte auf, und ein Stein fiel ihr vom Herzen. Die Erleichterung war so groß, dass sie kurz gegen Tränen ankämpfen musste. Alles war gut.

Sie aß ihr Sandwich und räumte den Teller in den Spüler, als das Festnetztelefon in Gernots Arbeitszimmer klingelte und der Anrufbeantworter ansprang. Die Tür stand offen. Sie hörte, wie Jürgen Weigele sich meldete.

»Hallo, Gernot. Ich nehme an, meine Mail hat dich erreicht. Interessiert euch mein Angebot nicht? Wenn es am Geld liegt … Okay, dann lege ich noch etwas drauf. Ich erhöhe auf fünfunddreißigtausend. Fünfzig Prozent bei Vertragsabschluss, den Rest zu gleichen Teilen bei Manuskriptabgabe und Erscheinen. Ihr seht, ich will die Biografie über Lukas Isensee im Programm haben. Und zwar mit dir und Barbara als Autorenteam. Meine Gründe kennst du. Wenn ihr das nicht machen wollt, muss ich mir einen Journalisten suchen. Das wird dann ein ganz anderes Buch. Nicht so persönlich. Oder ich bitte Hedwig und stelle ihr einen Ghostwriter an die Seite. Will ich aber nicht. Ihr seid die erste Wahl. Also melde dich bitte.«

Barbara schaltete Gernots Siebträgermaschine ein, um sich den Nachmittagsespresso zu machen. Wie kam Jürgen Weigele auf die Idee, Hedwig könnte eine Biografie über Lukas verfassen oder zumindest Substanzielles dazu beitragen? Die beiden hatten sich nur ein paar Monate gekannt, und Hedwig hatte keine Ahnung, mit wem sie sich da eingelassen hatte.

Als Lukas nach dem Anschlag auf Rombach von einem Tag auf den anderen aus ihrem Leben verschwunden war, konnte Hedwig es nicht glauben. Sie sah in ihm das Opfer einer Verschwörung. Selbst als das BKA Beweise in seiner Wohnung fand, glaubte sie weiter an ein Komplott. Er sei ein guter Mensch und kein Terrorist. Barbara war es gelungen, Hedwig aus der Schusslinie zu bugsieren, denn anfangs hatte das BKA sie verdächtigt, an dem Anschlag beteiligt gewesen zu sein. Hedwig war zwar nett, aber naiv und liebte obendrein die BRD, die sie aus einem Stasiknast freigekauft hatte. Ihre Loyalität zum System machte sich am Ende für sie bezahlt. Das BKA ließ den Verdacht gegen sie schnell fallen.

Barbara nahm die Milch aus dem Kühlschrank und dachte über das Angebot von Jürgen Weigele nach. Es war eigentlich verlockend. Wie gut, dass Gernot das finanzielle Problem mit Walter geregelt hatte und nicht länger in Versuchung war, auf Jürgens Offerte einzugehen. Ein trockenes Lachen stieg in Barbara auf. Ausgerechnet Walter, der ihnen jetzt aus der Patsche half, sollte all das besser nie erfahren. Falls jemals herauskam, was damals wirklich passiert war, wer seine ganz eigenen Interessen verfolgt hatte – man konnte auch sagen, wer wen benutzt hatte –, es gäbe einen medialen Tsunami.

*

Die Espressomaschine war aufgeheizt. Barbara ließ den Espresso in die vorgewärmte Tasse laufen und schäumte die Milch auf. Natürlich waren die Bullen damals auch in Buchsweiler aufgetaucht und hatten das Haus auf den Kopf gestellt und Gernot und sie vorläufig festgenommen. »Aufgrund welcher Beweislage?«, hatte Barbara gefragt. »Etwa weil Gernot und Lukas Halbbrüder sind? Das ist Sippenhaft.« Statt ihr eine Antwort zu geben, hatte man Gernot und sie zu Boden geworfen, ihnen Handschellen angelegt und sie in einen Polizeiwagen verfrachtet.

Während der Vernehmung hatte Barbara erfahren, dass jemand aus dem Dorf sie angeschwärzt hatte. Lukas sei bei ihnen ein und aus gegangen. Was weder Gernot noch sie bestritten. Diese Person behauptete aber auch, Lukas am Nachmittag nach dem Anschlag im Landidyll gesehen zu haben. Was sich nicht beweisen ließ. Das Schöne am deutschen Rechtssystem war, dass die Ermittlungsbehörden den Beschuldigten ihre Schuld nachweisen müssen. In diesem Fall die Unterstützung einer terroristischen Vereinigung. Nicht umgekehrt der Beschuldigte seine Unschuld. Gernot und sie hatten einfach die Klappe gehalten. Wer schwieg, konnte sich nicht in Widersprüche verwickeln. Die Bullen hatten nichts gefunden, das Gernot und sie mit dem Anschlag in Verbindung brachte, und mussten sie gehen lassen. Eine Zeit lang hatte man sie observiert und ihren Anschluss abgehört, das aber irgendwann aufgegeben, nachdem Lukas sich bei ihnen nicht meldete. Und damit war die Sache für sie ausgestanden gewesen. Und so sollte es bleiben. Es war unnötig, schlafende Hunde zu wecken.

Mit dem Espresso setzte Barbara sich ins Wohnzimmer aufs Sofa vor der Panoramascheibe und sah über die Dächer Stuttgarts. In sechs Wochen war ihr Hochzeitstag. Es war nicht zu fassen, wie schnell die Zeit verging, wie lange sie schon zusammen waren. Und sie bereute nicht einen Tag. Natürlich hatte es manchmal Streit gegeben. Das gehörte dazu. Vor allem aber verstanden, respektierten und liebten sie sich so, wie sie waren. Nie hatte einer versucht, den anderen zu verbiegen und nach seinen Vorstellungen zu formen. Und keiner hatte den anderen betrogen. Davon ging sie jedenfalls aus. Sie war Gernot treu gewesen. Obwohl es Möglichkeiten gegeben hatte. Er ihr vermutlich auch. Falls er doch die eine oder andere Bettgeschichte gehabt haben sollte, machte es ihr nichts aus. Seitensprünge hatten sie sich zu Beginn ihrer Beziehung gestattet. Das machten damals alle. *Wer zwei Mal mit derselben pennt, gehört schon zum Establishment.* Barbara lachte. So gesehen wären sie das Spießerpaar schlechthin. Doch sie waren auf Augenhöhe, seit dem ersten Blick damals, im besetzten Haus in Heidelberg. Gernot unter der Dusche. Zweiundzwanzig Jahre alt. Schulterlanges Haar, das nass an seinem Schädel klebte. Etwa so groß wie sie, schlank und drahtig. Nicht muskulös. Eher sehnig. Und sie, die Einundzwanzigjährige mit Minirock, Ringelpulli und weißen Knautschlackstiefeln.

Geheiratet hatten sie nach Bens Geburt. Es lag daran, dass Barbara sich während des Studiums auch mit Familienrecht befasste und erkannte, dass uneheliche Väter kein Recht am Kind hatten. Wenn die Mutter es so wollte, durften sie bei der Erziehung ebenso wenig mitreden wie bei der Wahl des Wohnorts, beim Schulbesuch oder in Gesundheitsfragen. Das Sorgerecht lag komplett bei der Mutter. Uneheliche Väter durften nur eines: zahlen. Darüber hatten sie eines Abends nach Bens Geburt gesprochen. Falls ihr etwas zustieß, würden sich ihre Eltern das Enkelkind schnappen. Ein Horrorszenario für Barbara. Auch Gernot gefiel seine Rechtlosigkeit nicht. Er machte ihr am nächsten Tag einen Antrag. »Lass uns der Form genügen«, sagte er. »Es ist nur ein Stück Papier, das uns Sicherheit gibt. Dir, dass Ben niemals von deinen Eltern erzogen wird. Mir, dass ich mich ganz als Vater fühle.« Also hatten sie das Aufgebot bestellt und an einem kalten Januartag auf dem Standesamt geheiratet. Ohne Ringe. Ohne Blumen. Ohne diesen ganzen Kitsch.

Barbara wusste, dass sie keine gute Mutter gewesen war. Dafür hatte Gernot sich bemüht, den Kindern ein Vater zu sein. Auch wenn ihm meist die Zeit dafür gefehlt hatte. Die Folge war, dass Leon und Luise ihnen vorwarfen, sie hätten sie vernachlässigt. Sie wären ihnen »am Arsch vorbeigegangen«. So konnte man das natürlich hindrehen. In Wahrheit hatten sie den Kindern Eigenverantwortung beigebracht. Dass alles, was sie taten, Konsequenzen hatte, die sie tragen mussten. Vielleicht war das eine harte Lektion gewesen. Aber geschadet hatte es ihnen nicht. Denn alle drei hatten ihren Platz im Leben gefunden. Ben machte Karriere bei den Ausbeutern und scheffelte jede Menge Geld. Leon beteiligte sich bei der Bundeswehr an der Kriegstreiberei in aller Welt. Ob Afghanistan, Irak oder Mali. Sie nannten es Friedensmissionen. Und Luise war noch immer das nette kleine Helferlein. Ließ sich von ihren beiden Arbeitgebern offensichtlich mit einem Hungerlohn abspeisen – jedenfalls war das Barbaras Erklärung dafür, dass ihre Tochter nichts auf der hohen Kante hatte. Obendrein engagierte sie sich für Wohnungslose, wahlweise Geflüchtete oder herrenlose Tiere. Sie war sich treu geblieben. Anderen zu helfen tat ihr offenbar gut. Keiner der drei hatte Grund, sich zu beklagen.

*

Kurz vor fünf hörte Barbara endlich die Wohnungstür. Gernot war zurück. Sie ging zu ihm in den Flur, erleichtert, dass er wohlbehalten wieder da war. Die Angst, ihm könnte etwas zustoßen, begleitete sie seit langer Zeit. Mit jedem Jahr, das verging, wurde sie größer. Am besten wäre es, wenn sie vor ihm starb. Denn ohne ihn konnte und wollte sie nicht leben. Ihn zu betrauern, an seinem Sarg zu stehen, zuzusehen, wie er in das Grab hinabgelassen wurde … Das würde sie nicht ertragen. Allein bei der Vorstellung legte sich ein tonnenschwerer Stein auf ihre Brust. Für einen Augenblick bekam sie kaum Luft, dann atmete sie durch und gab Gernot einen Kuss. Ideal wäre es, wenn wir beide im selben Moment sterben, dachte sie und schob dann auch diesen Gedanken beiseite. »Puh. Du riechst wie eine Frittenbude.«

»Wir haben uns schließlich in einem Schnellimbiss getroffen«, sagte Gernot. »Ich zieh mich rasch um. Oder besser: Ich gehe unter die Dusche.«

Er verschwand im Schlafzimmer. Sie folgte ihm und sah ihm zu, wie er sich auszog. Sehnig war sein Körper schon lange nicht mehr. Eher stämmig. Ein kleiner Bauchansatz. Die Haare auf der Brust wurden weiß, die Haut wurde faltig und welk. Sein Haar war noch immer voll. Die Tolle, die ihm ins Gesicht fiel, war inzwischen grau meliert. »War es schwierig?«

Gernot zog Jeans und Slip aus und legte beides aufs Bett. »Sagen wir mal so, es hat ein wenig Zeit gebraucht. Ich erzähle es dir gleich, aber erst muss ich dieses Imbissbuden-Odeur loswerden.« Er verschwand Richtung Bad, und sie entschied, ihm Gesellschaft unter der Dusche zu leisten.

Ihre Körper waren einander vertraut. Sie wusste, was er mochte, und umgekehrt. Ohne Viagra ging es allerdings seit geraumer Zeit nicht mehr. Doch die blauen Pillen schlugen aufs Herz. Deshalb hatten sie entschieden, darauf zu verzichten. Man musste nicht auf diese Weise zum Höhepunkt kommen. Es gelang auch mit Zärtlichkeit, und eigentlich war ihr das jetzt im Alter sogar lieber.

Das warme Wasser regnete auf sie herab, sie küssten und liebkosten sich. Erkundeten das vertraute Land ihrer Körper, bis sie sich satt und zufrieden in die Bademäntel hüllten und aufs Bett legten. Nach einer Weile sagte Gernot, dass er sich ein Glas Wein und ein Stück Käse holen würde, ob er ihr auch etwas mitbringen sollte, und sie nickte.

Vor den Fenstern hatte sich längst die Dunkelheit herabgesenkt. Sie schloss die Vorhänge, dimmte das Licht der Nachttischlampen und steckte Gernots Klamotten in den Wäschekorb im Bad. Zurück im Bett, zog sie die Daunendecke bis zur Taille hoch. So herrlich entspannt und zufrieden hatte sie sich seit Wochen nicht gefühlt. Von allen Sorgen befreit. Sie hörte, wie Gernot mit dem Tablett durch den Flur kam. Das leise Klirren der Gläser. Das Klimpern der Eiswürfel im Weinkühler. Mit dem Fuß gab er der Tür einen sachten Tritt, sie schloss sich hinter ihm. Er stellte den Teller mit Käse, Oliven und Ciabatta zwischen ihnen ab, entkorkte die Flasche und schenkte die Gläser voll.

»Auf die Solidarität«, sagte er, hob sein Glas und stieß mit ihr an.

»Nun erzähl schon, wie es war. War Dagmar dabei?«

»Walter ist allein gekommen. Ich habe ihn ja ewig nicht

gesehen und hätte ihn beinahe nicht erkannt. Er bekommt eine Glatze, und der Bart ist ab. Ein wenig Gewicht hat er auch zugelegt. Den beiden geht es so weit gut. Sie sind gesund. Im Gegensatz zu Udo.«

»Was ist mit ihm?« Also lag sie mit ihrer Vermutung richtig, wer der dritte Mann war.

»Er hat Krebs, den er irgendwo im Nahen Osten behandeln lässt. Auf eigene Rechnung. Das ist teuer. Denn keiner von ihnen hat eine Krankenversicherung. Also langer Rede kurzer Sinn: Den größten Teil der letzten Beute hat Udo für seine Krebsbehandlung bekommen. Der Rest geht zur Neige. Walter und Dagmar planen eine neue Aktion und haben einen Großmarkt im Visier. An einem der langen Samstage vor Weihnachten. Es fehlt ihnen allerdings der Fahrer für den Fluchtwagen. Und da komme ich ins Spiel.«

»Nicht dein Ernst.«

»Das ist Walters Angebot. Ich mache mit, und wir teilen gerecht. Jeder ein Drittel. Walter rechnet mit mindestens fünfhunderttausend.«

»Das ist verrückt.«

Gernot zog sie an sich und drückte ihr einen Kuss aufs Haar. »Nicht verrückter als das, was wir früher getan haben. Wobei wir ja schon lange stillhalten. Ein richtiges Rentnerleben führen wir. Ein wenig Abwechslung täte mir gut.«

»Ich weiß nicht.« Etwas störte Barbara. Wobei sie selbst erst vor einigen Tagen über einen Banküberfall nachgedacht hatte. Aber nicht ernsthaft. »Traust du dir das wirklich zu?«

»Und ob. Ich fühle mich zwanzig Jahre jünger, seit Walter das vorgeschlagen hat. Jetzt kommt mir meine Sportwagenerfahrung zugute.«

Barbara lachte. Gernot und die schnellen Autos. Vom Geld ihrer Eltern hatte er reichlich dafür ausgegeben. Er gab nun mal gerne Vollgas. Preschte mit zweihundert über die Autobahn, wenn Verkehrsaufkommen und Straßenverhältnisse es zuließen. Er war ein sicherer Fahrer. Nicht aggressiv, sondern umsichtig, aber schnell. Und plötzlich war sie sicher: Er konnte einen Fluchtwagen steuern und würde auch die Nerven behalten, falls die Bullen ihm auf den Fersen waren.

»Walter bespricht das mit Dagmar und meldet sich, wenn sie einverstanden ist. Dann treffen wir uns, um die Aktion zu planen.«

»Wie nimmt er Kontakt auf? Doch nicht über Bodo?« Es wäre ihr nicht recht. »Je weniger in die Sache involviert sind, umso besser.«

»Wir kommunizieren über einen verschlüsselten Messengerdienst. Die Zugangsdaten habe ich bereits. Bekomme ich deinen Segen?«

Barbara war unschlüssig. »Etwas stört mich.«

»Und was?«

»Es ist ein Bauchgefühl. Hat Walter den Vorschlag gleich gemacht?«

Gernot nahm sich ein Stück Käse. »Er hat überrascht reagiert, als ich ihm unsere Situation erklärt und ihn um Hilfe gebeten habe. Danach ist er erst einmal auf die Toilette gegangen. Ich dachte schon, er hätte sich durch die Hintertür aus dem Staub gemacht, als er zurückkam. Ist gut, hat er gesagt. Wir machen eine Win-win-Situation daraus. Du hilfst uns und wir helfen dir.«

Dass Gernot mit hineingezogen wurde, gefiel ihr nicht. Wenn er mitmachte, hatte Walter ihn in der Hand. Dann herrschte Waffengleichheit. Hängst du mich jemals hin, tue ich dasselbe mit dir. Wenn das so war, hatte Walter Gernots Bitte falsch verstanden. Andererseits waren Walter und Dagmar bei ihrem letzten Überfall beinahe geschnappt worden, weil sie nur zu zweit gewesen waren. Es war also folgerichtig, dass die beiden einen dritten Mann suchten. Vermutlich sah sie Gespenster. Dennoch blieb ein ungutes Gefühl zurück.

Rheinland,
Frühling und Sommer 1988

Lukas Isensee

In der Nacht nach dem Besuch bei Gernot im Landidyll schlief Lukas schlecht. Er wollte wissen, wer die Bombe zündete. Sein Leben hing davon ab, dass niemand die Nerven verlor. Daher entschloss er sich, Gernot zu folgen, der sich heute um eins irgendwo mit irgendwem traf.

Lukas stand mit Hedwig auf, die heute die Frühschicht hatte, und fuhr sie zur Arbeit. Danach weckte er seinen Freund Tobias, der im selben Apartmenthaus wohnte, und lieh sich im Tausch gegen das Taxi dessen Ford für einen Tag aus.

Er zweifelte nicht an Gernot. Sein Bruder wusste, was er tat. Ein strategischer Denker und Intellektueller. Natürlich war er Lukas überlegen. Er hatte studiert, kannte einflussreiche Leute und schrieb für große Zeitungen. Während er selbst nicht einmal eine richtige Ausbildung vorweisen konnte, weil er nach der Sache mit Sabine das Studium geschmissen hatte. Von Kindesbeinen an hatte er sich auf Gernot verlassen und vertraute ihm. Doch in diesem Fall war es anders. Insgeheim befürchtete er, dass Udo den Anschlag verüben würde. Udo war schon im besetzten Haus ein unberechenbarer Mitbewohner gewesen. Wenn man ihn kritisierte, wenn er unter Druck stand oder wenn es nicht so lief, wie er wollte, tickte er aus. Dann flogen einem nicht länger Argumente um die Ohren, sondern Bierkästen und Stühle. Dann brannte schon mal der Müll in der Tonne, oder das zugestopfte Klo lief über. Bei einem Banküberfall hatte er die Nerven verloren und eine Frau erschossen, nur weil sie nicht aufhören konnte zu weinen. Wenn Udo die Bombe hochgehen lassen sollte, dann aber ohne ihn.

Lukas fuhr im Morgengrauen nach Buchsweiler. Die Mühle lag außerhalb des Dorfs. Gernots roter Passat stand auf dem Hof. Ein schmaler Weg führte vom Haus zur Hauptstraße. Gegenüber erstreckte sich ein Waldstück. Am Rande eines Forstwegs stellte Lukas den Wagen ab und behielt das Landidyll im Blick. Es wurde acht und dann neun. Sein Magen knurrte. Er kramte im Handschuhfach und fand eine angebrochene Tafel Schokolade, die schon ganz grau war. Um Viertel nach zehn traten Gernot und Barbara vor die Tür und verabschiedeten sich mit einem Kuss voneinander.

Der Passat kam den Weg herauf und bog auf die Hauptstraße Richtung Norden ein. Lukas startete den Wagen und folgte ihm mit großzügigem Abstand. Es war Sonntagmorgen und kaum jemand unterwegs. Sie fuhren über die Dörfer Richtung Autobahn. Dort war die Verfolgung leichter, der Verkehr war dichter, und Lukas achtete darauf, dass immer einige Fahrzeuge zwischen ihnen waren. Über die A 1 ging es auf die A 61 Richtung Niederlande. Bei Venlo fuhren sie über die Grenze.

An der Ausfahrt Eindhoven verließ Gernot die Autobahn und fuhr durch die Vororte Richtung Innenstadt. An einer roten Ampel verlor Lukas ihn, fand ihn aber auf dem Weg ins Zentrum wieder. Schließlich setzte sein Bruder den Blinker und rangierte den Wagen in eine Parkbucht. Lukas bog in die gegenüberliegende Straße ab und behielt Gernot im

Rückspiegel im Auge. Er stieg aus. Bis Lukas einen Parkplatz gefunden hatte, war er weg. Er rannte zur Straße und sah ihn gerade noch in einer Grünanlage verschwinden. Lukas folgte ihm und suchte immer wieder die Deckung der Büsche und Sträucher. Mit großem Abstand steuerten sie beide auf einen flachen Bau aus roten Ziegeln zu, an dem in großen Lettern ein Schriftzug prangte. Van Abbemuseum. Gernot stieg die Stufen zum Eingang empor. Lukas verbarg sich im Schatten eines Baums. Oben wandte sich Gernot um und ließ den Blick schweifen, bevor er im Museum verschwand.

Es war zwanzig vor eins. Lukas suchte sich eine Bank abseits des Hauptwegs, von der aus er den Zugang im Blick hatte. Zwei Minuten vor eins bemerkte er ein Paar auf dem Weg zum Museum. Erst auf den zweiten Blick erkannte er Walter und Dagmar. Vor allem am Größenunterschied. Er war ein schlaksiger Kerl von eins neunzig, während sie die Figur einer Zwölfjährigen hatte. Klein und schmal. Die beiden hatten sich als bürgerliches Paar zurechtgemacht. Er trug Sakko zur Jeans und hatte sich den Bart abrasiert. Sie wirkte in ihrem Hosenanzug mit Seidentuch elegant. Eine große Sonnenbrille verbarg ihr Gesicht.

Erleichtert verließ Lukas die Grünanlage. Bei Walter und Dagmar war der Job in guten Händen. Auf dem Rückweg zum Auto entdeckte er ein türkisches Lokal. Bis auf das Stück Schokolade hatte er heute noch nichts gegessen. Kurz entschlossen kehrte er ein, bestellte einen Döner und trank später noch einen Kaffee. Dann machte er sich auf den Rückweg. Hinter Mönchengladbach war es Zeit zu tanken. Die Anzeige stand auf »Reserve«. Beim nächsten Rastplatz fuhr Lukas raus und entdeckte Gernots Wagen. Nicht an einer Zapfsäule, sondern ein Stück abseits bei den Müllcontainern. Sein Bruder unterhielt sich dort mit einem Mann, der einen halben Kopf größer war als er. Etwa Ende dreißig. Er trug Turnschuhe, Jeans und Pullover. Auffallend war sein dichtes rotblondes Haar, das weder kurz noch lang war, sondern modisch dazwischen. Er hatte etwas von Robert Redford an sich. Die beiden schienen sich zu kennen. Das Gespräch wirkte vertraut, aber nicht freundlich und dauerte nicht lange. Gernot verabschiedete sich, indem er eine Hand Richtung Schulter warf. Du kannst mich mal!, sollte das wohl bedeuten. Oder: Vergiss es! Gernot stapfte Richtung Raststätte davon, Redford stieg in einen schwarzen BMW. Das Tanken musste warten. Lukas sprang in den Wagen und folgte dem BMW. Wer war der Mann? Vielleicht gehörte er zum Unterstützerkreis. Walter und Dagmar brauchten Fluchtfahrzeuge, Waffen und Wohnungen. Redford fuhr Richtung Köln. Im Vorort Chorweiler verlor Lukas ihn. Das Benzin war alle, der Wagen blieb stehen. Bis er den Inhalt des Reservekanisters nachgefüllt hatte, war der BMW längst verschwunden.

*

Am Montag hatte Rombach einen Termin in Maastricht. Das Treffen der EWG-Finanzminister im Herbst sollte dort stattfinden und wurde auf Staatssekretärsebene vorbereitet. An diesem Morgen fuhr Lukas früher als sonst nach Bad Godesberg, um Rombach abzuholen. Wie meistens war er noch nicht fertig. Seine Frau bot Lukas eine Tasse Kaffee an, auch das mittlerweile ein Ritual, und Lukas dachte, dass die beiden nette Menschen waren. Doch so durfte er das nicht sehen. Das Private war immer auch politisch und Rombach ein Rad im System. Kein Rädchen. Lukas leerte die Tasse und sagte, dass er den Wagen schon mal rausfahren würde. Denn heute stand er in der Garage. Den Schlüssel nahm er aus einer Schale auf der Flurkommode und legte ihn an diesem Morgen nicht zurück. In Maastricht würde er stundenlang auf Rombach warten, Zeit genug, ein Duplikat anfertigen zu lassen.

Während der Fahrt führte Rombach etliche Telefonate. Bei einem ging es wieder um Herrhausens Plan, den Entwicklungsländern ihre Schulden ganz oder teilweise zu erlassen. Rombach unterstützte ihn nach wie vor, doch die Amerikaner signalisierten weiter Widerstand. Er beendete das Gespräch und wandte sich an Lukas. »Herr Isensee, was halten Sie von der Idee?«

Überrascht sah Lukas in den Rückspiegel. »Mir steht keine Meinung zu.«

Rombach schnaubte. »Sie genießen das Privileg, in einer Demokratie zu leben und Ihre Meinung frei äußern zu können. Nutzen Sie das. Also, was denken Sie darüber? Es interessiert mich.«

Einen Moment überlegte Lukas, ob es gut war, sich auf dieses Gespräch einzulassen. »In Ordnung«, sagte er schließlich. »Ich bin ganz bei Alfred Herrhausen.« Es war skurril, dass er Partei für den mächtigsten Banker Deutschlands ergriff. Doch in diesem Punkt hatte der Mann recht. »Die Länder der Dritten Welt werden nie auf die Beine kommen, wenn sie aus der Schuldknechtschaft des Westens nicht entlassen werden. Wenn man sie weiter auspresst und sich ihre Rohstoffe billig unter den Nagel reißt. Mir gefällt der Vorschlag also.«

»Das dachte ich mir. In diesem Zusammenhang könnten wir uns auch unserer kolonialen Vergangenheit in Afrika und Asien stellen. Dort ist großes Unrecht geschehen. Doch bis wir zu einer Aufarbeitung bereit sind, wird es wohl noch dauern. Die Kolonialzeit werden wir unseren Enkeln überlassen. Daniel und seiner Generation.«

»Warum nicht gleich anpacken?«, fragte Lukas.

»Die Gesellschaft ist dafür nicht bereit. Die meisten verdrängen noch immer den Nationalsozialismus. Seit den Studentenunruhen ’68 sind zwanzig Jahre vergangen, und zu wenig ist passiert. Wir müssen erst das eine Unrecht aufarbeiten, bevor wir uns dem nächsten stellen.«

»Da haben Sie wohl recht«, sagte Lukas. »Denken Sie, Herrhausens Vorschlag wird sich durchsetzen?«

»Das wünsche ich mir. Aber ich bezweifle es.«

Das Autotelefon klingelte, Rombach nahm das Gespräch an, und Lukas fragte sich, ob sie vielleicht das falsche Ziel gewählt hatten.

In Maastricht blieben ihm fünf Stunden, um den Garagenschlüssel nachmachen zu lassen. Es war kein Problem. Als er Rombach am Abend nach Hause fuhr, legte er das Original zurück in die Schale und fuhr nach Buchsweiler.

Es war halb neun und bereits dämmrig, als er ankam und seinen Wagen neben Gernots Passat abstellte. Vom Beifahrersitz nahm er die Dose Stroopwafels, die er in Maastricht gekauft hatte, und sah sich nach den Kindern um. Sie waren nirgends zu sehen.

Gernot und Barbara saßen am Küchentisch beim Abendessen. Es gab Spaghetti und Wein. Für die Kinder war nicht gedeckt. Er fragte, wo sie waren, und Barbara zuckte mit den Schultern. »Ich glaube, sie sind noch im Wald.«

Es wurde schon dunkel, und Lukas erinnerte sich gut, wie sehr er sich als Kind im Dunkeln gefürchtet hatte. Wenn die Schatten lebendig wurden und jeder Laut unheimlich. »Wollt ihr sie nicht suchen?«

»Sie werden schon heimkommen«, sagte Gernot. »Mach deswegen keinen Aufstand.«

»Und wenn sie sich verlaufen haben? Oder ihr Floß im Weiher gekentert ist?«

»Sie kennen sich im Wald aus«, sagte Gernot.

»Und sie können schwimmen«, ergänzte Barbara.

»Können sie nicht! Es sei denn, ihr hättet es ihnen inzwischen beigebracht.« Ben hatte ihm erst vor wenigen Wochen gestanden, dass sie alle drei nicht schwimmen konnten. Es gab keinen Schwimmunterricht in der Schule, und von ihren Eltern hatten sie es nicht gelernt.

Lukas ging zum Auto, nahm die Taschenlampe aus dem Kofferraum und machte sich auf die Suche. Am Weiher lag das Floß am Ufer. Von den Kindern keine Spur. Er schlug den Weg zum Wald ein, folgte dem schmalen Pfad und suchte nach Bens geheimer Hütte, die ihm der Junge mal gezeigt hatte. Er fand sie schließlich, doch auch hier waren die drei nicht. Wo konnten sie sein? Vielleicht bei der alten Weide am Bach, deren unterster Ast so tief war, dass man sich bequem daraufsetzen konnte. Er schlug den Weg zum Bach ein und hörte bald ein leises Wimmern. »Luise?«, rief er.

Das Wimmern verstummte.

»Ich bin's. Onkel Lukas. Wo bist du?«

»Hier!«

»Und wo ist ›hier‹?«

»Bei den Trollen.«

Als Trolle bezeichneten die Kinder drei Felsen, die sich ein Stück weiter oben am Hang befanden. Lukas stieg hinauf und fand Luise zusammengekauert unterhalb der Felsen, den linken Arm hielt sie an den Körper gepresst. Das Gesicht war rotzverschmiert. »Hast du dich verletzt?«

»Ich bin runtergesprungen und hingefallen. Der Arm tut so weh«, sagte sie kläglich.

»Zeig mal.« Er ging in die Hocke, strich Luise über den Arm, und sie schrie vor Schmerz auf.

»Ich glaube, den sollte sich der Doktor ansehen. Vielleicht ist er gebrochen. Dann bekommst du einen schicken weißen Gips.«

Er half ihr auf die Beine und den Hang hinunter und trug sie nach Hause. Unterwegs erfuhr er, dass Ben und Leon noch bei Lene und Alfred waren. Die drei hatten sich gestritten, was selten vorkam. Luise war weggerannt und hatte bei den Trollen Zuflucht gesucht.

Im Landidyll angekommen, übernahm Barbara Luise. Sie trug sie ins Auto und fuhr mit ihr nach Buchsweiler, um den Dorfarzt in seiner Feierabendruhe zu stören. Kurz darauf kamen Ben und Leon angetrottet. Sie warfen einen Blick auf die leeren Teller ihrer Eltern, und Lukas war kurz davor, in die Luft zu gehen. »Habt ihr Hunger?«, fragte er, während Gernot sich Rotwein nachschenkte.

Ben und Leon schüttelten synchron die Köpfe. »Lene hat Pfannkuchen für uns gemacht.«

»Na, siehst du«, sagte Gernot zu Lukas. »Viel Lärm um nichts. Bis auf Luises Arm natürlich.« Das räumte er immerhin ein. Er schickte die Jungs nach oben. Es sei Zeit, ins Bett zu gehen.

Als sie allein waren, fragte er nach dem Schlüssel für die Garage, und Lukas händigte ihm das Duplikat aus.

»Auch ein Glas?« Gernot wies auf den Wein. Eines war in Ordnung. Lukas schenkte sich ein und erzählte von dem Gespräch mit Rombach während der Fahrt nach Maastricht. »Seid ihr sicher, dass er das richtige Ziel ist?«

»Zweifelst du daran?«

»Das sage ich doch gerade. Er setzt sich für Herrhausens Vorschlag vom Schuldenerlass ein.«

»Das ist ein politisches Manöver, das ihn in eine bessere Position bringen soll. Er sägt ja schon kräftig am Stuhl des Ministers.«

Lukas war perplex. »Wer sagt das?«

»Ich habe meine Quellen. Mach dir keinen Kopf. Ein besseres Ziel als Rombach gibt es derzeit nicht. Willst du etwa aussteigen?«

Lukas schüttelte den Kopf. Man musste das große Ganze im Blick behalten. Das übergeordnete Ziel.

»Falls du doch darüber nachdenkst, vergiss es. Du steckst

schon zu tief drin.« Und damit war klar, dass er aus dieser Nummer nicht mehr herauskommen würde, selbst wenn er das wollte. Zugegeben: Manchmal beschlichen ihn Zweifel. Wie neulich auf der Rückfahrt von Eindhoven, als ihm plötzlich der alte Gedanke vom gewaltlosen Wandel wieder durch den Kopf gegangen war. Vom Gang durch die Instanzen. Wäre das nicht der bessere Weg?

*

Ein paar Tage später saß Lukas auf einer Bank vor der Kantine und rauchte eine Zigarette in der Sonne, als sich Norbert Selzer näherte, der persönliche Fahrer des Ministers. »Ist es in Ordnung, wenn ich mich dazusetze?«

»Ja klar.« Lukas rutschte ein Stück zur Seite. »Ein wirklich schöner Tag.«

Selzer fummelte seine Packung Zigaretten aus der Sakkotasche, Lukas gab ihm Feuer. »Eigentlich schon«, sagte Selzer. »Aber ich überlege, ob ich kündige. Fahrer werden auch anderswo gebraucht.«

Verwundert sah Lukas ihn an. »Wir haben einen sicheren und gut bezahlten Job. Wieso?«

Selzer inhalierte tief und entließ den Rauch mit einem Seufzer aus seiner Lunge. »Sie kennen die aktuelle Gefährdungsanalyse des BKA also noch nicht. Jetzt stehen auch der Minister und Rombach ganz oben auf der Liste potenzieller Anschlagsziele. Ich habe noch was vor in meinem Leben. Ich will mich nicht von diesen durchgedrehten Mördern umbringen lassen.«

»Woher kennen Sie die Gefährdungsanalyse?« Lukas war davon ausgegangen, dass derartige Unterlagen geheim waren. Selzer berichtete von einem Gespräch, zu dem man ihn am Vormittag geholt hatte, um ihm die Lage zu erklären. Sicher würde man auch noch mit Lukas reden.

So war es. Keine halbe Stunde später suchte eine Mitarbeiterin der Personalabteilung nach ihm und bat ihn zu einem Gespräch mit Momsen.

Es fand wieder in der Besprechungsecke statt, und wieder setzte sich Momsen erst, als Lukas Platz genommen hatte. »Vielleicht haben Sie es schon gehört. Es gibt eine aktuelle Gefährdungsanalyse. Rombachs Name ist auf der Liste zu finden.«

»Das BKA geht von einem Anschlag auf ihn aus?«, fragte Lukas. »Wie kommen sie denn auf die Idee?«

»Wie kommen Sie zu der Annahme, er könnte nicht gefährdet sein?«

Lukas lehnte sich zurück. Offene Körpersprache! »Na ja … Ich verstehe natürlich nichts von der Arbeit des BKA. Aber ich hätte nicht gedacht, dass die RAF Personen ins Visier nimmt, die auf der Seite der Schwachen stehen. So wie Rombach, der den Plan vom Schuldenerlass für die Dritte Welt unterstützt.« Gernot hatte also recht, selbst das BKA betrachtete Rombach als gutes Ziel. Seine Zweifel konnte er vergessen.

»Wie auch immer«, sagte Momsen. »Ich habe Sie zu diesem Gespräch gebeten, um Ihnen zwei Fragen zu stellen: Sie sind sich der Gefahr für sich bewusst?«

Lukas nickte. »Ich gehe davon aus, dass das BKA uns schützen wird.«

Erleichterung erschien auf Momsens Gesicht. »Das heißt, ich muss meine zweite Frage nicht stellen. Sie kündigen nicht. Das ist gut. Ich wüsste nicht, wie ich so schnell Ersatz für Sie bekäme.«

»Vorausgesetzt, die Sicherheitsvorkehrungen passen«, wandte Lukas ein. »Der Wagen … Das wissen Sie ja selbst. Der lässt sich knacken wie eine Konservenbüchse, und Herr Rombach hat keinen Personenschutz.«

»Das wird sich ändern.«

Lukas fragte nach, wann genau das passieren sollte. Momsen konnte keinen konkreten Zeitpunkt nennen. Erst musste ein gepanzertes Fahrzeug besorgt werden. Es würde wohl zwei oder drei Wochen dauern. Sobald der Wagen gefunden war, würde auch Personenschutz zur Verfügung stehen. Ab diesem Zeitpunkt würden sie im Konvoi fahren. Ein Begleitfahrzeug vorneweg, eines hinterher.

Am Abend traf Lukas sich mit Gernot auf ein Bier in einem Gartenlokal am Rhein. Sie saßen an einem Tisch, der ein wenig abseits stand, und sahen auf den Fluss. Gernot gefiel die Entwicklung nicht. Die Bombe war fertig, aber ihre Durchschlagskraft nicht ausreichend für einen gepanzerten Wagen. »Wir müssen das hinbekommen, solange du Rombach in seinem Mercedes fährst. Ich kläre das mit … Ich sage dir Bescheid.«

Lukas war kurz versucht, Gernot zu sagen, dass er wusste, dass Walter und Dagmar den Anschlag ausführen würden, und bei der Gelegenheit könnte er ihn auch gleich fragen, wer der Mann war, mit dem er sich an der Raststätte getroffen hatte. Allerdings würde es Gernot nicht gefallen, dass er ihn beschattet hatte. Also schwieg Lukas.

Sie trennten sich an diesem Abend mit einer brüderlichen Umarmung vor dem Lokal. Schon zwei Tage später trafen sie sich wieder. Diesmal in Buchsweiler. Der Termin stand fest. Gernot ging den Plan noch einmal mit ihm durch und händigte ihm am Ende eine Pistole aus. »Für alle Fälle.«

Dienstag, 26. November 2019

Ben

Die Mail von Ulrike kam Dienstagmittag.

> Hallo Ben, ich kann dich telefonisch nicht erreichen. Arentz will dich im Fall Hoppe sprechen. Skype-Meeting. Heute um 15.00 Uhr. Passt dir das?
> Am besten schiebst du es auf die Gehirnerschütterung oder auf den Schock nach dem Angriff auf dich und ruderst zurück. Ich hoffe, dir geht es so weit gut.
> Liebe Grüße, Ulrike

Ben klappte den Laptop zu und sah aus dem Fenster. Endlich hatte es aufgehört zu regnen. In den Vormittagsstunden war es der Sonne gelungen, den Hochnebel aufzulösen, und nun glänzte und dampfte die Landschaft im Sonnenschein.

> Hallo Ulrike, 15.00 Uhr passt. Mir geht es so weit gut.
> Grüße an das ganze Team. LG Ben

Hinter ihm rumorte Charlie in der Küche. Er holte das Ladekabel und stöpselte den Laptop an. Für das Gespräch mit Arentz brauchte er eine Strategie. Sollte er nachgeben oder zu seiner Entscheidung stehen? Den Job behalten oder eine

Abmahnung kassieren, wenn nicht gleich eine Kündigung? Es war halb eins. Er hatte noch Zeit, sich das zu überlegen.

»Ich brauche frische Luft und mache einen Spaziergang.«

»Nicht allein.«

Inzwischen hatte er akzeptiert, dass Charlie ihn partout beschützen wollte. Obwohl er noch immer nicht glaubte, dass das nötig war. Ihr Trick mit den AirTags funktionierte. Neben Aslan hatte sie auch Yasin und Malik auf dem Radar. Aslan lungerte immer wieder mal für Stunden vor der Wohnung von Bens Eltern herum. Charlie nahm an, dass er sich bei der Observierung mit Familienmitgliedern abwechselte, die eine Filiale der Turan'schen Unternehmungen in Stuttgart betrieben. Charlie ging davon aus, dass weitere Teams aus Cousins und Neffen Bens sowie Luises Wohnung und das Haus von Leon observierten.

Ben zog die Jacke an. »Das wird ein Schweigemarsch. Ich muss nachdenken.«

»Ist mir recht.« Charlie griff nach der abgewetzten Lederjacke. Sie durchquerten das Dorf. Ein kalter Wind pfiff. Das Kaufhaus, in dem sie damals den Drachen gekauft hatten, war schon seit Jahren geschlossen. Ebenso der Friseur, der Schuhladen und die Metzgerei. Einzig der Bäcker hatte überlebt, seit sich am Ortsausgang ein Discounter auf der grünen Wiese angesiedelt hatte.

Ben schlug automatisch den Weg zum Landidyll ein und überlegte, was er tun sollte. Einerseits wollte er nicht dabei zusehen, wie der Konzern mit seinem Machtspiel durchkam, weil Svenjas Mutter aus Angst vor den immensen Verfahrenskosten aufgab. Er wollte aber auch seine hart erarbeitete Karriere nicht aufs Spiel setzen. Er hatte Jahre gebraucht, bis er Abitur und Studium nachgeholt hatte. Es war eine schwere Zeit gewesen. Kaum Kohle. Ein kleines WG-Zimmer mit einem winzigen Fenster nach Norden, das kaum Licht hereinließ. Wie in einer Gefängniszelle hatte er sich darin gefühlt. Wobei er selten dort gewesen war. Zum Lernen war er meistens in die Stadtbibliothek gegangen, und außerdem hatte er verschiedene Jobs. Daher nutzte er das Zimmer hauptsächlich zum Schlafen. Während seine Kommilitonen Party machten, arbeitete er. Er mixte Drinks in einer Bar, schleppte Kabel in den Bavaria-Filmstudios und führte Hunde Gassi. In der Regelstudienzeit war das Studium nicht zu schaffen gewesen. Zwischendurch hatten ihn immer wieder einmal Zweifel gepackt, und er war kurz davor gewesen, aufzugeben. Doch er hatte sich durchgebissen. Er war nicht in der Gosse gelandet, sondern »Head of Department« mit einem tollen Gehalt.

Für Barbara wäre es ein Leichtes gewesen, ihn in dieser Zeit finanziell zu unterstützen. Doch sie hatte das Geld ihrer Eltern lieber für Folteropfer gespendet und für Studien zur Erforschung von Zwangsarbeit. Jeder Mist war wichtiger gewesen als ihre Kinder. Und jetzt erwartete ausgerechnet sie Hilfe von ihm. Er war ihr nichts schuldig. Wie Luise gesagt hatte. Nicht das Schwarze unterm Fingernagel. Im selben Moment, als er sich das sagte, öffnete sich der doppelte Boden von Barbaras Bitte. Er fühlte sich schäbig. Seine Eltern brauchten ihn. Sie baten ihn um Hilfe. Es wäre grausam und erbärmlich, sie im Stich zu lassen. Trotz allem waren sie eine Familie. Für einen Moment fühlte er sich leer und kraftlos. Die große Müdigkeit pirschte sich an. Er spürte es. Sie kam oft nach einer Phase der Wut und lähmte ihn. Manchmal nur für Stunden, oft aber für Tage und Wochen. Jetzt versuchte er sie abzuwehren, indem er sich auf die Schönheit konzentrierte, die ihn umgab. Auf die vereinzelten Wolken, die wie dicke weiche Kissen über den blauen Himmel segelten. Auf die schrumpeligen dunkelroten Hagebutten in den Hecken, die vor Nässe glänzten. Auf den Bussard, der hoch über dem Feld seine Kreise zog. Auf den Duft von feuchtem, welkem Laub. Auf den kühlen Wind.

Auf die frische Luft, die er mit jedem Atemzug einsog. Ihm ging es doch gut. Oder nicht?

Charlie fragte nicht, welche Gedanken er wälzte. Sie war einfühlsam, was er bei ihrer ersten Begegnung nicht vermutet hätte. Es lag wohl daran, dass sie sich gerne ruppig und angriffslustig gab.

Auf halber Strecke erzählte er ihr dann doch von seinen beruflichen Sorgen. Es tat gut, sie auszusprechen. »Ich weiß nicht, was ich tun soll«, sagte er schließlich.

Sie ging neben ihm, die Hände in den Jackentaschen. »Ich verstehe das Problem nicht. Als du den Brief abgeschickt hast, hast du dich entschieden, auf welcher Seite du stehst. Außerdem fühlst du dich nicht wohl in dem Laden. Falls sie dich feuern, gibt es sicher bessere Jobs für dich.«

Ihre Worte lösten einen Knoten in seinem Innersten. Die Welt ging nicht unter, wenn man ihm kündigte. Er musste nur seine irrationale Angst in den Griff bekommen, jemals arbeitslos zu sein. Denn der Gang zum Jobcenter war für ihn unvorstellbar. Ein Bild des Scheiterns. Dann wäre er doch der Versager. Kurz vor der Gosse. Was natürlich Quatsch war. Trotzdem stieg Panik in ihm auf, wenn er nur daran dachte.

»Hast du das von deinen Eltern?«, fragte Charlie.

»Was meinst du?«

»Du setzt dich für jemanden ein, dem Unrecht geschieht. Das haben deine Eltern auch getan. Jedenfalls war das ihre schräge Sicht auf die RAF. Auf das, was sie *Isolationsfolter* nannten und *politische Gefangene.*«

»Das kannst du doch nicht mit Svenja Hoppe vergleichen. Sie hat Anspruch auf Entschädigung. Und ich habe nicht vor, die mit illegalen Mitteln durchzusetzen. À la RAF. Etwa Arentz zu entführen.« Was für eine Vorstellung! Er lachte. »Ich glaube auch nicht, dass es meinen Eltern gefallen würde, wenn ich es täte.«

Charlie hob die Hände.

Er lachte noch immer. Es tat gut. »Ich bin mir nicht mal sicher, ob Barbara mich rausboxen würde, falls doch«, erklärte er grinsend.

»Ist ja gut. Du hast recht.«

»Und du hast zu viele RAF-Dokus gesehen.«

Wegen des schlechten Wetters hatten sie viel Zeit an ihren Handys und Laptops verbracht. Charlie hatte sich die mehrteilige Dokumentation über die RAF komplett angesehen und war seither fasziniert von der dritten Generation, um die sich einige Verschwörungstheorien rankten. Die Gruppe hatte aus nur etwa zwanzig Personen und ihren Unterstützern bestanden. Doch namentlich kannte man nur wenige. Die übrigen waren Phantome. Sie hatten etliche Anschläge verübt, und bis heute waren die meisten Morde nicht aufgeklärt, die man ihr zurechnete. Wie konnte das sein? War der Staat daran etwa nicht interessiert? Steckte der Verfassungsschutz mit drin? Oder ausländische Geheimdienste?

»Wie war das eigentlich damals für dich, als dein Onkel in den Untergrund gegangen ist?«, fragte Charlie.

Ben zuckte mit den Schultern. Es war lange her. Er dachte nicht gerne an diese Zeit zurück. Plötzlich war Onkel Lukas aus seinem Leben verschwunden. Keine Schokolade mehr und kein Tauziehen. Kein Onkel Lukas, der ihm zuhörte und dem er sogar seine geheime Hütte gezeigt hatte. Kein Lachen mehr mit ihm, kein Lagerfeuer und auch keine Wasserschlacht. Kein Verstecken im Wald und kein Wettklettern. All das gab es von einem Tag auf den anderen nicht mehr. Ben hatte es als Verrat empfunden, als Zurückweisung. Eine Kränkung. Er war wütend gewesen und ziemlich neben der Spur. In jenem Sommer hatte er das Gefühl dafür verloren, unbesiegbar zu sein. Der Herr über seine Geschichte. Plötzlich sah er überall Gefahren. Er wusste noch, dass er das Floß nicht mehr benutzt hatte. Es würde untergehen und sie alle drei ertrinken. Schließlich hatte er die Taue durchschnitten und mit den Brettern ein Lagerfeuer gemacht, damit auch Leon und Luise in Sicherheit waren. Doch das Gefühl von Sicherheit hatte sich nie wieder eingestellt.

Charlie wartete auf eine Antwort. »Ich war natürlich enttäuscht. Er war so eine Art Zweitvater für uns. Und dann war er auf einmal Terrorist. Es wurde nach ihm gefahndet. Sein Gesicht war auf den Titelseiten und wochenlang jeden Abend in der *Tagesschau*. Die Fahndungsplakate nicht zu vergessen, die überall herumhingen.« Seine größte Sorge war damals gewesen, dass die Bullen ihn erschießen würden.

*

Natürlich hatte Ben die Unruhe in diesem Sommer gespürt. Etwas lag in der Luft, eine Art Gewitter. Es entlud sich, als an einem Samstagmorgen ein Konvoi von Polizeifahrzeugen den Weg zum Landidyll hinunterfuhr. Ben sah ihn schon von Weitem, denn er war mit Leon und Luise bei den Trollen. Mit Schaufel, Spaten, Hacke und Eimer waren sie nach dem Frühstück losgezogen, um dort nach einem Schatz zu graben. Luise hatte an Proviant gedacht und Äpfel, Toastbrot und eine Flasche Saft eingepackt.

»Was wollen die?«, fragte Leon. Mit einer Hand zwirbelte er seine Haare, in denen noch Harz von gestern klebte, als sie versucht hatten, im Wald ein Baumhaus zu bauen.

»Keine Ahnung«, entgegnete Ben. »Vielleicht ist ein Räuber eingebrochen.«

»Aber das sind Bullen.« Luise sah nicht auf. Sie hatte sich den Arm gebrochen und kratzte am Gips. »Bullenschweine«, korrigierte sie sich. Ben verstand, was sie damit sagen wollte: Ihre Eltern würden niemals die Bullen rufen. Selbst dann nicht, wenn ein Räuber im Haus wäre.

Während sie noch rätselten, stiegen die Polizisten aus ihren Fahrzeugen. Einer klingelte an der Haustür. Gernot öffnete, sah sich den Zettel an, den der Mann ihm hinhielt, und warf ihn ihm vor die Füße. Dann entspann sich ein Wortwechsel, den Ben natürlich nicht verstehen konnte, und ehe er es sich versah, rissen zwei Bullen Gernot zu Boden und zwei andere Barbara, die dazugekommen war, und legten ihnen Handschellen an.

»Die Schweine!«, schrie Leon. »Wir müssen sie befreien!« Er wollte schon losrennen, den Hang hinunterstürmen, als Ben ihn am T-Shirt packte. Die Mahnungen seiner Mutter vor dem Jugendamt waren ihm in Fleisch und Blut übergegangen. »Sie werden uns ins Heim stecken. Außerdem haben sie Pistolen. Sie sind in der Übermacht.«

Leon setzte sich auf den Felsen. »Das ist scheiße. Und gemein. Was machen wir jetzt?«

Ben wusste es nicht. Ein flaues Gefühl breitete sich in ihm aus. Inzwischen verfrachteten die Polizisten ihre Eltern in einen Streifenwagen. Der Fahrer legte den Rückwärtsgang ein, wendete und brauste davon.

»Sperren sie sie ins Gefängnis?«, fragte Luise.

»Das dürfen sie nicht!« Ben schrie es beinahe.

Ein weiteres Fahrzeug erschien oben an der Straße, bog auf den Weg ein und fuhr in den Hof. Kein Polizeiauto. Eine Frau mit feuerrotem Haar stieg aus. Der Schreck fuhr Ben durch alle Glieder. Er sprang auf. »Die ist bestimmt vom Jugendamt. Wir müssen uns verstecken.«

»Und wo?«, fragte Leon.

Ben überlegte. Seine Hütte kannte niemand außer Onkel Lukas. Dem hatte er sie mal gezeigt. Sie war sein geheimer Ort, den niemand finden konnte. Auch die Trulla vom Jugendamt nicht. Ebenso wenig wie seine Geschwister. Nun musste er ihn preisgeben. »In einem super Versteck. Ich zeige es euch. Mir nach.«

Luise griff sich den Beutel mit Proviant. »Ist sie eine Hexe?«

»So ähnlich. Wir müssen unsere Spuren verwischen, damit sie uns nicht findet.« Auf Schleichwegen gingen sie tiefer in den Wald, bis sie die Hütte erreichten. Sie bestand aus einer alten Heuheinze, die Ben den Hang hinauf in den Wald gezerrt und mit abgestorbenen Ästen verkleidet hatte. An einer Stelle hatte er einen Eingang gelassen. Der Boden war mit einer dicken Schicht aus trockenem Laub gepolstert. Hier war es gemütlich. Sie machten erst einmal Brotzeit. Aßen Äpfel und Toastbrot und tranken die Flasche Saft leer. Nur Luise aß fast nichts. Sie lutschte an ihrem Daumen wie ein Baby, was sie immer tat, wenn sie Angst hatte. »Kommen sie wieder?«

»Klar.« Ben sagte es mit dem Brustton der Überzeugung, sodass er einen Moment selbst daran glaubte, dass es keine andere Möglichkeit gab. Das hier war ein Abenteuer, das sie bestehen würden. Sie waren die Helden der Geschichte und keine Angsthasen. »Wenn sie keine Beweise haben, müssen sie sie nach einem Tag gehen lassen.« Das hatte er mal in einem Telefonat zwischen Barbara und einem ihrer Mandanten aufgeschnappt. Hoffentlich stimmte das. Hoffentlich fanden die Bullen nichts.

In der Hütte wurde ihnen bald langweilig. Sie beschlossen, einen Kundschafter auszusenden, der nachsehen sollte, ob die Luft wieder rein war und sie zurückkonnten. Leon wollte das machen, Ben auch. Sie spielten Schere, Stein, Papier und Ben gewann. Er schlich zu den Trollen, um nachzusehen. Unten im Hof standen noch immer die Fahrzeuge. Die Polizisten waren überall. Im Haus, im Stall, im Schuppen und in der verlassenen Mühle. Plötzlich verstand er, wonach sie suchten. Nach Onkel Lukas. Sein Bild war gestern Abend in der *Tagesschau* gewesen. Ben hatte es gesehen, als sie aus dem Wald zurückkamen. Der Bau des Baumhauses hatte nicht geklappt. Sie waren hungrig, und Ben wollte Spiegeleier machen, während Leon und Luise draußen noch nach flachen Steinen suchten, die sie später im Weiher hüpfen lassen konnten. Er betrat das Haus durch den Hintereingang bei der Waschküche, ging über den Flur zur Küche und bemerkte die offene Wohnzimmertür. Seine Eltern saßen auf der Couch und sahen Nachrichten. Ein Bild von Onkel Lukas wurde eingeblendet. Der Sprecher sagte, dass er ein Terrorist war und die Polizei nach ihm suchte. Angst packte ihn mit kalter Faust und schüttelte ihn durch. »Was ist mit Onkel Lukas?« Die Frage blieb ihm beinahe im Hals stecken.

Gernot warf Barbara einen Blick zu, der wohl sagen sollte: Ich erledige das. Er stand auf, legte seinen Arm um Ben und ging mit ihm in die Küche. »Alles in Ordnung mit dir?« Sein Vater klang besorgt, und Ben genoss die ungewohnte Aufmerksamkeit. »Ja klar.«

»Weil du letzte Nacht einen Albtraum hattest.«

Ben erinnerte sich vage, er hatte ihn schon vergessen. In seinem Traum war er wieder im Erdkeller gesessen. »Was ist mit Onkel Lukas? Wieso suchen sie ihn?«

»Mach dir keinen Kopf. Er hat nichts getan. Es ist ein Missverständnis, das sich aufklären wird.«

Und jetzt stellten die Bullen das Landidyll auf den Kopf, um ihn zu finden. Als ob er sich ausgerechnet dort verstecken würde. Plötzlich hörte Ben Stimmen und das Knirschen von Schritten auf dem Weg, der zu den Trollen führte. Leise schlug er sich ins Gebüsch. Die Hexe war nicht allein. Sie hatte einen hageren Mann bei sich, der gebeugt ging, wie ein Fährtenleser.

»Hier sind sie auch nicht«, sagte die Hexe. »Jetzt reicht es. Wir haben lange genug nach ihnen gesucht.«

»Wir können sie doch nicht allein lassen.« Der Mann setzte sich auf einen der Trolle.

»Sie werden bei Freunden oder Verwandten sein. Wir müssen mit den Eltern reden, statt den ganzen Wald abzusuchen.«

Ben wartete, bis die beiden den Hang wieder hinunterstiegen, dann schlich er zur Hütte, um mit Leon und Luise Kriegsrat abzuhalten. Am Ende entschieden sie, in der Hütte zu übernachten. Hier waren sie vor den Bullen und der Hexe in Sicherheit, bis Gernot und Barbara wiederkamen.

Der Tag schritt voran. Am Nachmittag sah Leon nach, ob sie sich ins Haus wagen und etwas zu essen holen konnten. Doch die Polizei war noch da. Die Äpfel waren längst aufgegessen. Das Toastbrot auch. Ben füllte am Bach die leere Saftflasche. Als es dunkel wurde, legten sie sich auf den Teppich aus Laub und konnten nicht einschlafen. Es lag weniger am Hunger oder an der Kälte der Nacht als an der Vorstellung, der tollwütige Fuchs würde herumschleichen. Jedes Geräusch ließ sie aufschrecken. Luise begann irgendwann leise zu weinen, und Leon hatte schließlich die rettende Idee. »Wir schlafen bei Lene und Alfred im Kuhstall.«

Die Nacht war sternenklar. Der Mond stand als halbe Scheibe am Himmel. Ihre Augen hatten sich an die Dunkelheit gewöhnt, so fanden sie den Weg auch ohne Taschenlampe. Der kleine Hof von Alfred und Lene war der erste, wenn man von der Mühle zum Dorf ging. Er lag linker Hand am Bach. Ein kleines geducktes Fachwerkhaus mit angebautem Kuhstall. Die Kirchturmuhr schlug zehn, als Ben mit seinen Geschwistern den Hof betrat. Im Haus war es dunkel. Lene und Alfred mussten früh raus und gingen daher zeitig zu Bett.

Ben schob die Stalltür einen Spaltbreit auf. Sie quietschte, und sein Herz schlug auf einmal bis zum Hals, obwohl er wusste, dass Lene und Alfred nicht böse mit ihnen wären, wenn sie sie erwischten. Mikesch, der Kater, lief über den Hof und beachtete sie nicht. Im Stall war es warm. Es roch nach Heu, Stroh und Kuhfladen. Annabelle, Rosa und Miranda lagen im Stroh und schliefen. Die Kälberbox war leer. Am Ende des Stalls lag das Stroh für die Einstreu am Morgen bereit. Sie trugen es armeweise in die Box und legten sich darauf. Luise war so erschöpft, dass sie sich an Ben kuschelte und sofort einschlief. Leon sah hinauf zu den Schwalbennestern, die sich dunkel vor der hellen Wand abzeichneten. »Fliegen können wäre schön«, sagte er. »Dann könnten wir einfach davonfliegen.«

»Wohin denn?«

»Weiß nicht. Wo es schöner ist. Besser.«

»Aber hier ist es doch schön«, sagte Ben. »Ich will nirgendwo anders sein.«

Die Augen fielen ihm zu, obwohl das Stroh an den nackten Beinen kratzte. Es ist ein Abenteuer, dachte er im Einschlafen. Alles war gut. Er hatte nichts gesehen. Keine Polizisten, keine Hexe. Morgen würde alles so sein, wie es immer gewesen war.

*

»Ist es das?« Charlie zeigte auf das Haus am Ende des Wegs, der von der Straße abzweigte. Ben nickte.

»Wie wäre es mit einer Schlossbesichtigung?«

»*Ruine* trifft es besser«, meinte er.

Ein Auto überholte sie. Wasser spritzte aus der Pfütze. Der Bussard fiel plötzlich wie ein Stein vom Himmel, stürzte sich auf seine Beute, und Ben dachte an diese Nacht im Kuhstall. Morgens um fünf hatte Alfred sie entdeckt, als er zum Melken kam. Er hatte nicht geschimpft und sie auch nicht vertrieben, sondern in die Küche zu Lene gebracht, damit sie für die Kinder Frühstück machte. Ihre Beine waren vom Stroh zerkratzt gewesen, daran erinnerte er sich noch, aber auch an die Wärme im Stall, an das sanfte Muhen der Kühe, an das Gefühl von Geborgenheit und wie Lene ihnen damals Mut gemacht hatte, dass ihre Eltern bestimmt bald zurückkämen. »Sie sind zwar Linke, aber das ist kein Verbrechen. Bestimmt haben sie nicht gewusst, was euer Onkel vorhatte. Es wird schon gut ausgehen.«

Und Lene hatte recht behalten, am nächsten Tag waren Barbara und Gernot wieder da gewesen. Sie sagten etwas von »Bullenschweinen« und »Staatsterror« und verloren kein Wort über die Situation der Kinder. Fragten nicht, wie sie das erlebt hatten und wo sie gewesen waren. Ob es ihnen gut ging. Sie räumten die Unordnung auf, die die Polizei hinterlassen hatte. Alles war auf den Kopf gestellt worden. Nicht nur im Haus, sondern auch in der Mühle, im Holzschuppen und im Hühnerstall, in dem Luise und Leon ihr Geheimversteck hatten. Dass die Polizei nach Lukas gesucht hatte, hatte Ben damals verstanden, nicht aber nach einer Verbindung seiner Eltern zur RAF.

Er bog mit Charlie auf den Weg zum Haus ein. Dabei kamen sie am Weiher vorbei. In ihren Kinderfantasien war er oft ein tosendes Meer gewesen, manchmal auch die Niagarafälle oder ein schottischer See, in dem ein Ungeheuer hauste. Eine hauchdünne Eisschicht hatte sich darauf gebildet, zerbrechlich wie feines Glas.

Am Ende des Wegs lag die alte Mühle. Im Sonnenlicht sah das Ensemble beinahe romantisch aus. Linker Hand befand sich das Mühlengebäude, das sie als Kinder gemieden hatten, seit Lene ihnen die Sage vom Müller erzählt hatte, der darin Menschenknochen zu Mehl gemahlen hatte. Der Bach mit dem vermoosten Mühlrad war interessanter gewesen. Die Schleuse, mit der man den Wasserlauf regulieren konnte, und der morsche Holzsteg, der über den Bach in den Wald zu den Trollen am Hang führte. Neben der Mühle befand sich das Wohnhaus mit der Längsseite zum Hof, rechts daneben der Schuppen und Hühnerstall. Die

Gebäude waren in einem U angeordnet. Das Areal umgaben eine hohe Hainbuchenhecke und ein Zaun aus Schmiedeeisen. Er schloss das Grundstück auf der Seite zur Straße mit einem zweiflügligen Tor ab. Früher hatte es immer offen gestanden. Jetzt hing eine verrostete Metallkette mit Vorhängeschloss daran.

Charlie

Charlie betrachtete das Haus. An einer Stelle war das Dach eingesunken. Eine Schicht aus Moos und Flechten überzog die Ziegel aus Schiefer. Doch das Fachwerk hielt stand. Wenn man ordentlich Geld reinstecken würde, könnte man etwas daraus machen, dachte sie. »Gibt es einen Durchgang? Oder müssen wir hinüberklettern?«

»Wir kommen hinten rein.« Ben wies auf einen Pfad, der parallel zum Zaun verlief. Dem folgten sie entlang eines umgepflügten Ackers zur Rückseite des Grundstücks. Hinter der Hecke war ein verwilderter Garten zu erkennen. Das verdorrte Gras hatten Regen und Wind niedergedrückt. Zwei Bäume waren umgestürzt. Wohl schon vor Langem. Ihre Stämme waren moosbewachsen. In einem Apfelbaum hing der Rest einer Schaukel. Der Zaun war niedrig. Die Hainbuchenhecke, die das ganze Grundstück umgab, dagegen hoch wie eine Burgmauer. »Das ist ja die reinste Festung.«

»Die Hecken halten den Wind fern. Sie sind typisch für die Gegend. Aber wir kommen rein.« Ben hob eines der Zaunelemente an und zog es nach außen. Es entpuppte sich als Gartentür ohne Klinke. Auf den ersten Blick war sie nicht als Zugang zu erkennen. Was vor allem daran lag, dass die

Hecke dahinter keine Lücke aufwies. Charlie machte es wie Ben und schob sich zwischen Zaun und Hecke ein paar Meter voran, bis sie eine lichtere Stelle erreichten, an der sie auf allen vieren durchkrochen. Charlie klopfte sich auf der anderen Seite den Dreck von der Jeans und sah sich um. Die Läden am Haus waren geschlossen und im Erdgeschoss sogar mit Brettern vernagelt. »Wie kommen wir hinein?«

Ben lächelte. Zum ersten Mal, wenn sie das richtig sah. Wobei? Als er ihr vorhin erklärt hatte, dass er nicht plane, seinen Chef zu entführen, da hatte er gelacht. Trotzdem war er kein fröhlicher oder unbeschwerter Mensch. Etwas lastete auf ihm.

»Damit.« Er zog einen Schlüsselbund aus der Jackentasche, und sie folgte ihm zur Hintertür. Sie war mit einem Balken gesichert, den Metallprofile an Ort und Stelle hielten. Ben nahm erst das Vorhängeschloss ab, schob dann den Balken aus der Metallhalterung und öffnete mit einem anderen Schlüssel die Tür. Er ließ sie offen, damit Licht hereinkam. Charlie folgte ihm in einen Raum mit gefliestem Boden und Fliesenspiegel an einer Wand. Sie bemerkte ein Metallspülbecken voller Staub und Spinnweben, die es hier in Hülle und Fülle gab. Ein altes Trockengestell lehnte neben einer verrosteten Waschmaschine an der Wand. »Das war die Waschküche«, sagte Ben. Er öffnete eine Tür. Vor Charlie lag der Hausflur, der schnurgerade nach vorne führte, zum verrammelten Hauseingang. Rechts ging eine Holztreppe nach oben. Weiter vorne befanden sich linker Hand die Küche und gegenüber eine altmodische Garderobe mit Sitzbank und blindem Spiegel und daneben die Tür zum Wohnzimmer. Charlie folgte Ben in die Küche. Einbaumöbel mit orangegelben Fronten und Arbeitsflächen aus Resopal. Sie mussten aus den Siebzigern stammen. Ein Gasherd und daneben ein kleiner Kaminofen. Ein wackliger Tisch, auf dem verblasste Pril-Blumen klebten. In der Fensternische lagen tote Fliegen rücklings im Staub, mit dem hier alles bedeckt war. Im Haus war es gefühlt kälter als draußen. Es roch nach Moder, Verfall und Schimmel. Charlie atmete flach. Ben ging weiter und zeigte ihr im Schein der Taschenlampen-App das Wohnzimmer, in dem ein Sofa und ein Sessel standen. War das Schimmel? Oder war dieses Graugrün die ursprüngliche Farbe? An der Wand hingen, mit Reißzwecken befestigt, drei Plakate. Das ikonische Konterfei Che Guevaras, daneben eines, auf dem die Mao-Bibel angepriesen wurde, und zu guter Letzt eines für Sergej Eisensteins Film *Panzerkreuzer Potemkin*.

»Und du arbeitest für die Kapitalisten.« Charlie konnte es sich nicht verkneifen. »Was sagen denn deine Eltern dazu?«

»Das interessiert mich nicht. Mal abgesehen davon, dass es sie nicht interessiert, was ich tue.«

Hoppla. Jetzt war sie in einem Fettnapf gelandet. »Entschuldige. Ich wollte nicht neugierig sein. Ich finde nur die Diskrepanz so groß.«

Ben wandte sich zu ihr um. »Als Kind hast du nur zwei Möglichkeiten. Entweder wirst du wie deine Eltern oder das Gegenteil von ihnen. Es ist normal, wenn man nicht das tut, was sie sich erhoffen. Willst du das ganze Haus sehen?«

Eigentlich wollte sie das nicht. Es war deprimierend. Andererseits war sie neugierig. »Klar. Wenn wir schon mal da sind.«

Oben gab es ein winziges Kinderzimmer mit drei Bettgestellen unter den Dachfenstern und einem selbst gezimmerten Regal aus Obstkisten. Nebenan das Badezimmer. Ein Spiegel mit Sprung, ein angeschlagenes WC mit einem Spülkasten unter der Decke. Eine Badewanne voller Staub und Spinnweben. Im Schlafzimmer stand noch das alte Ehebett von Bens Eltern, ein aus Paletten gebautes Podest, auf dem zwei Futons Staub ansetzten. Auch hier hingen Reste von Plakaten an den schrägen Wänden. Eines warb für eine Diskussionsveranstaltung in Heidelberg im Mai 1977 zu Karl Marx' *Kritik der politischen Ökonomie*. Das andere stellte ein vergrößertes Buchcover dar. Ágnes Heller: *Philosophie des linken Radikalismus*. Meine Herren!, dachte Charlie. Zum Einschlafen kann ich mir was Schöneres vorstellen. Zum Schluss warfen sie noch einen Blick in das Arbeitszimmer von Bens Eltern. Auch hier überall Staub und Spinnweben. Tote Fliegen auf den Fensterbrettern. Ein schwarz lackierter Rollladenschrank stand in der Ecke unter der Dachschräge.

Der alte Schreibtisch von Bens Vater stand quer im Raum. Selbst gebaut aus einem Türblatt und alten Obstkisten. »Jaffa-Möbel«, sagte Ben. »So haben meine Eltern das genannt.«

»Wieso?«

»Kennst du Jaffa-Orangen nicht? Die gab's in diesen Kisten. Die leeren fand man auf dem Müll.«

»Ganz schön kreativ und günstiger als Ikea. Wart ihr arm?«

Ben lehnte sich an die Wand. In diesem Raum war es hell, denn die Läden waren nicht geschlossen. »Vermutlich. Ich habe das aber nicht so empfunden. Ich fand es toll hier. Wir waren immer draußen. Im Wald, am Bach, am Weiher. Niemand hat uns kontrolliert und uns etwas verboten. Nicht so wie heute, wo es Eltern gibt, die ihre Kinder nicht aus den Augen lassen, damit ihnen ja nichts passiert. Es war die schönste Zeit meines Lebens.«

»Klingt gut. Ich bin in einer Betonwüste aufgewachsen, die sie mit ein wenig Grünzeug dekoriert hatten.« Charlie stellte sich ans Fenster. Unten erstreckte sich der Hof mit dem Mühlengebäude rechter Hand und den Schuppen auf der linken Seite. Gegenüber befand sich der Zaun mit dem Tor aus Schmiedeeisen.

Sie verließen das Haus. Ben schloss ab, schob den Balken

an seinen Platz und sicherte ihn mit dem Vorhängeschloss. So viel Aufwand, dachte Charlie, wofür? Für Jaffa-Möbel und Che Guevara? Oder gegen Vandalismus oder eine Hausbesetzung?

Ben zeigte ihr noch den Hühnerstall mit dem Geheimversteck seiner Geschwister. Davon waren noch ein paar Latten übrig, die einen Winkel des Raums abteilten. Daran hing ein verblichener Stofffetzen, und dahinter lag eine angeschimmelte Matratze. Charlie stellte sich vor, wie das früher ausgesehen hatte. Sicher gemütlich. Ein Geheimversteck hatten Annika und sie nie gehabt.

Auch der Holzschuppen war mit einem durch Metallprofile geschobenen Balken und einem Vorhängeschloss gesichert und die Fenster mit Brettern vernagelt. Charlie versuchte durch die Ritzen zu spähen. Ben sah aufs Handy und meinte, es sei Zeit zurückzugehen.

Ben

Die dünne Eisschicht lag noch immer auf dem Weiher. In Bens Erinnerung flackerte das Lagerfeuer auf, das er aus den Brettern des Floßes im Hof gemacht hatte. Kurz nachdem die Polizei das Landidyll auf den Kopf gestellt hatte. Aus dem Betonring im Hof schlugen Flammen. Leon und Luise standen davor. »Warum hast du das gemacht?«, schrie Leon.

»Weil wir nicht schwimmen können.«

»Na und! Mir doch egal!«

Leon war so wütend gewesen und Luise betreten. Mit großen Augen hatte sie ihn angesehen.

Und jetzt, als sie wieder am Weiher mit der dünnen Eisschicht vorbeigingen, die bei der geringsten Belastung brechen würde, fiel ihm ein, dass auch er wütend gewesen war. Auf sich, auf Gernot und Barbara, auf seine Schulkameraden, die ihm wegen Onkel Lukas »Terror-Ben« nachriefen oder ihn und seine Geschwister die »Maienfeld-Bande« nannten. Der Riss hatte sich im Sommer 1988 in ihm aufgetan. Nicht erst ein Jahr später, als sie nach Stuttgart gezogen waren. Plötzlich wusste er das. Das Ende seiner Kindheit mit neun. Nicht erst mit zehn.

»Ist an dem Holzschuppen eigentlich etwas besonders?«, fragte Charlie.

»Wie kommst du auf die Idee?«

»Weil du ihn mir nicht zeigen wolltest.«

»Ich habe gleich ein Skype-Meeting.«

»Es ist noch nicht mal zwei.«

»Ich will mich auf das Gespräch vorbereiten. Dafür brauche ich ein paar Minuten.«

Das war nur die halbe Wahrheit. Den Holzschuppen hatte er schon als Kind nicht gemocht. Vermutlich lag es an einer von Lenes gruseligen Geschichten. Ihr Repertoire war beinahe unerschöpflich gewesen. Jedenfalls war er nie gerne Holz und Briketts holen gegangen und hatte sich damit immer beeilt.

Sie gingen Richtung Dorf, und diesmal hinterließ der Besuch am Ort seiner Kindheit nicht das Gefühl von Boden unter den Füßen. Eher im Gegenteil. Als ob sein Leben in Slow Motion auf einen Abgrund zurutschte. Vielleicht lag es an seiner eigenmächtigen Entscheidung im Fall Hoppe. Oder daran, dass er wieder schlecht geschlafen hatte. Die Albträume seiner Kindheit kehrten plötzlich zurück.

Zum ersten Mal seit Jahren hatte er wieder den Traum vom unsichtbaren Bösen geträumt, in dem er ein kleiner Junge war und hellwach in seinem Bett unter der Dachschräge lag. Neben ihm schliefen Leon und Luise. Das Fenster war gekippt, der Mond schien herein. Auf einmal bauschte sich der Vorhang sacht im Wind, obwohl es draußen windstill war. Etwas kam herein. Etwas Unsichtbares. Etwas Böses. Er wollte aus dem Bett springen und davonlaufen. So schnell er konnte. Doch er bewegte sich wie unter Wasser. Unendlich langsam quälte er sich aus dem Bett und zur Tür. Das Böse folgte ihm hinaus auf den Flur und die Treppe hinunter, wo Barbara und Gernot im Wohnzimmer saßen. Bei ihnen wäre er in Sicherheit. Plötzlich flog er. Er schwebte langsam über den Stufen hinunter ins Erdgeschoss, den Kopf voran, Arme und Beine ausgestreckt, und er dachte schon, er sei dem Bösen entkommen, als es am Fuß der Treppe auftauchte. Obwohl er es nicht sehen konnte, wusste er, dass es da war. Mit weit aufgerissenem Maul. Und er flog direkt darauf zu.

Mit einem Schrei war Ben aufgewacht und hatte sich in der Küche ein Glas Wasser geholt. Erst im Morgengrauen war er wieder eingeschlafen, und prompt hatte er den Traum vom Hasen geträumt. Er, Ben, kauerte in seiner Waldhütte und versteckte sich. Wovor, wusste er nicht. Draußen heulte und fauchte es, als ob ein Unwetter durch den Wald fegte, doch die Sonne schien, und kein Blatt rührte sich im Wind. Plötzlich lief ein Hase vorbei. Etwas knackte. Dann spritzte Blut, und der Hase brach zusammen, blieb tot im Moos liegen. So schlaff und klein. Ein Schrei verkeilte sich in Bens Kehle. Ein Schatten legte sich vor die Sonne. Die Falltür schlug über ihm zu. Es wurde dunkel um ihn herum, modrig und kalt.

Wieder war er schweißgebadet aufgewacht. Den ersten Traum konnte er kaum deuten. Nur so viel, dass er sich Sicherheit bei seinen Eltern erhofft, aber nicht gefunden hatte. Was nicht überraschend war. Auf das Böse, das ihn verschlingen wollte, konnte er sich keinen Reim machen. Was es mit dem toten Hasen auf sich hatte, dafür fand Ben auch keine Erklärung. Die Hütte im Wald war sein Zufluchtsort gewesen. Weshalb fürchtete er sich im Traum darin? Weshalb er dasselbe im Erdkeller tat, war klar. Diese Erfahrung hatte er gemacht. Doch etwas an seiner Erinnerung trog. Das hatte Ben bei seiner ersten Rückkehr ins Landidyll vor einigen Jahren herausgefunden.

Damals hatte er sich bei Lene zum ersten Mal die Schlüssel dafür geholt. Von Barbara wusste er, dass sie sie für alle Fälle aufbewahrte. Zwei Jahre später war Lene gestorben, und Alfred hatte ihm den Schlüsselbund nach der Beisetzung gegeben. Bei einem seiner Besuche hatte er sich auf die

Suche nach dem Erdkeller gemacht und festgestellt, dass es den nicht gab.

*

Das Wetter klarte weiter auf. Als sie um halb drei zum Blockhaus zurückkehrten, strahlte die Sonne von einem wolkenlosen Himmel. Der Laptop war aufgeladen. Ben machte sich einen Espresso und für Charlie einen Cappuccino. Während er seinen Kaffee trank, gestand er sich seine Nervosität ein. Es ging um alles oder nichts. Um Sicherheit oder im schlimmsten Fall um Arbeitslosigkeit. Was ihm vorhin noch so klar erschienen war, nämlich zu seiner Entscheidung zu stehen, wurde plötzlich verschwommen und diffus. Er allein konnte die Welt nicht retten. Nicht einmal Svenja Hoppe. Es lag nicht in seiner Macht. Wollte er dafür seinen Arbeitsplatz und seine Karriere riskieren? Luise würde ihm jetzt erklären, dass Arbeitslosigkeit keine Schande war. Doch allein der Gedanke daran versetzte ihn in Panik. Er wollte nie wieder in seinem Leben keinen einzigen Cent auf dem Konto haben, nie wieder containern. Nie wieder vor einem Geldautomaten stehen, der die Karte nicht mehr herausrückte. Nie wieder null Dispo haben. Nie wieder darüber nachdenken müssen, ob er sich einen Kinobesuch oder ein Buch leisten konnte, oder auf dem Flohmarkt eine Vinylplatte von Miles Davis.

Kurz vor drei sagte Charlie, dass sie ihn dann mal allein lasse, und verzog sich mit ihrem Handy in ihr Zimmer. Pünktlich um drei erschien Arentz' Konterfei auf dem Bildschirm.

Dass er auf die sechzig zusteuerte, sah man ihm nicht an. Hellblaues Button-down-Hemd. Designerbrille. Glatt rasierte Wangen. Die Krawatte saß ebenso wie das weiße Haar. Arentz war kein Freund von Small Talk. Er fragte kurz, wie es Ben gehe, und kam dann gleich zur Sache. Eine Entscheidung der Größenordnung wie im Fall Svenja Hoppe bedurfte der Zustimmung der Geschäftsleitung. Somit war Bens Zusage ungültig, und diesen Sachverhalt werde man dem Anwalt von Frau Hoppe mitteilen. Ein Mitarbeiter habe seine Kompetenzen überschritten.

Ben hörte zu und sagte nichts, bis Arentz fragte, ob er sich nicht dazu äußern wolle. In diesem Augenblick entschied er sich und besann sich auf Ulrikes Rat. Er redete sich mit der Gehirnerschütterung und dem Schock nach dem Messerangriff auf sich heraus. »Ich bin momentan nicht ganz ich selbst.«

»Das habe ich angenommen. Sie sind ein guter Mitarbeiter, Maienfeld. Machen Sie weiter so, und Sie werden es innerhalb weniger Jahre in den zwölften Stock schaffen. Wie lange sind Sie noch krankgeschrieben?«

»Bis Ende der kommenden Woche.«

»Kurieren Sie sich aus.« Arentz wünschte noch gute Besserung und verabschiedete sich.

Charlie kam irgendwann aus ihrem Zimmer. Sie fragte nicht, wie das Gespräch gelaufen war. Ben nahm an, dass sie es mitbekommen hatte, die Wände waren nicht sonderlich dick. Er fühlte sich, als wäre er drei Personen. Einerseits erleichtert, noch Abteilungsleiter zu sein. Andererseits wie ein Feigling, weil er nicht zu seiner Entscheidung gestanden hatte, und obendrein wie ein Schuft, weil er Svenja Hoppes Mutter nach der Erleichterung über die Zusage nun die Enttäuschung über den Rückzieher bescherte. In ihm brodelte es. Er zog die Joggingsachen an, lief dann aber nicht los, sondern setzte sich auf die Bank am Fenster. Die große Müdigkeit schlich wieder um ihn herum. Er fühlte sich leer und ausgelaugt. Wozu der ganze Mist? Einfach abhauen, dachte er. Den Rucksack packen und ab zum Flughafen. Irgendwohin fliegen, wo das Leben leichter war. Wobei das eine Illusion war, das wusste er. Denn seine Päckchen würden mit ihm reisen.

Kurz darauf setzte Charlie sich zu ihm. Sie hatte sich umgezogen. »Bin fertig für die Laufrunde.«

Ben bückte sich und zog die Schuhe wieder aus. »Habe es mir anders überlegt.« Er starrte aus dem Fenster auf das Panorama aus Hügeln, Feldern und Wäldern. Morgen war der Zwischenfall am Gollierplatz eine Woche her, seitdem glich sein Leben einem Tanz auf dünnem Eis, auf dem er sich zu halten versuchte, obwohl er wusste, dass er einbrechen würde. Wegen einer Messerattacke, die er überlebt hatte? Lag es an der Erkenntnis, dass er tot sein könnte? Bei dieser Frage hallte nichts in ihm nach. Genau genommen befand sich sein Leben seit Langem auf dem Weg Richtung Abgrund. Nur war es ihm in den letzten achtzehn Jahren gelungen gegenzusteuern. Und jetzt auf einmal nicht mehr? Woran lag das?

Charlie stand auf und ging zur Kochnische. Er hörte, wie sie Sachen aus dem Kühlschrank nahm, und starrte weiter aus dem Fenster. Es lag nicht an Yasin. Das wurde Ben klar. Es lag an Buchsweiler. Am Riss, der sich durch ihn zog, seit er neun war. An dem Spalt, der sich zwischen seiner Kindheit hier in der Natur und dem Umzug … Falsch! Nicht der Umzug markierte den Wendepunkt, sondern der Sommer 1988. Das hatte er heute im Landidyll doch endlich verstanden. Das brennende Floß. Die verlorene Sicherheit. Die Festnahme seiner Eltern. Onkel Lukas, der sich als Terrorist entpuppte.

Charlie kehrte mit einem Brett zurück, auf dem sie eine Brotzeit angerichtet hatte, und verschwand dann noch mal, um Gläser und eine Flasche Rotwein zu holen. Überrascht sah er sie an. »Am helllichten Nachmittag?«

»Ich verfolge den Plan, dich ein wenig aufzumuntern. Das Gespräch mit deinem Chef ist ja nicht so gut gelaufen.«

Er hatte nicht die Absicht, ihr das zu erklären oder sich vor ihr zur rechtfertigen. »Indem du mich betrunken machst?«

Sie neigte den Kopf und sah ihn an. »Yep. Und dann verführe ich dich.«

Ben lachte.

»Im Ernst. Ich glaube, wir beide haben jetzt ein wenig Sex nötig. Baut Stress ab und ist gut fürs seelische Gleichgewicht.«

Er wusste nicht, was er dazu sagen sollte. Sie war attraktiv, keine Frage. Doch er fühlte sich, als hätte ihn gerade ein Siebeneinhalbtonner überrollt.

»Ich meine, wir können natürlich auch zehn Kilometer joggen, das macht aber nicht so viel Spaß. Keine Angst. Ich will nicht mehr. Wir tun uns gut, und das war es dann. Ganz unverbindlich.« Im Graublau ihrer Augen tanzte ein Funke, und er fragte sich ohnehin schon seit Tagen, wie wohl das andere Ende des Schlangen-Tattoos aussah, das sich aus ihrem Ausschnitt über den Hals bis zum Nacken wand. Es war verlockend, mal nachzusehen. Er musste lächeln. »Okay. Einverstanden.«

»Fein.« Sie schenkte die Gläser voll, stieß mit ihm an und küsste ihn. Ein Kuss, der nach Süden schmeckte, nach Urlaub und Sommer. Nach hohem blauem Himmel und einer warmen Brise, die über das Land strich. Davon wollte er mehr. Er erwiderte ihn. Während sich ihre Hände unter sein Shirt schoben und seine unter ihres und sie sich nach und nach aus ihren Klamotten schälten, vergaß er alles, was ihn quälte. Seine Entscheidung, Svenja Hoppe in den Rücken zu fallen. Das Gespräch mit Arentz. Yasin, der hinter ihm her war, die Albträume und den Erdkeller. Seine Eltern, denen er nicht helfen wollte und sich doch dazu verpflichtet fühlte.

Es wurde dämmrig und dann dunkel. Das Feuer im Kaminofen war ausgegangen, die Flasche Wein war geleert, und Charlie lag neben ihm im Bett und war eingedöst. Leise stand er auf, legte Holz nach, holte eine Flasche Wasser und zwei Gläser und ließ die Tür zum Wohnzimmer auf, damit sie den Schein des Feuers sehen konnten. Er schlüpfte wieder unter die Decke, vorsichtig, um sie nicht zu wecken. Doch sie war wach und drehte sich auf den Rücken. Fasziniert betrachtete er die Schlange, die sich von der Hüfte über den Bauch und zwischen den Brüsten hindurch nach oben schlängelte.

»Und, wie fühlst du dich?«, fragte Charlie.

»Als hätte ich eine ganze Tafel Schokolade auf einmal gegessen. Und du?«

»Prima. Wir haben das gut gemacht.«

Es klang so, als hätte es Männer in ihrem Leben gegeben, mit denen es nicht gut gelaufen war. Es war ein Gefühl, das er plötzlich mit Yasin in Verbindung brachte. Mit ihrem unbedingten Willen, ihn zu kriegen. Im Namen des Volkes, als hätte sie auch über Selbstjustiz nachgedacht. Über Rache.

»Du guckst so komisch. Was ist los? Doch nicht gut gemacht?«

»Es war toll«, sagte Ben.

»Aber?«

»Nichts aber.«

»Du schwindelst. Ich sehe es den Leuten an, wenn sie lügen. Also sag schon. War dir das zu bieder? Stehst du vielleicht auf Dirty Talk oder Kinky Sex?«

»Nein.«

»Da bin ich aber froh. Bei Kinky steige ich aus.«

»Du magst keine Gewalt.«

»So gut wie niemand mag Gewalt. Ich glaube auch nicht daran, dass es einvernehmliche Gewalt geben kann. Einer sitzt immer am längeren Hebel. Einer hat immer die Macht und nutzt sie aus. Dann hat er die Kontrolle und macht dich fertig, einfach weil er es kann.«

»Yasin?« Es rutschte ihm heraus, obwohl er sie nicht hatte fragen wollen. Ihre Gesichtszüge entgleisten. Für eine Sekunde sah er Panik. Dann verschloss sie sich. »Abgefahrene Idee.«

»Was hat er dir angetan?«

Sie rollte sich auf die Seite und schwieg, bis sie dann doch etwas sagte: »Ich erzähle dir das vielleicht einmal. Aber nicht heute.«

Ben gab ihr einen Kuss auf die Schulter. »Tut mir leid.«

»Schon gut. Machst du Musik an?«

»Was magst du?«

»Egal. Was du gerne hörst.«

Er suchte auf dem Laptop nach einer Jazz-Playlist und verband ihn über Bluetooth mit dem Lautsprecher im Wohnzimmer, während Charlie ihr Handy checkte.

»Kommt dein Kollege eigentlich mit der Ermittlung voran?«, fragte Ben.

»Sieht so aus. Es gibt eine Zeugin aus Nadiras Familie, die gehört hat, wie sich Yasin vor seinem Vater mit der Tat gebrüstet hat. Sie ist eventuell bereit, das vor Gericht zu bezeugen.«

»Dann habt ihr ihn ja, und ich kann nach Hause fahren.«

»Noch nicht. Sie ist eine Verwandte von Nadira und nicht unparteiisch. Sein Vater wird Yasin nicht in die Pfanne hauen, und es gibt bisher keine Sachbeweise. Wenn du dich erinnern könntest, wäre das echt hilfreich.«

Er lehnte sich im Kissen zurück. »Mir fällt nicht mehr dazu ein, als ich dir schon gesagt habe.«

»Yasin hatte aber keine Schusswaffe bei sich. Und er hat nicht mit dir gesprochen. Sieht man auf dem Video. Diese Erinnerung hast du anderswoher. Du bringst da etwas durcheinander.«

»An das Klicken einer Waffe würde ich mich ganz sicher erinnern.«

Charlie lachte. »Hast du mir nicht lang und breit erklärt, dass du Weltmeister im Verdrängen bist? Die Sache mit deinem Bruder in der Kiesgrube? Die Rettungsaktion im Freibad? Und last but not least Nadira? Du weißt das alles nur, weil andere es dir gesagt haben. Ich glaube, du hast als Kind irgendetwas mitbekommen, das du nicht mitbekommen solltest, und die Anweisung erhalten, das schnell wieder zu vergessen, und das hast du brav getan. Nur an das Klicken erinnerst du dich, und das vermischst du jetzt mit dem Mord an Nadira.«

Etwas legte sich kalt in seinen Magen. »Es können auch Murmeln gewesen sein.«

»Sicher. Wenn dein Kumpel beim Murmelspiel mogelt, musst du das gleich wieder vergessen. Leuchtet ein.«

Er wollte dieses Gespräch nicht führen. »Themawechsel?«

Charlie ging darauf nicht ein. »Hast du jemals eine Waffe gesehen?«

»Am Samstag. In deiner Hand.«

»Ich meine, außerdem.«

»Nicht, dass ich wüsste.« Für einen Moment blitzte etwas auf, das er nicht zu fassen bekam. Kurz war er das Kind aus seinen Albträumen, das über die Treppe hinunterflog, direkt ins Maul des Bösen.

»Was ist mit der Stimme, an die du dich erinnerst?«, fragte Charlie. »Kennst du sie? Wer sagt, dass du nichts gesehen hast?«

Plötzlich hörte er das Knacken von Zweigen wie ein Echo aus einer anderen Zeit. Er kauerte in seiner Waldhütte, duckte sich weg. Versteckte sich. Durch die schmalen Ritzen sah er auf ein Paar Füße in weinroten Turnschuhen.

»Alt oder jung? Mann oder Frau?«, fragte Charlie.

»Keine Ahnung. Ich muss mal.« Ben ging ins Bad und hörte noch, wie sie sagte, dass Weglaufen keine gute Strategie sei.

Mittwoch, 27. November 2019

Barbara

Barbaras Mandantin meldete sich am Morgen. Sie habe gute Nachrichten, ob Barbara sich mit ihr um elf in einem Café im Stadtteil Rotebühl treffen könne? Es lag an ihrer Liefertour. Fünfzehn Minuten, mehr Zeit habe sie leider nicht.

Eigentlich war es Barbara lieber, wenn ihre Mandanten zu ihr kamen, doch heute kam ihr der Ausflug gelegen. Er lenkte sie ab und verkürzte die Zeit, bis Gernot losmusste. Ja, sie war nervös. Etwas gefiel ihr an dem Treffen mit Walter und Dagmar nicht. Wobei sie nicht sagen konnte, was sie störte. Wahrscheinlich hatte sie Angst vor der eigenen Courage. Jetzt, wo es ernst wurde.

Am Österreichischen Platz fuhr sie mit der Rolltreppe hinunter zur U-Bahn, froh, dem Nieselregen zu entkommen. Kurz darauf kam die Bahn, sie war beinahe leer, und Barbara bekam einen Vierersitz für sich allein. Die Tunnelwände glitten vor dem Fenster vorbei. An der nächsten Station hingen Plakate mit Werbung für Weihnachtsgeschenke. Die langen Samstage vor Weihnachten nahten und damit der Überfall auf einen Großmarkt, den Walter und Dagmar planten und bei dem Gernot das Fluchtfahrzeug steuern sollte. Barbara wurde es bei dem Gedanken ganz flau. Es konnte auch schiefgehen.

Gestern Abend hatte Walter sich gemeldet. Sie saßen gerade auf dem Sofa und überlegten, ob sie *Ozark* auf Netflix weitergucken sollten, als auf Gernots Handy eine Signal-Nachricht einging. Das war der verschlüsselte Messengerdienst, den Walter benutzte. Gernot las die Mitteilung und machte den Fernseher aus.

»Dagmar ist einverstanden. Wir treffen uns morgen Nachmittag um vier, um alles zu besprechen.«

»Mit *wir* bin ich mitgemeint?«

»Ich soll allein kommen. Du bist an der Aktion nicht beteiligt.«

»In Ordnung. Auch wenn ich dich lieber begleiten würde. Wo trefft ihr euch?«

»Typisch Walter.« Gernot schmunzelte. »Rate mal.«

»Ich vermute, irgendwo in der Nähe der französischen Grenze. Wie am Montag.«

»Wie kommst du darauf?«

»Weil Walter bequem ist. Vermutlich wohnen sie irgendwo im Elsass. Und? Habe ich recht?« Sie lehnte sich an ihn, und er legte seinen Arm um ihre Schulter. »Du bist gut.«

»Jetzt sag schon.«

»Wir treffen uns am Westwallbunker 25 bei Greffern am Rhein.«

Barbara lachte. »Wirklich? Das passt zu ihm. Antifaschist forever.« Sie nahm ihr iPad vom Tisch und googelte auf Maps nach Hitlers Westwallbunker 25. »Hab ihn. Nur fünfhundert Meter entfernt gibt es eine Fähre über den Rhein nach Drusenheim. Ich wette, mit der kommen sie. Und mit der verschwinden sie auch wieder. Falls ihnen jemand an den Fersen klebt, bekommen sie das mit. Wann trefft ihr euch?«

»Um vier.«

Barbara fand das reichlich spät und ungemütlich bei diesem Wetter. Aber an der Anlegestelle der Fähre gab es ein

Lokal. Außerdem kamen sie mit dem Auto, in dem war es warm und trocken. Darin konnten sie ungestört besprechen, wann, wo und wie die Aktion über die Bühne gehen sollte.

Walter und Dagmar konnten das. Sie hatten es schon mehrmals gemacht und waren nie gefasst worden. Barbara vertraute ihnen. Die beiden wussten, was sie taten. Einen Moment überlegte sie, weshalb sie diese Aktion so nannte. Aktion und nicht Raubüberfall. Es klang weniger kriminell, mehr nach Widerstand und Revolution. Obwohl ihr bewusst war, dass sie sich etwas vormachte.

Die U-Bahn erreichte die Haltestelle Rotebühlplatz. Barbara ging zu ihrem Treffen. Es dauerte nur zehn Minuten, weil ihre Mandantin fünf Minuten zu spät kam. Sie wirkte abgehetzt, als sie dem Inhaber drei Pakete aushändigte und sich dann zu Barbara setzte. »Ich muss gleich weiter. Aber Ihr Tipp war gut. Ich habe unter den Kolleginnen rumgefragt und eine WhatsApp-Gruppe eingerichtet. Bisher habe ich vier Frauen, die der Professor auch begrapscht hat. Zwei sind allerdings Illegale. Die werden das vor Gericht nicht bezeugen. Die beiden anderen schon. Damit sollte ich aus der Nummer rauskommen. Oder?«

»Großartig. Und dann drehen wir den Spieß um und zeigen ihn wegen falscher Beschuldigung, Verleumdung und sexueller Belästigung an.« Erfreut über diese Entwicklung, ließ Barbara sich die Kontaktdaten der Kolleginnen geben und fuhr nach Hause.

Als sie die Wohnung betrat, schlug ihr eine Knoblauchwolke entgegen. Gernot kochte Spaghetti aglio e olio. Das hatten sie ewig nicht mehr gegessen. Es erinnerte sie an die kargen Zeiten, als sie kaum Geld gehabt hatten. Heute kochte Gernot die Luxusvariante dieses einfachen Gerichts. Auf der Arbeitsfläche befanden sich Knoblauch eines französischen Biohändlers, Olivenöl aus der Toskana, natürlich kalt gepresst, extra vergine, und ein Stück Parmigiano Reggiano aus Reggio Emilia. Der Pfeffer in der Mühle stammte von einem ausgewählten Online-Händler, und sogar das Salz war besonders, ein Steinsalz aus Südamerika.

Schmeckte das nun besser als damals? Diese Frage schoss Barbara durch den Kopf. Würden sie bei einer Blindverkostung den Unterschied zur Aldi-Version des Gerichts schmecken?

»Unsere Henkersmahlzeit«, erklärte Gernot mit einem Lächeln.

»Berede es nicht.« Barbara liebte diese Art von Scherzen nicht und klopfte aufs Holzbrett. Sie war zwar nicht abergläubisch, aber man konnte ja nie wissen. Während sie den Tisch in der Küche deckte, fragte sie Gernot, wann er loswollte.

»Spätestens um halb drei. Besser ein wenig früher.«

Jetzt wurde es also ernst. »Hör dir den Plan erst einmal an. Falls du ihn für zu riskant hältst, mache nicht mit. Dann werden wir das Problem mit der Bank anders lösen«, sagte Barbara, obwohl sie keine Ahnung hatte, wie das gehen sollte. Es sei denn, sie verfassten doch das Buch über Lukas. Wer sagte denn, dass sie die Wahrheit schreiben mussten? Das war ein neuer Gedanke, den sie jetzt aber nicht weiter verfolgen wollte.

Nach dem Essen tranken sie ihren gewohnten Kaffee, dann zog Gernot sich um. Cordhose und Hoodie. Die Sneaker mit den dicken Profilsohlen, falls Walter und Dagmar das Gespräch bei einem Spaziergang führen wollten. Zögernd blieb Gernot vor dem kleinen Safe im Einbauschrank stehen. Darin lag eine Pistole. Sie sah, wie er überlegte, sie einzustecken. »Wieso denkst du darüber nach?«

»Worüber?«

»Über die Glock im Safe.«

»Du täuschst dich.« Er nahm sie in den Arm und zog sie an sich. Sie mochte den warmen, herben Geruch seiner

Halsbeuge. »Mach dich nicht verrückt. Walter und Dagmar brauchen mich. Wir haben alle etwas davon. Wie Walter sagte: Es ist eine Win-win-Situation.« Gernot suchte seine Sachen zusammen. Handy, Geldbörse, Schlüssel, Steppjacke, und sie brachte ihn zur Tür. »Ich melde mich, wenn ich da bin und wenn ich mich auf den Rückweg mache.«

*

Den Nachmittag verbrachte Barbara in ihrem Arbeitszimmer. Sie rief die beiden Frauen an, die der Professor ebenfalls belästigt hatte, und vereinbarte mit ihnen Termine, um ihre eidesstattlichen Versicherungen aufzunehmen. Sie machte Aktenablage und ging ihre Kartei auf der Suche nach einem Klienten durch, der sich in der Finanzbranche auskannte und ihnen zeigen konnte, wie sich das Geld über Gernots Verlag auf die Konten schleusen ließ, ohne dass Finanzamt oder Bank misstrauisch wurden. Einen Marty Byrde wie in der Netflix-Serie *Ozark*, die sie derzeit sahen. Doch sie war zu nervös, um sich darauf konzentrieren zu können. Um zehn vor vier rief Gernot an. Er war am Treffpunkt. Es wurde schon dämmrig, und es nieselte auch am Rhein. Er hatte die Fähre im Blick. Sie hatte gerade drüben auf der französischen Seite angelegt. Ein halbes Dutzend Pkw rollte an Bord.

»Ein grüner Kastenwagen ist dabei. So einer ist mir am Montag auf dem Rastplatz aufgefallen. Ich denke, das sind sie.« Er sandte ihr einen Kuss und verabschiedete sich. Sie sagte noch: »Pass auf dich auf.« Doch das Gespräch war schon weg.

In der Küche trank sie ein Glas Wasser. Dann ging sie ins Wohnzimmer, stellte sich ans Fenster und sah über die Dächer. Doch heute beruhigte sie der Anblick nicht. Sie kehrte ins Arbeitszimmer zurück und versuchte sich mit dem Entwurf der Anzeige gegen den Professor abzulenken, bis es an der Tür klingelte. Sie ging in den Flur zur Gegensprechanlage. »Ja, bitte?«

»Ein Paket für Maienfeld.«

Vermutlich das japanische Messerset, obwohl die Lieferung erst für Samstag angekündigt war. Gernot sollte es zu Weihnachten zusammen mit dem Granitmörser bekommen, der bereits in ihrem Arbeitszimmer darauf wartete, verpackt zu werden. »Sind Sie so freundlich und bringen es rauf.« Barbara öffnete die Tür und suchte nach ihrer Geldbörse, um der Frau ein angemessenes Trinkgeld zu geben. Auch wenn sie die fünf Etagen nicht zu Fuß bewältigen musste, sondern bequem im Lift nach oben fahren konnte.

Das Portemonnaie war in der Handtasche. Also ging sie ins Arbeitszimmer, um es zu holen. Im selben Moment klingelte ihr Handy, das neben der Tastatur lag. Gernots Foto erschien im Display. Das war ja schnell gegangen. Keine zwanzig Minuten waren seit seinem Anruf vergangen. Sie wollte »Hallo, Liebling« sagen, doch er brüllte ins Telefon. »Verschwinde aus der Wohnung! Sofort! Dagmar ist auf dem Weg zu dir.«

Adrenalin schoss in ihr empor. Für einen Moment setzte ihr Herzschlag aus. Das Paket! Ein Trick! Die Tür! Das Handy fiel ihr aus der Hand, als sie herumfuhr, um zur Wohnungstür zu laufen. Zu spät. Dagmar war bereits im Flur. Unter dem Basecap mit dem Logo eines Kurierdienstes lugte grau meliertes Haar hervor. Sie trug eine knallgelbe Jacke, die ihr zu groß war. In der Hand hielt sie eine Waffe mit aufgesetztem Schalldämpfer. Mit einem Fußtritt schloss Barbara die Tür des Arbeitszimmers. Ein dummer Reflex! Als wäre die Tür ein Hindernis. Mist!, dachte sie. Verdammter Mist! Panik stieg in ihr auf. Die Glock lag unerreichbar im Safe. Wie sollte sie sich gegen Dagmar wehren? Ihr Blick fiel auf den Granitmörser im geöffneten Paket. Er wog drei Kilo. Sie riss ihn heraus und stellte sich damit neben die Tür, die langsam geöffnet wurde. »Es hat keinen Sinn, sich zu verstecken«, sagte Dagmar. »Du miese kleine Erpresserin.«

Erst schob sich der Schalldämpfer ins Bild, dann die Pistole, dann Dagmars Arm. Kurz schoss Barbara der Gedanke durch den Kopf, das Missverständnis auszudiskutieren. Schwachsinn! Sie schwang den Mörser mit beiden Armen und schlug ihn Dagmar über den Schädel. Mit einem Stöhnen ging sie zu Boden, die Waffe fiel ihr aus der Hand und rutschte unter den Schreibtischstuhl. Dagmar robbte hinterher. Barbara war schneller, trat den Stuhl zur Seite, hangelte nach der Waffe und bekam sie in dem Moment zu fassen, in dem Dagmar sie am Fußknöchel packte und umriss. Rücklings knallte sie auf den Boden, ihre Hand umklammerte die Pistole, während Dagmar nach ihr griff, an ihr zerrte und Barbara nicht losließ. Für Sekunden entwickelte sich ein stummer Kampf. Nur ihr Keuchen war zu hören. Plötzlich sprang Dagmar auf, als hätte sie eine Stahlfeder in sich. Barbara versuchte ebenfalls auf die Beine zu kommen, doch sie schaffte es nur bis in die Hocke, als Dagmar schon nach ihr trat. Erst gegen die Brust. Ihr blieb die Luft weg, sie stieß mit dem Rücken gegen den Schreibtisch und erkannte in dieser Sekunde, dass Dagmar wusste, dass sie nicht schießen würde, dass sie ihr die Waffe abnehmen konnte. Der nächste Tritt traf sie knapp über dem rechten Ellenbogen, und dann geschah alles gleichzeitig. Ein höllischer Schmerz, eine unkontrollierte Bewegung. Ein dumpfes Plopp. Etwas traf Barbara warm ins Gesicht, und plötzlich war es still.

Ben

An dem Morgen, an dem Barbara sich in einem Café in Rotebühl mit ihrer Mandantin traf, wachte Ben mit einem Schrei auf. Wieder hatte er von dem unsichtbaren Unwetter geträumt, von der Waldhütte und dem Hasen, der leblos im Gras lag, und wie die Falltür des Erdkellers über ihm zuschlug.

Charlie lag neben ihm und strich ihm über die Wange. Sie fragte, was los war, und er erzählte ihr von seinem Traum und dass er nicht wusste, was er bedeuten sollte. Sie schliefen beide noch einmal ein und liebten sich, als sie wieder aufwachten. Ganz unverbindlich, sagte Ben sich. Es ging nur um Sex. Nicht um die großen Gefühle, und das war gut so.

Er war nicht nur Weltmeister im Verdrängen, sondern auch im Vergraulen. Es war paradox. Denn sein Leben lang sehnte er sich nach Aufmerksamkeit, Anerkennung und Liebe. Wenn schon seine Eltern nicht dazu in der Lage waren, dann vielleicht jemand anderer. Herr Weber in der Grundschule, dessen Brief er nie beantwortet hatte. Wie hätte er ihm denn erklären sollen, dass er weiter auf die Hauptschule ging? Auch Herrn Meißner, der in ihm mehr gesehen hatte als er selbst. Erst Jahre später hatte er das erkannt. In München, nachdem er die Lehre abgebrochen hatte, obwohl er gerne Schlosser geworden wäre. Auch seinen Ausbilder hatte er enttäuscht. Warum hatte er das getan? Bis heute wusste er das nicht. Vielleicht, um sich selbst zu bestrafen, weil seine Eltern ihn vor die Tür gesetzt hatten. In München hatte er Xenia kennengelernt. Studentin an der Kunstakademie. Eines Tages hatte sie ihn in der Bar angesprochen, in der er kellnerte. Ob er Modell für sie stehen würde? Er sei ein interessanter Typ. Zwischen Athlet und leptosom, mit der Ausstrahlung eines Melancholikers. Sie beobachte ihn schon einige Zeit und würde ihn gerne porträtieren. Sie gefiel ihm, und er ließ sich darauf ein. Sie malte ihn nicht nur, sie war die erste Frau, der er sich öffnete. Behutsam legte sie sein Innerstes frei und versuchte seiner Wut auf den Grund zu gehen. Er lebe das falsche Leben, weil er nicht an sich glaube, sagte sie eines Tages und förderte nach und nach seine verschütteten Hoffnungen auf Abitur und Studium zutage. Auf Aufstieg. Auf Zugehörigkeit. Auf ein Konto im Plus. Auf eine hübsche Wohnung. Auf ein ganz und gar bürgerliches Leben. Sie ermutigte ihn, das anzugehen. Sie half ihm, den Anfang zu machen, und begleitete ihn zu einer Infoveranstaltung der Abendschule. Sie bugsierte ihn sacht zurück auf Kurs, als er aufgeben wollte, weil er keine Minute Freizeit mehr hatte. Dank ihr hielt er die zwei Jahre durch, und dann betrog er sie mit ihrer besten Freundin, als das Abi geschafft war. Stellte sich selbst ein Bein. Weil es ihm zu gut ging? Weil er sich zur Abwechslung mal wieder als der letzte Dreck fühlen wollte? Weil ihm die Ablehnung fehlte? Er wusste es nicht. Xenia hatte ihm das jedenfalls nicht verziehen. Er hatte sie enttäuscht. So wie seine beiden Lehrer und seinen Meister. Sie alle hatten sich für ihn interessiert, ihn gemocht und gefördert und auch geliebt. Und alle hatte er irgendwann enttäuscht oder zurückgestoßen.

Charlie meinte, sie gehe jetzt unter die Dusche. Er begleitete sie, und sie liebten sich noch einmal. Der Sex mit ihr war behutsam und zärtlich. Wie selbstverständlich. Sie taten einander gut, wie sie gesagt hatte. Sie brachten ihre Seelen in Balance.

Beim Frühstück beratschlagten sie, wie sie den Tag verbringen wollten. Vielleicht mit einem Ausflug nach Bad Münstereifel. Eine Woche war die Sache am Gollierplatz nun her, und Ben fragte Charlie, ob Yasins Geduld nicht doch endlich war und er die Strategie des langen Atems über kurz oder lang aufgeben würde. Charlie checkte ihre Tracker und rief Boris an. Alles war ruhig in München. Doch es gab Neuigkeiten. Boris war der Tatwaffe möglicherweise einen Schritt näher gekommen. Ein Zeuge hatte sich gemeldet, der am Tattag frühmorgens einen Mann auf der Theresienhöhe beobachtet hatte, der etwas in einen Container mit Bauschutt warf. Etwa achthundert Meter vom Tatort entfernt. Die Beschreibung passte auf Yasin. Nach dem Inhalt des Containers suchte Boris, denn der war inzwischen geleert worden.

Ben las seine Mails und fand eine von Ulrike. Sie hatte ihm den Brief des Justiziars zur Information weitergeleitet, der an Svenja Hoppes Anwalt gegangen war. Obendrein erwartete Arentz, dass Ben sich bei Frau Hoppe für seine Kompetenzüberschreitung entschuldigte. Kopie an ihn.

Ben knallte den Laptop zu. Charlie sah auf. »Was ist los?«

»Ich soll mich bei Frau Hoppe entschuldigen. Das kann Arentz vergessen.«

»Er will dich demütigen«, sagte Charlie. »Wenn du das zulässt, spielt er weiter mit dir. Willst du überhaupt in dieser Firma Karriere machen?«

»Eigentlich nicht.«

»Dann kündige.«

»Vielleicht bezweckt Arentz das. Wenn ich das Handtuch werfe, sparen sie sich die Abfindung.«

»Gönne ihm den Sieg.« Charlie stützte das Kinn in die

Hand und lächelte. »Du könntest natürlich auch Frau Hoppe eine Mail schreiben, in der du dich für das Verhalten deiner Firma entschuldigst und das Kalkül dahinter erklärst. Kopie an Arentz. Er wirft dich hochkant raus, wetten?«

Ben lachte, und dieses Lachen fühlte sich befreiend an. Wenn er schon rausflog, dann nach seinen Regeln.

Ulrike hatte ihm die Kontaktdaten von Frau Hoppe geschickt. Ben verbrachte eine Stunde mit der Formulierung der Mail. Am Ende entschuldigte er sich, nicht mehr für Frau Hoppe, vor allem aber für ihre Tochter Svenja, tun zu können, und wünschte ihr viel Glück und vor allem Erfolg in der bevorstehenden gerichtlichen Auseinandersetzung. Die Blindkopien gingen an Ulrike und an Arentz. Ben klickte auf »Senden«, danach wurde ihm für eine Sekunde ganz flau. Die Mail war raus. Sie war nicht mehr zurückzuholen. Es war entschieden.

Einen Moment später klingelte sein Handy, und er dachte schon, es sei Ulrike, die ihn fragen wollte, ob er jetzt komplett plemplem sei. Doch es war Luise, die sich über FaceTime meldete. Er nahm den Videocall an. Das Gesicht seiner Schwester erschien auf dem Display. »Servus, Ben. Du meldest dich gar nicht. Ist alles in Ordnung?«

Im Hintergrund erkannte er die Tapete in Meikes Gästezimmer. Luise saß mit geröteten Augen auf dem Bett und sah unglücklich aus.

»Mir geht's gut. Dir aber nicht. Hast du geweint?«

»Ich fahre heute nach Hause. Spätestens morgen. Meike geht mir auf die Nerven. Ihre ständigen Sticheleien gegen Leon, gegen mich, gegen Noro. Ihre unterschwellige Aggressivität. Ich kann nicht mehr, und Noro ist auch schon am Durchdrehen. Ich wollte dir nur Bescheid sagen.«

Charlie setzte sich neben ihn aufs Sofa. Sie hatte das Gespräch mitgehört. »Ich mische mich mal kurz ein, wenn das okay ist.«

»Das ist Charlotte Bodmer«, erklärte Ben Luise. »Von der Münchner Kripo. Sie passt auf mich auf.«

»Du hast einen Bodyguard?«

»Yep«, sagte Charlie. »Und Sie haben keinen. In Weilheim sind Sie sicher. Yasin hat Leon bisher nicht entdeckt. Aber vor Ihrer Wohnung in Wasserburg lungern seine Jungs rum und warten darauf, dass Ben oder Sie dort auftauchen. Sie sollten in Weilheim bleiben.«

»Ich will gar nicht in meine Wohnung. Für ein paar Tage kann ich zu einer Freundin ziehen«, sagte Luise. »Außerdem muss ich arbeiten. Meine Chefs brauchen mich. Die wissen ja nicht mal, wie man ein ordentliches Angebot schreibt, geschweige denn eine Rechnung.«

Charlie versuchte noch eine Weile, Luise zu überzeugen, bei Leon zu bleiben. Wenigstens noch eine Nacht. Darauf einigten sie sich. Sie beendeten den Call, und Ben fragte, warum bis morgen. »Weil Boris dann hoffentlich die Tatwaffe hat, und dann haben wir Yasin. Dann buchten wir ihn ein.«

»Und wenn die Spuren am Messer nicht von ihm sind?«

»Sie sind von ihm.«

Er bemerkte, wie sich Charlies Hände zu Fäusten ballten, wie sich ihre Nägel ins Fleisch gruben, und er griff danach, strich mit den Daumen über die Handrücken, löste die Verkrampfung. »Was hat er dir angetan?«

Barbara

Die Stille dröhnte in Barbaras Ohren, als wäre sie ein lebendiges Wesen. Übelkeit stieg in ihr auf, gleich würde sie sich übergeben. Sie schaffte es ins Badezimmer, würgte Spaghetti hervor und blickte darauf, als hätte sie noch nie Erbrochenes gesehen. Schließlich spülte sie den Mund aus und starrte sich im Spiegel an. Dabei entdeckte sie ein paar kleine Blutspritzer in ihrem Gesicht. Sie wusch sie ab und kehrte ins Arbeitszimmer zurück.

Was war mit Gernot? Bei dem Gedanken, dass Walter ihn erschossen haben könnte, wurde ihr wieder schlecht. Mit zitternden Fingern hob sie ihr Handy auf und wählte Gernots Nummer. Er meldete sich sofort. »Babs?«, fragte er zögernd.

»Ja. Ich bin's. Alles in Ordnung mit dir?« Es tat so gut, seine Stimme zu hören, dass ihr vor Erleichterung die Tränen in die Augen schossen.

»Geht schon. Und bei dir?«

»Wir haben hier ein Problem.« Sie sah auf Dagmar, die auf dem Webteppich lag und tot war. Plötzlich spürte sie, wie ihr Blutdruck in den Keller rauschte. Sie fühlte sich von einer Sekunde auf die andere elend und schwach. Auf ihrer Stirn bildete sich kalter Schweiß. Bunte Lichtpunkte tanzten vor ihren Augen. Sie ging in den Flur und setzte sich auf den Hocker. Reiß dich zusammen!

»Verstehe«, sagte Gernot. »Lass uns das nicht am Telefon besprechen. Ich muss hier noch etwas erledigen. Dann komme ich nach Hause. Mit dir ist wirklich alles in Ordnung?«

»Mach dir keine Sorgen. Ich bin okay. Was ist mit …?«

»Erzähle ich dir später.«

»Ja, gut. Pass auf dich auf, und rase nicht so.«

»Ich liebe dich.«

»Ich weiß. Ich dich auch.«

Noch immer fühlte sie sich zittrig, geradezu klapprig, als würde sie gleich ohnmächtig. Was sie jetzt brauchte, war ein Drink. Im Wohnzimmer schenkte sie sich von Gernots Single Malt zwei Fingerbreit ein, was nicht einfach war. Nicht nur, weil sie zitterte. Im rechten Arm brandete der Schmerz in Wellen an und ab, sodass sie die Flasche nicht halten konnte. Sie setzte sich aufs Sofa, klemmte sie zwischen die Beine und schraubte den Verschluss mit der linken Hand auf. Na, dann Prost!, dachte sie. Die Fassungslosigkeit ließ nach, ein anderes Gefühl schob sich in den Vordergrund: Ärger. Was für ein Mist! Der erste Schluck brannte in Mund und Kehle und legte sich warm in ihren Magen. Der zweite ließ sie entspannen, beim dritten wurde sie ruhig. Das Zittern ließ nach.

Du dumme Nuss!, dachte Barbara und meinte nicht sich, sondern Dagmar. Was für ein unnötiges Ende. Und was für ein beschissenes Leben. Seit vierzig Jahren im Untergrund. Immer in Angst, erkannt oder verraten zu werden. Oder bei einem Überfall erwischt oder von den Bullen erschossen. Wie fühlte sich so ein Leben an? Grauenhaft. Und wofür das Ganze? Am Ende nicht für hochtrabende Ideale oder weltverändernde Ziele, sondern für einen Mann, dachte Barbara. Für Walter.

Natürlich hatten sie damals im besetzten Haus in Heidelberg alle gegen das bestehende System gewettert, aber nur einige von ihnen waren später Terroristen geworden. Zunächst waren ihre Waffen die Worte gewesen. Nächtelang hatten sie sich die Köpfe heiß- und in Rage geredet. Das System als Feind. Und Walter war einer der eloquenten und gut aussehenden Wortführer gewesen. Gernot mochte ihn nicht. Den meisten Männern der Kommune ging das so. Walter war das Alphatier, der Leitwolf, wenn man so wollte, der den Führungsanspruch erhob. Dagmar hatte ihn angehimmelt wie ein Backfisch. Natürlich ohne das zu zeigen, denn das wäre uncool gewesen. In der Kommune gab es nur coole Frauen. Gebildet, wortgewandt, gleichberechtigt. Sie rauchten, tranken und kifften und beteiligten sich natürlich an den Diskussionen. Anders als ihre Mütter dreißig Jahre zuvor, die mit gestärkter Schürze und frisch ondulierten Haaren den Sauerbraten servierten und ihre Meinung für sich behalten hatten, so wie es die Männer erwarteten. Die Frauen der Kommune waren den Männern ebenbürtig. Jedenfalls in der Theorie. In der Praxis sah das anders aus. Denn meistens spülten die Frauen das Geschirr und putzten die Klos, weil die Männer das nicht taten. Sie waren zu sehr mit Denken und Reden beschäftigt.

Barbara trank noch einen Schluck vom Whisky. Gernot war die Ausnahme gewesen, er putzte auch mal Klo und Bad, und jetzt fiel ihr das Interview ein, das Boock vor einigen Jahren dem Zeitzeugenportal über seine Zeit in der RAF gegeben hatte. Sie lachte. Er hatte allen Ernstes behauptet, dass die Baader-Meinhof-Bande eigentlich Ensslin-Meinhof-Mohnhaupt-Bande hätte heißen müssen, denn die Frauen seien die Köpfe gewesen. Diese Dumpfbacke. Ohne Andreas Baader hätte es die RAF nicht gegeben.

Dagmar liebte jedenfalls den Leitwolf und war bereit, alles zu tun, um ihm zu gefallen. Daher nahm sie seinen Harem nach außen gelassen hin, während die Eifersucht sie beinahe zerfraß. Sie verleugnete sich selbst und redete ihm das Wort. Natürlich waren seine Ansichten auch ihre. Sie trat für den bewaffneten Kampf ein, als er das nach der Todesnacht von Stammheim tat, und als er von Staatsmorden sprach, tat auch sie es. Seinetwegen war sie in den bewaffneten Widerstand gegangen. Um ihn nicht zu verlieren und ihm zu imponieren, nicht um die Gesellschaft zu verändern oder die Welt gerechter zu machen. Seinetwegen war aus der Unterstützerin der RAF eine Terroristin geworden. Und wofür? Für ein beschissenes Leben. Immerhin hatte sie Walter ab diesem Zeitpunkt allein für sich gehabt. Das nahm Barbara jedenfalls an. Wenn man mit falschen Papieren in konspirativen Wohnungen lebte, hielt man den Freundeskreis besser klein. Sehr klein. Und nun lag Dagmar drüben im Arbeitszimmer tot auf dem Teppich. Erschossen. Nicht von den Bullenschweinen.

Barbara brauchte einen Plan, ging aber erst einmal ins Bad und nahm zwei Schmerztabletten. Dann suchte sie nach der Tube Heparin und einer elastischen Binde und bandagierte den Ellenbogen, so gut es mit der linken Hand ging. Gebrochen war offenbar nichts, sonst wären die Schmerzen stärker. Als das erledigt war, kehrte sie in ihr Arbeitszimmer zurück.

Dagmar lag vor dem Schreibtisch auf dem Rücken und starrte mit gebrochenem Blick an die Decke. Unter ihrem Kinn am Übergang zum Hals befand sich ein kleines rotes Loch mit einem dunklen Rand und einigen Blutspritzern rundherum. Dort war das Projektil eingedrungen. Barbara wusste nicht, wie das geschehen war. Sie hatte jedenfalls nicht abgedrückt. Nicht bewusst.

»Du dumme Nuss!« Sie sagte es laut in die Stille des Zimmers. »Wir haben euch nicht erpresst. Ihr hättet Nein sagen können. Ohne jede Konsequenz. Das war so bescheuert von euch! Das hast du jetzt davon! Sieh dich an!« Es tat gut, ein wenig Dampf abzulassen.

Inzwischen hatte sich die Dunkelheit über Stuttgart gesenkt. Barbara ließ den Rollladen herunter, bevor sie Licht machte, ein Paar Einweghandschuhe anzog, die sie zum Putzen benutzte, und neben Dagmar in die Hocke ging. Sie konnte keine Austrittswunde finden. Nur eine harte Beule am Hinterkopf. Das Projektil steckte offenbar unterhalb der Haut im Schädel. Erst jetzt bemerkte sie den Geruch nach Urin und Kot. Dagmars Jeans war im Schritt nass. Den Rest konnte sie sich denken.

Der Teppich musste in die Waschmaschine und das Parkett geschrubbt werden. Der Gestank war nicht auszuhalten. Außerdem würden die Ausscheidungen den Holzboden ruinieren, wenn sie nicht gleich etwas unternahm.

Dagmars Leiche musste weg. Barbara holte das Sonnensegel aus der Teakholztruhe auf der Dachterrasse, ließ in der Wohnung alle Rollläden herunter und zog die dicken Putzhandschuhe an. Das Sonnensegel war aus stabilem wetterfestem Material. Sie breitete es neben Dagmar aus und rollte sie darauf, wofür sie beide Arme brauchte. Zähne zusammenbeißen!, befahl sie sich und ignorierte den tobenden Schmerz. Als es geschafft war, sah sie auf einen feuchten braunen Fleck am Hosenboden von Dagmars Jeans. Barbara wurde es beinahe übel. Sie versuchte, flach zu atmen und zog die Plane samt ihrer Last in den Flur. Den Webteppich steckte sie in die Waschmaschine. Morgen musste sie ihn zum Sperrmüll bringen, zusammen mit ihrer Kleidung. Sie zog sich um und steckte die Sachen, an denen Spuren von Dagmar haften könnten, in einen Müllbeutel. Dann schrubbte sie das Parkett und lüftete das Arbeitszimmer, bis es nach Orangenreiniger und Novemberluft duftete.

Dafür stank es jetzt im Flur. Barbara legte Dagmars Basecap, das sie während des Kampfs verloren hatte, auf die Plane. Sie sah fremd aus, kleiner und leichter, als sie im Leben gewesen war. Wie ein aus dem Nest gefallener Vogel.

Für einen Moment tat sie ihr unendlich leid, im nächsten Moment wurde es Barbara übel vor Schmerz.

Charlie

»Was hat er dir angetan?« Bens Frage hallte nach. Er hatte schöne Augen, dunkel wie Kastanien. Er war ein netter Kerl und trotzdem ein einsamer Mann. Keine Freundin. Keine Freunde, die sich um ihn kümmerten. Also so richtig, so, wie sich das unter Freunden gehörte. Er schien nur seinen Bruder und seine Schwester zu haben. Noch immer hielt er ihre Hände in seinen. Ihre Anspannung ließ nach.

Der Sex mit ihm war gut. Er war behutsam. Vielleicht war er auch einfühlsam. Vielleicht war er der, dem sie das erzählen konnte. Er würde zuhören und nicht urteilen. Würde nicht »selbst schuld« sagen, so wie damals die Polizei. So wie ihre Mutter, so wie Karsten, dem sie das in einer schwachen Stunde mal erzählt hatte. Direkt gesagt hatte er es nicht, sondern gemeint, dass es ganz schön dämlich von ihnen gewesen sei und sie ja keine dreizehn, sondern siebzehn. Aufgewachsen in einem rauen Viertel mit Gewalt und Drogen. Sie seien keine naiven Mädels vom Land gewesen, die nicht wussten, was passieren konnte. Das hatte er gemeint, und damit hatte er recht.

Naiv waren sie nicht gewesen, aber auf der Suche nach Zugehörigkeit, nach einem Freund. In ihrer Klasse waren sie die Außenseiterinnen. Wegen allem und nichts. Wegen ihrer uncoolen Klamotten. Wegen der guten Noten. Wegen der falschen Musik, die sie hörten. Weil sie echte Freundinnen waren. In jenem Frühling machte das Gerücht die Runde, sie seien Lesben. Daheim war niemand, der sie auffing, ihnen Mut machte, sie in den Arm nahm und tröstete. Annikas Eltern waren geschieden. Ihr Vater hatte eine neue Familie gegründet und ließ sich nicht mehr blicken. Er zahlte auch keinen Unterhalt, weshalb Annikas Mutter neben ihrer Arbeit bei einem Discounter noch putzen ging und selten daheim war. Bei Charlie war es ähnlich. Nur waren ihre Eltern nie verheiratet gewesen. Irgendwann hatte ihr Vater sich aus dem Staub gemacht, als Charlie zwei oder drei gewesen war. Sie hatte keine Erinnerung an ihn. Seither suchte ihre Mutter nach dem Mann fürs Leben. Die Kerle kamen und gingen. Ohne Kind wäre es leichter, einen Mann zu finden. Das hatte Mama mehr als einmal gesagt. Wirklich großartig!

In dieser Phase ihres Lebens war plötzlich Yasin wieder in ihren Fokus geraten. Sie hatten dieselbe Grundschule besucht, danach hatten sich ihre Wege getrennt. Er war ein Jahr älter als sie. Schon achtzehn und im Besitz eines Führerscheins und eines getunten BMW, mit dem er durchs Viertel fuhr. Er trug die angesagten Klamotten und arbeitete als Türsteher in einem Club, der seinem Onkel gehörte. Zu der Zeit der coolste Schuppen in der Gegend. Natürlich wollten Annika und sie hinein. Und es lag in Yasins Macht, ihnen Zugang zu gewähren. Er flirtete mit ihnen, machte sie an, ließ den Macho raushängen und war hinter Annika her. Sie gefiel ihm. Er ihr nicht. Sie wollte nichts von ihm. In den Club zu kommen war ein Spiel nach seinen Regeln. Also lächelten sie zu seinen Anzüglichkeiten. Klimperten mit den Wimpern, ließen ihn glauben, er sei ein toller Kerl, und die Tür ging auf. Das ging zwei Monate so. Jedes Wochenende dieselbe Nummer. Yasin glaubte, bei Annika

Chancen zu haben. Irgendwann wechselte er von der Tür an die Bar, sorgte aber dafür, dass sie weiterhin reinkamen. Während es an der Tür ein Spiel von wenigen Minuten gewesen war, wurde es drinnen eine never ending story. An der Bar ließen sie sich bald nicht mehr nieder. Yasin laberte sie dicht. Es gab Sitzecken mit weichen Sofas. Eines wurde ihr Stammplatz. Sie tanzten und tranken und hatten Spaß. Sie ließen sich von Yasin Drinks ausgeben, wenn das Geld knapp wurde, und das passierte oft. Dann kassierte Yasin ab, fordert ein Küsschen auf die Wange. Es war ja nichts dabei, das dachten sie. Seine beiden Cousins, die mit ihm an der Bar arbeiteten, machten sich bald lustig über ihn. Nannten ihn einen Romantiker. Frauen würden auf harte Kerle stehen, nicht auf Pusteblumenpflücker. Er lasse sich von den beiden Trullas ganz schön verarschen. Er solle mal die Begleichung der Rechnung fordern. Sie stachelten ihn an, und Yasin wurde zusehends aggressiver. Er stellte Annika nach. Am Freitag, bevor es geschah, fing er sie auf dem Weg zur Toilette ab, drückte sie an die Wand, zwang ihr einen Kuss auf und fasste ihr zwischen die Beine. Sie konnte ihn abwehren, vor allem weil ihr ein Mann zu Hilfe kam. Es musste einer aus Yasins Clan gewesen sein, der in der Hierarchie über ihm stand. Er pfiff ihn zurück. Bis heute wusste Charlie nicht, wer er war. Er hatte Annika gerettet. Vorerst.

Am Samstag waren sie wieder im Club. Yasin kam zu ihnen und entschuldigte sich bei Annika, während seine Cousins hinter dem Tresen die Szene beobachteten. Es tue ihm leid. Er wisse nicht, was da in ihn gefahren war. Es komme nie wieder vor. Als Wiedergutmachung bot er freie Getränke für den Abend an. Und sie dummen Hühner griffen zu. Annika mehr als Charlie. Die Nacht schritt voran. Sie tobten sich auf der Tanzfläche aus, schüttelten alles ab, was sie belastete, träumten ein wenig von der Zukunft. Die Mittlere-Reife-Prüfung lag hinter ihnen. Die Ergebnisse sollten sie in der kommenden Woche erfahren. Annika hatte eine Lehrstelle als Floristin in Aussicht. Charlie wollte Beamtin werden und hatte sich bei der Stadtverwaltung beworben. Ein sicherer Job, ein geregeltes Einkommen. Niemals putzen gehen und abends daheim sein. Das war Charlies Plan. Ganz bieder. Ganz spießig. Sie waren ausgelassen, sie tranken zu viel. Es war ja umsonst. Der Club leerte sich, die Sperrstunde nahte. Irgendwann wollten auch sie gehen. Annika griff nach ihrer Lederjacke. Ihr Markenzeichen. Sie stammte von ihrem Vater, und es verging kaum ein Tag, an dem sie die Jacke nicht trug. Außer im Hochsommer bei dreißig Grad. Sie suchten also ihre Sachen zusammen, als sich Yasin mit drei Cola-Rum zu ihnen setzte. Die Musik wummerte weiter, obwohl keine Gäste mehr da waren. Hinter dem Tresen zogen die Cousins eine Bong hervor. Charlie sagte, dass sie eigentlich genug habe für heute. Annika nickte. »Ich auch.« Es kam lallend hervor. Sie war so betrunken, dass sie es nicht schaffte, die Jacke anzuziehen. »Ein Schlummertrunk«, sagte Yasin und hob das Glas. Die Jungs mit der Bong setzten sich aufs Sofa gegenüber. Sie rückten ihnen nicht auf die Pelle. Sie rauchten friedlich ihre Bong. Die Luft roch süß. Yasin hielt noch immer das Glas erhoben. Charlie und Annika griffen nach ihren Gläsern und stießen mit ihm an. Ist ja nichts dabei, dachte Charlie. Eine Minute später drehte sich alles. Die Lichter verschwammen, die Musik klang weit entfernt. Jemand lachte und sagte: »Die geile Schnitte gehört mir.« Das war das Letzte, an das sie sich erinnerte.

Als sie zu sich kam, lag sie in einem fremden Zimmer auf einem runden Bett und sah sich selbst im Spiegel an der Decke. Neben ihr wachte Annika auf. Sie waren beide nackt. Ihr Schädel wollte bersten. Zwischen den Beinen pochte ein dumpfer Schmerz. Sie fasste hin und griff in eine klebrige Masse aus Rotz und Blut. Es dauert einen Moment, bis sie verstand, dass es kein Rotz war. Wimmernd drehte sie sich auf die Seite.

Es dauerte, bis sie in der Lage waren aufzustehen, sich anzusehen und in Tränen auszubrechen. »Shit«, hatte Charlie gesagt. Das wusste sie noch. »Shit.«

Wie sie aus dem Club und nach Hause gekommen waren, wusste sie dagegen nicht mehr. Sie hatte Annika mit zu sich genommen. Mama war nicht da. Sie hatte einen neuen Freund und schlief bei ihm. Charlie kochte Kaffee, den kotzten sie keine fünf Minuten später ins Spülbecken. Sie duschten und schrubbten sich beinahe die Haut vom Leib. Sie schwiegen, denn sie hatten keine Worte. Bis Charlie sagte: »Dafür werden sie bezahlen. Wir zeigen sie an.«

Annika riss die Augen auf. »Du meinst, das war Yasin nicht allein?«

»Yep.« Das meinte sie, und Wut stieg in ihr auf. Ein unfassbarer Zorn, den sie an sich nicht kannte. »Dafür wandern sie in den Knast.«

»Dann erfahren es alle«, sagte Annika. Sie saß in ein Badetuch gehüllt auf Charlies Bett und wollte nicht zur Polizei gehen und auch nicht in die Notaufnahme der Gynäkologie, um sich die Pille danach verschreiben zu lassen. Ihre Tage hatten sie beide gerade erst gehabt. Es würde schon gut gehen. Annika schämte sich in Grund und Boden. Sie wollte das niemandem erzählen. Niemand sollte davon wissen. Es kostete Charlie drei Tage, Annika zu überzeugen, dass das für Yasin und seine Cousins Konsequenzen haben musste. Dann gingen sie auf die Wache und erstatteten Anzeige. Die Chancen stünden nicht gut, meinte die Beamtin. Alle Spuren vernichtet, keine Zeugen. Wieso sie sich überhaupt in eine solche Situation begeben hätten? Als wären sie selbst schuld. Yasin und seine Freunde würden sicher alles abstreiten. Trotzdem wurde ermittelt. Die Polizei tauchte auch bei ihren Müttern auf. Selbst schuld, sagte Charlies Mama. Annikas formulierte es ähnlich. Yasin und seine Cousins erklärten, die Mädchen seien gute Freundinnen und der Sex einvernehmlich gewesen. Wieso die plötzlich durchdrehten, keine Ahnung? Vielleicht hatten sie ihre Tage.

Am Ende wurden die Ermittlungen eingestellt. Es gab keine Beweise, die für eine Anklage ausgereicht hätten. Yasin und seine Cousins kamen ungeschoren davon. Natürlich machte die Geschichte die Runde im Viertel. Alle wussten davon, veränderten sie, dichteten allerlei Perversitäten hinzu, wozu auch Yasin beitrug. Er machte sie fertig, weil sie es gewagt hatten, ihm die Polizei auf den Hals zu hetzen. So ging der Sommer vorüber.

Annika bekam die Zusage für die Lehrstelle. Ein Lichtblick, der sie ein wenig aufmunterte. Charlie wartete noch auf die Antwort der Stadtverwaltung. Doch egal, wohin sie in ihrer Hood gingen, sie wurden schräg angesehen. Es wurde getuschelt und gekichert. In Charlie brodelte der Zorn. Sie wollte Gerechtigkeit, sie wollte Rache. Sie kochte beinahe über. Während Annika jeden Tag stiller und in sich gekehrter wurde. Sie ging kaum noch raus. Meistens trafen sie sich bei Charlie oder fuhren mit der S-Bahn ins Grüne. Wo niemand sie kannte. Ihre Gespräche drehten sich im Kreis. Es gab nichts, das sie tun konnten. Sie waren hilflos und ohnmächtig. Es wäre besser gewesen zu schweigen, dachte Charlie schließlich. Die Anzeige hatte alles nur noch schlimmer gemacht.

Und dann machte eines Tages das Gerücht vom Pornovideo die Runde, das im Netz kursierte. Charlie und Annika, die beiden Schlampen, die es mit drei Kerlen trieben. Damals gab es noch keine Smartphones. Jemand schickte ihr anonym eine SMS auf ihr Nokia. Darin ein Link, der zu einer Pornoseite führte. Sie sah sich das Video an und erkannte, dass ihre Vermutung richtig war. Nicht Yasin allein hatte sie und Annika vergewaltigt, seine Cousins hatten das ebenfalls getan. Sie hatten das gefilmt und auf eine Pornoseite hochgeladen. Auf dem Video sah man, dass sie es mit zwei bewusstlosen Mädchen trieben. »Wenn das nicht für eine Anklage reicht«, brüllte Charlie in ihr Zimmer. »Dann bringe ich ihn eigenhändig um.« Eine Sekunde später stürzte sie ins Bad, kotzte ihr Abendbrot ins Waschbecken und sah ihr Spiegelbild an. Jetzt war sie nicht mehr hilflos. Yasin selbst hatte ihr die Waffe in die Hand gedrückt. Jedenfalls ging sie davon aus, dass er ihr das Video gesimst hatte. »Jetzt machen wir dich fertig!«

Sie wählte Annikas Nummer. Die Mailbox ging ran. Charlie hinterließ eine Nachricht. »Keine Panik, Annika. Alles ist gut. Jetzt kriegen wir ihn. Ich bin gleich bei dir.«

Es war eine laue Spätsommernacht. Der Beton strahlte die Wärme des Tages ab. Überall saßen Leute auf Balkonen, auf den Bänken der Grünanlage und vor dem Einkaufszentrum. Es wurde Musik gehört und gegrillt. Kinder wuselten herum. Zehn Minuten später klingelte sie bei Annika. Sie öffnete nicht. In der Wohnung war es still. Charlie klopfte und rief Annikas Namen. Nichts rührte sich. Sie rief noch einmal an und legte das Ohr an die Tür. Kein Klingeln in der Wohnung. Annika war nicht zu Hause. Die Mailbox ging wieder ran. Plötzlich wühlte die Angst mit kalter Hand in ihrem Innersten. »Mach keinen Scheiß, Annika. Bitte. Das ist er nicht wert. Wir kriegen das hin.« Mit dem Fuß trat sie gegen die Tür und rannte schließlich die Treppen hinunter, hinaus in die Nacht auf der Suche nach ihrer Freundin. Als sie die Blaulichter von Polizei und Rettungswagen an der Bahntrasse sah, wusste sie, dass sie Annika dort finden würde.

Ein Zug stand still. Schwarze Silhouetten und tanzende Lichtkegel vor der Lok. Absperrband schaukelte sacht im Nachtwind. Ein Polizist hielt sie zurück. »Hier gibt es nichts zu sehen. Gehen Sie bitte.«

Benommen tat sie das. Ein Klumpen steckte in ihrem Hals fest. Sie konnte nicht weinen. Sie konnte es nicht glauben. Zehn Meter weiter lag Annikas Lederjacke unversehrt im Schotter, wie ein Vermächtnis. Charlie hob sie auf, schlüpfte hinein und schwor sich, Yasin zur Strecke zu bringen.

Das war ihr nicht gelungen. Auf dem Video waren weder Annika und sie zweifelsfrei zu identifizieren noch ihre Vergewaltiger. Zu unscharf, zu schlechte Auflösung. Obendrein sah man die Kerle nur von hinten. Sie hatten das Video geschnitten und darauf geachtet, nicht erkannt zu werden.

Noch immer hielt Ben ihre Hände. Noch immer sah er sie an, und sie fasste sich ein Herz. »Okay. Ich erzähle es dir. Und im Gegenzug denkst du darüber nach, was du nicht gesehen hast. Was du vergessen sollst. Ich meine, so richtig nachdenken. Ohne Ablenkungsmanöver und Ausweichen. Kein oberflächliches Kratzen an der verschlossenen Tür.«

Barbara

Es war sieben, als sie endlich den Schlüssel im Schloss hörte. Barbara ging in den Flur. Gernot sah völlig derangiert aus. Die Cordhose dreckig, die Steppjacke zerfetzt, eine blutige Schramme im Gesicht. »Meine Güte!« Sie zog ihn an sich. »Was ist passiert?«

Er strich ihr übers Haar, gab ihr einen Kuss und machte sich los. »Erzähle ich dir gleich.« Sein Blick ging über ihre Schulter zur Plane. »Das ist alles ganz schön aus dem Ruder gelaufen.«

»Was ist mit Walter?«

»Er sitzt in seinem Wagen. Mausetot. Ich brauche einen Drink.«

Im Wohnzimmer schenkte er sich einen Whisky ein. »Was ist mit deinem Arm?«

Barbara erzählte, was passiert war, und widerstand der Versuchung, sich auch ein Glas einzuschenken. Sie blieb besser nüchtern, denn sie wollte Dagmars Leiche nicht eine Minute länger in der Wohnung haben als unbedingt nötig. Der Arm machte Gernot Sorgen. »Soll ich dich zur Notaufnahme fahren?«

»Er ist nicht gebrochen, nur geprellt oder gestaucht. Jetzt sag schon. Was ist am Bunker passiert?«

Gernot stellte das leere Glas ab. »Ich bin zum Treffpunkt gegangen, als die Fähre drüben losfuhr. Zehn Minuten später kam Walter. Allein. Da hatte ich schon ein merkwürdiges Gefühl. Er sagte, Dagmar hätte Migräne, und schlug vor, einen Spaziergang zu machen. Während wir tiefer in den Wald gingen, hat er mir einen Vortrag gehalten. Du kennst ihn ja. Immer eine große Klappe. Alles wird argumentativ unterfüttert, sogar wenn er scheißen geht. Entschuldige. Also, wir gingen durch diesen wirklich wunderschönen Auwald, und er fängt an, mir einen Vortrag über Solidarität und Freundschaft zu halten, um dann auf Vertrauen und Verrat zu kommen. Da habe ich verstanden, dass sie unsere Bitte doch in den falschen Hals bekommen haben. Und so war es. Vom Gegenteil war er nicht zu überzeugen. Er hat mir nicht geglaubt und erklärt, sie würden uns nicht mehr vertrauen. Wer sie erpresste, würde sie auch verraten. Immerhin wären achtzigtausend Euro Kopfgeld auf sie ausgesetzt. Wir gehörten liquidiert. Plötzlich zieht er eine Waffe. Ich wollte mich nicht abknallen lassen und bin auf ihn losgegangen. Es war ein Reflex, mit dem er nicht gerechnet hat. Wir haben gerauft. Irgendwann hatte ich die Waffe in der Hand, frag mich nicht, wie ich das geschafft habe. Und ich habe abgedrückt. Er oder ich. Dazwischen gab es nichts.« Ratlos sah er sie an und hob die Hände. »Ich wollte das nicht.«

Barbara atmete durch. »Ich auch nicht. Hätten sie uns doch nur vertraut.« Eine Weile saßen sie schweigend auf dem Sofa, und für einen Moment fühlte sie sich fremd, als wäre sie Akteurin in einem Film oder Theaterstück. Doch das hier war real. »Du hast Walter in sein Auto gesetzt?«

»Ja. Und ich habe es tiefer in den Wald hineingefahren. Heute Nacht wird ihn niemand finden. Hoffe ich jedenfalls. Während der Rückfahrt habe ich überlegt, wie wir das Problem lösen.«

Barbara hörte sich den Plan an und fand ihn gut. Auch wenn sie dafür ihren teuren Hartschalenkoffer opfern musste. Dagmar passte gerade so hinein. Das Sonnensegel landete in einem Müllsack. Gernot wusch sich und zog sich um. Sie warteten, bis es im Haus ruhig wurde, und verließen die Wohnung kurz nach Mitternacht. Mit dem Lift ging es in die Tiefgarage. Der Koffer war schwer. Sie bekamen ihn kaum in Gernots Cayenne. In der Ausfahrt zur Straße streifte das Licht der Scheinwerfer einen metallicblauen BMW auf der gegenüberliegenden Seite. Der Wagen war Barbara gestern schon aufgefallen. Gernot stoppte mitten auf der Rampe. »Ist der schon wieder da.«

»Du meinst den BMW?«

»Ich musste ihn auf der Fahrt nach Greffern abhängen.«

»Wer ist das?«

Er sah zu ihr und zuckte mit den Schultern. »Keine Ahnung. Jedenfalls kein Profi. Ich war ihn nach zehn Minuten los.« Er legte den Rückwärtsgang ein und rangierte zurück zum Stellplatz. »Bin gleich wieder da. Verriegle sicherheitshalber die Türen.«

Ein paar Minuten später war er zurück und legte die Glock ins Handschuhfach. Barbara schluckte.

»Ich hoffe, ich brauche sie nicht. Aber heute ist so ein Tag ... Der Kerl im BMW nervt. Wenn er uns folgt, werde ich ihm ein paar Fragen stellen.« Gernot startete den Wagen und fuhr über die Rampe auf die Straße. Eine Minute später entdeckten sie den BMW im Rückspiegel. »Du kannst ihn nicht zur Rede stellen«, sagte Barbara. »Wir haben Dagmar im Kofferraum. Häng ihn ab.«

Gernot lenkte den Wagen durch die Innenstadt und hielt sich ans Tempolimit. Weiter ging es auf die Autobahn Richtung Bad Cannstatt, was nicht ihre Richtung war. Der BMW war nicht weit hinter ihnen. Zu dicht für jemanden, der das beruflich machte. Das war kein Bulle. Gernot fuhr mit hundertzwanzig über die Autobahn, bis sie die Stadt und die Lichter hinter sich gelassen hatten. Es war stockfinster und wenig Verkehr. In einer Kurve wurde ein Parkplatz in fünfhundert Metern Entfernung angekündigt. Gernot trat das Gaspedal durch. Barbara sah in den Rückspiegel. Der BMW verschwand in der Krümmung der Kurve. Und umgekehrt waren sie für ihn nicht zu sehen. Der Cayenne schoss in die Zufahrt des Parkplatzes, Gernot trat die Bremse bis zum Anschlag durch, löschte die Lichter und ließ den Wagen langsam ausrollen. Eine Sekunde später fuhr der BMW mit hohem Tempo auf der Autobahn vorbei.

»Und jetzt?«, fragte Barbara. »Er wird weiter vorne auf uns warten.«

»Glaube ich nicht. Er denkt, dass wir vor ihm sind, und versucht uns einzuholen. In anderthalb Kilometern kommt die nächste Ausfahrt. Dort fahren wir runter.«

*

Kurz vor zwei verließen sie bei Bühl die Autobahn, ohne dass der BMW wieder aufgetaucht wäre. Sie fuhren durch stille Dörfer zum Rhein. Kein Mensch war unterwegs und auch kein anderes Fahrzeug. Die Fähre verkehrte in den Wintermonaten nur bis zwanzig Uhr. Barbara hatte das gegoogelt und rechnete nicht damit, dass ihnen jemand begegnen würde. Kurz vor dem Fähranleger bog Gernot links auf eine Straße ab und gleich darauf auf einen Parkplatz. Von dort folgte er einem holprigen Weg tiefer in den Wald hinein. Die Lichter tanzten über Pfützen, Sträucher und Bäume. Zweige schrammten am Lack. Nach etwa hundert Metern stoppte Gernot und stellte den Motor aus.

Zwischen den Bäumen entdeckte Barbara den kantigen Schattenriss von Walters Auto.

»Wir sind da. Packen wir es an?«, fragte Gernot. Sie nickte und wurde das Gefühl nicht los, dass das alles nicht wirklich geschah.

Dagmars Leiche lag zusammengerollt wie ein Embryo im Koffer. Als sie sie heraushoben, war sie ganz steif. Die Leichenstarre hatte eingesetzt. Barbara schauderte.

»Geht's?«, fragte Gernot, und sie nickte. Es musste gehen. Gemeinsam hievten sie Dagmar in den Kastenwagen. Auf den Beifahrersitz neben Walter, dessen Leiche nach vorne über das Lenkrad gekippt war. Barbara sah gleich wieder weg. Ihr wurde übel. Der Geruch nach Kot und Urin war wieder da. Sie zog den Rollkragen ihres Pullovers über Mund und Nase und half Gernot, den Wagen zu durchsuchen. Sie nahmen alles mit, was der Polizei die Identifizierung erleichtern würde, leerten Walters Taschen und das Handschuhfach und steckten die Sachen in einen mitgebrachten Plastikbeutel. Dagmars Taschen hatten sie schon in Stuttgart ausgeräumt. Barbara schlug die Beifahrertür zu und atmete durch, sog die frische feuchte Waldluft in ihre Lunge, und doch wurde sie den Geruch nicht los. Er haftete an ihr. Hatte sich im Haar und in den Kleidern festgesetzt. Jetzt keine Panik!, befahl sie sich. Dafür ist später Zeit.

Gernot legte den Koffer auf den Rücksitz. Er war aus Kunststoff und würde mit den beiden verbrennen. Den Beutel und Walters Pistole steckte Barbara im Cayenne unter die Abdeckung zum Warndreieck und Abschleppseil. Dort lag schon Dagmars Waffe. Während Gernot den Reservekanister aus dem Kofferraum nahm und den Inhalt in und über den Kastenwagen schüttete, putzte sie Walters Waffe und atmete noch immer den Gestank nach Fäkalien ein. Der Cayenne roch auch danach.

»Fertig?«, sagte Gernot. Sie nickte und stieg zu ihm ins Auto. Er fuhr es nach vorne zum Parkplatz. »Bin gleich wieder da.«

Im Rückspiegel sah sie ihn im Wald verschwinden. Kurz darauf bemerkte sie einen flackernden Lichtschein. Gernot kehrte zurück. Sie waren noch nicht weit gefahren, als ein dumpfer Knall die Nachtruhe störte. Barbara drehte sich um. Der Schein wurde größer. Ein gelborangès Flackern in der Dunkelheit. In Greffern würde das Feuer so schnell niemand bemerken. Der Ort war zu weit weg, und ein Wald lag dazwischen. Auf der anderen Rheinseite hingegen würde man es bald sehen.

»Geschafft.« Gernot griff nach ihrer Hand.

»Noch nicht ganz. Die Waffen müssen wir noch loswerden.«

Dafür hatte Gernot bereits einen Baggersee zwischen Iffezheim und Rastatt ausgewählt. Sie erreichten ihn kurz vor drei. Er lag einsam in der Nacht, umgeben von Wald und Feldern. Über ihnen lugte der Mond zwischen den Wolken hervor. Gernot erledigte es. Er warf die Waffen mit Schwung ins Wasser. Es platschte zwei Mal, und Barbara, die mit ihm ausgestiegen war, um diesen Geruch loszuwerden, sehnte sich plötzlich nach einer heißen Dusche. Sie musste das alles abwaschen. Den Geruch, den Tag, Dagmars und Walters unnötigen Tod. Sie hatten das nicht gewollt.

*

Als sie Stuttgart wieder erreichten, war es kurz nach vier Uhr morgens. Die Müdigkeit saß in Barbara wie Sand. Sie wollte jetzt nur noch duschen und schlafen. Das alles vergessen. Es war nie geschehen!

In der Straße zu ihrem Haus stoppte Gernot plötzlich. »Da ist er wieder.« Er wies auf den blauen BMW. »Na warte! Dich kaufe ich mir.« Er beugte sich zum Handschuhfach, in dem die Glock lag, und sie legte ihm die Hand auf den

Arm. »Nicht jetzt. Wir sind beide ziemlich überreizt. Am Ende passiert noch etwas.«

»Du hast recht. Morgen ist auch noch ein Tag.« Er öffnete mit der Fernbedienung das Tor zur Tiefgarage. Während es aufging, sah Barbara zum BMW. Ein junger Mann saß darin. Schwarzes Haar, das an den Seiten sehr kurz geschnitten und mit einem Muster verziert war. Akkurat gestutzter kurzer Bart. Dunkle Augen wie schwarze Oliven, er sah sie direkt an, und sie konnte es nicht lassen, legte die Hand an die Lippen und pustete einen Kuss zu ihm hinüber. Es war eine elegantere Geste als der gestreckte Mittelfinger.

Langsam schloss sich das Tor hinter ihnen, während Gernot die Glock aus dem Handschuhfach nahm und Barbara die Tüte unter der Abdeckung des Kofferraums hervorholte. Im Augenwinkel glaubte sie, eine Bewegung wahrzunehmen, und sah sich um. Doch da war nichts. »Der Wagen stinkt. Wir sollten eine Innenraumreinigung machen lassen.«

»Wir könnten auch ein Sortiment Wunderbäume an den Rückspiegel hängen.« Gernot grinste, und sie war froh, dass er schon wieder Scherze machte. Im Lift nach oben fragte er, welche Duftnote es denn sein sollte. Kokos oder Zitrone? Vanille oder Erdbeere? Oder am Ende Fichtennadel? Das Lachen tat gut. Es löste die Anspannung.

Im Flur lagen noch die beiden Müllsäcke. Die konnte sie morgen wegbringen. Der Trockner war durchgelaufen. Barbara nahm den Teppich heraus und steckte ihn zum Sonnensegel, dann ging sie rasch unter die Dusche, wusch den Geruch ab und steckte, als sie fertig war, die Kleidung in die Waschmaschine.

Im Bademantel ging sie zu Gernot. Er saß in der Küche, aß ein Leberwurstbrot und trank dazu Wein. Die Glock lag auf dem Tisch neben dem Teller. Sie war alt. Kurz vor dem Umzug ins Landidyll hatte Gernot sie sich zugelegt. »Nur zur Sicherheit«, hatte er gesagt, als sie fragte, wozu er sie brauche. Zur Sicherheit? Falls er an einem der Depots von den Bullen überrascht wurde? Oder mit falschen Papieren, Waffen oder Munition in eine Verkehrskontrolle geriet? So wie damals in Heidelberg? Was wäre aus ihnen geworden, wenn er damals eine Pistole griffbereit gehabt und sie benutzt hätte? Daran wollte Barbara nicht denken. Sie hatte nicht nachgefragt, doch die Vorstellung, dass er in einer solchen Situation schießen würde, hatte ihr Angst gemacht. Eine Sekunde, die alles ändern konnte.

Nun lag die Glock schon seit Jahrzehnten im Safe. Ab und zu holte Gernot sie heraus, reinigte und ölte sie und schloss sie wieder weg. Davon trennen wollte er sich nicht. Sie war eine Erinnerung an eine andere, aufregende Zeit.

Er bemerkte ihren Blick. »Ich räume sie gleich weg. Magst du auch ein Glas Merlot?«

»Ja, gerne.« Es würde ihr beim Einschlafen helfen. »Was für ein furchtbarer Tag.«

»Weißt du, was ich nicht verstehe?«, fragte er, während er ein Glas für sie aus dem Schrank nahm.

»Dass sie geglaubt haben, wir würden sie erpressen. Das war verrückt.«

»Wobei du es ja von Anfang an für möglich gehalten hast.«

»Das war eine eher theoretische Überlegung. Sie wussten doch, dass wir loyal sind. Beinahe zwanzig Jahre haben wir sie unterstützt.«

»Das meine ich nicht«, sagte Gernot. »Ich verstehe nicht, warum sie uns nicht beide an den Bunker bestellt haben. Zwei auf einen Streich. Warum so umständlich?«

»Keine Ahnung. Es ist auch nicht wichtig.« Barbara wollte diesen Tag so schnell wie möglich vergessen und nicht stundenlang jedes Wort und jede Geste analysieren. Was geschehen war, war nicht zu ändern. Was jetzt zählte, war, dass sie nie mit den beiden Toten an der Rheinfähre in Verbindung gebracht wurden. Sie trank einen Schluck Wein und entspannte sich allmählich. Gernot kam dann doch noch einmal auf Walter und Dagmar zu sprechen und auf die Zeit in Heidelberg. Ob sie sich an das Fest erinnern könne, bei dem Walter eine perfekte Parodie von Franz Josef Strauß gegeben hatte. Natürlich erinnerte sie sich. Walter hatte ein Talent dafür gehabt, Leute nachzumachen. An diesem Abend Wehner und Strauß. Alle hatten sich gebogen vor Lachen. Sie erinnerte sich aber auch an Dagmars Tränen, als er kurz darauf mit Ute in seinem Zimmer verschwand und die Tür nicht schloss, weil er das nie tat. Er habe nichts zu verbergen. Das Private sei immer auch politisch. Wenn man die Gesellschaft verändern wollte, sollte man mit den verkrusteten bürgerlichen Strukturen beginnen. Jeder konnte mitbekommen, was in seinem Zimmer geschah. Dagmar hielt das nicht aus und bekam im Garten einen hysterischen Anfall. Sie brüllte, heulte, drosch mit einem Stock auf Bäume ein und dachte, sie sei allein. Doch Barbara hatte auf der Veranda gesessen und eine Tüte geraucht, als Dagmar ausflippte. Sie ging zu ihr und legte beide Arme um dieses Persönchen, das einen Kopf kleiner war als sie, und zog sie an sich. »Vergiss ihn. Es gibt andere.«

»Kann ich einen Zug haben?«, fragte Dagmar mit nassem Gesicht, und Barbara hatte die Tüte mit ihr geteilt.

Gernot stand auf. »Lass uns zu Bett gehen.« Er nahm die Glock. Im selben Moment klingelte es an der Wohnungstür. Um Viertel vor fünf Uhr am Morgen. Barbara schrak zusammen. Überrascht sahen sie sich an.

»Ich sehe nach«, sagte Gernot. Er steckte die Glock in den Hosenbund und ging zur Tür. In Barbaras Ohren rauschte das Blut. Waren das schon die Bullen? Es konnte nicht sein. Was hatten sie falsch gemacht? Es klingelte noch einmal. Sie hörte, wie Gernot die Tür aufriss. »Da geht's lang.« Er sagte es gefährlich leise, und sie ahnte, wer geklingelt hatte. Einen Augenblick später dirigierte Gernot den Kerl aus dem BMW mit vorgehaltener Waffe in der einen und einem Baseballschläger in der anderen Hand in die Küche. Der Junge hatte die Hände erhoben und sah aus, als würde er sich gleich in die Hosen machen.

»Taschen ausleeren. Langsam und keine Tricks.«

Gernot lehnte den Baseballschläger an die Wand, während der Kerl mit unsicheren Fingern aus diversen Taschen seiner Jeans und Jacke Handy, Schlüssel, eine Geldbörse, einen Schlagring und ein Springmesser zutage förderte.

»Hinsetzen. Hände flach auf den Tisch.« Gernot wies mit der Waffe auf einen Stuhl, und der Junge – Barbara gelang es nicht, ihn als Mann zu sehen, obwohl er sicher über zwanzig war – gehorchte.

Mit der Linken nahm Gernot den Geldbeutel und reichte ihn ihr. Sie verstand, was er meinte, und zog den Personalausweis heraus. »Bilal Turan. Er wohnt in der Schwarenbergstraße.« Barbara nahm Gernots Handy von der Küchentheke und machte ein Foto des Ausweises.

»Was willst du von uns?«, fragte Gernot.

»Nur reden.«

»Und dafür brauchst du Baseballschläger, Messer und Schlagring? Muss ja ein brisantes Thema sein.« Barbara hörte die Ironie in Gernots Stimme und ahnte, wie zornig er war. Er war mit seinen Nerven am Ende, mit seiner Geduld und ganz sicher auch mit seinen Kräften.

»Ich suche Ben. Das ist alles. Wissen Sie, wo er ist?«

Barbara legte das Handy zurück auf die Küchentheke. Der Anruf des Journalisten fiel ihr wieder ein, der vermutlich kein Journalist war und ihr erzählt hatte, Ben sei ein Held. Er hätte einer Frau beinahe das Leben gerettet.

»Warum interessiert dich das?«, fragte Gernot.

»Ist eine Angelegenheit unter Freunden.«

Barbara lachte auf. »Wenn ihr Freunde wärt, wüsstest du, wo er ist. Und dann wüsstest du auch, dass Ben und wir geschiedene Leute sind.« Das war zwar übertrieben, aber hier war eine klare Ansage nötig. »Wir haben seit Jahren keinen Kontakt. Du verschwendest deine Zeit, wenn du uns observierst in der Hoffnung, dass er hier auftaucht.«

»Wissen Sie, wo er sein könnte?«

»Du hörst nicht zu!«, schrie sie ihn an. »Was habe ich gerade gesagt?« Auch ihre Nerven flatterten. Was für ein grauenvoller Tag. Es war genug! Es reichte!

»Wir wissen nicht, wo Ben ist. Es gibt daher keine Infos, die wir mit dir teilen könnten«, erklärte Gernot. »Hast du das jetzt verstanden?«

Der Junge nickte.

»Gut, Bilal Turan. Dann trennen sich jetzt unsere Wege. Handy, Geldbörse und Schlüssel kannst du einstecken. Der Rest bleibt hier.« Gernot brachte den Jungen zur Tür. »Wir wissen, wer du bist und wo du wohnst. Lass uns in Ruhe, und wir tun dasselbe mit dir.« Barbara hörte, wie er die Wohnungstür hinter dem Jungen schloss und dann ins Schlafzimmer ging.

Sie löschte das Licht in der Küche und folgte ihm. Die Waffe lag wieder im Safe, Gernot schloss ihn. Es war Zeit, zu Bett zu gehen. »Weshalb sucht er nach Ben?«, fragte Gernot, und Barbara erzählte ihm von dem Anruf des angeblichen Reporters der *Bild-Zeitung*. »Anscheinend hat Ben versucht, einen Mord zu verhindern, was ihm aber nicht geglückt ist.«

»Er ist also Zeuge und untergetaucht?«

»Ich nehme es an. Sonst würde Bilal nicht nach ihm suchen.«

»Wir sollten ihn warnen.«

»Ja, mach das. Aber das hat Zeit bis morgen. Ich bin total erledigt.«

Gernot ging ins Bad und schlüpfte kurz darauf zu ihr unter die Decke. »Hoffentlich lässt Bilal uns jetzt in Ruhe.«

»Hast du Zweifel?«

»Eher ein ungutes Gefühl. Wir sollten vorsichtig sein.«

Sie gaben sich einen Kuss und kuschelten sich Bauch an Rücken unter die Daunendecke, in der beruhigenden Gewissheit, nicht allein zu sein. Nach ein paar Minuten hörte sie Gernots gleichmäßige Atemzüge. Während sie lange nicht einschlafen konnte. Die unglückliche Dagmar geisterte durch ihre Schlaflosigkeit.

Donnerstag, 28. November 2019

Ben

Charlie schlief noch, als Ben nach einer unruhigen Nacht leise aufstand, die Schlafzimmertür hinter sich zuzog und sich auf die Bank am Fenster setzte. Die fristlose Kündigung wegen geschäftsschädigenden Verhaltens war am Vorabend per Mail gekommen. Wie erwartet. Doch Ben fühlte sich weder erleichtert noch frei, sondern abserviert.

Es war ein klarer, dämmriger Morgen, die Sonne ging auf, und er sah dem Schauspiel zu, das sich mit einem zarten gelben Schimmer ankündigte und sich in den folgenden Minuten zu einem orangeroten Spektakel entfaltete, als stünde der Himmel in Flammen. Vielleicht sollte er aufs Land ziehen. Zurück in die Natur. Sich ein altes Haus mieten, einen Gemüsegarten anlegen. Ein paar Hühner halten und sich einen Hund zulegen. Seit gestern Abend war alles möglich.

Er musste sich arbeitslos melden oder schnellstens eine neue Stelle finden. Die Angst seiner Studentenzeit hatte ihn für ein paar Minuten wieder im Griff, kein Geld zu haben, die Miete nicht zahlen zu können, irgendwann auf der Straße zu stehen. Er wusste, dass sie irrational war. Keine Panik, rief er sich zur Ordnung. Er hatte Ersparnisse. Sie würden für ein paar Monate reichen. Und damit war es nun endgültig entschieden, dass er seinen Eltern nicht helfen würde.

Er konnte nicht, denn jetzt brauchte er das Geld selbst. Für einen flüchtigen Moment streifte ihn der Gedanke, dass er sich beruflich vielleicht selbst ein Bein gestellt hatte, um an diesen Punkt zu gelangen.

Leise machte er sich eine Tasse Kaffee und kehrte damit auf die Bank zurück. Gestern hatte Charlie ihm erzählt, was Yasin ihr und ihrer Freundin angetan hatte. Ein Teil seiner schlechten Laune kam auch daher. Er war sauer auf die Polizei, die ihr und ihrer Freundin nicht geholfen hatte. Und auf ihre Mutter, die Charlie die Schuld zuschob. Nun wusste er, welche Bewandtnis es mit der Lederjacke hatte, woher Charlies Reizbarkeit kam und weshalb sie Yasin im Knast sehen wollte. Er hoffte, dass ihr das gelingen würde. Einen Moment überlegte er, ihr zu helfen, indem er log und behauptete, Yasin am Gollierplatz erkannt zu haben. Er habe Nadira erstochen.

Wieso konnte er sich nicht erinnern? Er schloss die Augen, lehnte sich in der Bank zurück und versuchte den Mittwochmorgen vergangener Woche heraufzubeschwören. Er wusste, welche Joggingklamotten er angezogen hatte und welche Sorte Powerbar er gegessen hatte, einen mit Cashewnüssen, und jetzt fiel ihm auch ein, dass er die Laufschuhe suchen musste, weil er sie am Tag zuvor nicht in den Flur gestellt, sondern im Wohnzimmer ausgezogen hatte. Sein Gedächtnis funktionierte bestens. Nur zum Zwischenfall am Gollierplatz fiel ihm nichts ein. Er versuchte, sich zu entspannen und an nichts zu denken, Platz zu machen für Yasin mit dem Messer, und hörte plötzlich wieder das Klicken, hörte, wie jemand sagte, er habe nichts gesehen. Er solle das gleich wieder vergessen. Ein Mann sagte das.

Charlie kam aus dem Schlafzimmer und setzte sich zu ihm. Ihre Haare waren verstrubbelt. In einem Augenwinkel saß Schlaf. Sie wünschten sich einen guten Morgen. Er wischte den Schlafkrümel weg und dachte plötzlich, dass nichts mehr unverbindlich war zwischen ihnen, seit er ihre Geschichte kannte.

»Mach dir keinen Kopf wegen des Jobs«, sagte sie.

»Tue ich nicht.«

»Du hast aber gerade so grüblerisch ausgesehen.«

»Das war wegen Yasin. Ich könnte sagen, dass ich ihn erkannt habe.«

»Das würdest du tun?«

»Wenn du dir wirklich sicher bist, dass er es war.«

Sie streckte die Beine und sah auf ihre Zehen mit den schwarz lackierten Nägeln. »Wir haben Nadiras Blut an seinem Shirt. Wir haben eine Zeugin, die gehört hat, wie er sich am Telefon mit der Tat vor seinem Vater brüstete. Vielleicht findet Boris die Tatwaffe im Bauschutt. Im Idealfall mit seinen DNA-Spuren und Fingerabdrücken. Du musst nicht für mich lügen. Wir kriegen ihn hoffentlich auch so.«

Ben machte auch für Charlie einen Kaffee, danach liefen sie eine kleine Runde. Durchs Dorf hinaus aufs freie Feld. Der eisige Wind verwehte ihre Atemfahnen. Der Himmel hing licht und zartblau über ihnen. Am Rande eines Gehölzes scheuchten sie einen Hasen auf. Für einen Moment rechnete Ben damit, dass er gleich tot zusammenbrechen und blutbesudelt am Feldrand liegen bleiben würde, und einen Augenblick lang war er wieder der von Grauen ergriffene Junge in seiner Hütte im Wald. Er blieb stehen. »Ich brauche eine Pause.«

Sie dehnten Sehnen und Muskeln und setzten sich auf einen umgestürzten Baumstamm.

»Du weißt schon, dass du heute mit Traumata auspacken dran bist«, sagte Charlie.

Er hatte sich auf diesen Deal eingelassen. Und doch sperrte sich plötzlich alles in ihm, dem Klicken der Glasmurmeln auf den Grund zu gehen. Charlie hielt es nach wie vor für das Geräusch, das entstand, wenn man den Abzug einer

Waffe über den Druckpunkt hinaus durchzog. Kurz bevor es knallte, klickte es. In seiner Erinnerung gab es nur das leise Klicken. »Wenn deine Theorie stimmt, müsste ich mich an den Knall erinnern.«

»In deinem Hasen-Traum knallt es auch nicht. Vielleicht gibt es eine Verbindung zwischen ihm und dem Klicken.«

Das fand Ben ziemlich weit hergeholt. Obwohl ihn der Traum seit Kindertagen verfolgte. Er sah auf den Boden vor seinen Füßen. Ein paar vertrocknete Bucheckern lagen im verdorrten Gras. »Mir fällt dazu nichts ein«, sagte er schließlich.

»Wie war das eigentlich mit deinem Onkel Lukas? War er oft bei euch?«

»Du meinst, ich habe gesehen, wie er auf jemanden geschossen hat?«

»Er besaß zwei Waffen. Das BKA hat sie in seiner Wohnung gefunden.«

Ben stand auf. »Dort war ich nie. Lass uns weiterlaufen.«

»Du lenkst ab.«

»Ich bekomme allmählich Hunger. Wir holen uns beim Bäcker was fürs Frühstück und machen dann weiter.« Er hatte es versprochen, obwohl er nicht glaubte, dass etwas dabei herauskommen würde.

*

In der Hütte kamen sie erst einmal nicht dazu, Charlies Theorie weiterzuverfolgen. Ben checkte die Mails auf seinem Laptop. Eine von Gernot war darunter.

> Hallo Ben. Zu deiner Info: Seit Tagen lungert immer wieder mal ein Kerl namens Bilal Turan vor unserem Haus herum. Letzte Nacht hat er uns einen Besuch abgestattet. Statt Blumen oder Wein hatte er als Gast-

geschenke Baseballschläger, Schlagring und ein Messer dabei. Er sucht nach dir. Von uns hat er keine Informationen bekommen, wo du sein könntest.
Uns ist nichts geschehen. Der Kerl wird sich hier jedenfalls nicht wieder blicken lassen.
Gruß, Gernot

»Yasin verliert die Geduld.« Ben zeigte Charlie die Mail. Sie las sie. »Wie haben sie denn Bilals Namen herausgefunden? Und wie haben sie sich gegen ihn gewehrt? Ich meine, der war bewaffnet bis an die Zähne.«

Ben lachte, als er sich das vorstellte. »Du kennst meine Eltern nicht. Barbara wird ihm einen Vortrag über die Straftatbestände gehalten haben, die er gerade erfüllte. Und Gernot wird ihn in Grund und Boden argumentiert haben. Vielleicht hat er ihm erklärt, dass er ein Opfer des Systems ist und total verständlich, dass er auf die schiefe Bahn geraten ist. Ein Junge mit Migrationshintergrund, der nie eine Chance hatte.«

»Mit den Turans diskutiert man nicht. Stärke ist das einzige Argument, das sie verstehen. Besitzen deine Eltern eine Waffe?«

»Nein. Jedenfalls nicht, dass ich wüsste.«

Fragend sah Charlie ihn an.

»Ich bin mit achtzehn ausgezogen, und unser Kontakt ist nicht sehr eng. Ich glaube aber nicht, dass sie eine Waffe haben. Ich muss Luise und Leon Bescheid sagen.«

Charlie zog ihr Handy hervor. »Dein Vater irrt sich. Derzeit lungert Aslan vor ihrer Wohnung herum. In Wasserburg sehe ich niemanden. Was aber nichts heißt, ich habe sie ja nicht alle auf dem Radar. Deine Schwester sollte besser bei Leon bleiben.«

Ben rief Leon und Luise über FaceTime an. Er erreichte beide im Haus in Weilheim, denn Leon hatte sich heute freigenommen. »Ich wollte dich gerade anrufen«, sagte er. »Vor zehn Minuten hat sich die Polizei bei uns gemeldet.« Luise kam ins Bild. »Heute Nacht wurde bei mir eingebrochen.«

»Shit. Das tut mir leid. Einer von Yasins Jungs war auch bei Gernot und Barbara. Es wäre besser, wenn du noch ein paar Tage bei Leon bleibst.«

»Mal sehen.« Es kam zögerlich. »Wir fahren jetzt nach Wasserburg und sehen nach, wie schlimm es ist. Danach entscheide ich, ob ich zu meiner Freundin gehe.«

Charlie trat hinter Ben und sah über seine Schulter aufs Display. »Ihre Freundin kann Sie nicht beschützen. Sie sollten bei Ihrem Bruder bleiben. Gibt es in Ihrer Wohnung einen Hinweis auf Buchsweiler?«

Luise überlegte. »Nein. Ben hat mir ab und zu Mails von dort geschrieben. Die sind auf dem Laptop und dem Handy. Und die habe ich bei mir.«

»Gut. Und noch eine Frage, die mag Ihnen jetzt seltsam erscheinen: Haben Sie jemals eine Waffe in Buchsweiler oder in Stuttgart gesehen?«

Luise schüttelte den Kopf. »Nein.«

»Auch bei Ihrem Onkel Lukas nicht?«

»Was hat das jetzt mit Ben und Yasin zu tun?«, fragte Leon.

»Das ist eine andere Baustelle«, erklärte Ben.

»Okay. Keine Ahnung, was du meinst«, sagte Leon. »Waffen haben wir aber gesehen. Jedes Jahr auf dem Schützenfest im Dorf. Da sind die Männer im Festzug mit ihren Flinten und Büchsen marschiert. Außerdem hatte Gernot eine Waffe. Sie lag in dem Rollladenschrank in seinem Arbeitszimmer.«

»Was?«, fragte Ben verblüfft. »Wie kommst du denn darauf?«

»Weil ich ihn damit beinahe erschossen hätte. So etwas vergisst man nicht.«

»Das hast du nie erzählt.«

»Klar habe ich das.«

Ben schüttelte den Kopf. Dazu fiel ihm nichts ein.

»Es war, kurz bevor wir nach Stuttgart gezogen sind. Wir haben Umzugskartons gepackt. An einem dieser Tage war die Tür zum Arbeitszimmer geschlossen, Gernot war aber unten bei Barbara, und ich bin reinmarschiert, weil wir das nicht durften. Der Thrill des Verbotenen. Oder Widerstand gegen Gernot. Ich habe mich jedenfalls sehr mutig gefühlt. Der Rollladenschrank war offen. Auf einem Fachboden lag die Pistole. Ich dachte, es wäre Spielzeug, und habe sie herausgenommen und damit herumgefuchtelt. Plötzlich stand Gernot in der Tür. Ich habe auf ihn gezielt. Er wurde weiß wie die Wand und hat mir befohlen, die Waffe nach unten zu halten und den Abzug nicht zu berühren. Dann hat er sie mir aus der Hand genommen und mir eine gescheuert, dass ich dachte, mir fliegt der Kopf weg. Es war das einzige Mal, dass er mich geschlagen hat.«

Barbara

Als Barbara an diesem Morgen in die Küche kam, lehnte Bilals Baseballschläger noch an der Wand, sein Messer und der Schlagring lagen auf dem Küchentisch. Requisiten eines Tages und einer Nacht, die sie schnellstmöglich vergessen wollte.

Es war schon neun, und sie fühlte sich nach der kurzen Nacht, in der sie kaum geschlafen hatte, wie gerädert. In ihrem Arm tobte noch immer ein dumpfer Schmerz. Gernot hatte ihn gerade mit Heparin versorgt und frisch bandagiert.

Während des Frühstücks blieben die Zeitungen ausnahmsweise liegen. Gernot schrieb eine Mail an Ben, um ihn vor Bilal zu warnen, dann suchten sie mit ihren Tablets im Netz nach Informationen über ein brennendes Auto im Wald bei Greffern. Tatsächlich berichtete eine Online-Zeitung bereits darüber. Anwohner auf der französischen Seite des Rheins hatten den Brand bemerkt und die Feuerwehr gerufen, die daraufhin ihre deutschen Kollegen informierte. Der Wagen war völlig ausgebrannt. Die Polizei hatte zwei verkohlte Leichen darin entdeckt. Mehr gab es noch nicht an Informationen.

»Früher oder später werden sie die beiden identifizieren«, meinte Gernot. »Die Medien werden sich darauf stürzen und die alten Geschichten so lange aufkochen, bis sich etwas Neues bietet.«

Barbara hatte die Nachricht ebenfalls gefunden. »Wir sollten uns auf Besuch vom BfV einstellen.«

»Wieso?«

»Wieso nicht?«

Gernot zuckte mit den Schultern.

»Woran denkst du, wenn ich ›Schwarz‹ sage?«

»An Weiß.«

»Deshalb. Hören die beim Verfassungsschutz Walter Tausch und Dagmar Leute, denken sie an Gernot und Barbara Maienfeld. Wir sollten uns auf ein Gespräch vorbereiten.«

»Lohmann ist längst in Pension, und wir sind inzwischen brave Bürger. Niemand beim BfV erinnert sich noch an uns. Niemand wird uns besuchen.«

Barbara hoffte, dass er damit recht behielt. Am Vormittag entsorgten sie die Müllsäcke mit ihrer Kleidung, dem Sonnensegel und dem Teppich. Sie verteilten sie auf verschiedene Müllcontainer im Stadtgebiet. Das Messer und der Schlagring landeten im Safe bei der Glock und der Baseballschläger in der Hausmülltonne. Dabei achteten sie auf den blauen BMW. Der Wagen tauchte nicht auf. Bilal schien seine Lektion gelernt zu haben.

Mittags gab es keine Spuren mehr von Dagmar in der Wohnung. Bis auf die Tüte, in der die Sachen aus Walters und Dagmars Taschen und dem Kastenwagen lagen. Barbara leerte den Inhalt auf den Küchentisch, in der Hoffnung, einen Hinweis auf das Geld aus dem letzten Überfall zu finden. Eine Packung Tempotaschentücher, Lippenpflegestift, Hustenbonbons, Schlüssel, Handys und Geldbörsen lagen vor ihnen. Die Handys waren mit Face-ID geschützt. In den Geldbörsen befanden sich neben Bargeld, Tank- und Einkaufsquittungen auch zwei deutsche Führerscheine und Personalausweise, die auf Volker Reimer und Renate Freese lauteten. Die Ausweise waren noch vier Jahre gültig. Barbara nahm an, dass Bodo sich vor sechs Jahren darum gekümmert hatte. Seit der Selbstauflösung der RAF war der Unterstützerkreis geschmolzen wie ein Eisberg im Klimawandel und Bodo einer der wenigen verbliebenen Helfer.

Die Ausweise waren so falsch wie die Namen und die darauf angegebene Adresse in Köln. Barbara überlegte gerade, wie sie die Wohnung von Walter und Dagmar ausfindig machen könnten, als Gernot ihr einen Zettel reichte. »Sieh dir das mal an.«

Es war eine Einkaufsliste. »Echt spannend.«

»Spannend wird es auf der Rückseite.« Gernot lächelte, und sie drehte den Zettel um. Der Fetzen stammte von einem Briefumschlag, der an Volker Re… adressiert war, 132 Allée Re…, 67 100 St…. Ein Teil der Anschrift fehlte. Die ließ sich aber sicher herausfinden. Gernot war schon dabei. »67 100 ist die Postleitzahl von Straßburg. Und es gibt dort eine Allée Reuss.«

»Wir sollten hinfahren«, sagte Barbara.

»Du denkst, sie haben das Geld aus dem letzten Überfall in der Wohnung?«

»Sie werden Udo nicht alles gegeben haben. Etwas wird noch da sein. Wenn nicht in der Wohnung, dann vielleicht in einem Schließfach.«

»Eher in einem Depot. Das passt besser zu Walter.«

Sie entschieden nachzusehen, und zwar sofort. Bevor die Leichen identifiziert waren und die Fotos der beiden durch die Nachrichten geisterten und am Ende vielleicht die Nachbarn in Straßburg sie erkannten.

Also suchten sie ihre Sachen zusammen und fuhren Richtung Frankreich. Unterwegs mussten sie tanken. Ein Porschefahrer an der Nachbarzapfsäule sah mitleidig auf den zerkratzten Lack an Gernots Cayenne und fragte, wie das passiert sei. »Vandalen«, erklärte Gernot.

»Sozialneid ist die Pest unserer Zeit«, erwiderte der Mann. »Hoffentlich findet die Polizei den Kerl.«

»Ich habe keine Anzeige erstattet. Wer so etwas nötig hat, ist ein armes Schwein. Wozu der Stress?« Der Tank war gefüllt. Gernot ließ den Mann stehen und ging bezahlen. Kopfschüttelnd sah der Porschefahrer ihm nach und dann zu Barbara in den Wagen. Gleich würde er eine Diskussion vom Zaun brechen. Sie lächelte und sah weg. Gernot und seine Menschenverwirrspielchen. Barbara verbiss sich das Lachen.

Nach zwei Stunden Fahrt erreichten sie Straßburg und folgten den Anweisungen des Navis in den Südosten der Stadt. Hier wohnten nicht die Reichen und Wohlhabenden. Es war ein Arbeiter- und Arme-Leute-Viertel. Die Nummer 132 Allée Reuss war Teil eines aus mehreren Häusern bestehenden Gebäudekomplexes. Jeweils fünf Etagen. Pastellfarben in Bleu, Rosé und Vanillegelb gestrichen. An einigen Fassaden bröckelte der Putz. Bei vielen waren die bodentiefen Fensterläden geschlossen. Gernot rangierte den Wagen in eine der zahlreichen freien Parkbuchten. Es war früher Nachmittag und wenig los. Die Kinder waren noch in der Schule, die Erwachsenen auf der Arbeit.

Am Haus gab es ein Klingelbord. Dreißig Wohnungen befanden sich hier. Volker Reimer und Renate Freese wohnten in der vierten Etage. Gleich der erste Schlüssel, den Gernot probierte, passte an der Haustür. Im Treppenhaus roch es muffig. Es gab keinen Lift, und Barbara war ein wenig außer Atem, als sie die vierte Etage erreichten. Niemand war ihnen begegnet. Sie studierten die Namensschilder an den Türen entlang des Flurs. Die letzte Wohnung rechts war die richtige. Aus der gegenüber erklang plötzlich Hundegebell, und Gernot beeilte sich aufzuschließen. Sie hatten die Tür gerade hinter sich zugezogen, als die gegenüber aufging. Barbara legte das Ohr an die Tür. Einen Spion gab es nicht. Sie hörte die Stimme einer alten Frau, die beruhigend auf den kläffenden Hund einredete. »Il n'y a personne, ma chérie.« Einen Moment später wurde es wieder still.

Barbara zog wie Gernot Einmalhandschuhe an und wischte den Türknauf dann innen und außen mit einem Tuch ab. Die Wohnung war klein und ziemlich spießig eingerichtet. Jedenfalls für Revolutionäre. Billige Baumarktmöbel. Gardinen und Vorhänge vor den Fenstern. Eine Couch mit geblümtem Bezug, auf der eine Wolldecke lag. Gerahmte Landschaftsfotos an den Wänden. Vermutlich hatte Walter sie gemacht. Fotografieren war sein Hobby. In der Küche stand schmutziges Geschirr im Spülbecken. Im Bad gab es eine schimmelige Ecke, und das Bett im Schlafzimmer war zerwühlt.

Sie gingen systematisch vor. Durchsuchten einen Raum nach dem anderen. Sahen in Schubladen und Schränke, unter das Bett und ins Tiefkühlfach, in den Geschirrspüler und alle Küchenschränke. Hinter die Heizkörper und in den Spülkasten. Sie tasteten Sofa und Sessel ebenso ab wie die Kissen. Schließlich sahen sie in jedes Buch, durchsuchten den Kalender auf dem Schreibtisch, die Zettelbox daneben, die Ablage mit der Post. Unter den Briefen befand sich einer aus Italien. Ein Sterbebildchen lag ihm bei, wie sie auf Trauerfeiern verteilt wurden. Dieses war zur Erinnerung an Ralf Hohmann gedruckt worden. Verstorben vor drei Jahren in Vicoli, einem Dorf in den Abruzzen. »Guck mal«, sagte Barbara. »Das ist doch Udo.«

Gernot sah sich das Bild an und nickte. Udo war seit drei Jahren tot. Der letzte Überfall lag etwa ebenso lange zurück. Hatten Dagmar und Walter ihn zu zweit ausgeführt, weil Udo krank oder schon tot war? Barbara überflog den

Brief, obwohl sie nur ein paar Brocken Italienisch sprach. »Hier steht etwas von *incidente stradale*«. Das bedeutet doch Verkehrsunfall, oder? Walter und Dagmar haben uns belogen. Udo hatte keinen Krebs. Das Geld aus dem letzten Überfall muss noch hier sein. Suchen wir weiter.«

Gernot wandte sich einem Regal zu, sie nahm sich das Sideboard vor. Darin lag Walters Fotoausrüstung. Eine alte analoge Spiegelreflexkamera mit Wechselobjektiven. Im Abstellraum befand sich die Dunkelkammer. Auch dort sahen sie in jeden Winkel und fanden nichts. Nach zweistündiger Suche war klar, dass hier weder ein Haufen Geld war noch ein Hinweis darauf, wo es sein könnte. Sie waren umsonst gekommen.

Gernot reckte die verspannten Schultern. Barbaras Rücken schmerzte. Sie setzte sich aufs Sofa. »Weißt du, was komisch ist?«, fragte Gernot und nahm neben ihr Platz. »Es gibt nichts, was auf einen geplanten Überfall hinweist. Keine Skizzen, keine Fotos eines Großmarkts. Keine Aufzeichnungen, wer wann kommt und geht, wann die Sicherheitsfirma die Tageseinnahmen abholt, wo es Überwachungskameras gibt und so weiter.«

»Sie haben sich das für uns ausgedacht«, sagte Barbara. »Um uns in die Falle zu locken. Deshalb auch die angebliche Krebserkrankung von Udo.«

»Es bedeutet aber auch, dass sie noch keine finanziellen Probleme haben. Es muss hier irgendwo einen Hinweis geben, wo das Geld gebunkert ist.«

Barbara bezweifelte das. Es war ja nicht so wie früher, als sie Depots mit Waffen, Papieren und Geld angelegt und deren Lage verschlüsselt aufgezeichnet hatten, damit Walter und Dagmar und andere aktive Kämpfer sich dort versorgen konnten, die Polizei aber nichts damit anfangen konnte, falls ihnen einer der Zettel in die Hände fiel. Es reichte, wenn Walter und Dagmar wussten, wo das Geld war. Dafür brauchten sie keine codierten Pläne. Jedenfalls solange sie nicht an Alzheimer litten.

Barbara stand auf und sah sich die gerahmten Fotos an den Wänden an. Es waren schöne schwarz-weiße Landschaftsaufnahmen. Eine griechische Insel. Eine Gletscherzunge. Ein Wasserfall. Ein Menhir-Kreis und ein Bergmassiv in Norwegen, das Barbara kannte. Es war die Lofotenwand. Gernot und sie hatten sich vor drei Jahren einen Traum erfüllt und waren auf der alten Postschiffroute von Bergen nach Kirkenes gereist. Eine Station war Svolvær auf den Lofoten gewesen. Unter jedem Fotoabzug hatte Walter in seiner schönen Handschrift die Geodaten notiert. Beim Inselfoto stand: 36°25'0" N, 25°26'0" E. Barbara zog das Handy hervor und gab die Daten in Google-Maps ein. Der Treffer führte sie nach Santorin.

»Fürs Fotografieren hat er immer ein Händchen gehabt.« Gernot trat neben sie. »Sieh mal, sie waren auch auf den Lofoten.«

Barbara gab die Koordinaten des Gletschers ein. »Das ist der Aletschgletscher. Urlaub haben sie jedenfalls gemacht. Mit falschen Papieren.«

»Walter hat das Risiko geliebt«, sagte Gernot.

»Und er hatte Chuzpe.« Für einen Moment stellte Barbara sich Trauerkarten für Walter und Dagmar vor. Wer sie wohl bestatten würde? Der Staat? Anonym, falls man sie nicht identifizieren konnte? Was Barbara hoffte, aber nicht glaubte. Gab es noch Familie? Sicher würde das BKA am Friedhof auf der Lauer liegen, ob einer der seit Jahrzehnten Untergetauchten sich blicken ließ.

»Die Geodaten der Lofoten stimmen aber nicht.« Gernot wies auf das Bild. »Sie liegen nördlich des Polarkreises, und der liegt bei 66 Grad Nord. Hier stehen 48 Grad, 24 Minuten und 5 Sekunden Nord. Und 7 Grad, 25 Minuten und 35 Sekunden Ost.«

Sie sahen sich an. Barbara tippte die Daten in Maps ein. Der Treffer zeigte ihnen ein Waldgebiet westlich des Château du Haut-Andlau, etwa vierzig Kilometer von Straßburg entfernt.

*

Im Gewerbegebiet von Straßburg besorgten sie bei Leroy Merlin einen Klappspaten, eine Wiedehopfhaue mit kurzem Griff, zwei Paar Arbeitshandschuhe, zwei Stirnlampen mit Batterien und zwei Rucksäcke, in denen sie ihre Einkäufe verstauten. Beim Discounter kauften sie eine Flasche Wasser und Schinkenbaguettes für die Fahrt. Es war schon vier, als sie losfuhren. Die Sonne würde bald untergehen.

Nach dreißig Kilometern verließen sie die Autobahn und folgten dem Navi durch elsässische Dörfer mit Fachwerkhäusern und spitzen Kirchtürmen tiefer in die Vogesen hinein. Es nieselte, der Himmel war grau, und die kahlen Laubbäume erinnerten Barbara an Skelette. Obwohl ihr diese graue Tristesse sonst die Laune verdarb, war sie jetzt aufgekratzt. Hoffentlich fanden sie Walters Depot. Wenn es so angelegt war, wie sie das früher gemacht hatten, suchten sie nach einem wasserdichten Kunststoffbehälter, der einen halben Meter tief in der Erde lag. In der Nähe ein markantes Merkmal wie ein Grenzstein, ein Findling oder ein Baumstamm mit Schnitzerei. Etwas in der Art.

Die Geodaten hatte sie in Maps gesichert und einen Fußweg markiert, denn mit dem Auto kam man nicht bis zur Burg.

Sie durchquerten den Ort Andlau, der geduckt und von einem Höhenzug verschattet in einem Tal der Vogesen lag. Die Burgruine aus hellem Stein thronte über dem Ort auf einer Kuppe und war schon von Weitem zu sehen. Über eine schmale, kurvenreiche Straße ging es durch den Wald bergauf bis zu einem Parkplatz, an dem sie den Wagen abstellen mussten. Der Weg war ab hier mit einer Schranke blockiert.

Außer einem blauen Citroën mit französischem Kennzeichen parkte dort kein Fahrzeug.

»Sicher Touristen«, meinte Gernot. »Wir warten, bis sie weg sind.«

Von weiter unten erklang das Geräusch eines Wagens. »Da kommt noch einer.«

»Wir haben Zeit.« Gernot trank einen Schluck Wasser aus der Flasche. Der Wagen kam die Straße nicht herauf. Offenbar war er weiter unten an einem der abzweigenden Wanderwege stehen geblieben.

»Lass uns doch die Burg besichtigen, bis die Luft rein ist«, schlug Gernot vor. Sie schulterten die Rucksäcke und gingen los. Nach wenigen Metern begegnete ihnen ein älteres Paar in Wanderkleidung, das den Weg von der Burg herunterkam. »Bonne soirée.« Die Frau lächelte Barbara an, und sie grüßte zurück. Kurz darauf schlugen Wagentüren. Ein Motor wurde gestartet. Einen Moment später sahen sie den blauen Wagen zwischen den Bäumen auf dem Weg nach unten. Barbara zog das Handy aus der Tasche. Die App zeigte ihr Ziel an, und sie marschierten los. Nach etwa vierhundert Metern mussten sie den Weg verlassen. Weiter ging es zwischen Büschen und Bäumen tiefer in den Wald hinein. Feuchtigkeit tropfte von den Ästen. Es war kalt, und Barbara überlegte, die Arbeitshandschuhe jetzt schon anzuziehen, so klamm waren ihre Finger. Doch es war nicht mehr weit. Nach ein paar Minuten erreichten sie in der Abenddämmerung eine kleine Lichtung im Mischwald. Die Luft roch nach Harz und verrottendem Laub, das wie ein dicker Teppich auf dem Waldboden lag. Der Platz war ideal für ein Depot. Die App sagte, sie hätten ihr Ziel erreicht. Barbara schätzte die Fläche auf etwa dreißig Quadratmeter. Wo sollten sie suchen? Es gab keinen Findling oder markanten Stein. Keinen Grenzpfosten, und auch in die Rinden der Bäume waren weder Herzen noch Initiale geschnitzt. »Vielleicht dort drüben.« Gernot wies auf eine Gruppe von drei Buchen, die ein annähernd gleichschenkliges Dreieck von etwa drei Metern Seitenlänge bildeten. »Versuchen wir es.« Sie zogen die Stirnlampen auf, holten Klappspaten und Wiedehopfhaue aus den Rucksäcken, gingen auf die Knie und machten sich ans Werk. Feuchtigkeit drang durch die Jeans. Der Ellenbogen tat wieder weh. Barbara biss die Zähne zusammen und schaufelte die Erde weg, die Gernot mit der Haue lockerte. Sie fanden einen gemeinsamen Rhythmus. Schlagen, schippen, schlagen, schippen. Ihr wurde warm. Sie begann zu schwitzen. Schweiß lief in einem feinen Rinnsal zwischen den Schulterblättern hinab. In ihrem Ellenbogen tobte der Schmerz. Sie ignorierte ihn, so gut es ging. Nach einer gefühlten Ewigkeit veränderte sich der Klang der Schläge. Gernot sah auf. »Da ist etwas.« Hastig gruben sie weiter und stießen auf grauen Kunststoff. »Yes!«, sagte Gernot und sah auf. »Sind wir gut? Oder sind wir gut?«

Es dauerte keine zehn Minuten, bis sie die Plastikbox so weit freigelegt hatten, dass sich der Deckel aufklappen ließ. Im Licht der Stirnlampen erschienen Geldbündel. Dagmar und Walter hatten ihre Beute in handliche Kunststoffbeutel vakuumiert verpackt. Wasserdicht und platzsparend. »Großartig!« Barbara kniete im Dreck. Ihr Haar war nass, die Finger so kalt, dass sie sie kaum noch spürte, der Arm schmerzte höllisch, doch all das nahm sie im Moment nicht wahr. Sie war nur unsagbar erleichtert. Eine Last fiel von ihr ab.

»Wir sind ein tolles Team.« Gernot, ebenfalls auf Knien, sah sie über das Loch hinweg an. Strahlend wie ein Junge nach erfolgreicher Schatzsuche.

»Ja, das sind wir.« Seit Heidelberg waren sie das. Sie waren durch dick und dünn gegangen und hatten bisher noch jedes Problem gemeistert. »Lass uns das Geld einpacken und verschwinden.«

Sie steckten die vakuumierten Bündel in die Rucksäcke. Klappten die Box zu, schaufelten die Erde wieder darüber, traten sie fest und verteilten feuchtes Laub über der Stelle. Nicht, weil sie dachten, dieses Depot noch einmal zu benötigen, sondern weil sie keine Spuren hinterlassen und so schlafende Hunde wecken wollten. Zwei tote Terroristen am Rhein und nicht weit entfernt ein Depot im Wald. Der Zusammenhang wäre schnell hergestellt.

Mit den prall gefüllten Rucksäcken gingen sie los. Das Werkzeug hatte nicht mehr hineingepasst. Gernot trug es. Etwa zwanzig Meter bevor sie den Weg erreichten, der von der Burg zum Parkplatz führte, hörte Barbara Schritte und eine Stimme. Jemand kam den Pfad von der Burg herunter. Sie löschten die Stirnlampen und blieben stehen. Die Stimme wurde lauter. Ein Mann kam um eine Wegkrümmung. Er telefonierte und beleuchtete gleichzeitig mit dem Handy den Weg. »Sag ich doch. Sie sind weg. Wie vom Erdboden verschluckt, und ich frier mir hier den Arsch ab.«

In Barbara stieg eine Ahnung auf. »Ist das Bilal?«, flüsterte sie? Gernot senkte ebenfalls die Stimme. »Glaube ich nicht, aber vom selben Verein.«

»Ist okay … Sage ich doch … Irgendwann werden sie heimkommen, Yasin. Alles cool, Mann. Ich fahre jetzt.«

»Was sollen wir tun?«, wisperte Barbara.

»Wir warten noch einen Moment, bis er weg ist, und dann suchen wir uns ein hübsches Hotel, duschen und gehen schön essen. Soll Bilas Kumpel doch in Stuttgart Wurzeln schlagen.«

»So dreckig, wie wir sind? Außerdem haben wir kein Gepäck. Wir werden Aufsehen erregen.« Und das war das Letzte, das Barbara wollte.

Sie entschieden, nach Hause zu fahren und während der Fahrt zu überlegen, was sie wegen Bilals Freund unternehmen wollten. Ein paar Minuten warteten sie noch, bis der Mann verschwunden war, dann gingen sie zum Parkplatz. Gernots Wagen war der einzige, der dort stand. Die Lichter flammten auf, der Kofferraumdeckel öffnete sich. Sie legten die Rucksäcke hinein. Für einen Moment setzte Barbara sich auf den Rand, um durchzuatmen, während Gernot die Fahrertür öffnete. Plötzlich nahm sie eine Bewegung neben sich wahr, spürte einen Luftzug. Bilals Kumpel stand vor ihr. Ein Messer in der Hand. Sie wollte aufspringen, doch er drückte ihr bereits die Spitze in die kleine Mulde am Hals. Keuchend holte sie Luft. Ihr Herz raste in wilden Schlägen.

»Bleib stehen, Alter! Oder ich stech sie ab.« Das galt offenbar Gernot.

»Immer mit der Ruhe«, sagte er. Sie konnte ihn nicht sehen, weil sie mit dem Rücken zu ihm saß.

»Halt die Fresse. Ich rede mit deiner Frau.« Die Messerspitze bohrte sich ein wenig tiefer in die Mulde.

»Wo ist Ben?«

Echt jetzt?, dachte Barbara. Unfassbarer Zorn erfasste sie. Ihre Klamotten waren durchnässt, sie fror wie ein nackter Pinguin. Im rechten Arm pulsierte der Schmerz, dass ihr beinahe schlecht war. Sie war hundemüde, am Ende ihrer Geduld und am Ende ihrer Kraft. »Wir haben keine Ahnung, wo Ben sich rumtreibt!«, schrie sie den Kerl an. »Das haben wir Bilal schon gesagt. Ihr hört nicht zu!«

»Du bist seine Mutter. Mütter wissen, wo ihre Kinder sind.«

»Ach? Wissen sie das!«

»Du weißt es.« Der Druck des Messers wurde stärker. Sie spürte, wie sich ein Tropfen Blut löste und warm über ihre Haut nach unten lief. Jetzt war es aber genug! Von einer

Sekunde auf die andere sah sie rot, ließ sich zurück in den Kofferraum fallen, riss die Beine hoch und trat den Kerl mit Wucht in den Bauch. Er stolperte zurück, fing sich und wollte auf sie losgehen. Gernot war schneller und schlug ihm den Klappspaten über den Kopf.

*

»Mist!« Barbara kletterte aus dem Kofferraum. Bilals Kumpel lag ausgestreckt auf dem Rücken, Blut sickerte im Schein der Stirnlampen aus seinem Schädel in den Schotter. »Ist er tot?«

Gernot kniete bereits neben ihm und fühlte den Puls. »Er ist nur bewusstlos.«

»Und jetzt?«

»Wir rufen den Notarzt.« Gernot durchsuchte die Taschen des Jungen und zog Handy und Geldbörse hervor. »Wir bringen ihn in die stabile Seitenlage.«

Sie rollten den Jungen auf die Seite, winkelten das eine Bein an und brachten den Arm so in Position, dass er nicht zurück auf den Rücken fallen konnte. Die Wunde am Hinterkopf sah übel aus. Aus dem Kofferraum holte Barbara den Erste-Hilfe-Kasten, zog die Einweghandschuhe an und tastete die Mundhöhle ab. Sie war frei. Notdürftig versorgte sie die Wunde mit einem Verband und breitete schließlich die Warmhaltefolie über ihn. Als sie fertig war, aktivierte Gernot die Notruffunktion am iPhone des Jungen, die den Standort automatisch an den Rettungsdienst übermittelte. Bevor sie ins Auto stiegen, wischte er das Handy ab und legte es neben ihn.

In Andlau kam ihnen der Rettungswagen entgegen. Alles ist gut, sagte Barbara sich. Er wird das überleben. »Geht's?«, fragte Gernot.

»Ja. Ich bin nur müde.« Sie war fix und fertig. Und sie

fror derart, dass sie die Sitzheizung einschaltete und die Heizung aufdrehte. Hinter Straßburg nickte sie für ein paar Minuten ein. Als sie aufwachte, googelte sie Bilal Turan und fand mehrere Artikel über dessen weitverzweigte Familie. Ein krimineller Clan, der im Drogengeschäft mitmischte. Ben war Zeuge eines Mordes in diesem Milieu geworden, konnte sich aber nicht daran erinnern. Das ging aus einem Artikel des Münchner Blicks hervor. Als Zeuge taugte er daher nicht. Es sei denn, die Erinnerungen kehrten zurück. Er war eine tickende Zeitbombe für die Turans. »Sollen wir Ben Bescheid sagen?«

Gernot sah zu ihr. »Er weiß seit heute Morgen, dass die Turans bei uns nach ihm suchen.«

Damit hatte er natürlich recht. Ben würde mit der Situation schon fertigwerden. Das hatte er von klein auf gelernt. Er war mit seinen Aufgaben gewachsen. So im Großen und Ganzen. Natürlich hatte es diese schwierige Phase während der Pubertät gegeben, als er ziemlich neben der Spur gewesen war. Am Ende hatte er die Kurve gekriegt, auch wenn sie nicht wusste, woran es lag. Sie vermutete, an einer Frau, die seinen Ehrgeiz geweckt hatte. Damals, als er die Schlosserlehre abgebrochen hatte und nach München verschwunden war.

Ihre Kinder besaßen alle drei eine gehörige Portion Resilienz. Weil sie sie nicht in Watte gepackt und überbehütet hatten. Weil sie ihnen Selbstständigkeit und Eigenverantwortung abverlangt hatten. Während die Mütter heute ihre Kinder nicht aus den Augen ließen. Sie zur Schule kutschierten, bis sie beinahe volljährig waren. Sie mit Handy-Apps an die lange Leine nahmen und alles über sie wussten. Es war armselig, sie zu kontrollieren und vor allem ihnen nichts zuzumuten. Denn das Leben bestand aus Zumutungen. Man konnte sie nicht beschützen. Sie mussten Erfahrungen sammeln. Wie sollten sie sonst im Leben bestehen?

Was bei dieser Art von Helikopter-Erziehung herauskam, sah man ja. Die neueste Blüte hieß Triggerwarnung.

Seit einiger Zeit wurde bei Fernsehfilmen vor Gewalt gewarnt. Vor Rauchen und Schimpfwörtern. Vor Alkoholkonsum und Sex. Diese Inhalte könnten verstörend wirken. Barbara wartete auf die erste Triggerwarnung vor der *Tagesschau*. Irgendetwas lief seit einigen Jahren grundsätzlich schief. Während der Großteil der Menschheit gegen Krieg, Hunger, Ausbeutung und Armut kämpfte, verlor sich der Westen in Triggerwarnungen und Diskussionen über Political Correctness. So gesehen waren sie gute Eltern gewesen. Ihre Kinder waren in der Lage, mit den Zumutungen des Lebens umzugehen.

*

Gegen acht erreichten sie Stuttgart. Vor dem Haus lungerte niemand herum. Keine Wachablösung. Etwas würde noch nachkommen. Testosterongesteuerte junge Männer mit Migrationshintergrund ließen sich nicht demütigen. Schon gar nicht von einem alten weißen Mann und seiner Frau.

In der Wohnung angekommen, setzte Barbara sich erst einmal auf den Hocker im Flur, während der Rucksack neben ihr auf dem Boden landete. Sie war total erledigt, streckte die Beine aus und lehnte den Kopf an die Wand.

»Ich lass uns die Wanne ein.« Gernot verschwand im Badezimmer. Kurz darauf hörte Barbara das Wasser rauschen. »Kommst du?«

»Gleich.« Eine Minute brauchte sie noch. Dann entledigte sie sich ihrer schmutzigen Klamotten und des Verbandes und stieg zu Gernot in die Wanne. Sie schwieg mit ihm gemeinsam. Auch das konnten sie gut. Einvernehmlich schweigen. Sie wuschen sich den Dreck von Händen, Armen und Knien und entspannten im warmen Wasser. Was für ein verrückter

Tag. Doch jetzt war es geschafft. Gernot pustete Schaum zu ihr hinüber. »Ich habe einen Bärenhunger. Sollen wir uns den Trüffelrisotto machen?«

Die Packung hatten sie neulich in einem Feinkostladen in der Innenstadt gekauft. »Klingt prima. Du den Risotto. Ich den Salat.«

Während sie noch die Haare wusch, stieg Gernot aus der Wanne. Kurz darauf hörte sie, wie er sich in der Küche ans Werk machte. Zwanzig Minuten später gesellte sie sich zu ihm. Sie trug den cremefarbenen Kaschmirpullover und ihre Lieblings-Levi's. Ihre Haut duftete nach Bodylotion und ihr Haar nach Shampoo. Sie fühlte sich wieder wie ein Mensch.

Auf dem Küchentisch standen zwei Gläser Prosecco bereit. Damit stießen sie an. »Auf dich, meine fabelhafte Frau.«

»Auf uns«, entgegnete sie. »Und auf Walters und Dagmars Kohle.« Während er den Risotto geduldig rührte, kümmerte sie sich um den Salat und wählte auf ihrem Handy eine Playlist mit kubanischer Musik aus. Buena Vista Social Club. Meine Güte, es war auch schon zwanzig Jahre her, seit sie den Dokumentarfilm über diese Band gesehen hatten und danach beschwingt durch eine laue Sommernacht nach Hause gegangen waren, sich unterwegs in einer Bar einen Daiquiri spendierten und sich, zu Hause angekommen, liebten. Wo war die Zeit geblieben? Bei *Chan Chan* nahm Gernot ihr das Messer aus der Hand, mit dem sie Tomaten schnitt, umfasste ihre Taille und tanzte mit ihr ein paar Takte durch die Küche, bis er den Risotto weiterrühren musste und an den Herd zurückkehrte.

Nach dem Essen trugen sie die Rucksäcke ins Wohnzimmer, ließen die Jalousien herunter und kippten den Inhalt auf den Tisch. Es waren sechsundzwanzig Päckchen mit gemischten Scheinen. Sie öffneten das erste und zählten nach. Achttausend Euro, fein säuberlich sortiert nach Wert. Unten die Zweihunderter, oben die Fünfeuroscheine, dazwischen die anderen. Das nächste Bündel war genauso aufgebaut und enthielt ebenfalls achttausend Euro. Die restlichen Beutel ließen sie zu, sie sahen identisch aus. Es waren über zweihunderttausend Euro. Das reichte weiß Gott, um ihr Problem zu lösen.

Einen Teil der Päckchen verstauten sie im Safe bei der Glock. Den Rest, der nicht hineinpasste, legten sie in eine Klappkiste, die sie unters Bett schoben. Dann setzten sie sich mit der Flasche Prosecco aufs Sofa. Gernot bandagierte ihren Arm und massierte ihre Zehen. Das tat gut. Sie fühlte sich ruhig und zufrieden. Wie in einem sicheren Hafen, gerade noch einem Unwetter entkommen.

Gernot legte den Arm um sie. »Dass Walter und Dagmar so enden mussten ... Es ist irgendwie tragisch. Wie geht's dir damit?«

»Es geht schon.« So recht konnte Barbara es nicht glauben, dass sie Dagmar erschossen hatte. Nicht absichtlich. Es war ein Unfall. Es war besser, nicht groß darüber nachzudenken. »Und dir?«, stellte sie die Gegenfrage.

»Es ist ein seltsames Gefühl. Aber was hätte ich tun sollen? Er oder ich. Ich hatte keine Wahl. Es ist nicht unsere Schuld. Sie haben uns angegriffen. Wir haben uns nur verteidigt. Trotzdem: Es ist surreal.«

»Sie hätten uns vertrauen sollen.«

»Ja, das wäre besser gewesen. Irgendwie habe ich immer gewusst, dass die beiden nicht friedlich in ihrem Bett sterben werden.«

»Ich auch«, sagte Barbara. »Ich hätte nur nicht gedacht, dass wir sie erschießen. Sondern die Bullen. Irgendwann. Irgendwo.«

»Warum haben sie uns nicht beide nach Greffern bestellt? Ich verstehe es nicht. Es wäre einfacher gewesen.«

Barbara zuckte mit den Schultern. »Walters Pläne waren noch nie so, wie man sich das erwartet hätte«, sagte sie.

»Vielleicht ist das auch der Grund, warum er und Dagmar mit ihren Überfällen erfolgreich waren.«

»Und erinnere dich an Rombach.«

»Da hat er den Plan aber vereinfacht«, sagte Gernot.

Das stimmte. Denn der ursprüngliche war kompliziert gewesen und sah eine Lichtschranke für die Zündung vor sowie eine Bombe mit exakt berechneter Sprengladung und Durchschlagskraft, die an der Zufahrt zur Autobahn an der Leitplanke platziert werden sollte. Sie sollte so präzise sein, dass sie nur Rombach töten und Lukas kein Haar krümmen würde. »Lukas wird nicht mitmachen«, hatte Walter beim Treffen in Eindhoven zu Gernot gesagt. »Eine solche Präzision traut er uns nicht zu. Es geht auch einfacher.« Und dann hatte er einen völlig simplen Plan vorgeschlagen.

Rheinland,
21. Juni 1988

Lukas Isensee

In der Nacht vor dem Anschlag schlief Lukas schlecht. Er wälzte sich von einer Seite auf die andere und befürchtete, Hedwig zu wecken. Um vier Uhr stand er auf, trank in der Küche ein Glas Wasser und starrte hinaus in die Dunkelheit über Bonn, die allmählich der Morgendämmerung wich.

Er war nervös. Na klar. Das war zu erwarten gewesen. Eigentlich mochte er Rombach. Doch er durfte nicht den Menschen sehen, sondern seine Funktion. Der Mann war Imperialist, Kapitalist, Teil des Systems, das sie bekämpften. Er war kein Rädchen im Getriebe des Systems, sondern ein Rad. Einer, der mitverantwortlich war am Elend in der Dritten Welt, am Raubtierkapitalismus des Westens, an der globalen Kriegstreiberei. Dank seiner politischen Arbeit konnten sich die Konzerne die Taschen füllen, schossen die Gewinne der Rüstungsindustrie in die Höhe und verarmten Menschen in Südamerika, Indien und Asien. Rombach war in seiner Funktion als Staatssekretär ein perfektes Ziel. Und es war seine, Lukas', Aufgabe, dafür zu sorgen, dass der Anschlag heute wie geplant über die Bühne ging. Dafür hatte er in den letzten Monaten alles getan. Er war bereit.

Um halb fünf hörte er, wie Hedwig aufstand. Sie kam zu

ihm in die Küche, schlang ihre Arme von hinten um ihn und legte ihr Kinn auf seinen Kopf. »Du bist ja schon auf.«

»Hab schlecht geschlafen.«

»Sorgen?«

»Nein. Alles ist gut.«

Während sie unter die Dusche ging, machte er Kaffee für sie und schlug vor, sie zu fahren. Meistens nahm sie den Bus, wenn sie Frühschicht hatte und bei ihm übernachtete. Die Haltestelle war direkt vor der Haustür. »Du bist müde«, sagte Hedwig. »Leg dich lieber noch mal hin.«

Sie küssten sich zum Abschied, und für einen Moment befürchtete er, dass es ein Abschied für immer werden könnte. Er zog sie an sich und küsste sie noch einmal, schob seine Hände unter ihr Shirt und hätte jetzt gerne mit ihr geschlafen. »Hallo, ganz schön stürmisch. Merk dir, wo wir waren. Wir machen heute Abend weiter.« Lachend machte Hedwig sich los und verließ die Wohnung. Er trat ans Fenster und sah sie unten an der Bushaltestelle stehen. Sie winkte zu ihm herauf. Der Bus kam. Sie stieg ein und war weg. Nicht für immer. Nur bis heute Abend, sagte er sich. Wobei es eher morgen werden würde. Nach dem Anschlag würde man ihn vernehmen, und das konnte dauern. Sie würden alles ganz genau wissen wollen. Wieso Rombach allein im Wagen gesessen hatte. Wieso der Wagenschlüssel im Haus gelegen hatte und Lukas zurückmusste, um ihn zu holen. Ein Umstand, dem er sein Leben verdankte. Ob er verdächtige Beobachtungen gemacht habe. Ob etwas anders als sonst war. Und so weiter und so fort. Auf alle Fragen hatte er Antworten. Seine Rolle war die des glücklich Davongekommenen, nicht die des Attentäters. Man würde ihn nicht verdächtigen, in den Anschlag verwickelt zu sein.

Nachdem der Bus um die Ecke verschwunden war, fiel Lukas' Blick auf das Notizbuch. Das sollte er besser verschwinden lassen. Genauso wie die Waffe, die Gernot ihm gegeben hatte. Er wollte sie nicht bei sich haben, denn er wollte sie keinesfalls benutzen. Wohin damit? In die Mülltonne? Doch wenn man sie dort zufällig fand? Lukas folgte einer spontanen Eingebung. Er steckte das Notizbuch in eine Plastiktüte, nahm die Pistole und das Päckchen Munition aus dem Versteck hinter dem Spülkasten und legte beides dazu. Mit der Tüte ging er in den Keller. Die Sachen in seinem Kellerabteil zu verstecken war zu riskant. Falls etwas schiefging oder man ihm seine Rolle nicht abnahm, würde man seine Wohnung durchsuchen, seine Garage und auch seinen Keller. Er nahm das Vorhängeschloss am Lattenverschlag ab, ging hinein und schob die Tüte zwischen den Latten hindurch in das Nachbarabteil, das einer gehbehinderten Frau in der Parterrewohnung gehörte, die nur selten in den Keller kam. Er bugsierte den Beutel in einen alten Blumentopf und stapelte zwei andere darüber.

Wieder oben in der Wohnung, stellte er sich vor, es wäre ein Tag wie jeder andere. Er duschte und rasierte sich, bügelte ein weißes Hemd, zog den Anzug an und band sich die Krawatte. Er polierte die Schuhe, suchte seine Sachen zusammen und fuhr nach Bad Godesberg.

*

In Gedanken ging er während der Fahrt den Ablauf noch einmal durch. Den Wagen aus der Garage holen, falls er dort stand. Ihn mit dem Schlüssel öffnen, den Pager hineinlegen und das Buch, das er las, wenn er auf Rombach wartete. Dann ins Haus gehen. Den Wagenschlüssel irgendwo hinlegen und dort vergessen, wenn er mit Rombach hinausging. Rombach in den Wagen steigen lassen, feststellen, dass der Schlüssel im Haus war. Zurückgehen, um ihn zu holen. Sobald er die Haustür hinter sich schloss, würde Walter die Bombe zünden. Es war ein einfacher Plan. Nichts konnte schiefgehen. Daniel war wegen einer Erkältung krankgeschrieben. Eine Fahrt zur Schule schied heute aus.

Lukas parkte den Wagen vor dem verwilderten Grundstück und zwang sich, es mit keinem Blick zu würdigen. Irgendwo dort lagen Walter und Dagmar auf der Lauer. Ein Fluchtfahrzeug stand in der Parallelstraße bereit. Sie mussten nur hinten über den Zaun und übers Nachbargrundstück zur Straße. Plötzlich fühlte Lukas sich beobachtet. Wie ein Akteur auf einer Bühne.

Der Mercedes stand auf dem Vorplatz. Lukas stieg aus seinem Wagen. Ihm war heiß. Er schwitzte. In der Halsschlagader spürte er das Pochen des Pulses. Viel zu schnell. Sein Blickwinkel verengte und fokussierte sich. Auf das Gartentor, das aufsprang, wie jeden Morgen, weil Rombachs Frau ihn gesehen hatte und aufs Knöpfchen drückte. Auf den Mercedes, den er ansteuerte. Der Schlüssel fiel ihm beinahe aus der Hand. Pager und Buch legte er auf den Beifahrersitz. Sein Herz raste. Er musste sich beruhigen und blieb einen Moment neben dem Wagen stehen und atmete durch. Ein schwarzer BMW fuhr langsam durch die Straße. Ein Mann saß am Steuer und sah zu ihm hinüber. Lukas kannte ihn. Irgendwo hatte er ihn schon einmal gesehen. Wo? Er kam nicht darauf.

»Guten Morgen, Herr Isensee.« Margot Rombach gesellte sich zu ihm. »Ich habe ein kleines Attentat auf Sie vor.«

Bei dem Wort zuckte er zusammen, und sie sah ihn besorgt an. »Geht es ihnen nicht gut? Sie sehen blass aus.«

Schweiß perlte auf seiner Stirn. »Alles in Ordnung. Ist nur ein bisschen warm heute.« Er stand neben sich, als wäre er zwei. Heute gab es ihn doppelt.

»Ich muss mit Daniel zum Arzt. Mein Wagen ist noch in der Werkstatt, obwohl er gestern fertig sein sollte. Können Sie uns mit in die Stadt nehmen?«

»Von mir aus gerne«, sagte er. Weil ihm kein Grund einfiel, diese Bitte abzuschlagen. »Letztlich entscheidet das Ihr Mann.« Übelkeit stieg in ihm auf.

»Ihm ist es recht.« Sie lächelte. »Noch einen Kaffee, bevor es losgeht?«

Gernot würde toben. Alles war vorbereitet und die Bombe am Wagen. Er konnte doch nicht den ganzen Tag mit einer Bombe durch die Gegend fahren, und plötzlich verstand er es. Wenn er nicht verhinderte, dass die Frau und das Kind einstiegen, war das sein Problem. Walter und Dagmar würden keine Rücksicht auf die beiden nehmen und den Wagen in die Luft jagen. Es war seine Aufgabe, dafür zu sorgen, dass Rombach allein im Wagen saß. Das hatte Gernot gemeint, als er sagte: Du sorgst dafür, dass das nicht der Fall ist. Es hatte nicht geheißen: Anderenfalls verschieben wir das Ganze.

Er folgte Margot Rombach ins Haus, legte den Wagenschlüssel aufs Fensterbrett, setzte sich, trank den Kaffee nicht und war nicht wirklich da. Er antwortete automatisch auf die Fragen des Jungen, während er fieberhaft überlegte, was er tun konnte. Sich weigern, die beiden mitzunehmen? Absurd. Ihnen ein Taxi rufen? Mit welcher Begründung? Er könnte sagen, er sei krank. Doch dann würde Rombach Frau und Enkel selbst fahren. Den Mercedes manipulieren, damit er nicht ansprang, und dann die Fahrbereitschaft rufen? Oder seinen Wagen nehmen. Das konnte er versuchen. Er stand auf. »Ich gehe schon mal zum Wagen.«

Im selben Moment kam Rombach herein. Die Aktentasche in der Hand. »Guten Morgen, Herr Isensee.« Ein Blick auf die Armbanduhr. »Wenn wir Margot und Daniel beim Arzt absetzen wollen, sollten wir los.«

Der Junge rutschte vom Stuhl. Margot Rombach nahm die Handtasche von der Anrichte. Lukas reagierte automatisch. Er ging voran. Die drei gingen hinter ihm her. Ein Schweißtropfen löste sich von seiner Stirn.

Plötzlich fiel ihm ein, wo er den Mann im schwarzen BMW schon einmal gesehen hatte. Während der Rückfahrt von Eindhoven. An der Raststätte, zusammen mit Gernot. Was machte Redford hier? Wer war er? Sie erreichten die Haustür. Lukas öffnete sie, sah ins gleißende Morgenlicht. Hinter ihm unterhielt sich Daniel mit seinem Opa. Der Mercedes war nur noch ein paar Meter entfernt. Drüben im verwilderten Grundstück lagen Walter und Dagmar auf der Lauer. Etwas stimmte hier nicht. Er spürte es tief in sich. Nicht Ahnung, sondern Wissen. Er schnellte herum und brüllte: »Zurück!« Mit ausgebreiteten Armen scheuchte er die drei ins Haus. Sah schreckgeweitete Augen. Stolpernde, sich verheddernde Beine. Sie fielen übereinander zu Boden. Ein ohrenbetäubender Knall. Die Druckwelle rollte über sie hinweg. Berstendes Glas, splitterndes Holz. Eine Wolke aus Staub und Dreck hüllte sie ein.

Freitag, 29. November 2019

Ben

Ben beobachtete Charlie durch das Fenster. Sie lehnte an einem der mannshohen Räder des Harvesters, den Markus heute Morgen auf dem Gästeparkplatz abgestellt hatte, und telefonierte mit Boris. Ihre Fahrzeuge standen jetzt oben an der Straße, bis Markus am Montag mit den Waldarbeiten beginnen und das Ungetüm verschwinden würde.

Charlie gestikulierte mit der freien Hand. Ihre Brauen zogen sich zusammen. Etwas schien sie zu ärgern. Schließlich steckte sie das Handy ein und kam herein. »Boris sucht noch immer nach der Ladung Bauschutt. Und die Verwandte von Nadira, die gehört hat, wie Yasin sich mit seiner Tat brüstete, ist jetzt verreist. Rate mal, wohin?« Charlie beantwortete ihre Frage gleich selbst. »In die Türkei. In ihr Dorf, und ich fresse einen Besen, wenn sie jemals zurückkommt. So ein Mist!«

Er verstand ihre Ungeduld nur zu gut und nahm sie in den Arm. »Boris wird das Messer schon finden und Zeugen kann man auch im Ausland befragen.«

Sie lehnte sich an ihn. »Dein Wort in Gottes Ohr. Wenn es ihn da oben wirklich gibt, ist es jetzt langsam mal Zeit, dass er etwas tut. Wieso ist das Glück auf Yasins Seite?«

»Das wird nicht so bleiben.«

»Außerdem ermittelt die Interne gegen mich. Nächste Woche muss ich meine Aussage machen. Den Termin teilen sie mir noch mit.«

»Du wirst aus der Sache schon rauskommen. Schließlich war es Yasins Ziel, dass du ihn bedrohst. Das wird aus der Aufnahme hervorgehen. Er hat dich provoziert.«

»Das ist schon richtig. Aber ich hätte mich nicht provozieren lassen dürfen.« Sie fuhr sich durchs Haar.

»Sieh es mal andersherum. Er fürchtet dich. Weil du eine gute Ermittlerin bist. Deshalb hat er dir die Falle gestellt.«

Ein Lächeln huschte über ihr Gesicht. »Er hat auch allen Grund, mich zu fürchten. Wenn ich zurück nach München muss, was machen wir dann mit dir?«

Inzwischen akzeptierte er, dass sie sich Sorgen um ihn machte. »Wenn Boris das Messer bis dahin nicht gefunden hat, darfst du mich in einer eurer sicheren Wohnungen einquartieren.« Ihr zuliebe würde er mitmachen.

Sie lächelte. »Fein. Sollen wir heute mal deinem Albtraum auf den Grund gehen?«

»Wie willst du das denn machen?«

»Wir suchen die Locations auf. Erst die Waldhütte und dann noch mal das Landidyll auf der Suche nach dem Erdkeller.«

Vielleicht war es ein Fehler gewesen, ihr von seinen Träumen zu erzählen und auch von seinem Erlebnis im Erdkeller als kleiner Junge, und wie sehr es ihn überrascht hatte, dass er ihn nicht mehr finden konnte. Denn Charlie war nicht nur hartnäckig, sie war auch fantasiebegabt und glaubte, dass das Klicken der Glasmurmeln mit seinen Träumen zusammenhing und einen realen Hintergrund habe.

Von seiner Hütte war sicher keine Spur mehr zu finden. Doch der Erdkeller, in dem er als Kind stundenlang festgesessen hatte, musste irgendwo sein. Das Abenteuer mit der zugeschlagenen Falltür bildete er sich nicht ein. Sie zogen die Jacken an und machten sich auf den Weg.

Nach zwanzig Minuten verließen sie die Hauptstraße und erreichten den Weiher. Die Eisschicht war über Nacht dicker geworden. Die Ackerfurchen waren vom Frost überzuckert. Auch in den kahlen Bäumen und vertrockneten Gräsern saß der flaumige Reif wie ein Pelz. Es war klirrend kalt, doch die Sonne schien. Ein wundervoller Vormittag.

Entlang eines Trampelpfads ging es in den Wald hinein. Ben war sich nicht sicher, ob er die Stelle finden würde, an der er damals die Hütte gebaut hatte, aber einen Versuch war es wert. Der Weg schlängelte sich bergauf. An einer Gabelung mussten sie links abbiegen und an einer Eiche vorbei, in die vor Jahrzehnten ein Blitz eingeschlagen hatte. Ein Teil des Baums war abgestorben. Wieder verzweigte sich der Weg, und Ben wusste instinktiv, welchem Pfad sie folgen mussten. Ein paar Minuten später waren sie da. Eine von Buchen und Eichen umstandene Lichtung, nicht weit vom Weg entfernt. Die Bäume waren gewachsen, trotzdem erkannte er den Platz wieder. Charlie folgte ihm. Zweige knackten unter ihren Schritten. Irgendwo schrie eine Krähe. In einen der Bäume hatte er damals mit seinem Taschenmesser ein B geschnitzt. Er hielt danach Ausschau und fand es wieder. »Hier ist es.« Von seiner Hütte war nichts geblieben. Das hatte er auch nicht erwartet. Doch er sah sofort etliche Äste, die für einen Wiederaufbau geeignet wären. Wovor versteckte er sich hier in seinem Traum? Wovor fürchtete er sich so sehr, dass er kaum zu atmen wagte? Was hatte das surreale Unwetter zu bedeuten, das er nur hörte, aber weder sah noch spürte? Und was bedeutete der Hase, der lautlos tot zusammenbrach? Er konnte sich keinen Reim darauf machen. Doch als er an den Traum dachte, fühlte er sich plötzlich unwohl an diesem Ort. »Lass uns gehen. Hier gibt es nichts zu sehen.«

»Du warst als Kind oft hier, oder?« Charlie strich mit der Hand über das B.

»Ja. Sicher. Wenn ich allein sein wollte. Und einmal war ich auch mit Leon und Luise hier. Wir wollten in der Hütte übernachten, sind dann aber bei Lene und Alfred untergekrochen.«

»Warum seid ihr nicht nach Hause?«

»Weil da die Bullen waren.« Er erzählte ihr von der Hausdurchsuchung, der Festnahme seiner Eltern und wie die Frau vom Jugendamt vergeblich nach ihnen gesucht hatte.

»Die haben geglaubt, dass deine Eltern zur RAF gehörten?«, fragte Charlie.

»Ich nehme es an. Es war kurz nach dem Anschlag auf Rombach. Nach Onkel Lukas wurde gefahndet. Also haben sie auch bei uns nach ihm gesucht.«

»Aber deine Eltern hatten damit nichts zu tun? Die waren keine Unterstützer?«

»Natürlich nicht. Bestenfalls waren sie Sympathisanten. Ihren Kampf gegen das System haben sie auf ihre Weise geführt. Barbara als Anwältin und Gernot mit seinen Artikeln und Büchern.«

»Wieso hatte dein Vater eine Waffe?«

»Keine Ahnung. Ich habe sie nie gesehen. Wird das jetzt ein Verhör?«

»Warum so aggressiv?«

»Entschuldige. Ich kann mich an die Waffe nicht erinnern, und ich glaube auch nicht, dass es uns weiterbringt, wenn wir selbst versuchen, meinen Traum zu analysieren. Dafür gibt es Spezialisten. Ich habe aber nicht vor, einen aufzusuchen.«

»Du hältst meine Idee, dass du dich an das Geräusch einer Waffe erinnerst und nicht an das von Glasmurmeln, für ein Hirngespinst?«

»Das habe ich nicht gesagt.« Aber gemeint hatte er es.

Ihre Theorie, dass er gesehen habe, wie Onkel Lukas auf jemanden schoss, war absurd. »Lass uns gehen. Hier gibt's nichts zu entdecken.«

*

Sie kehrten nicht zum Weiher zurück. Stattdessen führte Ben Charlie durch den Wald zu den drei Trollen und dann hinunter zum Landidyll. Das erwies sich als Fehler. Denn den morschen Steg seiner Kindheit gab es nicht mehr. Der Bach führte hohes Wasser. Er ließ sich nicht durchwaten. Also gingen sie zurück und näherten sich dem Haus über den Weg, der von der Hauptstraße abzweigte, und betraten das Grundstück wie am Tag zuvor. Sie krochen durch die Hecke und standen schließlich vor der Hintertür. Ben nahm Vorhängeschloss und Balken ab, sperrte auf, und sie traten in die Waschküche. Alles war so, wie es früher gewesen war, bis auf die Falltür. Die gab es nicht. Das wusste er längst. Es gab keinen Erdkeller und kein Vorratsregal mit gammeligem Eingewecktem. Jedenfalls nicht im Haus. Er wies auf den Boden. »Als ich vor einigen Jahren zum ersten Mal wieder hier war, war ich mir sicher, dass sich der Erdkeller unter der Waschküche befindet. Vermutlich ist er in der Mühle. Dafür habe ich keinen Schlüssel.«

»Lass uns erst hier suchen.« Charlie ging durch den Flur in die Küche und dann ins Wohnzimmer. Er folgte ihr. Sie inspizierte die alten Dielenböden. »Die Falltür kann man nicht übersehen«, sagte Ben. »Sie ist aus schwarzem Eisen und hat einen Metallring.«

»Vielleicht irrst du dich, und sie ist aus Holz. Eine Luke.« Doch sie fanden weder eine Ritze im Dielenboden noch ein Scharnier.

Sie verriegelten das Haus wieder und gingen zur Mühle. Die Tür war ebenso gesichert wie die Hintertür am Haus.

Doch der Schlüssel fürs Vorhängeschloss fehlte am Bund. Weshalb, wusste Ben nicht. Vielleicht hatte Lene ihn verloren. Charlie sah sich um. »Gibt es hier irgendwo Werkzeug?«

»Im Holzschuppen gab es früher was.«

Sie gingen hinüber. Ben nahm das Schloss ab, und sie traten ein. Noch immer saß die Kälte von Jahrhunderten im Fachwerkgemäuer. Durch die offene Tür fiel Sonnenschein. Staubkörnchen tanzten im Licht. Im hinteren Teil des Raums war das Brennholz schulterhoch aufgeschichtet. In mehreren Reihen hintereinander. Rechter Hand lehnte altes Holz an der Wand. Latten, Leisten, Bohlen und Dielen. Daneben gab es einen leeren Verschlag, in dem früher die Kohlebriketts gelagert wurden. Im Regal neben der Tür fanden sie eine verrostete Axt, einen Spaltkeil und einen Fäustel.

Ben nahm ihn. »Damit sollte es gehen.« Charlie griff nach der Axt. Mit vereinten Kräften gelang es ihnen, die Halterungen für den Balken aus dem Mauerwerk zu schlagen. Sie fielen zu Boden und mit ihnen der Balken. Der Schlüssel für die Tür hing am Bund. Ben sperrte auf.

Der Raum war so, wie er ihn in Erinnerung hatte. Ein vergrauter Dielenboden und eine niedrige Holzdecke. Winzige Fenster, die nach vorne zum Hof und nach hinten zum Bach hinaus gingen. Davor der Kollergang mit dem Mühlstein, der einst vom Bach angetrieben wurde.

»Wie hat die funktioniert?«, fragte Charlie.

»Keine Ahnung. Ich habe die Mühle nie in Betrieb gesehen. Aber Lene hat uns schaurige Geschichten über den Müller erzählt. Der Sage nach hatte er einen Pakt mit dem Teufel geschlossen. Ewige Jugend im Tausch gegen eine junge Frau. Jedes Jahr während der Raunächte musste der Müller seine Frau töten, ihre Knochen hier in der Mühle zermahlen und sie dem Teufel übergeben. Waren die Raunächte vorbei, kam eine neue Frau, die auch nur ein Jahr blieb.«

Charlie schüttelte sich. »Das ist ja gruselig. Wie geht die Sage aus?«

»Weiß ich gar nicht mehr. Ich glaube, eine der Frauen hat den Teufel überlistet. Jedenfalls haben wir uns als Kinder nicht in die Mühle getraut.« Ben sah sich den Kollergang genauer an. Nur Staub und Mäusedreck. Keine Knochensplitter.

In den Boden war keine Falltür eingelassen. Das sah Ben auf den ersten Blick. Auch nicht unter der Treppe, die nach oben auf den Speicher führte. Charlie inspizierte den Boden genauer. Sie war wieder auf der Suche nach einer Luke, die zwischen den Dielen nicht gleich auffallen würde. Doch er wusste, dass die Falltür aus Metall gewesen war. Ein großer schwarzer Ring als Griff. Daran hatte er damals erfolglos gezogen und gezerrt. Die Tür war schwer. Im ersten Versuch war es ihm nur gelungen, sie einen Spaltbreit zu öffnen. Daran erinnerte er sich plötzlich. Auch beim zweiten war es nicht besser gegangen, bis ihm der Spruch von Alfred eingefallen war: »Der Mensch kann noch so dumm sein, er muss sich nur zu helfen wissen.« Ben hatte sich schließlich eine Latte, einen Klotz und ein kurzes Brett gesucht. Die Latte hatte er, so weit es ging, in den Spalt geschoben, den er mit dem Fuß aufhielt, dann den Klotz untergelegt und die Tür so weit aufgehebelt, dass er sie mit dem Brett abstützen und sich durch die Öffnung nach unten gleiten lassen konnte.

»Hier ist nichts.« Charlie wischte sich die staubigen Hände an der Jeans ab.

»Bleibt nur noch der Hühnerstall.« Doch auch dort fanden sie weder eine Falltür noch eine Luke. Sie musste irgendwo anders sein. »Vielleicht bei Alfred und Lene?«, meinte Charlie.

»Glaube ich nicht. Mein Vater hat mich damals befreit. Ich kann mich nicht erinnern, dass er je bei den beiden gewesen wäre.«

»Leben sie noch?«

»Nur Alfred.«

»Sollen wir ihn fragen?«

Charlie ließ nicht locker. Sie hatte sich in diese fixe Idee verbissen. Alfred zu besuchen war allerdings ein guter Vorschlag. Es war zwei Jahre her, seit sie sich das letzte Mal gesehen hatten.

*

Der kleine Hof von Alfred und Lene lag nicht mehr direkt am Dorfrand. Die Wiese gegenüber war inzwischen mit Einfamilienhäusern und Doppelhaushälften bebaut worden. Eine Sackgasse mit Wendehammer trennte den Hof vom Neubaugebiet.

Das Anwesen war beinahe so alt wie die Mühle und bestand aus mehreren zusammengewürfelten kleinen Gebäuden mit Anbauten aus verschiedenen Epochen. Der Kuhstall, in dem sie damals übernachtet hatten, stand schon lange leer. Alfred war zweiundachtzig Jahre alt. Er hielt nur noch ein paar Hühner und pflegte Lenes Gemüsegarten. Ein Kind, das den Hof übernahm, gab es nicht. Also hatte er die Felder verpachtet. Der Rücken machte nicht mehr mit, und auch die Hüfte wollte nicht mehr. Als Gehhilfe benutzte er einen Stock. Ein Rollator sei was für alte Leute. Der komme ihm nicht ins Haus, bevor er neunzig sei. Das hatte er Ben vor zwei Jahren erklärt.

Doch als er jetzt die Tür öffnete, schob er den Rollator vor sich her. Er war noch kleiner geworden. Zusammengesunken wie eine alte Mauer, deren Fundament nachgab. Auf den eingefallenen Wangen sprossen graue Stoppeln. Die

Brillengläser waren schlierig. Seine dünne Gestalt steckte in Cordhosen und Flanellhemd. »Ach, der Ben.« Ein Leuchten ging über sein Gesicht. »Schön, dass du mich mal wieder besuchst. Ist das deine Frau?« Er lächelte Charlie an.

»Das ist Charlotte, eine Freundin.« Das m, das aus *eine meine* gemacht hätte, kam ihm nicht über die Lippen. Zu übergriffig. Zu verbindlich, wo sie doch Wert auf Unverbindlichkeit legte.

»Sie können ruhig Charlie zu mir sagen. Das tun alle.«

»Na, dann kommt mal rein.«

Im Haus roch es muffig. Nach aufgewärmtem Essen und altem Mann. Alfred ging voran und steuerte die Küche an. Die gute Stube wurde nur an Sonn- und Feiertagen benutzt. Daran hatte sich seit Lenes Tod nichts geändert. Die Küche war groß. Der schrundige Holztisch, an dem Ben als Kind oft gesessen hatte, nahm den meisten Platz ein. Das Kruzifix hing in der Ecke an der Wand. Neben dem modernen Elektroherd gab es immer noch den alten Kohleherd. Darin brannte ein Feuer. In der Küche war es bullig warm.

»Mögt ihr einen Kaffee?«

»Mach dir keine Umstände«, sagte Ben.

»Gleich kommt meine Pflegerin. Wir trinken immer eine Tasse zusammen.« Das Wasser kochte bereits. Alfred steckte die Filtertüte in Lenes Porzellanfilter, und Ben wurde plötzlich ganz weh ums Herz. Wie oft er hier bei Lene gesessen und ihr beim Kaffeekochen zugesehen hatte. Immer hatte sie ein freundliches Wort für ihn gehabt, hatte ihm Geschichten und Sagen erzählt, während er Prumme- oder Appeltaat aß.

Alfred hatte von einer Pflegerin gesprochen, und Ben fragte sich, ob er hier überhaupt noch allein zurechtkam. Und was, wenn nicht? Ob er sich um ihn kümmern sollte? Ihm vielleicht einen Platz im Altenheim besorgen? »Kommst du klar hier, so allein?«

Alfred drehte sich um. »Lene fehlt natürlich. Aber ich komme zurecht. Die Frauen der Nachbarschaftshilfe sehen nach mir. Wir haben einen Senioren-Treff, und außerdem gucken die Damen des Pflegedienstes regelmäßig nach mir und richten mir die Tabletten. Mach dir also keinen Kopf meinetwegen. Mögt ihr Milch in den Kaffee? Es gibt aber nur normale. Keine Kondensmilch aus der Büchse.«

Charlie stand auf. »Ich kümmere mich darum. Wenn ich darf?«

»Nur zu«, meinte Alfred. Kaffeeduft breitete sich in der Küche aus. Charlie machte Milch in einem Topf warm. Ben deckte den Tisch, und Alfred zog eine Schachtel Gebäckmischung aus dem Küchenbuffet. Schließlich fragte Ben nach dem Erdkeller, obwohl er sicher war, dass sein Abenteuer nicht hier stattgefunden hatte. Alfred schüttelte den Kopf. »Unser Haus ist nicht unterkellert. Wir haben unsere Vorräte in der Speisekammer aufbewahrt.«

Charlie beschrieb die Eisentür, und Alfred zog die Schultern hoch. »Eine solche Tür habe ich nie gesehen.« Mit der Kaffeekanne kam er an den Tisch. »Warum sucht ihr danach?« Im selben Moment klingelte es an der Tür. »Das wird Hedwig sein. Sie ist diese Woche dran. Kannst du aufmachen?«

»Klar.« Ben stand auf. Der Name hallte nach. Hatte nicht die Freundin von Lukas Hedwig geheißen? Er öffnete die Tür. Eine ältere Frau stand vor ihm. Sie trug eine grüne Steppjacke und einen türkisfarbenen Schal. Ihr schneeweißes Haar war kurz geschnitten. Eine Brille mit dunkelblauem Gestell betonte die Farbe ihrer Augen, die saphirblau leuchteten. Wie damals. »Hedwig?«, fragte er. »Bist du das?«

Sie musterte ihn überrascht, und er sah, wie der Groschen fiel. »Ben? Na so was. Was machst du denn hier?«

»Alfred besuchen. Und du bist jetzt Altenpflegerin?«

»Schon seit zwanzig Jahren. Lass uns reingehen. Mir sitzt die Zeit ein wenig im Nacken. Alfred ist wohlauf?«

Ben nickte und ging mit ihr in die Küche. Während sie den Blutdruck maß, den Verband an Alfreds linkem Unterarm wechselte – er hatte sich an einem Metallprofil verletzt – und ihm die Kompressionsstrümpfe anzog, fragte sie, wie es Ben und seinen Geschwistern ging, ob Charlie seine Frau sei und was seine Eltern machten. Schließlich sah sie noch nach den Medikamenten in der Box und hatte dann noch ein paar Minuten Zeit für ihre gemeinsame Tasse Kaffee mit Alfred.

»Wie hat es dich nach Buchsweiler verschlagen?«, fragte Ben.

»Wir leben in Bad Münstereifel«, erklärte Hedwig. »Mein Mann stammt von dort. Als wir geheiratet haben, bin ich zu ihm gezogen. Das ist achtundzwanzig Jahre her. Wie die Zeit vergeht. Die Kinder sind auch schon aus dem Haus.«

»Hast du eigentlich von Lukas mal was gehört?«, fragte Ben.

Sie schüttelte den Kopf. »Keine Karte, kein Anruf. Und du?«

»Auch nicht.«

»Wahrscheinlich ist er längst gestorben.«

»Wieso glaubst du das?«

»Wer sich in Gefahr begibt, kommt darin um.« Hedwig zuckte mit den Schultern. »Egal, ob er im Südjemen oder im Libanon untergetaucht ist, dort gibt es überall Krieg und Unruhen. Die Freunde, die er dort hat, möchte ich nicht haben. Terroristen wie er. Da genügt eine falsche Bemerkung oder die Weigerung, bei einer Aktion mitzumachen, und das war es dann. Ich verstehe bis heute nicht, warum er sich an dem Anschlag beteiligt hat und wie er das vor mir verheimlichen konnte. Ich habe nichts gemerkt. Und dann hatte ich auf einmal den Staatsschutz und das BKA im Nacken, weil die dachten, ich hätte mitgemacht. Ohne Barbara wäre ich vielleicht vor Gericht gelandet. Ich bin ihr ewig dankbar, dass sie das verhindert hat. Deine Mutter ist wirklich eine tolle Anwältin.«

Charlie zerkrümelte ihren Keks. »Eines verstehe ich nicht: warum er überhaupt untergetaucht ist. Er war doch der Held, der Rombach, seiner Frau und dem Enkel das Leben gerettet hat.«

»So sah es aus. Aber nur, bis die Polizei seine Wohnung durchsucht hat. Danach war klar, dass er Rombach für die RAF ausgekundschaftet hat.«

»Das war ganz schön dumm«, sagte Charlie. »Wieso versteckt er belastendes Material im Keller, wo die Polizei es finden wird?«

»Sie haben auch in seiner Wohnung etwas gefunden«, sagte Hedwig. »Die Fotos von Rombach, seinem Haus und der Fahrtstrecke lagen dort und auch eine Waffe. Ich muss blind gewesen sein.«

»Die Sachen haben sie aber erst entdeckt, nachdem Lukas Isensee untergetaucht war«, sagte Charlie. »Er hätte seine Heldenrolle in aller Ruhe weiterspielen und die Beweise entsorgen können. Weder BKA noch Verfassungsschutz hatten ihn auf dem Schirm.«

»Was meinen Sie, wie oft ich mich das gefragt habe. An dem Tag haben wir noch telefoniert. Ich hatte Dienst und habe von dem Anschlag im Radio gehört und war fast wahnsinnig vor Angst, ihm könnte etwas passiert sein. Jedenfalls war ich froh, als er endlich anrief. Er war ziemlich neben der Spur und hat gefragt, ob er ein paar Tage bei mir wohnen könnte. Wegen der Medien. Doch dann kam er nicht und ich habe nie wieder etwas von ihm gehört. Er muss in Panik gewesen sein, dass er auffliegen würde, und hat sich abgesetzt, als das noch ging.« Hedwig sah auf die Uhr. »Das ist lange her. Wie aus einem anderen Leben. Ich muss weiter.«

Rheinland,
21. Juni 1988

Lukas Isensee

Lukas saß in Rombachs Küche am Tisch. Sein Anzug war voller Staub und Dreck. Das Sakko hatte er ausgezogen, die Krawatte abgenommen und die Ärmel hochgekrempelt. Ihm war noch immer zu heiß. Am Handrücken hatte er eine blutige Schramme. Vor ihm stand ein Glas Wasser, nach dem er nicht greifen konnte. In ihm vibrierte es. Er zitterte so sehr, dass er alles verschütten würde. Ihm gegenüber saß ein Ermittler des BKA. Ein Mann mit Bürstenhaarschnitt und Schnauzbart wie Tom Selleck, der sich vorgestellt hatte, doch Lukas erinnerte sich nicht an seinen Namen. Noch immer fühlte er sich wie zwei. Noch immer gab es ihn doppelt. Plötzlich fragte er sich, wie er in diese Situation geraten war. Weil er sich am System rächen wollte? Einen sinnlosen Kampf führen? Vielleicht auch, um Gernot zu imponieren? All diese Gedanken purzelten unsortiert durch seinen Kopf. Er war nur froh, dass nichts passiert war. Abgesehen vom Schreck ging es allen gut.

Rombach, seine Frau und der Junge saßen im Wohnzimmer und erklärten den Beamten, was geschehen war. Draußen war die Hölle los. Überall Einsatzfahrzeuge, Blaulichter, Absperrungen, herumwuselnde Ermittler und Kriminaltechniker in Zivil, aber auch Dutzende Uniformierte. Der Mercedes war Schrott. Die Bombe hatte ihn zerfetzt. Der Eingangsbereich war ein Trümmerhaufen. Die Druckwelle hatte die Tür aus den Angeln gerissen und die Fenster bersten lassen.

»Sie sollten etwas trinken«, sagte Selleck.

»Geht schon.«

Der Mann lehnte sich im Stuhl zurück. Den Ablauf der wenigen Minuten vom Betreten des Hauses bis zur Explosion waren sie schon durchgegangen. Lukas hatte sich an die Tatsachen gehalten und gesagt, alles sei wie immer gewesen.

»Wieso haben Sie die Gefahr erkannt und so schnell reagiert?«

Er war so durstig, dass er nun doch nach dem Wasserglas griff. Es schwappte über, er kleckerte sich das Hemd voll. »Entschuldigung.«

»Sie müssen sich doch nicht entschuldigen.«

Lukas stellte das Glas ab. »Doch. Ich bin ein wenig durch den Wind und habe Ihren Namen vergessen.«

»Müller wie Meier«, sagte Müller. Den Witz machte er wohl regelmäßig.

»Es war vermutlich Instinkt, Herr Müller. Ich wurde ja darüber informiert, dass Herr Rombach ein potenzielles Ziel ist. Da wird man aufmerksamer. Man sieht ständig über die Schulter und häufiger in den Rückspiegel. Heute Morgen ... Als wir das Haus verlassen haben ... Ich bin vorangegangen und war als Erster auf der Treppe. Da war etwas gegenüber in dem verwilderten Garten. Eine Bewegung. Der Lauf eines Gewehres. Ich habe es nicht richtig gesehen. Meine Reaktion war schneller als mein Verstand.«

Natürlich hatte er nichts gesehen. Doch Müller brauchte eine plausible Erklärung. Die hatte er ihm nun geliefert.

»Klasse Reaktion. Sie hat drei Menschen das Leben gerettet. Das war großartig.«

Vier, dachte Lukas. Oder bin ich für dich nur der Knecht

der Herrschenden, der nicht zählt? Dann sieh dich selbst an. Du bist auch nur ein Knecht. Wenn es drauf ankommt, verheizen sie dich.

Dass er mit draufgegangen wäre, sickerte nach und nach in sein Bewusstsein. Wieso hatte Walter die Nerven verloren und die Bombe so früh gezündet?

Ein Mann kam in die Küche und winkte Müller wie Meier zu sich. Sie unterhielten sich halblaut. Müller kehrte zurück. »Im Grundstück gegenüber wurde eine Waffe gefunden und noch ein paar andere Sachen. Auch ein Bekennerschreiben der RAF.«

»Sie kriegen die doch?«, fragte Lukas.

»Die Ringfahndung läuft. Die entwischen uns nicht.«

»Ich würde jetzt gerne nach Hause. Duschen und mich umziehen. Ist das in Ordnung?«

»Einer meiner Männer wird Sie fahren.«

»Danke, das ist nicht nötig.«

»Sie sind nicht in der Lage, selbst zu fahren.« Und dabei blieb es. Müller bestand darauf und rief einen seiner Kollegen herein. »Die Medien werden sich auf Sie stürzen. Können Sie irgendwo unterkommen? Bei Verwandten oder Freunden?«

Lukas nickte. »Ich kann für ein paar Tage zu meiner Freundin ziehen.«

»Prima. Wir werden uns morgen bei Ihnen melden. Wir müssen Ihre Aussage noch schriftlich machen.« Müller verabschiedete sich mit einem festen Händedruck. Im Flur begegneten sie Rombach, der aus dem Wohnzimmer kam. Jede Spur von Souveränität war von ihm abgefallen. Er sah verängstigt und ebenso zerfleddert aus wie Lukas. »Herr Isensee. Ich weiß noch immer nicht, wie ich Ihnen danken soll.« Ehe Lukas es sich versah, umarmte Rombach ihn, klopfte ihm auf den Rücken. »Wir stehen in Ihrer Schuld.«

Tun Sie nicht, dachte Lukas. Eher umgekehrt.

»Sehen wir uns morgen?«

Zuerst verstand Lukas die Frage nicht. »Sie meinen, ob ich zum Dienst komme?«

»Nur, wenn Sie sich dazu in der Lage fühlen.«

»Und Sie? Sie machen einfach weiter?«

»Ja, natürlich. Alles andere wäre ein Sieg für die RAF.«

»Ich muss darüber nachdenken.« Er konnte unmöglich als Rombachs Fahrer weitermachen.

Müllers Mitarbeiter klimperte mit dem Wagenschlüssel. Lukas bestand darauf, dass sie seinen Wagen nahmen. Eine halbe Stunde später schlug er die Wohnungstür hinter sich zu und die Anspannung ließ nach. Er duschte und zog sich um. Dann schaltete er den Fernseher ein. Auf allen Kanälen wurde über den Anschlag berichtet. Die Täter waren auf der Flucht. Gefahndet wurde nach Walter Tausch und Dagmar Leute. Wie waren die Bullen so schnell auf die beiden gekommen?

Lukas hörte den Anrufbeantworter ab. Hedwig hatte bereits drei Nachrichten hinterlassen. Völlig aufgelöst und in Sorge um ihn. Er rief sie im Pflegeheim an und beruhigte sie. Es gehe ihm gut. Bis auf einen Kratzer sei er unverletzt. Er erzählte ihr dieselbe Version, die er Müller aufgetischt hatte, und fragte, ob er ein paar Tage bei ihr wohnen könnte, wegen der Presse. »Na klar. Ich bin um halb drei zu Hause. Ich liebe dich.«

»Ich dich auch. Wir sehen uns später.« Er legte auf und trat ans Fenster. Noch lungerte niemand von den Medien vor dem Haus herum. Doch das würde sich bald ändern. Die Fernsehbilder flimmerten stumm über den Bildschirm. Die Fahndungsfotos von Walter und Dagmar wurden wieder eingeblendet. Wieso wusste das BKA so schnell, nach wem es suchen musste? Wer war Redford? Wieso war er am Morgen durch Rombachs Straße gefahren? Lukas nahm den Wagenschlüssel und verließ die Wohnung.

Freitag, 29. November 2019

Barbara

Barbara kam vom Yogakurs, an dem sie mit ihrem geprellten Arm nur eingeschränkt hatte teilnehmen können, und saß in der U-Bahn, als auf dem Infoscreen in ihrem Abteil eine Nachricht erschien: RAF-Terroristen Walter Tausch und Dagmar Leute tot aufgefunden.

Das war ja schnell gegangen. Es waren gerade einmal sechsunddreißig Stunden vergangen, seit man die Leichen entdeckt hatte, und schon waren sie identifiziert. Wie gut, dass sie nicht gezögert hatten und gleich nach Straßburg gefahren waren. Barbara las den Text, der langsam über den Screen zog. Darin wurde eine Pressekonferenz für vierzehn Uhr angekündigt, die live im Fernsehen übertragen werden sollte.

Als sie die Wohnung betrat, kam Gernot aus seinem Arbeitszimmer und fragte, ob sie die Neuigkeit schon gehört habe. Sie nickte.

»Hoffentlich haben wir keine Spuren hinterlassen.«

»Und wenn schon«, sagte sie. »Von uns hatten sie nie DNA-Proben. Nur Fingerabdrücke. Und die sind längst vernichtet.«

»Bist du sicher?«

»Unterlagen eines ergebnislos verlaufenen Ermittlungsverfahrens müssen nach Ablauf einer Frist vernichtet werden. Dafür gibt es ein Gesetz. Mach dir also keine Sorgen.« Sie gab ihm einen Kuss. Er half ihr beim Ausziehen des Mantels. »Du sollest zum Arzt gehen.«

»Wozu? Er wird mir Heparin verschreiben. Es ist nur eine Prellung, kein Bruch.«

»Wenn du meinst.« Gernot sah besorgt aus. »Wir sollten uns überlegen, wo wir das Geld aufbewahren. Unterm Bett findet es Sonja.«

Sonja war ihre Zugehfrau, die jeden zweiten Montag kam, um gründlich sauber zu machen. Dieses Beschäftigungsverhältnis war auch so eine Sache, die Barbara hin und wieder Bauchschmerzen bereitete. Natürlich bezahlten sie Sonja anständig, dennoch war es dekadent, Dienstboten zu beschäftigen. Sonja würde am Montag kommen. Bis dahin mussten sie ein besseres Versteck gefunden haben.

Es war halb eins. Zeit, ans Mittagessen zu denken. Gernot wollte das Süßkartoffel-Shakshuka aus dem Ottolenghi-Kochbuch machen und verschwand in der Küche, während sie sich im Arbeitszimmer an ihren Schreibtisch setzte und ihre Adress- und Klientenkartei durchsah. Sie brauchten jemanden, der ihnen zeigte, wie sie das Bargeld über Gernots wiederbelebten Verlag auf die Konten manövrieren konnten, ohne dass das Finanzamt Verdacht schöpfte. Sie war zwar auf Strafrecht spezialisiert, hatte aber selten Wirtschaftssachen angenommen. Sie fand niemanden. Also musste sie sich im Kollegenkreis umhören. Nächste Woche. Es eilte nicht. Zweimal zehntausend Euro konnten sie bar einzahlen, ohne die Herkunft des Geldes erklären zu müssen. Sie bei ihrer und Gernot bei seiner Bank. Falls doch jemand fragte, konnten sie sagen, sie hätten ihr Auto verkauft. Solche Verkäufe wurden üblicherweise bar abgewickelt. Sie googelte, um sicherzugehen, dass die Grenze von zehntausend Euro noch galt, und stieß dabei auf die

Webseite einer Kollegin aus Düsseldorf, die auf Wirtschaftsrecht spezialisiert war. Ein Beitrag auf ihrer Seite befasste sich mit den Themen Bargeldeinzahlungen, Geldwäsche und Mittelherkunft. Die Kollegin erklärte anschaulich, dass die Banken Software verwendeten, die Bargeldeinzahlungen scannte und auffällige Transaktionen herausfilterte. Egal, ob man die Beträge variierte oder den Rhythmus der Einzahlungen. Früher oder später würde die Bank oder das Finanzamt nach der Herkunft der Gelder fragen. Was, wenn es keine überzeugenden Mittelherkunftsnachweise gab? Wenn man das Geld beispielsweise vor langer Zeit geschenkt bekommen oder geerbt oder rechtmäßig verdient oder über eine längere Zeit vom Konto abgehoben hatte? Keinen Nachweis für die Herkunft des Geldes zu haben, sei selten der Fall, schrieb die Kollegin. Auch wenn Dokumente manchmal nicht mehr griffbereit oder verloren gegangen waren, könne man sie meistens auftreiben. Zwischen den Zeilen las Barbara, dass die Kollegin kreative Lösungen für dieses Problem fand. Sie notierte die Kontaktdaten.

Dann googelte sie nach Tresoren. Es gab die verschiedensten Modelle. Eines für den Wandeinbau erschien ihr am sinnvollsten. Sie suchte nach Händlern in der Nähe, die auch die Montage ausführen würden, und fand zwei.

Gernot rief, das Shakshuka sei fertig. Während des Essens sprachen sie über den zweiten Safe und wo sie das Geld aufbewahren sollten, bis er eingebaut war. »Vielleicht brauchen wir keinen zusätzlichen Safe«, meinte Gernot. »Ich habe eine Idee.«

»Ja? Mir ist nichts eingefallen.«

»Ich zeige es dir. Komm mit.« Aus der Küchenschublade nahm er das kleine Obstmesser, und sie folgte ihm ins Schlafzimmer. Vor dem Einbauschrank ging er auf die Knie und deutete auf die Sockelleiste. »Sie wird von Magneten gehalten.« Mit dem Messer fuhr er in den schmalen Spalt zwischen Wand und Leiste und hebelte sie heraus. Die Stellfüße der Schränke wurden sichtbar. Dazwischen war reichlich Platz.

»Falls Sonja mit dem Staubsauger dagegenstößt, fällt sie dann ab?«

Gernot stand auf. »Ich kann sie zusätzlich mit Schrauben fixieren. Was meinst du?«

»Sieht gut aus. So machen wir es. Aber später.« Sie sah aufs Handy. »Die Pressekonferenz beginnt in zehn Minuten.«

Während sie den Fernseher einschaltete, bereitete Gernot die obligatorischen Cappuccini nach dem Mittagessen zu und setzte sich dann zu ihr. Der Moderator fasste die Ereignisse zusammen. Vom ausgebrannten Auto, dem Fund zweier verkohlter Leichen bis zur sensationellen Identifizierung der Toten, bei denen es sich um die seit Jahrzehnten untergetauchten RAF-Terroristen Walter Tausch und Dagmar Leute handelte, die ihr Leben im Untergrund mit spektakulären Raubüberfällen finanziert hatten. Schließlich wurde zur Pressekonferenz geschaltet. Eine hellblaue Wand mit dem Logo des BKA erschien. Davor ein Tisch mit Mikrofonen und mehreren noch unbesetzten Stühlen. Schwenk in den Raum. Die Presse war gut vertreten, kaum ein Platz frei. Stühle wurden gerückt, Gespräche geführt. Plötzlich veränderte sich der Sound. Es wurde ruhiger, dann ruhig. Der BKA-Präsident betrat den Raum und ließ dem Innenminister den Vortritt. Die beiden setzten sich, und dann begann das gegenseitige Schulterklopfen. Toller Erfolg. Gute Zusammenarbeit. Exzellente Arbeit der Forensik. Die Herren nickten sich zu. Zufriedenes Grinsen in den Gesichtern. Dann kamen die Fakten. Dagmar hatten sie anhand eines Fingerabdrucks identifiziert. Ihre Leiche war nicht ganz verbrannt, denn bei der Explosion des Benzin-Luft-Gemischs war sie aus dem Auto geschleudert worden. Danach war es ein Leichtes gewesen, Walter zu identifizieren. Denn der Verdacht lag nahe, dass er der zweite Tote war. Sie hatten ihn anhand seines Zahnstatus identifiziert. Auch die beiden Tatwaffen ließen sich anhand der Projektile zuordnen. Eines hatte man in der Kopfschwarte von Dagmar Leute sichergestellt, das andere am Tatort im Wald bei Greffern. Die Waffen waren bei einem Anschlag der RAF 1984 auf eine NATO-Schule benutzt worden. Das BKA ging davon aus, dass Walter Tausch und Dagmar Leute von ihren eigenen Leuten liquidiert worden waren.

Ratlos sah Barbara Gernot an. »Wieso haben Walter und Dagmar versucht, uns mit diesen Waffen zu erschießen?«

»Aus Rache. Damit hätten sie uns posthum als Mitglieder der dritten Generation entlarvt. So viel zur Omertà der RAF.«

Sie schalteten den Fernseher aus. Gernot räumte die Tassen in den Spüler. Barbara folgte ihm in die Küche. »Wir sollten uns auf eine Kontaktaufnahme des BfV vorbereiten.«

»Lohmann ist längst im Ruhestand.«

»Er wird sich trotzdem an uns erinnern.«

»Niemand hat ein Interesse daran, dass der Anschlag auf Rombach aufgeklärt wird. Sie werden uns nicht kontaktieren.«

Damit hatte Gernot hoffentlich recht. »Ich gehe jetzt zur Bank, zahle neuntausend Euro ein und überweise die beiden offenen Raten.« Damit waren sie erst einmal aus dem Schneider.

»Ich komme mit«, sagte Gernot. »Danach können wir über den Markt bummeln und fürs Wochenende einkaufen.«

Vorher verstauten sie die Geldbündel aus der Klappkiste unter dem Kleiderschrank. Gernot fixierte die Sockelleiste mit zwei Schrauben, deren Köpfe er noch mit farblich passenden Abdeckkappen versehen wollte. Sie mussten also auch in den Baumarkt. Barbara zählte aus den beiden

Bündeln, die sie gestern Nacht geöffnet hatten, neuntausend Euro ab und legte den Rest bis auf fünfhundert Euro Haushaltsgeld in den Safe.

Die Einzahlung bei der Bank ging problemlos vonstatten. Ihr Berater fragte nicht, woher das Geld kam.

Samstag, 30. November 2019

Ben

Noch vor dem Morgengrauen wachte Ben neben Charlie auf. Ihr gleichmäßiger Atem verriet ihm, dass sie schlief. Er beneidete sie um ihre Fähigkeit einzuschlafen, sobald sie sich auf die Seite gedreht hatte. Fünf Minuten später war sie im Reich der Träume. Während er schon wieder viel zu früh wach war und plötzlich die Tür des Erdkellers vor sich sah. Wo befand er sich? Nicht im Dorf. Nicht in der alten Schule. Nicht in einem der Höfe. Sondern irgendwo im Landidyll. Das sagte ihm sein Gefühl. Als sie gestern in der Mühle danach gesucht hatten, hatte er sich plötzlich erinnert, wie er damals die Tür aufgehebelt hatte. Mithilfe eines Klotzes und einer Latte. Woher hatte er die genommen?

Ein Bild stieg in ihm auf. Und plötzlich wusste er, wo der Erdkeller war. Glasklar stand es vor seinen Augen. Wieso war er nicht schon gestern daraufgekommen?

Leise stand er auf, nahm seine Sachen und zog sich im Bad an. Er wollte nachsehen, ob er richtiglag. Ohne Charlie im Schlepptau. Wieso er sie nicht dabeihaben wollte, konnte er nicht sagen.

Es war sechs Uhr morgens und noch stockfinster. Aus der Schublade nahm er die Taschenlampe und verließ die Hütte. Der Harvester stand quer auf den Stellplätzen. Seit Markus dieses Ungetüm vorgestern dort abgestellt hatte, lagen auf dem Trittbrett Arbeitshandschuhe. Ben borgte sie sich und ging damit über den Hof zur Straße. Im Haus und im Kuhstall brannte Licht. Ben fuhr mit seinem Wagen zum Landidyll und stellte ihn vor dem Tor ab. Mit der Taschenlampe beleuchtete er den Pfad, der ums Grundstück führte, und betrat es auf dieselbe Weise wie gestern und vorgestern. Zwischen dem Wohnhaus und der Mühle gab es einen Durchgang nach vorne zum Hof.

Einen Moment blieb er vor dem Schuppen stehen. Der Nachthimmel spannte sich sternenklar über ihm. Die Mondsichel stand tief. Sein Atem kondensierte in der Kälte. Etwas in ihm zog sich zusammen, fokussierte sich. Worauf? Er hatte keine Vermutung und schob alle Fragen beiseite. Er wollte das jetzt wissen. Was aus diesem Wissen folgen würde, war ihm im Moment egal. Er sperrte den Holzschuppen auf und leuchtete in die Ecke mit den alten Dielen, Latten und Bohlen. Dort hatte er sich damals bedient, um die Tür aufzuhebeln.

Sie musste sich weiter hinten im Raum befinden, nahe der Rückwand. Dort, wo das Brennholz in drei Reihen schulterhoch aufgestapelt war. Er zog die Jacke aus und die Arbeitshandschuhe an, legte die Taschenlampe auf den Kohleverschlag und richtete den Lichtkegel aufs Holz. Dann machte er sich an die Arbeit. Die Scheite waren knochentrocken und leichter als gedacht. Er begann in der Mitte der vordersten Reihe und warf sie armeweise hinter und neben sich. Keine zehn Minuten später blickte er auf schwarzes Metall. Einen Moment hielt er inne. Hatte er es doch gewusst! Dann machte er weiter. Schweiß lief ihm übers Gesicht. Er zog den Pullover aus. Doch auch das T-Shirt war bald schweißgetränkt. Die Schneise im Holzstapel wurde tiefer, schnell war er bei der dritten Reihe angelangt. Schließlich lag die Metalltür mit dem schwarzen Ring frei vor ihm. Er zog die Tür hoch und klappte sie zur Seite, dann nahm er die Taschenlampe und stieg die Holzstufen rückwärts hinunter, wie damals. Es gab kein Geländer. Stufe um Stufe wurde es kühler und die Luft feuchter. Modergeruch schlug ihm entgegen. Das Licht der Lampe tanzte auf den morschen Stufen.

Charlie

Charlie erwachte vom Surren ihres Handys. Es lag auf dem Nachttisch. Schlaftrunken griff sie danach. Boris' Gesicht erschien auf dem Display. Was wollte er mitten in der Nacht? Doch die Sonne ging schon auf. Ein kalter, bleicher Novembertag sah zum Fenster herein. Wie spät war es denn? »Du bist ja zeitig auf.«

»Der frühe Vogel fängt den Wurm.«

»Soll heißen?«

»Ich habe den Bauschutt. Und noch besser: Ich habe das Messer.«

»Ne, oder? Wahnsinn.« Mit einem Mal war sie hellwach und setzte sich auf die Bettkante. »Und?«

»Ich habe es gerade im Labor abgegeben. Die Untersuchung läuft. Das wollte ich dir sagen.«

»Du bist der Größte. Sag mir Bescheid, wenn es so weit ist.« Sie verabschiedeten sich, und Charlie ließ sich zurück aufs Bett fallen. »Rate mal, was Boris gefunden hat.« Sie erhielt keine Antwort und rollte sich auf den Bauch. Bens Betthälfte war leer. Also ging sie ins Wohnzimmer, um die frohe Botschaft zu verkünden. Doch er saß nicht auf der Bank am Fenster. Im Bad war er auch nicht. Seine Jacke und die Schuhe waren weg. Wo war er? Etwa auf einer einsamen Joggingrunde? Keine gute Idee! Noch suchte Yasin nach ihm. Sie rief Ben an. Sein Handy begann zu klingeln. Es lag auf dem Couchtisch. Dort hatte gestern noch der Autoschlüssel gelegen. Der war weg. Mist! Sie sah sich nach einer Nachricht von ihm um und fand nichts.

Wie gut, dass sie das AirTag längst wieder in sein Auto geschmuggelt hatte. Sie öffnete die »Wo ist?«-App. Der blaue Punkt, der den Standort von Bens Skoda markierte, befand sich auf der A 61. Er bewegte sich langsam Richtung Süden und passierte im Moment Bassenheim. Wohin wollte er? Warum hatte er nichts gesagt und sich wortlos vom Acker gemacht? Etwas stimmte hier nicht!

Sicherheitshalber checkte sie die AirTags des Turan-Clans. Yasins und Maliks Boliden standen in München vor ihren Wohnungen. Aslans seit vorgestern in Straßburg auf einem Polizeiparkplatz. Was war da passiert? Hatte er einen Unfall gebaut, oder war er mit einer Ladung Koks erwischt worden?

In Windeseile zog Charlie sich an, suchte ihre Sachen zusammen und fuhr los. Dass Boris das Messer hatte, hieß nicht, dass Ben außer Gefahr war. Er hatte etwa vierzig Minuten Vorsprung. Bei Koblenz gönnte Charlie sich den Luxus einer Fünf-Minuten-Pause. Sie brauchte dringend einen Becher Kaffee und ein Sandwich und frühstückte während der Fahrt. Der Abstand verringerte sich. Ben raste nicht. Im Gegensatz zu ihr. Als er am Dreieck Hockenheim auf die A 6 wechselte, hatte sie eine Vermutung, wohin er wollte. Entweder nach Hause, doch das hätte er ihr gesagt. Oder nach Stuttgart. Da war mehr als nur eine Rechnung offen zwischen ihm und seinen Eltern. Vielleicht hatte er erkannt, dass es ihn nicht weiterbrachte, ihre Lieblosigkeit, ihre Gleichgültigkeit und ihr kaltes Desinteresse weiter unter dem Teppich ruhen zu lassen. Vielleicht wollte er ihnen seinen Zorn mal vor die Füße kippen. Warum ausgerechnet jetzt?

Zwischen Sinsheim und Heilbronn betrug der Abstand noch etwa fünfzehn Minuten. Ben erreichte gerade Stuttgart und verließ die Autobahn. Sicherheitshalber sah sie mal nach, wo Yasin war, und zuckte zusammen, als sie den blauen Punkt auf der A 8 bei Stuttgart entdeckte. Auch er verließ gerade die Autobahn. Mist! Wollte er seinem Clan einen Besuch abstatten? Oder wusste er, dass Ben dort war?

Kurz darauf verließ auch sie die Autobahn und fuhr durch Stuttgart. Bens Vorsprung betrug noch zwölf Minuten. Der blaue Punkt, der seinen Standort anzeigte, kam in einer Straße des Heusteigviertels zum Stillstand. Er besuchte tatsächlich seine Eltern.

Wo war Yasin? Sie entdeckte ihn auf demselben Kurs. Während sie sich von Westen näherte, kam er aus Richtung Süden. Woher wusste er, wo Ben war? Charlie fand keine Erklärung dafür und gab Gas. Sie musste vor ihm bei Ben sein. Mit einem Blick ins Handschuhfach vergewisserte sie sich, dass ihre Waffe darin lag. Geladen und gesichert.

Die Ampel vor ihr sprang auf Orange. Sie wollte Gas geben. Ihr Vordermann stoppte. Sie trat die Bremse durch und verhinderte gerade noch den Crash. So ein Idiot! Ihre Hand knallte auf die Hupe. Im Rückspiegel zeigte er ihr einen Vogel. Es blieb eine gefühlte Ewigkeit rot. Endlich sprang die Ampel auf Orange. Ihr Vordermann blieb stehen. Es wurde grün. Er fuhr nicht an. Zwei Fahrzeuge kamen entgegen. Sie hupte im Dauerton. Endlich gab der Verkehrserzieher vor ihr Gas. Als die Gegenspur frei war, zog sie an ihm vorbei. Nun zeigte sie ihm einen Vogel, dabei fiel ihr Blick auf das Blaulicht im Fußraum. Sie fischte es heraus, ließ die Seitenscheibe runter und knallte es während der Fahrt aufs Dach.

Ein Blick aufs Handy, wo war Yasin? Fast da. »Hey, Siri. Such nach der Telefonnummer von Gernot und Barbara Maienfeld in Stuttgart.« Die Fahrzeuge vor ihr machten Platz. Sie preschte mit achtzig auf die nächste Kreuzung zu. Die Ampel war rot. Siri hatte die Nummer gefunden. Charlie prägte sie sich ein und wählte, während sie vom Gas ging und vorsichtig in die Kreuzung einfuhr. Man ließ sie gewähren. Sie trat das Pedal durch. Ein Mann meldete sich. »Maienfeld.«

»Charlie Bodmer. Kripo München. Ich muss Ben sprechen. Dringend.«

»Tut mir leid. Er ist gerade gegangen.«

Fuck! »Halten Sie ihn auf! Unten wartet jemand auf ihn.«

»Etwa ein Turan?«

»Yep.«

»Ich versuch's.«

Noch fünfhundert Meter. Yasin war schon da. Zwei blaue Punkte nebeneinander. Charlie jagte den Wagen über die nächste Kreuzung, bog scharf links ab und fuhr mit Vollgas die Straße entlang. Sie entdeckte Ben. Er trat aus dem Haus auf den Gehweg. Aus dem schwarzen Porsche gegenüber stieg im selben Moment Yasin. Als er Ben sah, blieb er kurz stehen, als wäre er überrascht. Charlie knallte die Hand auf die Hupe. Yasin reagierte nicht. Ben schon. Er sah in ihre Richtung. Für einen Moment war er abgelenkt, und Yasin nutzte die Chance. Er ging auf Ben zu und zog etwas aus der Jackentasche. Sie sah ein Messer aufblitzen. Fuck! Noch fünfzig Meter trennten sie. Konnte sie ihn überfahren? Zu knapp. Sie würde auch Ben erwischen. Ihr Fuß knallte auf die Bremse. Sie riss die Waffe aus dem Handschuhfach, sprang aus dem Wagen. Im selben Moment erreichte Yasin Ben, er fasste ihn mit der Linken an der Schulter, als wollte er ihn umarmen. Mit der Rechten rammte er ihm das Messer in den Bauch. Für eine Sekunde blieb Charlies Herz stehen. Dann schoss Adrenalin in ihr hoch. »Polizei!«, brüllte sie. »Wirf das Messer weg!« Ben sackte langsam zusammen. Wie in Zeitlupe. Sie hielt die Waffe mit beiden Händen. Zielte auf Yasins Schädel. Ich knall dich ab!, dachte sie. Ihr Finger zuckte am Abzug. Das war ihre Chance. Ihn erschießen. Es als Nothilfe hindrehen. Er kam langsam auf sie zu.

»Messer weg! Oder ich schieße!«

Yasin lächelte. »Dafür fehlt dir der Mumm, Kleine.«

Im Augenwinkel nahm sie einen Mann wahr, der aus dem Haus kam und sich über Ben beugte. Sein Vater? »Messer weg! Oder ich schieße!«, schrie sie. Yasin hatte den Mann auch bemerkt. Etwas ging in ihm vor. Seine Haltung änderte sich. Charlie zielte noch immer auf seinen Schädel. Aus der Lederjacke stieg Annikas Duft. Für eine Sekunde saß sie wieder im Club, trank Cola-Rum, hörte Yasins Stimme. *Die geile Schnitte gehört mir.* Fühlte wieder den ekligen Glibber zwischen ihren Beinen. Knall ihn ab! Sie musste den Finger nur krümmen. Einen Augenblick verlor sie sich in dieser Fantasie, dann erkannte sie, dass Yasin Bens Vater als Geisel nehmen würde. Sie senkte die Waffe, zielte auf den rechten Oberschenkel und drückte ab. Der Knall hallte zwischen den Häusern wider. Yasin schrie auf und fiel zu Boden. Mit beiden Händen hielt er sich den Oberschenkel. »Du verdammte Bitch!« Das Messer lag neben ihm. Sie rannte hin, kickte es aus seiner Reichweite und hob es auf.

Ben lag gekrümmt auf der Seite. Sein Vater beugte sich über ihn und hielt seine Hand. Auf dem Pullover bildete sich rasend schnell ein feuchter Fleck. Eine Frau kam aus dem Haus gerannt. »Der Notarzt ist gleich da!«

*

Im Flur des Krankenhauses flackerte das Licht einer Neonröhre. Die Luft roch nach Desinfektionsmittel, und von irgendwoher zog der malzige Geruch nach Kaffee, der auf einer Warmhalteplatte langsam verbrannte. Charlie versuchte ihre Gedanken auf ganz banale Dinge zu konzentrieren, um die Angst fernzuhalten, Ben könnte sterben. Das geht nicht!, hatte sie gedacht, als der Notarzt beinahe in Panik geraten war und die Sanitäter die Bahre mit Ben in den Rettungswagen schoben. Das ist nicht drin! Er darf nicht sterben. Er ist der Mann, mit dem ich alt werden will. Plötzlich hatte sie das gewusst. Es stand vor ihr, wie in Stein geschlagen. Er war *the one and only*. Mit dem sie sogar aufs Land ziehen könnte. Hühner halten. Meinetwegen! Gemüsebeete anlegen. Auch das. Alles! Nur sterben durfte er nicht!

Seine Mutter saß neben ihr und starrte auf den Kunststoffboden mit dem Noppenmuster. Vielleicht zählte sie die, um sich abzulenken. Ben wurde noch operiert. Seit vier Stunden schon. Wobei Charlie erst seit Kurzem hier saß. Vorher hatte sie bei den Kollegen in Stuttgart ihre Aussage gemacht. Yasin lag in einem anderen Krankenhaus. Nur eine Fleischwunde. Ihm ging es gut, während Ben um sein Leben rang.

Bens Vater hatte sich gerade auf die Suche nach einem Arzt gemacht, um zu erfahren, wie es stand. Es war erst fünf Uhr nachmittags. Doch vor den Fenstern hing die Dunkelheit schwarz und undurchdringlich wie ein schlechtes Omen. Bens Mutter setzte sich auf und atmete durch. »Sie sind Polizistin?«

Bisher hatten sie kaum miteinander gesprochen. Jetzt begann also die Inquisition. Charlie nickte.

»Und Bens Freundin, wenn ich das richtig verstanden habe. Wollen wir uns duzen? Ich bin Barbara.«

Mit dem schnellen Duzen hatte es Charlie nicht so. Distanz war ihr im Allgemeinen lieber. Doch im Moment war ihr alles egal. Sie nickte.

»Wie habt ihr euch kennengelernt?«

»Durch einen Fall, in dem Ben Zeuge ist.« Sie wollte gerade die Zusammenhänge erklären, als Barbara selbst draufkam. Sie hatte von Bens Heldentat im Internet gelesen und die Bekanntschaft von Bilal Turan gemacht. »Er wollte Bens Aufenthaltsort von uns erfahren.«

»Ich weiß. Ben hat mir von eurer Mail erzählt. Wie seid ihr ihn losgeworden?«

»Wir wussten nicht, wo Ben ist. Also konnten wir ihm nicht weiterhelfen.«

»Und er ist einfach so abgezogen, nachdem er sich euch vorgestellt hat?«

»Er hat sich als Bens Freund ausgegeben.«

Mit seinem richtigen Namen? Wollte Barbara sie verarschen? Außerdem wäre Bilal nicht unverrichteter Dinge gegangen. Er hätte mit allen Mitteln versucht, Bens Aufenthaltsort aus Barbara und Gernot herauszubekommen. Doch weder Barbara noch Gernot wiesen sichtbare Verletzungen auf. Wie waren sie ihn losgeworden? Und was war eigentlich mit Aslan, der immer wieder vor der Wohnung der Maienfelds auf der Lauer gelegen hatte, in den letzten Tagen aber nicht mehr? Wo war er abgeblieben? Wieso stand sein Auto auf einem Polizeiparkplatz in Straßburg? Um Antworten auf all diese Fragen zu suchen, fehlte Charlie im Moment die Kraft. »Was wollte Ben eigentlich bei euch?«

Barbara lehnte sich auf der Bank zurück und den Kopf an die Wand. Sie schloss die Augen. »Er hat Streit gesucht.« Es klang wie ein Seufzer.

»Worum ging es?«

»Um alte Geschichten, wie es sie in jeder Familie gibt.« Barbara beugte sich wieder vor. »Wo hat Ben sich eigentlich vor den Turans versteckt?«

»In Buchsweiler.«

»Ach? Doch nicht in unserem alten Haus?«

»Er hat ein Ferienhaus gemietet.«

»Und du warst bei ihm? Als Leibwächterin?«

Wurde das hier ein Verhör? Plötzlich hatte Charlie ein komisches Gefühl. Was versuchte Barbara mit ihren Fragen herauszufinden?

Am Ende des Flurs wurde eine Tür geöffnet. Bens Vater kam auf sie zu. Sie sah ihm die gute Nachricht an der aufrechten Haltung an, an den schlenkernden Armen. An der Erleichterung, die ihm ins Gesicht geschrieben stand.

»Ben hat die OP gut überstanden. Aber sie mussten ihn ins künstliche Koma versetzen. Morgen können wir zu ihm.«

Erleichtert atmete Charlie durch und schloss für einen Moment die Augen. Sie wollte nicht losheulen. So weit kam es noch. Nicht vor Bens Eltern.

»Lass uns gehen«, sagte Gernot zu Barbara. »Wir haben heute Abend noch was vor.«

Bens Mutter stand auf und zog die Jacke enger um sich. »Was meinst …? Ach ja. Richtig. Das hätte ich beinahe vergessen.« Sie wandte sich an Charlie. »Wir sehen uns sicher in den nächsten Tagen.« Die beiden verabschiedeten sich, und dann marschierten sie Hand in Hand den Krankenhausflur hinunter. Kalt wie zwei Hundeschnauzen, dachte Charlie. Was konnte jetzt wichtiger sein als die Sorge um Ben? Ein Kinobesuch? Ein Essen mit Freunden? Und sie hatten ihr nicht einmal das Gästebett angeboten. Charlie hätte ohnehin dankend abgelehnt.

Sonntag, 1. Dezember 2019

Charlie

Das Läuten der Kirchenglocken begleitete Charlie auf ihrem Weg vom Krankenhaus-Parkplatz zur Intensivstation. Es war zehn Uhr morgens am ersten Advent. Im Schwesternzimmer leuchtete die erste LED-Kerze an einem Gesteck. Weihnachten nahte unerbittlich. Vor nicht einmal zwei Wochen hatte ihr vor den Feiertagen gegraut. Nun wünschte sie sich nichts mehr, als diese Tage mit Ben zu verbringen.

Eine der Schwestern von gestern Abend war schon wieder im Dienst. »Monika Schulz« stand auf dem Namensschild an ihrem Kittel. Sie lächelte Charlie an, wünschte ihr einen guten Morgen und fragte, ob sie trotz allem gut geschlafen habe. So viel Mitgefühl rührte sie.

Nachdem Bens Eltern gestern verschwunden waren, ohne sich richtig von ihr zu verabschieden, hatte sie sich ein Zimmer in einem preiswerten Kettenhotel besorgt und war erst lange nach Mitternacht eingeschlafen. »Danke. Ging so. Und Sie wohnen anscheinend hier?«

Schwester Monika lachte. »Könnte man meinen. Ich habe die Frühschicht für eine erkrankte Kollegin übernommen.«

»Kann ich Ben besuchen?«

»Ja, natürlich. Er ist zwar noch im künstlichen Koma, aber Besuch ist hilfreich für den Genesungsprozess. Ich bringe Sie zu ihm.« Charlie folgte der Schwester in einen Raum voller medizinischer Geräte. Trennwände schirmten die einzelnen Intensivbetten voneinander ab. Es war still hier. Bis auf das leise Surren und Zischen der Geräte war nichts zu hören. Ben lag im Bett neben der Tür. Sie erkannte ihn beinahe nicht wieder. So bleich. Die Augen geschlossen, das dunkle Haar wirr. Überall Kabel und Schläuche. Auch aus seinem Mund hing einer. Er wurde beatmet. Aus einer Infusionsflasche tropfte eine Flüssigkeit in einen durchsichtigen Schlauch. Ein anderer wand sich unter der Bettdecke hervor und führte zu einem Beutel, der am Bettrand hing und sich langsam mit einer blutigen Flüssigkeit füllte. »Das ist nur die Drainage«, erklärte Schwester Monika. »Ich lass Sie beide dann mal allein. Bevor Sie gehen, kommen Sie bitte noch mal zu mir.«

Charlie setzte sich und nahm Bens Hand in ihre. »He, ich bin es. Charlie. Ich hoffe, du erinnerst dich an mich, wenn du wieder fit bist. Wenn nicht, dann fangen wir halt noch mal von vorne an.« Sie versuchte es leichthin klingen zu lassen, obwohl ihr das schwerfiel. »Ich hatte gestern übrigens das Vergnügen, deine Eltern kennenzulernen. Ganz so schrecklich, wie du sagst, sind sie nicht. Sie haben jedenfalls stundenlang auf den unbequemen Krankenhausstühlen ausgeharrt. Was wolltest du eigentlich bei ihnen?« Das fragte sie sich seit gestern. Ben war sicher nicht vierhundert Kilometer nach Stuttgart gefahren, um einen alten Streit aufzuwärmen. Auf Yasin wollte sie ihn in dieser Situation nicht ansprechen. Wer wusste schon, wie viel er mitbekam. Woher hatte Yasin gewusst, wo er Ben finden konnte? Die Frage war wieder da. Er konnte ihn nicht getrackt haben. Und niemand wusste, dass Ben zu diesem Zeitpunkt bei seinen Eltern sein würde. Das hatte er selbst nicht gewusst. Es musste ein spontaner Besuch gewesen sein. Also Zufall für Yasin. Doch was hatte Yasin von Bens Eltern gewollt? Vielleicht dasselbe wie Bilal und Aslan. Seine Hiwis hatten es nicht geschafft, Bens Aufenthaltsort in Erfahrung zu bringen. Da musste der Boss dann selbst ran. Ne, dachte Charlie. Das passt nicht zu ihm. Er hätte Malik geschickt. Wieso war er zu Bens Eltern gefahren? Charlie fiel nur ein Grund ein: Sie hatten seine Ehre verletzt. Und plötzlich stieg eine Vermutung in ihr auf. Hatten die Maienfelds Yasins Jungs gedemütigt? »'tschuldige. Muss grad mal was nachsehen.« Charlie ließ Bens Hand los, zog das Handy aus der Tasche und googelte nach den Presseinformationen der Straßburger Polizei. Da sie nur ein paar Brocken Französisch konnte, ließ sie die Meldungen durch ein Übersetzungsprogramm laufen und wurde fündig. Es gab einen ungeklärten Zwischenfall auf dem Parkplatz einer Burg. Ein Deutscher war dort vor einigen Tagen von einem Unbekannten angegriffen und schwer verletzt worden. Der Täter hatte Erste Hilfe geleistet, den Notarzt gerufen und war spurlos verschwunden. Das Opfer, Aslan T., erinnerte sich angeblich an nichts. Da er Mitglied eines kriminellen Clans war, vermuteten die französischen Kollegen eine Auseinandersetzung unter Kriminellen. Charlie lachte. Weil kriminelle Jungs Erste Hilfe leisten würden. Niemals. Waren das etwa die Maienfelds gewesen?

Die Tür ging auf. Eine ältere Frau trat ein. Sie nickte Charlie zu und verschwand hinter einem Paravent. Kurz darauf klangen leise Gesprächsfetzen herüber. Der Mann im Nachbarbett war wach. Nach der Begrüßung ging es um ein Testament, das er machen musste. Charlie begann, Ben von Weihnachten zu erzählen, wie sie diese Tage als Kind erlebt hatte. Immer bei Oma und Opa im Taunus. Gemeinsam mit ihrer Mutter. Es gab etliche lustige Geschichten, die in die Familienannalen eingegangen waren. Beispielsweise, wie Opa einmal am vierundzwanzigsten Dezember noch keinen Baum gekauft hatte. Nur weil Oma ihn all die Tage gedrängt hatte, endlich einen zu besorgen, und er das aus purem Widerspruchsgeist nicht tat. Der Baum war seine Sache. Am Morgen des Vierundzwanzigsten konnte er es nicht länger hinauszögern und machte sich endlich auf den Weg. Die meisten Christbaumverkäufer hatten ihre Stände bereits dichtgemacht. Bei den geöffneten waren nur noch die mickrigen und verwachsenen Bäume übrig. Schließlich kam Opa mit einem nach Hause, der zwei Spitzen hatte. Oma schimpfte natürlich, er sei grässlich. Opa nahm sie in den Arm. »Ich weiß, dass er nicht perfekt ist. Aber darauf kommt es nicht an. Er ist einzigartig. Genau wie du, meine Liebe.« Oma hatte gelächelt und eingelenkt. Seither hatte Opa jedes Jahr nach einem einzigartigen Baum gesucht. Bis zu seinem Tod.

Charlie erzählte Ben von Schlittenfahrten im Taunus und von Schneeballschlachten mit den Nachbarskindern und wie traurig sie immer gewesen war, wenn sie nach Frankfurt zurückfuhren.

Irgendwann war es Zeit zu gehen. Sie gab Ben einen Kuss auf die Stirn und suchte Schwester Monika auf. Die drückte ihr einen Beutel mit Bens Sachen in die Hand. Auf der Intensivstation war kein Platz dafür.

Charlie setzte sich damit ins Auto und zog Bens Pulli heraus. Er war ein Beweismittel und musste schnellstens zur kriminaltechnischen Untersuchung. Die Wolle war starr von getrocknetem Blut. Die Einstichstelle etwa vier Zentimeter lang. Auch dafür würde Yasin zahlen! Er würde für diesen Mordversuch in den Bau wandern. Und für den Mord an seiner Frau sowieso!

Charlie knirschte mit den Zähnen. Der Mistkerl lag nicht im Koma. Er musste nicht eine Sekunde um sein Leben kämpfen. Weil sie sich an Recht und Gesetz gehalten und ihn nicht abgeknallt hatte.

Sie wollte den Pullover zurück in die Tüte legen, als ihr auffiel, wie dreckig er war. Nicht vom Sturz auf den Gehweg. Spinnweben hafteten daran und helle kurze Fasern. Was war das? Es dauerte einen Moment, bis sie daraufkam. Es waren Holzspreißel. Und plötzlich hatte sie eine Idee, woher die stammten.

*

Es wurde schon dämmrig, als Charlie die Hauptstraße verließ und den Weg zum Landidyll hinunterfuhr. Vier Stunden Fahrt lagen hinter ihr. Die Schultern waren verspannt, sie war müde und fühlte sich wie gerädert, gleichzeitig war sie hellwach. Sie hatte einen Verdacht, dem sie nachgehen wollte. Jetzt. Sofort. Im Licht der Scheinwerfer erschien das Metalltor. Sie ließ den Wagen davor ausrollen, nahm die Taschenlampe aus dem Handschuhfach und betrat das Grundstück auf gewohnte Weise hinten durch den Garten.

Vorgestern hatte an der Tür zum Holzschuppen ein Vorhängeschloss gehangen. Das fehlte jetzt. Sie nahm an, dass sie es in der Plastiktüte mit Bens Sachen finden würde. Charlie trat ein und ließ den Lichtkegel durch den Raum wandern. Er schien unverändert zu sein. Das Regal mit den rostigen Werkzeugen. Der Verschlag für die Kohlebriketts. In einer Ecke alte Dielen und Leisten. Die Brennholzstapel.

Enttäuschung stieg in ihr auf. Sie hatte sich geirrt und den Weg umsonst gemacht. Dennoch: Etwas war anders. Was? Sie kam nicht darauf, bis sie ein Paar Arbeitshandschuhe in der Fensterlaibung entdeckte. Vorgestern hatten sie nicht dort gelegen. Und das Holz sah anders aus. Nicht mehr so akkurat aufgeschichtet, sondern unordentlicher. Sie legte die Taschenlampe auf den Rand des Kohleverschlags, zog die Handschuhe an und machte sich an die Arbeit, legte Scheit um Scheit beiseite, bis die erste Reihe abgetragen war und die schwarze Metalltür zum Vorschein kam. Sie sah genau so aus, wie Ben sie beschrieben hatte. Charlie arbeitete weiter, schlug eine Schneise in die Reihen Holz und legte die Tür frei. Was war da unten, das Ben veranlasst hatte, Hals über Kopf zu seinen Eltern zu fahren? Sie öffnete die Tür und leuchtete hinunter. Der Lichtkegel der Taschenlampe fiel auf krumme Holzstufen. Charlie stieg hinab und fand sich in dem Erdkeller wieder. Ein winziger Raum, in dem es modrig roch. Mit dem Kopf stieß sie beinahe an die Decke. Überall hingen Spinnweben. Im Lichtschein erschien ein Vorratsregal mit staubigen Gläsern. Die Etiketten waren wellig, die Handschrift ausgeblichen. »Apfelmus, August 1968« stand auf einem. Auf einem anderen »Pflaumen, September 1969«. Fünfzig Jahre waren vergangen, seit die Müllerin von damals die Gläser hier abgestellt hatte. Was war aus ihr geworden? Der Kollergang in der Mühle fiel Charlie ein und der Bund des Müllers mit dem Teufel. Waren ihre Knochen zu Mehl gemahlen worden? Du hast zu viel Fantasie, schalt sie sich.

Die Gläser hatten jedenfalls schon hier gestanden, als Ben als Kind im Keller festsaß, und es erschien Charlie für einen Moment, als wäre die Zeit stehen geblieben. Als gäbe es kein Gestern und Heute, kein Morgen. Alles war eins. Sie verscheuchte dieses unwirkliche Gefühl und leuchtete mit der Taschenlampe in jeden Winkel und in jede Ecke, auch hinter die Treppe und ins Regal. Hier unten war nichts, außer einigen verstaubten Gläsern mit vergammeltem Eingewecktem.

Rheinland,
21. Juni 1988

Lukas Isensee

Während der Fahrt nach Buchsweiler hörte Lukas Nachrichten. Von Walter und Dagmar fehlte jede Spur. Es wurde fieberhaft nach ihnen gefahndet und vor ihnen gewarnt. Man solle sich ihnen nicht nähern, falls man sie sah, sondern die Polizei rufen. Ein Experte saß im Studio und dozierte über die Geschichte der RAF, über ihre Anschläge und Gefährlichkeit, über ihren ideologischen Nährboden und über ihre Verblendung im Kampf gegen den Staat. Das würde jetzt tagelang so weitergehen.

Die Bullen waren überall in Rudeln unterwegs, bewaffnet mit Maschinenpistolen. Als er den Rhein überqueren wollte, geriet Lukas in eine Straßensperre mit Polizeikontrolle. Cool bleiben, sagte er sich. Du bist der Held des Tages. Er stoppte und kurbelte das Fenster herunter. Während er einem Uniformierten seinen Ausweis und die Fahrzeugpapiere zeigte, gingen zwei andere um den Wagen herum und sahen durch die Fenster. Einer öffnete schließlich den Kofferraum, während der Kollege ihn mit der Waffe im Anschlag sicherte. Das alles dauerte keine zwei Minuten. Dann durfte er weiterfahren.

Als er bei Buchsweiler von der Hauptstraße auf den Weg

zum Landidyll abbog, blitzte im Wald hinter dem Weiher ein blauer Wagen auf. Er schenkte ihm keine Beachtung, denn er war voller Fragen und mittlerweile auch voller Zorn. Er war wieder ganz bei sich. Wieder einer, nicht länger zwei. Im Hof stand nur Gernots roter Passat. Barbara war in Bonn, in der Kanzlei. Auch die Kinder ließen sich nicht blicken.

Die Haustür war offen. Lukas ging hinein und traf Gernot in der Küche an. Die Bialetti stand auf dem Gasherd. Er machte sich einen Espresso und drehte sich um, als Lukas eintrat. »Was machst du denn hier?«

»Wir müssen reden.«

»Klar müssen wir das. Verdammter Mist. Wie konntest du das vergeigen!«

Lukas lehnte sich gegen die Wand und entschloss sich, die Wahrheit zu sagen und sich nicht auf Walters fehlende Nervenstärke rauszureden. »Rombach war das Ziel. Nicht das Kind, nicht seine Frau.«

»Im Fernsehen sagen sie, dass du ihn und seine Familie zurück ins Haus gescheucht hast. Stimmt das?«

»Keine unschuldigen Opfer«, wiederholte Lukas. »Das hat bisher gegolten. Und ich sollte auch nicht mit draufgehen. Das war der Plan. Nicht ich habe es vergeigt, sondern Walter. Er hat die Bombe zu früh gezündet.«

Ein paar Sekunden maßen sie sich mit Blicken. Gernot wandte seinen zuerst ab. Irgendwo rumpelte etwas. Lukas sah sich um. »Ist außer dir jemand im Haus? Walter und Dagmar etwa?«

»Das ist nur Ben. Er hat Fieber und liegt oben im Bett.« Gernot zog die Bialetti vom Herd. »Walter und Dagmar sind auf dem Weg nach Belgien.«

Lukas wusste, dass er runterkommen musste, wenn er erfahren wollte, was hier gespielt wurde. »Kann ich auch einen Kaffee bekommen?«

Einen Moment zögerte Gernot und Lukas dachte schon, dass er ihn fortschicken würde. Doch er sagte nicht »Verschwinde«, sondern »Sicher« und nahm eine zweite Tasse vom Regalbrett. Dabei bemerkte Lukas die Waffe, die neben dem Kaffeepäckchen lag. »Wieso weiß das BKA schon, nach wem sie suchen müssen?«

Sein Bruder wandte sich um. »Das habe ich mich auch gefragt. Vermutlich hat sie jemand erkannt.«

Das war eine plausible Erklärung. Die Explosion hatte sämtliche Nachbarn an die Fenster und in die Vorgärten gescheucht.

»Es gibt noch etwas.«

»Ja?«

Einen Moment zögerte Lukas. »Ich bin dir vor einigen Wochen nach Eindhoven gefolgt. Weil ich wissen wollte, wer den Anschlag ausführen wird.«

»Aha.« Gernot wirkte überrascht.

»Mir war klar, dass ich mit draufgehe, wenn jemand die Nerven verliert. Udo zum Beispiel.«

Gernots Mimik wurde mit einem Mal ganz glatt. Ihm war nicht anzusehen, was er dachte. Ob er diesen Vertrauensbruch gelassen hinnahm oder gleich austicken würde. »Ich habe dich nicht bemerkt«, sagte er nur.

»Wenn er es gewesen wäre, wäre ich ausgestiegen.«

»Und ich dachte, du vertraust mir.« Gernot war also doch sauer. Kein guter Moment, um ihn nach Redford zu fragen.

»Dir schon, Udo aber nicht. Bei der Rückfahrt wollte ich an der Raststätte Mönchengladbach tanken …« Mit einem Mal erschien Lukas die Frage unmöglich, wieso der Mann heute Morgen vor Rombachs Haus aufgetaucht war, mit dem Gernot sich an der Tankstelle getroffen hatte. Wer war er? Bis Köln-Chorweiler war er ihm damals gefolgt, und plötzlich fiel der Groschen.

Sonntag, 1. Dezember 2019

Barbara

Barbara hakte sich bei Gernot unter, als sie das Krankenhaus verließen. Ben lag noch im künstlichen Koma und hatte nicht mitbekommen, dass sie da waren. Erst morgen oder übermorgen wollten die Ärzte ihn aufwecken.

Es war ein seltsam neues Gefühl, sich um ein Kind zu sorgen. Das hatte sie nie getan. Doch es war auch nie so ernst gewesen. Schürfwunden und Knochenbrüche, hohes Fieber. Windpocken. Das Übliche. Sie hatte nie Angst gehabt, eines zu verlieren. Und nun fürchtete sie das. Wobei Ben ein Mann war und kein Kind. Mit einer Polizistin als Freundin. Ausgerechnet.

»Mach dir keinen Kopf«, sagte Gernot, während sie durch die Grünanlage Richtung Straße gingen. Laternen beleuchteten das feuchte Kopfsteinpflaster. Es war erst sechs Uhr abends und schon seit anderthalb Stunden dunkel. Barbara sehnte den Frühling herbei. Vielleicht konnten sie über Weihnachten irgendwohin fliegen. Wo es sonnig und warm war.

Gernot umfasste ihre Schultern mit einem Arm und zog sie an sich. Sie schlang einen Arm um seine Hüfte. »Alles ist gut«, sagte er. »Es ist überstanden.«

»Hoffentlich. Erst das Problem mit der Bank, und kaum

ist das gelöst, kommt das nächste daher.« In seinem Haar entdeckte sie einen Spinnwebfaden und zupfte ihn weg.

»Das ist auch gelöst.«

Damit hatte er natürlich recht. »Wissen Leon und Luise eigentlich Bescheid?« Weder Gernot noch sie hatten die beiden über Bens Zustand informiert. »Vielleicht hat seine Freundin sich darum gekümmert«, meinte Gernot.

Vermutlich hatte sie das getan. Gestern hatte Barbara andere Sorgen gehabt und nicht dran gedacht. Sie gähnte. Dreißig Stunden waren vergangen, seit Ben bei ihnen aufgetaucht war, und es erschien ihr wie Tage. Müdigkeit saß in ihren Knochen wie Blei. Eine Nacht ohne Schlaf hatte sie als junge Frau gut weggesteckt. Doch jung war sie nicht mehr, und durchgemachte Nächte waren anstrengender als früher.

Während sie mit Gernot durch die Stadt nach Hause ging, kehrten ihre Gedanken zu Walter und Dagmar zurück. Zum Frühsommer 1988, und sie überlegte, wie es so weit hatte kommen können und wieso es so enden musste.

Wie es angefangen hatte, war klar zu beantworten. Begonnen hatte das alles mit ihrer Festnahme auf dem Weg zur Abtreibung. Als sie in die Polizeikontrolle geraten waren und die Bullen die Beretta hinter der Türverkleidung fanden. Was sie damals schon seltsam gefunden hatte. Seit wann nahmen die Bullen bei einer Verkehrskontrolle die Fahrzeuge auseinander? Doch sie war so auf den Abtreibungstermin fixiert gewesen, dass sie der Frage keine weitere Beachtung schenkte.

Was damals wirklich gelaufen war, hatte sie erst Jahre später erfahren, als Gernot plötzlich davon sprach, aufs Land ziehen zu wollen, und sie ihn auslachte. Er war ein Stadtmensch. Er brauchte Leute um sich. Gleichgesinnte. Intellektuelle. Künstler. Nicht Bauern. Er brauchte Theater und Kino, nicht Schützenfest und Heimatverein.

»Seit wann legst du Wert auf Waldspaziergänge?«, hatte sie ihn gefragt. Sie lebten damals, nach Räumung des besetzten Hauses, mit den Kindern in einer WG in der Heidelberger Innenstadt. Sie erinnerte sich, dass sie mit Luise im Arm auf dem Bett gesessen hatte und ihr die Flasche gab, während Leon neben ihr lag und schlief und Ben im Kinderladen war. Gernot saß ihr gegenüber auf einem Hocker, die Arme auf den Oberschenkeln abgestützt. Die dunkle Haartolle fiel ihm ins Gesicht. Er hatte diese alte Mühle in der Eifel entdeckt und wollte sie unbedingt kaufen. Sie kostete nicht viel. Dank einer kleinen Erbschaft gehe das. Nur einen geringen Teil müsste er finanzieren, und die Zinsen und Tilgung dafür wären günstiger als die WG-Miete.

»Hörst du dir eigentlich selbst zu? Du sprichst wie ein Kapitalist. Zinsen! Tilgung! Hypothek! Das bist nicht du.«

»Das ist eine alte Mühle und keine Bonzen-Villa. Außerdem wird den Kindern das Leben auf dem Land guttun.«

Barbara lachte auf. »Fadenscheiniger geht es nicht. Wenn du erwartest, dass ich mit dir in die Pampa ziehe, will ich wissen, warum. Was steckt dahinter?«

Er strich die Tolle aus dem Gesicht und stand auf. Sie dachte schon, er würde das Zimmer verlassen, doch er setzte sich neben sie. »Also gut«, hatte er gesagt und ihr dann das ganze Schlamassel erklärt, in dem er seit der Verkehrskontrolle steckte. Der Verfassungsschutz hatte ihn über Monate beschattet und dokumentiert, wie er Schusswaffen und Sprengstoff aus Belgien und der Schweiz über die Grenze geschmuggelt und ein Depot dafür angelegt hatte. Sie hatten ihn auch an jenem Tag im Visier, als er die Beretta abholte. Die Kontrolle der Zivilstreife war kein Zufall gewesen. Die Bullen hatten einen Tipp des BfV bekommen. Irgendwann war dann ein Mitarbeiter des Verfassungsschutzes bei Gernot in der U-Haft aufgetaucht. Gerd Lohmann. In den buntesten Farben hatte er Gernot ausgemalt, welche Strafe ihm für die Unterstützung einer terroristischen Vereinigung drohte. Bis zu zehn Jahre Knast, und wie es dort zuging, hatte er ihm ebenfalls detailreich beschrieben und dann einen Deal angeboten. »Wir geben unser Material nicht an die Staatsanwaltschaft. Ihr werdet nur wegen illegalem Waffenbesitz angeklagt und kommt mit einer Bewährungsstrafe davon. Im Gegenzug hältst du die Augen für uns offen.«

Gernot war nur ein Unterstützer ohne direkten Kontakt zur Kommandoebene. Es gab nicht viel, das er verraten konnte. Irgendwie würde er sich da schon herauswinden, hatte er gedacht und eingewilligt. Es war ihm ja nichts anderes übrig geblieben.

Sie hatten aus Gernot einen Spitzel gemacht, doch er wollte nicht mitspielen und versuchte, den Schaden klein zu halten. Ein aufgeflogenes Depot ging auf sein Konto. Er erzählte Lohmann von Plänen eines Anschlags auf einen NATO-General, die man längst verworfen hatte, und von Walters und Dagmars Kontakten zur Action directe in Frankreich, von denen Lohmann bereits wusste. Während auf der einen Seite Lohmann mehr erwartete, taten auf der anderen Seite Walter und Dagmar dasselbe. Sie lebten inzwischen im Untergrund und verließen sich auf Gernot.

Seit der Veröffentlichung des Mai-Papiers war klar, dass Walter und Dagmar zur Kommandoebene der RAF gehörten. Walter musste das Papier abgefasst oder wesentlich daran mitgewirkt haben. Es war seine Sprache, sein Duktus, seine Vokabeln. Er entwarf in wenigen Zügen die neue Programmatik der RAF. Man sollte aus den Fehlern der Vergangenheit lernen. Es ging um die Internationalisierung des Kampfs, dafür trat er schon seit seiner Zeit im besetzten Haus ein. Er schrieb von revolutionären Metropolfronten und von der internationalen Klassenkonfrontation zwischen Weltproletariat und imperialistischer Bourgeoisie. Sein Lieblingsthema.

Der Kontakt lief damals schon über Bodo, Walters und Dagmars Anwalt. Gernot besorgte Autos, Sprengstoff und Waffen und geriet immer tiefer hinein, wo er doch hinauswollte. Er saß in der Zwickmühle, als er eine kleine Erbschaft machte und auf die Idee verfiel, aufs Land zu ziehen. Weg von Heidelberg. Die Kontakte langsam einschlafen lassen. Nach dem Motto: Aus den Augen, aus dem Sinn. Barbara hörte seine Beichte an und verstand seine Not. Sie zogen nach Buchsweiler. Eine Zeit lang ging das gut. Gernot zog sich langsam aus dem Unterstützerkreis zurück. Erledigte nur noch ab und zu Kurierfahrten, mietete einmal für Udo eine konspirative Wohnung an und eine zweite, von der Udo nichts wusste und auf die er Lohmann ansetzte. Bodo rief immer seltener an. Gernots Rechnung schien aufzugehen.

»Du bist so still«, sagte Gernot und zog sie enger an sich. »Ben kommt wieder auf die Beine. Mach dir keine Sorgen.«

»Ich musste nur gerade an Lukas denken und an Lohmann, diesen falschen Fünfziger. Ohne ihn wäre das alles jedenfalls nicht passiert.«

Samstag, 14. Dezember 2019

Ben

Ben stand am Fenster seiner Wohnung und sah hinunter in die Straße. Es war ein ruhiger Samstagmorgen, kurz vor dem dritten Advent. Die Geschäfte hatte schon geöffnet. Ahmet trat vor seinen Gemüseladen und wählte Paprikaschoten für einen Kunden aus. Der Friseur sperrte seinen Salon auf, und in der Bäckerei gegenüber gaben sich die Kunden die Tür in die Hand. Es waren keine vier Wochen vergangen, seit Evi dort Appeltaat gekauft hatte. Es erschien ihm wie aus einem anderen Leben.

Charlie kam aus dem Bad und schlang beide Arme um ihn. Er zuckte nicht mehr vor Schmerz zusammen. Die Wunde war verheilt. Ihm ging es so weit wieder gut.

»Lass uns gemütlich frühstücken, bevor wir uns mit Leon und Luise treffen. Ich gehe mal zum Bäcker.« Sie gab ihm einen Kuss und verschwand aus der Küche. Zurück blieb ein Hauch ihres Dufts nach Süden, nach Sommer. Wie ein Versprechen.

Er freute sich auf den Stadtbummel mit seinen Geschwistern am Nachmittag. Sie wollten Weihnachtsgeschenke besorgen und den Weihnachtsmarkt im Hof der Residenz besuchen.

Ben deckte den Tisch am Fenster und schaltete die Espressomaschine ein. Während er auf Charlie wartete, las er online Nachrichten, doch er konnte sich nicht darauf konzentrieren. Seine Konzentrationsfähigkeit hatte gelitten. Vielleicht lag es am künstlichen Koma, vielleicht an der Gehirnerschütterung, die er sich vor beinahe vier Wochen zugezogen hatte, als Yasin zum ersten Mal mit einem Messer auf ihn losgegangen war. Vielleicht aber auch an seiner Psyche, die ihm wieder einmal einen Streich spielte.

Er wusste nicht, wie er nach Stuttgart gefahren war und was er bei seinen Eltern gewollt hatte. Barbara und Gernot sagten, er habe ihnen finanzielle Unterstützung angeboten. Charlie konnte sich das nicht vorstellen, denn zu ihr hatte er gesagt, dass er sein Geld als Arbeitsloser selbst brauche. Es musste etwas mit dem Erdkeller zu tun haben, den sie im Holzschuppen entdeckt hatte. Sie ging davon aus, dass er ihn vor ihr gefunden und wieder unter Holzstapeln verborgen hatte. Warum? Er hatte keinen blassen Schimmer. Ihm fehlte beinahe jede Erinnerung an die Ereignisse jenes Tages. Nur ein paar Bilder ploppten auf. Eine unfreundliche Frau an einer Tankstelle, die ihn anblaffte. Kinder, die ihm aus einem Bus zuwinkten. Eine Auflaufform mit Lasagne, die durch die Luft flog. Yasin, der plötzlich vor ihm stand.

An den Angriff erinnerte er sich. An seine Überraschung, dass er den Schmerz nicht spürte, wohl aber das warme Blut an seiner Hand. Und damit waren auch die Erinnerungen an den Morgen auf dem Gollierplatz zurückgekehrt. Yasin hatte seine Frau erstochen und dann ihn angegriffen. Er erinnerte sich auch an den Schrei der Frau, die oben am Fenster stand. Wie er aufs Pflaster geknallt war und aus dieser Perspektive Yasin davonlaufen sah. An all das erinnerte er sich plötzlich. Doch wie er nach Stuttgart gekommen war, was er von seinen Eltern gewollt hatte und ob er vorher im Holzschuppen gewesen war, wusste er nicht.

Seit Tagen versuchte Charlie seine Erinnerungen zu aktivieren. Etwas musste er in diesem Erdkeller entdeckt haben. Deswegen sei er nach Stuttgart gefahren. Seine Eltern hatten ihr erzählt, er habe Streit gesucht. Und nun sagten sie, er habe ihnen Hilfe angeboten. Etwas stimmte da nicht. Weshalb logen sie? »Mit dir geht die Polizistin durch.‹ Das hatte er halb im Scherz gesagt. »Alles, was ich mit dem Erdkeller verbinde, ist, wie ich als Kind darin festsaß und mein Vater mich nach Stunden befreite und mir die Lektion erteilte, dass ich die Deutungshoheit über mein Leben habe. Das werfe ich ihm nicht vor. Er hat recht.«

Allerdings war er sicher nicht nach Stuttgart gefahren, um sich mit seinem Vater über diese Lektion zu unterhalten. Vielleicht hatte er ihnen tatsächlich seine Ersparnisse angeboten, und es hatte deswegen Streit gegeben. Weil er zu spät kam oder es nicht genug war.

Er wollte der Sache nicht weiter auf den Grund gehen, sondern nach vorne blicken. Er lebte! Er war dem Tod zwei Mal von der Schippe gesprungen und wollte aus diesem Geschenk etwas machen. Gestern hatte er nach Mietangeboten in den Dörfern der Umgebung gesucht. Ein altes Häuschen mit großem Garten schwebte ihm vor. Doch solche Angebote gab es nicht. Ohnehin waren die Mieten unerschwinglich. Also fort aus München? Sich erst irgendwo in der Provinz einen Job suchen und dann ein Haus oder umgekehrt? Erst das Haus, der Job würde sich dann schon finden. Das waren die Fragen, die ihn derzeit beschäftigten. Und natürlich auch die, ob Charlie mit ihm gehen würde. Vor dieser Frage fürchtete er sich. Sie war ein Stadtmensch und mit Leib und Seele bei der Kripo. Wie konnte er erwarten, dass sie das für ihn aufgab? Sie kannten sich gerade einmal vier Wochen. Sie waren verliebt. Ob daraus Liebe wurde, wer wusste das schon?

Bisher hatte er seine Freundinnen früher oder später vergrault. Eigentlich alle Menschen, die ihm zeigten, dass sie ihn mochten und unterstützten, die ihn liebten und schätzten. In ihm saß eine zerstörerische Kraft, die all das nicht ertrug. Immer wieder musste er sich das Gegenteil beweisen und stieß die Leute vor den Kopf. Wies sie zurück. Enttäuschte sie. So wie Xenia und Evi, wie Herrn Weber und Herrn Meißner. Mit Charlie durfte er dieses Spiel nicht spielen. Diese sich selbst erfüllende Vorhersage, die ihm bestätigte, dass er im Grunde ein Nichts war.

Weihnachten nahte. Er hatte Leon zugesagt, mit ihm, Luise und Meike zu feiern. Und er hatte Charlie gefragt, ob sie mitkommen wollte, und sie hatte gesagt, dass sie das gerne tun würde. Sehr gern sogar. Er freute sich darauf. Trotz Meike, die auf ihre unterschwellige Art stänkern würde. Trotz Noro, dem das sicher zu viel Trubel war. Trotz seiner unsicheren beruflichen Situation.

Was sollte er Charlie schenken? Vielleicht eine XL-Packung AirTags? Bei dem Gedanken schmunzelte er. Oder etwas, das ihrem Heldenmut gerecht wurde? Sie hatte ihm das Leben gerettet. Womit war das aufzuwiegen? Es war jedenfalls Zeit, ein paar Geschenke zu besorgen. Kurz überlegte er, ob er auch etwas für Gernot und Barbara kaufen sollte. Das hatte er seit Jahren nicht getan. Keiner von ihnen tat das, und er verspürte kein Bedürfnis, das zu ändern.

Es war typisch für seine Eltern, dass sie Leon und Luise nicht Bescheid gesagt hatten, dass er im Krankenhaus lag und was passiert war. Charlie hatte schließlich daran gedacht, als sie seine Sachen in Buchsweiler gepackt und sich von Gerda und Markus verabschiedet hatte.

Als die Ärzte ihn aus dem künstlichen Koma geholt hatten, stand Leon an seinem Bett. »Du bist so ein Idiot«, hatte er gesagt und ihm einen Knuff auf die Schulter verpasst. Neben ihm standen Luise und Charlie. Dahinter Gernot und Barbara. Die reinste Familienaufstellung. Dieses Bild hatte ihn gerührt.

Wo blieb Charlie? Er stand auf und blickte aus dem Fenster. Vor der Bäckerei hatte sich eine kleine Schlange gebildet. Er sah, wie sie gerade den Laden betrat. Es würde noch dauern, bis es Frühstück gab. Mit dem Laptop setzte er sich an den Tisch und las endlich die Mails der letzten zwei Wochen.

Ulrike hatte mehrere Nachrichten geschickt. In jeder fragte sie besorgt, ob mit ihm alles in Ordnung sei. Wieso er ihre Mails nicht beantwortete. Weshalb er nicht ans Handy ging. Allmählich mache sie sich Sorgen. Er solle bloß keinen Mist machen. Das wäre Arentz nicht wert.

Er schickte ihr eine WhatsApp, dass es ihm gut ging. Ob sie sich nicht mal auf einen Kaffee treffen wollten. Und er dankte ihr für ihre Sorge und ihr Mitgefühl. Dergleichen sagte oder schrieb er selten. Weil er sich schwertat zu glauben, dass sich jemand um ihn sorgte. Dass er gemeint war.

Ulrikes Antwort kam eine Minute später. Eine Sprachnachricht. »Gott, bin ich froh, von dir zu hören. Ich habe mir echt Sorgen gemacht. Das mit dem Kaffee machen wir im neuen Jahr. Ich fliege nämlich morgen für zwei Wochen nach Thailand. Also schöne Weihnachten und einen guten Rutsch. Ach … Ehe ich es vergesse. Bei mir hat sich ein Mann gemeldet. Er leitet einen Verein, der sich für Menschen wie Svenja Hoppe einsetzt. Also solche, bei denen wir die Schadenregulierung verzögern. Gewissermaßen unsere Opfer. Der Anwalt von Frau Hoppe hat ihm von deinem gescheiterten Versuch erzählt. Er meinte, du stehst auf der falschen Seite, und hat nach deinen Kontaktdaten gefragt. Ich habe sie ihm gegeben und hoffe, das war okay. Also mach's gut. Wir sehen uns im neuen Jahr.«

Ben legte das Handy beiseite und scrollte durch die Mails, bis er die des Vereins fand. Der Mann, der ihn gegründet hatte, hieß Thorsten Dittmer und war Fachanwalt für Versicherungsrecht. Lange Zeit hatte er für Versicherungskonzerne gearbeitet und kannte daher deren Strategien. Er hatte sie mitentwickelt und umgesetzt, bis er das nicht mehr mit seinem Gewissen in Einklang bringen konnte und die Seiten gewechselt hatte. Seither kämpfte er für die Rechte der Versicherungsnehmer. In den letzten Jahren war der Verein gewachsen und beschäftigte inzwischen sechs Mitarbeiter. Eine Stelle war vakant. Dittmer meinte, darüber würde er sich gern mit Ben unterhalten.

Ben googelte den Verein. Er schien seriös zu sein. Dittmer hatte einen guten Ruf als Anwalt. Die Presseberichte waren positiv. Es klang interessant.

Charlie kehrte mit einer Tüte Croissants und Semmeln zurück. »Puh! Da war ganz schön was los.«

»Ist auch der beste Bäcker weit und breit.« Ben klappte den Laptop zu.

»Du siehst so zufrieden aus.«

»Ich habe gerade ein Stellenangebot bekommen.« Während er die Cappuccini zubereitete, erzählte er ihr von Dittmers Verein.

»Du solltest mit dem Mann reden. Es klingt nach einem Job für dich.«

»Ja, schon. Doch es gibt einen Haken.«

»Welchen?« Fragend sah Charlie ihn an.

Wenn er wirklich aufs Land ziehen wollte, musst er das Thema ansprechen. Besser früher als später. Falls Charlie sich das nicht vorstellen konnte, würde er in München bleiben. »Ich müsste umziehen. Der Verein sitzt in Ansbach.«

Charlie nahm ein Croissant aus dem Brotkorb. »Und jetzt fragst du dich, wie es mit uns weitergehen soll, wenn du in Ansbach bist und ich in München.«

»Wobei es eine grundsätzliche Frage ist. Ich will eigentlich raus aus der Stadt. Wenn du dir vorstellen kannst, mit mir irgendwo in die Provinz zu ziehen, dann richte ich meine Stellensuche danach aus. Wenn nicht, suche ich hier. Du bist mir wichtiger.«

»Als Hühner und Gemüsebeete.« Charlie lachte. »Schön zu hören. Und du bist mir wichtiger als das Leben in der Stadt. In Ansbach haben sie auch eine Kripo. Falls ich überhaupt bei der Kripo weitermachen kann.«

Das Ermittlungsverfahren gegen Charlie lief. Neben ihrer Drohung, Yasins Geständnis mit einer Waffe zu erzwingen, musste sie sich auch wegen des Schusses auf ihn rechtfertigen. Letzteres war reine Routine. Sie hatte sich bei dem Schuss korrekt verhalten und daher nichts zu befürchten. Ob sie aus der anderen Nummer herauskam, war noch nicht entschieden. Zu diesem Sachverhalt hatte sie inzwischen ihre Aussage gemacht. Aus der Aufnahme des Gesprächs ging die Provokation durch Yasin hervor. Nun lag es am Richter, ob das Verfahren gegen sie eröffnet wurde. Alles hing davon ab, ob die illegal erstellte Tonaufnahme als Beweis zugelassen wurde. Ohne sie gab es keinen Beweis, und Charlie käme glimpflich davon.

Yasin saß inzwischen in Stadelheim in U-Haft. Ihm stand eine Anklage wegen zweifachen Mordversuchs und Mord bevor. Das Messer, das Boris im Bauschutt gefunden hatte, war die Tatwaffe. Sie trug seine Fingerabdrücke und DNA-Spuren. Er würde für sehr lange Zeit im Gefängnis verschwinden.

Ben griff über den Tisch nach Charlies Hand. »Es wird schon gut gehen.«

Er sah ihr in die Augen, deren Farbe ihm als Erstes an ihr aufgefallen waren, und plötzlich sah er seine Zukunft mir ihr vor sich. Ein altes Haus mit Garten. Hochbeete mit Kohlrabi und Salat. Der Hund lag auf der Haustreppe und blinzelte in die Sonne, während die Hühner unter dem Apfelbaum in der Erde scharrten und er mit Charlie auf der alten Bank unter dem Vordach saß und ihr über den dicken

Bauch strich. Auf einmal konnte er sich das vorstellen: Vater werden. Warum nicht? Sie würden es besser machen als Gernot und Barbara.

Charlie

Der Innenhof der Residenz duftete nach gebrannten Mandeln, Punsch und Bratwürsten. Charlie eroberte einen Platz an einem Stehtisch, während Ben Glühwein am Stand besorgte. Die Tüten mit den Geschenken für Bens Geschwister stellte sie zwischen den Beinen auf dem Boden ab.

Sie waren hier mit Leon und Luise verabredet, und Charlie hielt gerade Ausschau nach ihnen, als ihr jemand von hinten auf die Schulter klopfte. Es war Leon. Luise stand neben ihm, den Hund an der Leine. Sie begrüßten sich mit Umarmungen. Leon fragte, wo Ben sei, und ging zum Glühweinstand, um ihm mit den Bechern zu helfen. Luise fragte, wie es Ben ging. Ob er wirklich schon wieder auf dem Damm war oder ob er sie nur nicht beunruhigen wollte. Sie sorgte sich um ihn, und Charlie beruhigte sie. »Es geht ihm gut.«

»Ich frage mich noch immer, was er überhaupt bei Gernot und Barbara wollte. Denkst du, dass er ihnen tatsächlich sein Erspartes angeboten hat?«

Charlie schüttelte den Kopf. »Er hat mir am Tag zuvor erklärt, dass er das nicht tun wird, weil er sein Geld selbst braucht. Außerdem hat eure Mutter mir zuerst etwas von einem alten Familienkonflikt erzählt. Dass Ben Streit gesucht hätte. Hast du eine Idee, worum es dabei gegangen sein könnte?«

»Um ihre Gleichgültigkeit uns gegenüber. Aber Ben würde deshalb kein Fass aufmachen. Wir müssen wohl abwarten, bis seine Erinnerungen zurückkehren.«

Ja, das mussten sie wohl. Auch wenn Geduld nicht zu Charlies Stärken gehörte. Insgeheim vermutete sie, dass Ben im Erdkeller etwas Brisantes gefunden hatte und deshalb nach Stuttgart gefahren war.

Leon und Ben kamen mit dem Glühwein. Sie stießen mit den dampfenden Bechern an. Es war dunkel geworden. Überall brannten Lichter. In der Luft hing eine Vorahnung von Schnee. Die Menschen drängten sich an den Ständen, und Charlie dachte an ihren Opa und seine Bäume mit den zwei Spitzen. Sie war ein Teenager gewesen, als sie in Frankfurt auf dem Weihnachtsmarkt eine kitschige pinkfarbene Christbaumspitze gekauft hatte und sie mit in den Taunus nahm. Seither hatte Opa seine besonderen Bäume mit zwei Spitzen geschmückt.

Der Kontakt zu ihrer Mutter war nach der Sache mit Yasin und Annikas Tod ziemlich schwierig geworden. Gleich im ersten Ausbildungsjahr bei der Polizei war Charlie ausgezogen und sah ihre Mutter nur noch an Weihnachten bei Oma und Opa. Nach deren Tod war der Kontakt ganz abgebrochen.

Die Männer besorgten eine zweite Runde Glühwein und gebrannte Mandeln. Sie unterhielten sich über Weihnachten, und Charlie fragte, wie sie das Fest früher im Landidyll gefeiert hatten. »Gar nicht revolutionär«, meinte Ben. »Mit Christbaum, Würstchen und Kartoffelsalat. Manchmal hat Barbara sogar Plätzchen gebacken. Nur in den Gottesdienst sind wir nie gegangen.«

»Das stimmt nicht«, wandte Leon ein. »Einmal hat Luise Gernot und Barbara erklärt, dass wir zur Christmette gehen müssen. Das gehöre sich so. Die beiden wollten natürlich nicht, und Luise schlug vor, das auszudiskutieren.« Leon lachte. »Das war herrlich. Du warst vielleicht sieben oder acht und wolltest mit den beiden etwas ausdiskutieren, weil sie ständig irgendetwas ausdiskutierten. Barbara hat dich aber nicht ernst genommen, und Gernot hat vorgeschlagen Schnick, Schnack, Schnuck zu spielen, als du nicht lockergelassen hast. Sie haben verloren, und wir sind in die Kirche gegangen.«

»Echt?«, fragte Luise.

»Ja, klar. Das musst du doch noch wissen.«

Luise zog die Schultern hoch. »Dazu fällt mir nichts ein.«

In Gedanken war Charlie wieder im Landidyll und im Holzschuppen. »Sagt mal, dieser Erdkeller, war das eine Art Vorratsraum?«

»Früher mal«, sagte Leon. »Als es noch keine Kühlschränke gab. Wir haben ihn aber nicht benutzt.«

»Ich würde gerne verstehen, was Ben da unten gemacht hat. Im Morgengrauen. Allein. Und warum du nach Stuttgart gefahren bist.«

Ben schüttelte den Kopf und erklärte ihr wieder einmal, dass er es nicht wusste. Bis auf eine unfreundliche Frau, lachende Kinder und fliegende Lasagne erinnerte er sich an nichts. Es war wie vor vier Wochen, als sie ihn zum Mord an Nadira befragt hatte. Sie hakte nicht nach. Irgendwann würde er sich vielleicht erinnern und ihre Neugier gestillt. Sie stießen mit Glühwein an und bummelten schließlich ein wenig angeschickert mit Leon und Luise durch die weihnachtlich geschmückte Innenstadt. Doch Charlies Gedanken kreisten noch immer um den Erdkeller. Vielleicht sollte man den mal kriminaltechnisch untersuchen lassen, dachte sie und im nächsten Moment, dass sie dafür niemals eine Genehmigung bekommen würde. Es war nicht ihr Zuständigkeitsbereich. Es gab keinen begründeten Anfangsverdacht, der eine solche Maßnahme rechtfertigen würde. Allerdings hatte sie vorletztes Jahr auf einem Lehrgang einen Kriminaltechniker aus Köln kennengelernt. Ein ziemlich fröhlicher Typ und inzwischen guter Kumpel. Wenn er in München zu tun hatte, meldete er sich bei ihr, und sie verbrachten einen lustigen Abend. Vielleicht könnte sie ihn fragen, ob er ihr den Gefallen tat. »Und dann?«, würde Boris jetzt fragen. »Was machst du dann mit den Beweisen, falls du überhaupt irgendwas findest? Die wird dir jeder Richter aus der Hand nehmen und in den Müll werfen. Außerdem machst du dich strafbar. Unbefugtes Betreten, Einbruch, Sachbeschädigung und so weiter und so fort. Willst du das wirklich?«

Das wollte sie nicht. Sie wollte ihren Job behalten und hoffte, dass sie am Montag, wenn sich entschied, ob Anklage gegen sie erhoben wurde, mit einem blauen Auge davonkam. Sie hatte ihre Lektion gelernt und würde nicht im Landidyll nach irgendetwas suchen, was vielleicht nie dort gewesen war.

Charlie blieb vor dem Schaufenster einer Buchhandlung stehen und lächelte. Sie hatte soeben das Weihnachtsgeschenk für Ben gefunden. »Ich muss mal kurz in den Laden. Kannst du so lange draußen warten?«, fragte sie Ben.

»Sicher.«

»Und passt auf, dass er nicht guckt«, sagte sie zu Leon und Luise. Sie griff nach Bens Schultern, drehte ihn mit dem Rücken zur Auslage und ging hinein, um den Ratgeber über Hühnerhaltung im Garten zu kaufen.

Montag, 16. Dezember 2019

Charlie

Am Montagmorgen fuhr Charlie zwanzig Minuten vor ihrem Termin in die Tiefgarage des Polizeipräsidiums und entkam so dem Schneeregenschauer, der seit dem Morgen niederging. Sie war nervös. In ihrem Magen flatterte Angst. Beinahe war ihr schlecht. Sie stieg aus, nahm Annikas Lederjacke vom Beifahrersitz, zog sie an und fühlte sich gleich besser. Diese Jacke war ihre Rüstung. Ihre Kampfmontur.

Yasin würde für mindestens fünfzehn Jahre in den Bau wandern. Vielleicht erkannte der Richter auch die Schwere der Schuld, dann war es möglich, dass Yasin nie wieder freikam. Auch wenn er nie dafür zur Verantwortung gezogen wurde, was er Annika und ihr angetan hatte, war ihre Mission erfüllt. Sie hatte ihn gekriegt. Mit ganz legalen Mitteln. Sie war stolz auf sich, dass sie den Impuls niedergerungen hatte, ihn abzuknallen, als es möglich gewesen war. Sie war nicht wie er. Sie hatte den Rechtsstaat im Rücken. Und sie wollte weiter für ihn kämpfen. Hoffentlich ließ man sie.

Mit dem Lift fuhr sie nach oben. Im Flur begegnete ihr Attila. Er nickte ihr zu. »Guten Morgen, Charlie. In fünfzehn Minuten in meinem Büro.« Ihr Anwalt war schon da. Boris hatte ihn empfohlen. Er saß in der Besucherecke. Grauer Anzug, graues Haar. Ein farbloser Kerl ohne Biss, der sie bei ihrer Aussage letzte Woche allerdings ein paarmal gebremst und eingenordet hatte. Wenn es schiefgeht, dachte Charlie plötzlich, und ich vor Gericht lande, sollte ich mir vielleicht Bens Mutter als Verteidigerin holen. Die hat Biss. »Bin gleich bei Ihnen. Ich sag nur rasch einem Kollegen Hallo.«

Boris saß an seinem Schreibtisch und begrüßte sie mit einer Umarmung. »Kaffee?«

»Ja, gerne.« Plötzlich hatte sie Lust auf eine Tasse. Die erste heute Morgen. Denn den Cappuccino von Ben hatte sie stehen lassen. Ihr wäre davon schlecht geworden. Doch nun war die Nervosität plötzlich weg. Was sie getan hatte, war nicht okay. Zugegeben. Aber das galt auch für Yasin und seine Provokation, die nur ein Ziel hatte, sie als Ermittlerin auszuschalten. Er musste echt Schiss vor ihr haben. Das war ein erfreulicher Gedanke. Boris reichte ihr den Kaffeebecher.

»Danke. Sag mal, was ist eigentlich aus diesem Moritz Nickl geworden?« Boris hatte ihn nicht wieder erwähnt.

»Er hat nichts mit der Sache zu tun.«

»Warum ist er dann untergetaucht?«

»Aus Liebeskummer. Am Tag vor der Tat gab es Streit zwischen ihm und Nadira. Er wollte mit ihr zusammenleben, doch sie wollte ihren Mann nicht verlassen. Dieses Gespräch haben sie nicht zum ersten Mal geführt. Er verstand es nicht, und sie hat mit ihm Schluss gemacht. Zuerst wollte er sich umbringen. Dann hat er seinen Krempel gepackt und ist zum Wandern in den Spreewald gefahren. Er stammt von dort. Das war am Abend vor der Tat.«

»Er hat sich also den Frust von der Seele gewandert.«

»So ist es. Wir haben Nadiras Handydaten gecheckt. Sie hat mehrfach erfolglos versucht, ihn anzurufen. Vermutlich ist sie deshalb so früh am Morgen in seine Wohnung, um nachzusehen, ob er sich etwas angetan hat.«

»Und Yasin ist ihr gefolgt.«

»Ich nehme es an. Er schweigt sich aus.«

»Ist sein gutes Recht. Aber du hast das Messer gefunden. Mit Schweigen wird er nicht weit kommen.«

»Never ever«, sagte Boris und hielt ihr eine Handfläche entgegen. Sie schlug ein. Dann war es Zeit für den Gang in die Höhle des Löwen. Boris wünschte ihr viel Glück.

Als sie kam, saß ihr Anwalt schon bei Attila im Büro. Sie setzte sich dazu und folgte dem Small Talk der beiden nur mit halbem Ohr. Plötzlich war die Nervosität wieder da. Durch die Glaswand sah sie, wie sich auf dem Vorplatz die Lifttüren öffneten. Staatsanwalt Oliver Heller trat in den Flur und steuerte das Büro an. Er war jung und ehrgeizig. Einer, der nach oben wollte. Weshalb erschien er in seinem Radoutfit? Neongrüne Goretex-Jacke mit Reflektorstreifen. Schwarze Softshellhose. Handschuhe und Mütze. Den Helm hatte er unter den Arm geklemmt, und auf dem Rücken trug er einen Rucksack. Seht her, was für ein harter Hund ich bin, sollte das wohl heißen. Ich bin auch bei diesem Mistwetter mit dem Rad unterwegs. Mich hält nichts auf.

Er klopfte kurz an die Glastür und trat ein. Allgemeines Begrüßen. Attila bot Tee an. Heller lehnte ab, und Charlie merkte, dass er innerlich kochte und sich mühsam beherrschte. Yes!, dachte sie. Gut gegangen! Erleichtert lehnte sie sich im Stuhl zurück.

»Und?«, fragte Attila. »Wie geht es nun mit Frau Bodmer weiter?«

»Sie kommt davon.« Heller spuckte die Worte beinahe aus und setzte sich nicht einmal. »Der Richter weigert sich, das Hauptverfahren zu eröffnen. Aus Mangel an Beweisen.«

Damit war Yasins heimliche Aufnahme vom Tisch. Der Richter erkannte sie nicht an. Charlie lächelte. Boris ging über den Flur und sah zu ihr hinüber. Sie hob den Daumen. Heller sah es und schnaubte. »Bilden Sie sich nichts darauf ein. Beamte wie Sie gehen mir echt auf den Sack. Verhalten Sie sich in Zukunft einfach korrekt.«

»Klar doch.«

»Und vergessen Sie das nicht wieder.«

»Niemals. Ich setze mich gleich an meinen Schreibtisch und schreibe hundert Mal den Satz: Ich darf Beschuldigte nicht unter Druck setzen.«

Heller sah Attila an, der sich das Lachen verkniff. »Ich bespreche das mit Frau Bodmer.«

»Dann ist es ja gut.« Mit Blick auf die Uhr verabschiedete Heller sich. Er hatte noch einen Termin im Haus, eine Etage höher beim K16. Die Tür schloss sich hinter ihm, und Attila lachte. »Du hättest schon die Zerknirschte geben können.«

»Klar. Die reuige Sünderin steht mir allerdings nicht. Wobei er ja recht hat. Ich gelobe Besserung. Okay?«

»Halte dich künftig einfach an die Regeln.« Attila ging zum Schreibtisch und nahm ihren Dienstausweis und die Zugangskarte heraus und aus dem Safe ihre Waffe. »Willkommen zurück im Team.«

Sie nahm die Sachen entgegen. »Danke.«

»Und jetzt an die Arbeit. Der Fall Nadira Turan muss gerichtsfest gemacht werden.«

»Ja. Ich weiß. Jede Menge Papierkram. Ich freue mich schon darauf.«

»Dachte ich mir.«

»Echt jetzt.« Sie schenkte sowohl ihrem Anwalt als auch Attila ein Lächeln und kehrte an ihren Schreibtisch zurück. Ihr Handy gab einen Signalton von sich. Eine Pushnachricht der Mediathek ging ein. Die RAF-Doku würde nur noch vierundzwanzig Stunden online stehen. Eine letzte Möglichkeit, sie zu sehen. Das hatte sie getan, obendrein war das Thema für sie erledigt. Sie klickte die Nachricht weg.

Natürlich hatte sie von den beiden tot aufgefundenen Terroristen am Rhein in den Online-Medien gelesen und hatte sich kurz gefragt, ob Yasin vielleicht damit irgendwas zu tun hatte. Oder war es Zufall, dass man Aslan keine neunzig Kilometer vom Tatort am Rhein entfernt nur einen Tag später niedergeschlagen hatte?

Das BKA ging jedenfalls davon aus, dass Walter Tausch und Dagmar Leute von den eigenen Leuten erschossen worden waren. Irgendwo versteckten sich noch einige. Auch Lukas Isensee.

Rheinland,
21. Juni 1988

Lukas Isensee

Gernot stand noch immer am Herd und hantierte mit der Bialetti. Alles war wie eine Sekunde zuvor und doch ganz anders. Mit einem Mal verstand Lukas, was hier gespielt wurde. Während er noch versuchte, seine Gedanken zu sortieren, schabte irgendwo eine Tür. Anscheinend war Ben aufgestanden, der oben mit Fieber das Bett hüten sollte. Lukas nahm das Geräusch nicht bewusst wahr. Er war ganz bei seinem Verdacht. »Ich bin dem Kerl, mit dem du dich an der Raststätte getroffen hast, nachgefahren.«

»Halt um Gottes Willen den Mund!«, zischte Gernot ihn an. Auf einmal sah er schlecht aus, als wäre er von einer Sekunde auf die andere krank geworden. Ein Schweißtropfen rann unter der Haartolle hervor. »Ich habe keine Ahnung, wovon du redest.«

Lukas dachte nicht daran, zu schweigen, jetzt wo er es langsam kapierte. »Circa fünfundvierzig, rotblonde Haare. Er hat Ähnlichkeit mit Robert Redford, und ich bin ihm gefolgt.« Im Flur näherten sich Bens Schritte. Lukas registrierte sie nur nebenbei. Er musste seinem Verdacht auf den Grund gehen. »Bis Chorweiler. Du weißt, wer dort sitzt! Jetzt sag mir bitte, dass du …« Er wollte noch sagen:

»… dass du nicht mit dem Verfassungsschutz zusammenarbeitest. Dass du ihnen nicht Dagmar und Walter auf dem Silbertablett servieren wolltest. Dass du kein Spitzel und Verräter bist. Und dass du mich für deinen Verrat nicht benutzt hast.« All das dachte Lukas binnen einer Sekunde. Doch er sagte es nicht.

Rheinland,
21. Juni 1988

Ben

Ben lag in seinem Bett unter der Dachschräge. Er hatte Fieber. Eine Schüssel mit kaltem Wasser und Waschlappen stand auf dem Schemel. Damit konnte er sich die Stirn kühlen. Er glühte. Gernot war unten in der Küche und unterhielt sich mit jemandem. Die Stimmen eines Mannes und einer Frau drangen herauf. Ziemlich laut. Sie stritten. Dann wurde es still. Ben hörte die Tür zur Waschküche zuschlagen und dann das Rauschen von Wasser in den alten Leitungen. Einen Moment später fuhr ein Auto in den Hof. Jemand kam ins Haus. Es war Onkel Lukas. Ben erkannte ihn an der Stimme, die aus der Küche nach oben drang. Einen Moment blieb er noch liegen, dann stand er auf, um Hallo zu sagen. Nur mit Unterhose und T-Shirt bekleidet, ging er hinunter und steuerte die Küche an. Er war gerade an der Garderobe, als die Waschküchentür aufging und ein fremder Mann herauskam. Er sah wie ein Räuber aus und starrte auf seinen Fuß, an dem er einen blutigen Verband trug. Es sah schrecklich aus. Ben fürchtete sich und machte sich unsichtbar. Lautlos schob er sich zwischen die Jacken und Mäntel. Sein Mund wurde vor Angst ganz trocken. In der Küche redeten Onkel Lukas und Gernot. »Halt den Mund«, zischte sein Vater. »Ich habe keine Ahnung, wovon du redest.«

»Circa fünfundvierzig, rotblonde Haare. Er hat Ähnlichkeit mit Robert Redford, und ich bin ihm gefolgt.«

Der Mann mit dem Verband kam näher. Ben drückte sich tiefer zwischen die Mäntel.

»Bis Chorweiler«, sagte Onkel Lukas. »Du weißt, wer dort sitzt! Jetzt sag mir bitte, dass du …« Plötzlich stockte er. Seine Stimme veränderte sich. »Lass den Scheiß! Ich verrate dich doch nicht!«

»Gernot?«, rief der Räuber. Er war nur noch wenige Schritte von der Küche entfernt.

Ben linste zwischen den Mänteln hindurch, die er sich vors Gesicht gezogen hatte, und entdeckte Onkel Lukas in der offenen Küchentür. Er wich vor Gernot zurück, drehte sich um, und für einen Moment trafen sich ihre Blicke, Ben erkannte Angst darin. Dann knallte es, und Onkel Lukas taumelte und fiel um. Hinter ihm stand Gernot mit einer Pistole. Als er Ben sah, erschrak er, sagte aber nichts.

Das Herz in Bens Brust hämmerte in einem rasenden Stakkato. Ein Schrei verkeilte sich in seinem Hals und wollte nicht raus. Ben zog sich die Mäntel wieder vors Gesicht. Nichts war passiert. Es war nur ein böser Traum. Das Blut rauschte in seinen Ohren, während der fremde Mann und Gernot sich im Flur unterhielten, doch er verstand kein Wort. Plötzlich war da auch die Stimme der Frau. Ben linste zwischen den Mänteln hervor. Die drei beugten sich über Onkel Lukas. Gernot sagte etwas. Doch Onkel Lukas rührte sich nicht. Auf dem T-Shirt hatte sich ein roter Fleck ausgebreitet.

»Bring endlich das Kind weg!« Der Räuber stand auf. »Oder ich tue das.« Er hatte ihn also doch bemerkt. Ben wurde es schlecht vor Angst.

»Ist schon gut«, sagte Gernot. Er zog Ben an sich und legte ihm beide Hände auf die Schultern. »Du bist krank. Zurück ins Bett mit dir.« Er drehte ihn um, als wolle er ihn auf richtigen Kurs bringen, während in Ben ein Sturm heraufzog. Ein Orkan aus Grauen und Angst, aus Wut und Unverständnis. Er stürzte an dem Räuber und seiner Frau vorbei aus dem Haus, stolperte über den Hof und rannte über den morschen Steg hinauf zu den Trollen und weiter zu seiner Hütte. Dort verkroch er sich. Kauerte sich auf das Bett aus Laub und Moos und weinte.

Nach einiger Zeit hörte er Schritte und die Stimme seines Vaters. Er suchte nach ihm und stand plötzlich vor der Hütte. Ben sah auf die Hosenbeine und die weinroten Turnschuhe. Und dann sah er in Gernots Augen, der auf die Knie gegangen war und in die Hütte blickte. »Darf ich reinkommen?«

Nein!, hätte Ben am liebsten geschrien. Doch er brachte keinen Ton heraus. Sein Gesicht war von Rotz und Tränen verschmiert. Er bebte am ganzen Körper.

»Entweder komme ich rein oder du kommst raus.«

Weil er nicht wollte, dass sein Vater die Hütte betrat, kroch Ben heraus.

»Du hast Fieber und gehörst ins Bett«, sagte Gernot. Er tat, als wäre nichts geschehen, als wäre das alles nur ein schlimmer Traum.

»Was ist mit Onkel Lukas?«

»Was soll mit ihm sein? Ihm geht es gut.«

»Aber …«

»Kein Aber. Du hast nichts gesehen. Vergiss das gleich wieder. Ich bringe dich jetzt nach Hause, du holst dir hier sonst noch den Tod.«

Sein Vater nahm ihn an der Hand, als wäre er ein Baby, und trotzdem war es ein schönes Gefühl. Daheim war alles wie immer. Im Flur standen die Schuhe auf der Matte, die Mäntel und Jacken hingen an der Garderobe. Ein Ball lag in der Ecke. Von Onkel Lukas keine Spur. Sein Auto war weg. Als ob er gar nicht hier gewesen wäre. Vielleicht hatte Ben sich das alles eingebildet. Gernot brachte ihn nach oben, deckte ihn zu und brachte ihm kurz darauf einen Becher warmen Kakao. Er schmeckte ein wenig bitter und machte ihn schläfrig. Als er aufwachte, war es dunkel. Der Mond sah zum Dachfenster herein. Neben ihm schliefen Leon und Luise. Leise stand Ben auf und ging nach unten. Im Wohnzimmer brannte Licht und der Fernseher lief, aber der Ton war leise gestellt. In der Küche waren seine Eltern auch nicht. Er ging in den Hof. Am Gartentisch saß niemand. Aus dem Fenster des Holzschuppens fiel Licht. Er lief hinüber und sah hinein. Barbara und Gernot trugen Gummistiefel und Arbeitshandschuhe. Sie schichteten das Brennholz um. Von der einen Wand zur anderen. Der Zugang zum Keller verschwand darunter. Einerseits verstand er, was seine Eltern taten, andererseits wollte er es nicht wissen. Er drehte sich um und kehrte in sein Bett zurück. Später sah Gernot noch einmal nach ihm und brachte ihm wieder einen Becher Kaba. Er setzte sich auf die Bettkante, strich ihm übers Haar. »Alles gut mit dir?«

Ben nickte.

»Du hast noch immer Fieber. Da träumt man manchmal wirres Zeug. Jetzt trink das, dann wirst du gut schlafen.«

Und das stimmte. Er schlief wie ein Toter. Die Sonne weckte ihn am nächsten Morgen, als Leon und Luise längst in der Schule waren. Wieder sah Gernot nach ihm. Machte ihm sogar Frühstück. Wieder fragte er, ob alles gut war, und Ben nickte. »Du hast gestern schlecht geträumt. Vergiss das einfach alles. Das ist das Beste.«

Mittwoch, 18. Dezember 2019

Barbara

Barbara betrachtete sich im Spiegel der Umkleidekabine. Sie wusste nicht, der wie vielte Badeanzug es war, den sie anprobierte, doch endlich hatte sie den richtigen gefunden. Ein schlichtes blaues Modell mit türkisfarbenen Akzenten. Der Beinausschnitt nicht zu hoch, die Träger nicht zu schmal und das Dekolleté nicht zu gewagt für ihr Alter. Er saß perfekt. Sie fühlte sich wohl darin und würde ihn nehmen.

In der Kabine nebenan probierte Gernot Badeshorts. Sie lugte hinein. Er zog gerade eine dunkelblaue mit einem Muster türkisfarbener Schildkröten an. Wenn er die kaufte, sähen sie am Pool aus wie das typische Rentnerehepaar, das sich im Alter immer ähnlicher wurde. Wie oft hatte sie das beobachtet, diesen Partnerlook alter Leute. Sie schüttelte den Kopf, als Gernot fragte, was sie davon hielt, und reichte ihm die knallorange mit weinroten Streifen. Er konnte solche Farben tragen.

Gestern hatten sie online die Flüge nach Madeira und das Hotel gebucht. Zwei Wochen Sonnenschein und lauschige zwanzig bis fünfundzwanzig Grad. Das hatten sie jetzt beide nötig. Sie hatten sich das verdient. Weihnachten und Silvester unter Palmen.

Während Gernot noch ein paar Hemden anprobierte,

setzte sie sich in einen Sessel und streckte die Beine aus. Welches Glück Bens mangelndes Erinnerungsvermögen doch für sie war. Damals schon und jetzt wieder.

Als sie am Nachmittag des 21. Juni 1988 nach Hause gekommen war, hatte sie sofort gespürt, dass etwas nicht stimmte. In allen Medien wurde vom Anschlag berichtet, den Rombach, seine Frau und der Enkel unverletzt überstanden hatten. Dank der Intuition seines Fahrers. Des Helden des Tages. Lukas Isensee. Gernot war bestimmt außer sich. Walter und Dagmar nicht minder. Nach ihnen wurde gefahndet. Wie gut, dass Gernot den Unterschlupf für die beiden verabredungsgemäß vorbereitet hatte. Für alle Fälle. Obwohl sie davon ausgegangen waren, dass Walter und Dagmar dieses Quartier nicht beziehen würden.

Barbara ging ins Haus. Niemand war da. Bis auf Ben. Er lag im Bett und schlief tief und fest. Von Leon und Luise keine Spur. Auch von Gernot nicht. Sie suchte nach ihm und fand ihn nicht. Für einen Moment fiel die Angst sie an. Was, wenn Walter den Verrat erkannt hatte? Dann lag Gernot jetzt erschossen im Wald. Beruhige dich!, rief sie sich zur Ordnung. Vermutlich war Gernot noch bei Walter und Dagmar in Alfreds Jagdhütte. Der alte Mann nutzte sie nicht mehr, seit er die Jagd aufgegeben hatte. Gernot hatte sie mit Vorräten für mehrere Tage ausgestattet. So, wie es mit Walter und Dagmar abgesprochen war. Dort waren die beiden sicher, bis der Trubel sich gelegt hatte und sie weiterfahren konnten, zum nächsten Quartier in Belgien. So weit die Theorie. Eigentlich hätten die beiden jetzt dem Generalbundesanwalt vorgeführt werden sollen. Denn das war der Deal mit Lohmann gewesen. Er würde Gernot und sie ein für alle Mal in Ruhe lassen, wenn sie ihm Walter und Dagmar lieferten.

Wieso war der Zugriff auf dem verwilderten Grundstück nicht erfolgt? Barbara verstand es nicht. Wieso war die Bombe noch am Auto gewesen? Wieso war Rombach nicht gewarnt und in Sicherheit gebracht worden? Es gab nur eine Erklärung: Es war Lohmann nicht um die Ergreifung zweier RAF-Terroristen gegangen, sondern um Rombachs Tod. Wer konnte den wollen? Ihr fielen nur die Amis ein, die gegen den Herrhausen-Plan waren, den Rombach unterstützte, wo er konnte. Hatte Lohmann sie benutzt, um Rombach für die Amis in die Luft zu jagen und die RAF als Täter zu präsentieren? Es war eine abenteuerliche Erklärung, aber die einzige, die ihr einfiel. Gernot und sie als unwissentliche Handlanger der CIA. Es war zum Kotzen! Lohmann als Diener zweier Herren? Oder war das BfV etwa eingeweiht gewesen?

Wo blieb Gernot? Die Unsicherheit nagte an ihr. Sie suchte im Hof und im Schuppen nach ihm und stieg schließlich den Hang hinauf bis zu dem Weg, der zur Jagdhütte führte. Auf halber Strecke kam Gernot ihr entgegen und nahm sie in den Arm. »Was für ein verdammtes Desaster.«

»Es lag nicht an uns«, sagte Barbara. Gernot sah schlecht aus. Ganz bleich und er schwitzte. »Geht es dir gut?« Sein Griff, mit dem er sie hielt, wurde fester. Er legte seinen Kopf an ihre Schulter. »Lukas ist tot.«

Barbara schrak zusammen. »Wieso denn? Was ist passiert?«

Auf dem Weg zum Haus erzählte Gernot ihr, wie Lukas aufgetaucht war. Entgegen der Abmachung und fuchsteufelswild. Total durch den Wind, während Dagmar in der Waschküche Walter verarztete, der bei der Flucht über das verwilderte Grundstück in ein Brett mit einem rostigen Nagel getreten war, und wie er genau in dem Moment herauskam, als Lukas den Schluss zog, Gernot sei ein Spitzel des BfV und ein Verräter.

»Woher weiß er das denn?«

»Er ist mir nach Eindhoven gefolgt. Auf dem Rückweg hat er mich mit Lohmann gesehen. Und Lohmann, der Idiot, ist heute Morgen an Rombachs Haus vorbeigefahren. Lukas hat ihn wiedererkannt. Er wollte wissen, wer er ist.«

»Das hast du ihm doch hoffentlich nicht erklärt.«

»Er ist selbst draufgekommen.« Gernot fuhr sich mit beiden Händen übers Gesicht. »Wenn Walter das mitbekommen hätte, wäre ich jetzt tot. Und du auch. Ich hatte keine Wahl. Was für eine verfluchte Scheiße.«

Ja, das war es. Doch jetzt war keine Zeit für Gefühle. Sie mussten praktisch denken. »Wo sind Walter und Dagmar jetzt?«

»In der Jagdhütte.«

»Gut. Wie hast du ihnen das erklärt?«

»Ich habe gesagt, es wäre ein Unfall gewesen. Lukas hätte nach der Waffe gegriffen, ich wollte sie ihm abnehmen, dabei hätte sich ein Schuss gelöst. Anscheinend war sie nicht gesichert. Sie haben das geglaubt. Walter hat sogar gesagt, Lukas hätte es verdient, und hat ihn einen Verräter genannt.«

»Wo ist Lukas jetzt?«

»Hinter dem Sofa im Wohnzimmer. Es gibt noch etwas. Ben hat es gesehen. Er stand plötzlich im Flur. Ich habe ihm Schlafmittel gegeben. Hoffentlich denkt er, dass er nur schlecht geträumt hat.«

Eine Verkäuferin riss Barbara aus ihren Gedanken. Sie fragte, ob sie helfen könnte. »Danke, nicht nötig. Ich warte auf meinen Mann.«

Ben hatte das damals alles schnell vergessen. Die Kombination von Fieber und Schlafmittel zeigte Wirkung. Und dann war er vor zwei Wochen bei ihnen aufgetaucht, weil er sich plötzlich erinnert und, schlimmer noch, weil er die Überreste von Lukas' Leiche im Erdkeller entdeckt hatte.

*

Sie hatten gerade die Abdeckkappen an der Sockelleiste des Kleiderschranks angebracht, als es klingelte. Der Duft der Lachslasagne zog ins Schlafzimmer. Das Essen war gleich fertig. Barbara ging zur Gegensprechanlage. »Ja, bitte.«

»Ich bin's. Ben.«

Überrascht fragte sie sich, was dieser unangekündigte Besuch sollte, betätigte aber den Türöffner. Vielleicht wollte er ihnen das Geld leihen. Zu spät. Auf seine Hilfe waren sie nicht mehr angewiesen. Sie öffnete die Wohnungstür. Gernot kam mit dem Werkzeugkasten aus dem Schlafzimmer. »Wir bekommen Besuch von Ben.«

»Ach? Was will er?«

»Werden wir gleich erfahren.«

Sie ging in die Küche, nahm die Auflaufform aus dem Ofen und drei Teller aus dem Schrank. Kurz darauf hörte sie Ben kommen. »Ich bin in der Küche«, rief sie.

Einen Moment später war er bei ihr. »Grüß dich, Barbara.«

Er kam nicht näher, sondern lehnte sich an den Türrahmen. Etwas war da im Busch. Er sah verärgert aus. Angespannt. Seine Kleidung war schmutzig. Voller Staub und Dreck. Spinnweben und Holzspreißel hafteten am Pullover. Gernot kam dazu. »Schön, dich zu sehen.« Er wollte Ben umarmen, doch der hob beide Hände und hielt ihn davon ab. »Lass das. Rühr mich nie wieder an!«

Barbara gefiel der Tonfall nicht.

»Aber hallo! Was ist los?« Gernot gesellte sich zu ihr.

»Wir müssen reden«, sagte Ben.

»Worüber?« Der Grund für seine schlechte Laune interessierte sie allmählich.

Ben hakte die Daumen in die Taschen der Jeans. »Onkel Lukas lebt nicht im Untergrund. Er ist seit einunddreißig Jahren tot.«

Zuerst verstand sie nicht, was er meinte. Es war so lange

her. Sie hatte es beinahe vergessen. Doch nach dem ersten Schreck stellte sie binnen einer Sekunde den Zusammenhang zwischen Bens dreckigen Klamotten und seinem Vorwurf her. Er war im Erdkeller gewesen. Er hatte Lukas gefunden. Ebenso schnell entschied sie sich, alles abzustreiten. Denn sie wusste nicht, ob Ben sie decken oder hinhängen würde. »So ein Blödsinn«, sagte sie.

»Kuriose Idee«, sagte im selben Moment Gernot. Sie waren wirklich ein gutes Team.

Bens Blick war auf Gernot gerichtet. »Seine Leiche liegt im Keller unter dem Holzschuppen. Ich habe sie heute Morgen gefunden. Außerdem erinnere ich mich daran, wie du ihn erschossen hast. Warum?«

»Das ist ja absurd.« Gernot hob die Hände. »Lukas lebt irgendwo im Nahen Osten. Das letzte Lebenszeichen haben wir Ende der Neunziger von ihm aus dem Jemen bekommen. Wenn du also tatsächlich eine Leiche im Holzschuppen gefunden hast, ist das nicht Lukas.«

Für einen Augenblick wirkte Ben verunsichert. »Sondern?«

Es war Zeit, Gernot zu unterstützen. »Woher sollen wir das wissen?« Barbara zuckte mit den Schultern. »Wenn dort wirklich eine Leiche liegt, muss sie jemand dort deponiert haben, als wir längst weggezogen waren. Hast du die Polizei verständigt?«

Ben schüttelte den Kopf.

Sie ließ sich die Erleichterung nicht anmerken. »Was wolltest du überhaupt dort?«

»Ein paar Tage Urlaub machen.«

So langsam begriff Barbara die Zusammenhänge. »Du meinst, du hast dich vor den Turans dort versteckt. Ich habe den Artikel im Münchner Blick über dich gelesen. Ganz schön mutig. Aber das Haus ist unbewohnbar.«

»Du lenkst vom Thema ab. Lukas liegt im Keller. Ich habe

seine Turnschuhe erkannt. Ich will wissen, warum Gernot ihn erschossen hat. Und warum du ihn deckst.«

Barbara lachte auf. »Ich decke doch Gernot nicht, und Turnschuhe sind Massenware.«

»Verdammt!« Mit der flachen Hand schlug Ben gegen den Türrahmen, und sie fuhr zusammen. »Kannst du das lassen! Ich bin kein kleines Kind, dem man einreden kann, es hätte nichts gesehen. Gernot hat Lukas abgeknallt. Ich war dabei! Ich habe es gesehen!« Und dann erzählte er die ganze Geschichte, als ob sie gestern geschehen wäre und nicht vor einunddreißig Jahren. »Behauptet also nicht, dass Lukas irgendwo lebt!«, schrie er. »Seine Leiche verrottet im Landidyll.«

»Beruhige dich.« Barbara wollte den Arm nach ihm ausstrecken, unterließ es aber.

»Und jetzt?«, fragte Gernot. »Was wirst du tun? Uns etwa anzeigen?«

»Vielleicht. Ich weiß es nicht.«

»Lass es bleiben. Am Ende landest du wegen Wahnvorstellungen in der Psychiatrie«, entgegnete Gernot.

»Ich glaube es nicht!«, schrie Ben. »Du willst mir immer noch einreden, nichts wäre passiert!« In seinen Augen stoben Funken auf, die Barbara nur zu gut kannte, sie kündigten einen Wutausbruch an. Ben stürzte sich auf die Lachslasagne und schleuderte die Auflaufform gegen die Wand. Béchamelsoße, Fisch und Spinat rannen daran herab. Gernot lachte. »Großartig. Du führst dich auf wie ein Kind. Wundere dich also nicht, wenn wir dich auch so behandeln.«

*

Gernot trat mit zwei Hemden aus der Kabine. Sie zahlten an der Kasse und verließen gut gelaunt das Sporthaus. Barbara schlug vor, bei ihrem Lieblingsitaliener zu Mittag zu essen, und Gernot runzelte die Stirn, als seine Lasagne serviert wurde. Sie wusste, weshalb. »Ben hat sich benommen wie ein wütender Fünfzehnjähriger, der sich nicht im Griff hat«, sagte sie.

»Mich hat überrascht, dass er sich jetzt daran erinnert«, erwiderte Gernot. »Während seiner unausstehlichen Pubertätsjahre habe ich damit gerechnet. Ich hatte echt Angst, dass er irgendwann damit um die Kurve kommt und mir droht.«

Barbaras Fettuccine wurden serviert. »Gut, dass wir das Problem gleich beseitigt haben.« Da würde nichts nachkommen.

»Und dass er eine Amnesie hat«, meinte Gernot. »Hoffentlich hält die an.«

»Und wenn nicht, es gibt nichts mehr zu finden.« Sie versenkte die Gabel im Nudelberg. »Das waren jetzt vier echt verrückte Wochen.«

»Mir geht Lukas nicht aus dem Kopf.« Gernot trank einen Schluck von seinem Wein. »Bei Lohmanns mieser Aktion hat es eigentlich nur ein Opfer gegeben, ihn.«

»Ich frage mich noch immer, ob er ein Doppelagent war, oder ob das BfV Bescheid wusste«, sagte Barbara.

»Das werden wir wohl nie erfahren«, meinte Gernot.

Doch auch sie hatten ihren Anteil an Lukas' Schicksal. Auch daran, dass er noch heute als Terrorist gesucht wurde und als Kopf hinter dem Anschlag auf Rombach galt. Sie hatten die Beweise in Lukas' Wohnung geschmuggelt. Fotos, die Gernot von Rombachs Haus gemacht hatte, von seiner Familie und von seinem Fahrzeug, weil Lukas das Fotografieren zu riskant gewesen war. Und eine Waffe, die polizeibekannt war. Obendrein hatten die Bullen Lukas' Notizbuch und seine Waffe im Keller des Hauses gefunden, nachdem er spurlos verschwunden war und die Presse wild spekulierte, weshalb.

Der Kellner kam und räumte die leeren Teller ab. Gernot

sah ihm nach, bis er außer Hörweite war. In seinen Augen blitzte etwas auf. Sie kannte das. Er hatte eine Idee. »Was ist los?«

»Du erinnerst dich an das Angebot von Jürgen Weigele?«

»Du willst das Buch über Lukas schreiben?«

»Warum nicht? Walter und Dagmar sind tot. Von ihnen haben wir nichts mehr zu befürchten.«

»Aber von Lohmann. Und was ist mit uns? Du kannst unmöglich schreiben, was wirklich passiert ist.«

Sie hatten damals geglaubt, Gernots Plan wäre mit dem Umzug aufs Land aufgegangen. Der Kontakt zur RAF war so gut wie eingeschlafen, er konnte Lohmann nichts mehr liefern. Doch dann meldete er sich eines Tages im Frühjahr 1988 nach langjährigem Schweigen wieder. Wobei *meldete* nicht stimmte. Er saß eines Tages bei Gernot in der Küche, als Barbara aus Bonn zurückkam, und setzte ihm das Messer auf die Brust. Er wollte Walter und Dagmar, und Gernot sollte sie ihm liefern. Anderenfalls würde das Dossier über ihn zum BKA wandern. Gernot wollte nicht, doch Lohmann ließ nicht locker, und Gernot fragte schließlich, wie er das machen sollte. Der Kontakt zu Walter und Dagmar war eingeschlafen. Doch Lohmann hatte bereits einen Plan. Er wusste, dass Rombachs Fahrer demnächst in Rente ging, und unterbreitete Gernot seine Idee. Er wollte Walter und Dagmar bei der Vorbereitung des Anschlages auf Rombach verhaften. Die nötigen Infos zur Vorbereitung sollte Lukas liefern. Er war die Idealbesetzung für den Job des Fahrers. Gernots Aufgabe bestand darin, Walter und Dagmar zu ködern und Lukas zu überreden, sich als Fahrer zu bewerben. Lukas würde nichts geschehen. Seine Rolle würde nie publik, wenn er sich richtig verhielt.

Zunächst sperrte Gernot sich. Doch Lohmann zeigte ihm seine gesammelten Werke. Barbara sah sich das Dossier an und verstand, dass Gernot nicht unter zehn Jahren Haft davonkommen würde. Außerdem ließ Lohmann zwischen den Zeilen durchblicken, dass er Gernot als Spitzel outen könnte, wenn er nicht spurte. Was einem Todesurteil gleichgekommen wäre. Sie erbaten sich Bedenkzeit. Drei Tage später saß Lohmann wieder am Küchentisch. Was er nicht wusste: Barbara zeichnete das Gespräch auf. Das Diktiergerät hatte sie sich unter einer weiten Bluse an den Körper geklebt. Das Band war ihre Versicherung, dass Lohmann sie künftig in Ruhe lassen würde. Sie hatten es nie ins Spiel bringen müssen.

»Haben wir das Tonband eigentlich noch?«, fragte Barbara.

»Natürlich. Es liegt im Safe, zusammen mit deinem alten Diktiergerät. Wieso fragst du?«

»Weil es mir gerade einfiel.«

Gernot lächelte. »Es wird uns bei unserem Buchprojekt nützlich sein.«

»Wir können nicht über Lukas schreiben. Sieh das doch endlich ein.«

»Ich dachte an einen Roman«, sagte Gernot. »Wir haben den Stoff dafür und können ihn fiktionalisieren.«

Eine Weile besprachen sie diese Idee. Sie war gut. Gernot konnte schreiben. Sie waren mit ihren Lebensgeschichten ganz nah am Thema und wären in der Lage, die Zeit und die Szene authentisch darzustellen. Der Stoff war spannend. Er taugte für einen Thriller. Damit schied der Weigele-Verlag aus. Jürgen publizierte ausschließlich Sachbücher. Ein anderer Verlag musste gefunden werden, oder ein Agent, der den Stoff vermittelte. Außerdem überlegten sie, ob sie das Buch unter Pseudonym verfassen sollten. Bei Espresso und Dessert entschieden sie, während des Urlaubs ein Exposé zu verfassen.

*

Auf dem Heimweg beschäftigten sie sich weiter mit der Romanidee. Barbara spürte, wie ein Kribbeln sie erfasste, eine angenehme Aufgeregtheit. Wie immer, wenn sie sich einer neuen Herausforderung stellte. Dann fühlte sie sich jung, und ihr Leben schien noch vor ihr zu liegen. Altsein hatte nicht nur mit dem Körper zu tun, sondern viel mit dem Kopf. Jedenfalls fühlte sie sich nicht älter als Mitte vierzig. Sie würden noch einmal etwas völlig Neues anfangen. Im Lift nach oben zur Wohnung entschieden sie, den Roman gemeinsam zu schreiben.

Im Flur stellten sie die Tüten mit der Urlaubskleidung ab. Gernot zog sie an sich und küsste sie. »Weißt du, dass ich dich noch immer liebe?«

»Ich habe es vermutet«, gab sie lachend zurück.

»Du bist einmalig.«

»Du schon auch.« Sie waren wirklich ein tolles Team und hätten sich allein genügt. Doch es war anders gekommen. Bereute sie, drei Kinder in die Welt gesetzt zu haben? Sie wusste es nicht.

Sie küssten sich. Gernots Hand glitt unter ihren Pulli und ihre zu seinem Gürtel, als es an der Wohnungstür klingelte. Barbara machte sich los und öffnete. Eine junge Frau mit dunklem Pferdeschwanz und pinkfarbener Daunenjacke stand davor. »Guten Tag, Frau Maienfeld. Ich bin von der Kripo. Alena Lenke.« Sie hielt ihren Ausweis hoch. »Es geht um einen Wagen, den wir vor ein paar Tagen hier in der Nähe abgeschleppt haben. Kann ich reinkommen?«

Eine Sekunde zögerte Barbara. Was für ein Wagen? Etwa einer vom Turan-Clan? »Wenn es sein muss.« Widerwillig trat Barbara zur Seite. Die Sache ließ sich sicher schnell klären. Gernot trat neben sie. »Was soll das für ein Auto sein? Unsere Fahrzeuge stehen in der Tiefgarage.«

»Es handelt sich um einen gestohlenen Wagen. Eine Streife hat ihn bei Ihnen um die Ecke entdeckt. Er wurde am

26. November in Straßburg für drei Tage von einer Frau gemietet. Als sie ihn nach Ablauf der Frist nicht zurückgebracht hat und auch telefonisch nicht erreichbar war, hat die Autovermietung den Wagen als gestohlen gemeldet.«

In Barbaras Ohren rauschte plötzlich das Blut. Wie dumm von ihnen! Warum hatten sie nicht überlegt, wie Dagmar nach Stuttgart gekommen war. Wo ihr Wagen stand! Warum hatten sie das übersehen!

»Die Mieterin ist Deutsche. Renate Freese«, fuhr Alena Lenke fort. »Sagt Ihnen der Name etwas?«

»Freese?« Gernot legte die Stirn in Falten. »Nein. Dir, Liebling?« Er sah sie an, und sie schüttelte den Kopf. »Tut mir leid.«

»Na ja.« Die Polizistin zog eine Schnute. »Jedenfalls wurde der Wagen abgeschleppt und kriminaltechnisch untersucht. Das war interessant. Wir haben Fingerabdrücke von Frau Freese gefunden. Sie waren auch in unserer Kartei. Dort allerdings der Terroristin Dagmar Leute zugeordnet. Und deren Leiche wurde, wie Sie vielleicht wissen, am 28. November bei Greffern am Rhein gefunden. Zusammen mit der ihres Lebensgefährten Walter Tausch. Wir haben uns natürlich gefragt, was Dagmar Leute hier wollte, und haben uns die Meldelisten des Viertels angesehen. Dabei sind Sie aufgetaucht. Sie kannten die beiden. Was wollte Dagmar Leute bei Ihnen?«

»Sie war nicht bei uns«, sagte Barbara. Sollte diese Polizistin, die noch nicht mal trocken hinter den Ohren war, ihr doch das Gegenteil beweisen. »Wir haben sie vor beinahe vierzig Jahren zum letzten Mal gesehen. Bevor die beiden in den Untergrund gingen.«

»Dann ist es Zufall, dass ihr Wagen quasi vor Ihrer Haustür gefunden wurde?«

»Sieht so aus.«

»Was haben Sie beide am 27. November gemacht?«

»Da müssen wir nachsehen«, sagte Gernot.

»Müssen wir nicht«, mischte Barbara sich ein. »Wenn Sie uns verdächtigen, mit dem Tod von Dagmar Leute etwas zu tun zu haben …«

»Mit dem von Walter Tausch schon auch«, unterbrach Alena Lenke sie.

Beinahe hätte Barbara aufgelacht. Was für eine überhebliche Kuh! Vor allem aber inkompetent und ungeschickt. »Dann sollten Sie uns über unsere Rechte belehren. Dazu gehört das Recht, sich zu Anschuldigungen nicht zu äußern. Davon machen wir Gebrauch.« Barbara öffnete die Wohnungstür. »Auf Wiedersehen, Frau Lenke.«

»Gerne. Morgen um neun Uhr im Polizeipräsidium?« Sie reichte Barbara lächelnd ihre Karte. Gernot schloss die Tür hinter der Polizistin. Wie gut, dass er das tat, sie hätte sie zugeschlagen. »Ich brauch jetzt einen Drink«, sagte Barbara und ging ins Wohnzimmer, um sich einen Whisky einzuschenken. Was für ein Mist!

»Wir werden aus der Nummer schon rauskommen«, sagte Gernot und schenkte sich ebenfalls ein Glas ein.

»Müssen wir.« Sie trank einen Schluck und überlegte, wie ihnen das gelingen konnte. »Notfalls ziehen wir unsere Trumpfkarte. Das Tonband. Beim Verfassungsschutz haben sie sicher kein Interesse daran, dass wir ausplaudern, was beim Anschlag auf Rombach wirklich passiert ist. Wenn es eng für uns werden sollte, muss das BfV ein Ermittlungsverfahren gegen uns verhindern.«

»Gute Idee«, sagte Gernot und stieß mit ihr an. Der Whisky brannte in der Kehle und legte sich einen Augenblick später warm in ihren Magen. Kaum war das eine Problem gelöst, tauchte das nächste auf. Barbara stand auf, stellte sich ans Fenster und sah hinaus. Regen und Graupel pladderten auf die Dachterrasse. Es würde sich schon eine Lösung finden. Alles andere war undenkbar.

Anmerkung der Autorin

Die in diesem Roman geschilderten Personen sind Fiktion und meiner Fantasie entsprungen. Eventuelle Übereinstimmungen mit lebenden oder toten Personen sind zufällig und nicht beabsichtigt. Der Roman spielt allerdings vor der Kulisse realer Ereignisse, den Anschlägen der RAF bis zu ihrer Selbstauflösung. Was dieses »Bühnenbild« betrifft, habe ich mich weitestgehend an die historischen Fakten gehalten.

Zu den Figuren Walter Tausch und Dagmar Leute haben mich die Ereignisse um drei im Untergrund lebende Ex-Terroristen inspiriert, die sich mit Raubüberfällen den Lebensabend finanzieren. Dennoch sind meine Romanfiguren fiktional und haben keinerlei Ähnlichkeit mit den realen Inspirationsquellen.

Es gibt auch keinen realen Anschlag der RAF, der dem auf meine Romanfigur – den Staatssekretär Ludger Rombach – ähnelt. Inspiriert haben mich allerdings die beiden Anschläge auf die Staatssekretäre Hans Tietmeyer (20. September 1988) und Hans Neusel (27. Juli 1990), die beide unverletzt bzw. leicht verletzt überlebten.

Außerdem ist es mir noch ein Bedürfnis, das häufig verwendete Wort *Bullen* zu erklären. Das ist nicht mein Sprachgebrauch, sondern der meiner Figuren. Ich habe Respekt vor der Arbeit unserer Ermittlungsbehörden und würde dieses Wort nicht verwenden.

Im Text tauchen auch Begriffe wie *Dritte Welt* und *Entwicklungsländer* auf. Das waren die damals üblichen Bezeichnungen.